KB093453

미싱 스페이스 바닐라

미싱 스페이스 바닐라

초판 1쇄 2024년 6월 26일

지은이 이산화

출판책임 박성규
편집주간 선우미정
기획이사 이지윤
편집진행 이동하
편집 이수연·김혜민
디자인 하민우·고유단
마케팅 전병우
경영지원 김은주·나수정
제작관리 구법모
물류관리 엄철용
작가 에이전시 그린북 에이전시

펴낸이 이정원
펴낸곳 도서출판 들녘
등록일자 1987년 12월 12일
등록번호 10-156
주소 경기도 파주시 회동길 198
전화 031-955-7374 (대표)
031-955-7384 (편집)
팩스 031-955-7393
이메일 dulnyouk@dulnyouk.co.kr

ISBN 979-11-5925-876-3 (03810)

고블은 도서출판 들녘의 장르문학 브랜드입니다.

값은 뒤표지에 있습니다. 잘못된 책은 구입하신 곳에서 바꿔드립니다.

미싱 스페이스 바닐라
이산화 소설집
goble

차례

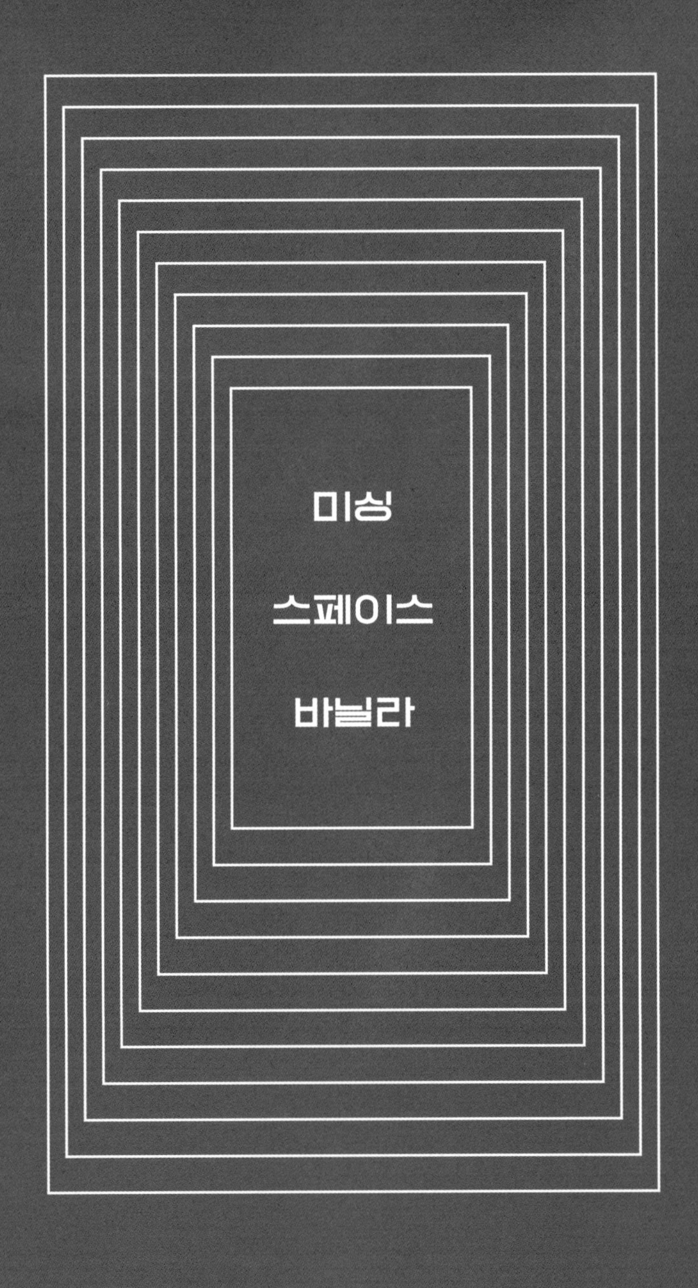
미싱
스페이스
바닐라

2021년 리디북스 〈우주라이크소설〉 게재.

"우리는 우주개발 계획을 숨기지 않습니다. 우리는 비밀을 감추고 사실을 덮지 않습니다. 우리는 모든 일을 솔직하게 대중 앞에서 진행합니다. 그것이 바로 자유라는 방식이며, 우리는 이를 단 한순간도 바꾸지 않을 것입니다."

-로널드 레이건, 챌린저호 참사에 대한 대국민 연설에서.

문제의 회의가 진행되는 동안 내가 대체로 심드렁하게 입을 다물고만 있었던 것은 사실이지만, 위원장이 그 사실을 근거로 나를 비난하기 시작했을 땐 솔직히 억울하다는 생각밖에 들지 않았다. 애당초 그 회의에는 내가 무슨 의견을 낼 만한 구석이 조금도 없어 보였으니까. 일단 장소부터가 그랬다. 끔찍하기로 악명 높은 일리노이 전선에서 취재를 겨우 마치고 아직 도시가 남아 있는 북부의 안전지대로 올라온 지 정확히 나흘째였던 내게, '베스트-1 우주항공기지'는 새 숙소 창밖으로 멀리 내다보이는 바닷가의 황량하고 심심한 시설에 불과했다. 그곳에서 출발하는 궤도 콜로니행 탈출선 탑승 대기자 명단의 끄트머리에라도 오르기 위해 거금을 턱턱 내는 사람들이 잔뜩 있다는 이야기야 전선 근처에서도 몇 번쯤 주워듣긴 했지만, 취재 대상도 아닌 사안에 굳이 관심을 기울일 이유가 없었으니 당연히 내가 가진 지식도 대강 거기쯤에서 멈춘 채였다. 그런 내가 베스트-1 내부 대책위원회에 위원으로 참석해달라는 갑작스러운 요청을 받았다고 해서, 덕분에 기지 사령부 부속 건물 3층의 회의실 의자 위에서 꼬박 열 몇 시간을 보내게 되었다고 해서 단숨에 우주항공 분야의 전문가로 탈바꿈할 수는 없는 노릇이었다.

물론 상대방의 간곡한 부탁 때문에 마지못해 승낙했을지언정 일단은 내 의지로 맡은 일이니, 아무리 버겁더라도 최소한의 열의 정도는 보이는 것이 사회인의 도리이기는 했다. 회의 주제가 내 전문분야와 조금이라도 관련이 있어 보였다면 나도 마땅히 그 도리에 따랐을 것이다. 굳이 나를 위원으로 섭외했다는 말은 곧 일리노이 전선 종군기자로서의 내 지식과 경험이 꼭 필요했단 뜻 아니겠는가? 위원회가 진행되는 사흘 동안 기지 내에만 머물며 외부와의 접촉을 일절 삼가달라는 주최측의 요청에 군말 없이 따른 것도, 수상하리만치 범위가 넓고 꼼꼼한 비밀 유지 서약에 즉각 동의한 것도 그런 당연하고도 논리적인 추측 때문이었다. 하지만 흠이라곤 없어 보였던 논리의 탑은 내가 참석하게 된 대책위원회라는 것의 정체를 알게 된 바로 그 순간에 시카고의 마천루처럼 와르르 무너져내리고 말았다. 결론부터 말하자면 내가 꼬박 사흘 동안이나 갇혀 있었던 그 회의는 일리노이 전선에 대해 논하는 자리가 전혀 아니었고, 하다못해 남부 전선과 살짝이나마 연관된 주제를 이야기하려는 자리조차 아니었다.

사라진 바닐라 아이스크림을 찾기 위한 자리였다.

***

세상만사가 다 그렇듯이, 이것도 결국에는 돈 때문에 생긴 일이었다. 본격적으로 회의를 시작하기에 앞서 상황을 전달하는 동안 대책위원회 위원장이 끌어다 붙인 어떤 미사여구로도 그 자명한 사실을 가릴 수는 없었다. 위원장을 맡은 인물이 베스트-1 기지를 독점 운영하며 궤도 콜로니 '클러스터 GG'로 향하는 탈출선 푯값을 긁어모으는 것으로 남부 전선에까지 이름을 알린 기업, 라베스트 앤 패밀리스의 수석 마케팅 담당자이기도 하다는 사실을 고려하면 더더욱. 별똥별 그림과 'L&F'라는 글자를 비스듬히 겹친 모양의 기업 로고가 어두운 회의실 벽면의

스크린에서 번쩍번쩍 빛을 발하는 동안, 위원장 조안나 리베나는 길쭉한 책상 한쪽 끄트머리에 꼿꼿이 앉아 거의 광고 문구나 다름없는 말을 설명이랍시고 잘도 늘어놓았다. 부디 위원으로 참석해달라면서 내게 매달릴 때와는 전혀 딴판인 깨끗하고도 힘 있는 목소리로.

"이곳 베스트-1 우주항공기지의 관리 책임을 인계받은 이래 지금껏, 우리 회사는 클러스터 GG 콜로니를 지속적인 거주가 가능한 공간으로 유지하는 동시에 한 명이라도 더 많은 사람에게 콜로니로 향할 기회를 나누어 드리고자 끊임없이 노력해왔습니다. 콜로니 물자 보급 로켓의 여유 모듈 일부를 객석으로 전환, 그 탑승권을 예약제로 판매하여 발사 비용을 충당하기로 한 결정 역시 이러한 노력의 일환이었습니다. 보급 로켓 탑승권이 상당한 고가일뿐더러 발사 빈도에 비해 예약자가 지나치게 많아 탑승까지 오랜 기간을 대기해야 한다는 고객 여러분의 지적 사항을 겸허히 받아들여, 무게와 비용을 획기적으로 절감한 저가형 객실 모듈 '미니다트'를 설계해 지난주 기념비적인 첫 발사를 감행한 것도 마찬가지의 정신을 밑바탕으로 하였기에 가능했던 일입니다."

다시 말해서 기존 상품인 보급 로켓 탑승권은 대기열이 너무 길어지는 바람에 새로 돈을 내고 예약하려는 사람이 없으니, 애초에 탑승권을 사고 싶어도 못 샀던 고객을 겨냥한 싸구려 상품을 내놓아 추가로 한몫 더 벌어들이려 했다는 이야기였다. 일단 말은 되는 사업 전략이었다. 더 저렴하고 불편하고 위험한 로켓에 의지해서라도 전쟁과 재난을 피해 우주로 떠나고 싶을, 세계가 이 꼴이 되기 전에 선견지명을 발휘해 우주에 집을 짓고 이사한 클러스터 GG 주민들의 뒤를 따르길 원할 사람이 한둘은 아닐 테니까. 하지만 전략이란 게 세운 대로 이뤄지는 물건이었더라면 전쟁도 진작 끝났을 테고, 회의실 자리마다 선심 쓰듯이 놓아둔 컵에도 커피 맛 카페인 음료가 아니라 진짜 원두로 만든 커피가 차 있었을지 모르고, 물론 이런 대책위원회 같은 것도 열릴 일이 없었겠지.

"유감스럽게도 지난주의 첫 미니다트 모듈 발사는 예기치 못한 불운과 대면해야 했습니다. 통제를 벗어난 드론 군집에 의한 전자기 폭풍의 영향권이 로켓의 진행 궤도와 겹쳐 제어 불능 사태 및 이에 따른 공중 폭발을 야기한 일은 기존에도 여러 차례 발생한 바 있으며, 진행 방향과 활성화 시점을 사실상 예측 불가능한 해당 군집의 성격으로 인해 이러한 사고는 피할 수 없는 천재지변으로 널리 받아들여지고 있습니다. 오히려 이번 사고는 시스템이 완전한 제어 불능 상태에 이르기 전에 객실 모듈이 분리되어 중대한 손상 없이 해수면에 도달하였다는 점, 그리고 이 사실을 인지하는 즉시 당사에서 개시한 수색 작업으로 말미암아 지금으로부터 이틀 전 해안에 표착한 모듈로부터 승객 세 분을 모두 무사히 구조하는 데에 성공했다는 점에서 당사의 기술력 및 책임감을 입증하는 사례로 보아야 할 것입니다."

태평양 쪽 전선에서는 군사적 목적으로 만들어진 드론 무리 여럿이 제멋대로 돌아다니며 온갖 문제를 일으킨다는 말을 얼핏 들은 적이 있었다. 온갖 끔찍한 흉물들이 다 활보하는 남부에서도 그런 걸 직접 맞닥뜨린 경험은 없으니, 드론의 행동을 전혀 짐작할 수 없다는 위원장 조안나의 말이 사실인지 아닌지는 내가 판단할 수 있는 영역이 아니었다. 어찌 됐든 사람이 살았다면 좋은 일이기도 했고.

"그러나 구조한 승객 여러분을 이곳 기지 내의 의료시설로 이송해 심신 상태를 확인하고 또 사고 전후 상황에 대한 증언을 듣는 동안, 지엽적이지만 잠재적으로 치명적일 수도 있는 문제가 한 가지 발생했습니다. 승객 여러분께서는 사고 이후 해상에 표류하는 약 일주일 동안 생존을 위해 모듈 내부에 적재되어 있던 식량 여유분을 섭취하였다고 증언하셨으나, 섭취하신 품목의 기호도를 조사하고자 이루어진 세부 질의에서 증언과 사실 사이의 불일치가 나타난 것입니다. 구체적으로 말씀드리자면 당사는 발사 전 최종 검수에서 모듈 내에 바닐라 아이스크림이 실려 있었음을 확인했고, 또 회수된 모듈에서 해당 품목이 승객 인원수만큼 줄어 있는 것 역시 확인했습니다. 하지만 승객 세 분은 표류 기간 내내 한 번도 바닐라 아이스크림을 섭취한 적이 없다고 공통적으로 증언하신 상황입니다."

아니, 회의랍시고 사람을 불러놓고는, 유치하게 지금 무슨 소릴….

"이것은 결코 사소한 문제가 아닙니다. 지금 이 순간에도 당사는 베스트-1 기지의 관리 권한을 강탈하여 일방적 이익만을 누리려는 외부 업체들을 상대로 끊임없는 공방전을 벌이고 있습니다. 이런 상황에서 본 사안이 명쾌히 해결되지 않은 채 외부 업체측에 알려지게 된다면, 그들은 즉각 이번 일을 당사의 검수 과정에 하자가 있었다는 증거로 부당하게 활용하려 들 것입니다. 객실 모듈을 탑재한 로켓을 발사해 콜로니가 있는 궤도에 성공적으로 안착시키기까지의 전 과정은 한 치의 오차도 허용되지 않는 고도로 복잡한 공학적 과제입니다. 안타깝게도 이는 아무리 작은 실수라도 곧 당사의 신뢰에 치명적 흠집을 낼 빌미가 될 수 있음을 의미합니다. 앞으로도 흔들림 없이 베스트-1 기지 및 클러스터 GG 콜로니의 책임 있는 관리를 지속해나가기 위해, 당사는 본 위원회를 통하여 말씀드린 문제 사항을 명쾌하게 해결함으로써 그 신뢰성을 다시금 입증할 것입니다. 감사합니다."

여기까지 설명을 들으니 상황이 적어도 대략적으로는 이해가 갔다. 승객들이 표류하면서 바닐라 아이스크림을 먹었느냐 아니냐 하는 게 어째서 대책위원회까지 소집할 만큼 중요한 문제인지도 알았고, 굳이 외부와의 연락까지 차단한 채 회의를 진행하려는 의도 또한 납득할 수 있었다. 요약하자면 아무튼 외부 업체에 트집 잡히는 일만큼은 최대한 피하고 싶단 소리였으니까. 한편 그런 목적으로 개최된 회의에 로켓이나 드론이나 아이스크림에 별 조예가 없는 남부전선 종군기자인 내가 왜 섭외된 것인지는 여전히 의문이었다. 뭘 놓친 게 있나 싶어서 괜히 회의실 안을 두리번두리번 둘러보려던 찰나, 때마침 이어진 조안나의 말이 내 수고를 덜어 주었다.

"다음으로는 대책위원회 구성에 대한 안내가 있겠습니다. 본 위원회는 위원장을 맡은 저 조안나 리베나를 포함하여 총 5인의 위원으로 구성되었습니다. 먼저 당사의 선임 공학자이자 미니다트 프로젝트의 총책임자, 위즐 메도골드 위원을 소개합니다. 인사하세요."

마지막의 '인사하세요'는 자기 오른쪽에 착 붙어 앉은 사람에게 속삭이는 말이었다. 속삭임을 듣기가 무섭게 그 사람은 잔뜩 웅크리고 있던 몸을 바짝 세우며 어색하게 머리를 몇 번 끄덕였는데, 아무리 허리를 펴 봐야 여전히 옆자리의 조안나에 비해 머리 하나는 작은 키였던데다가 긴장한 기색이 너무나도 역력해 안쓰러워 보일 정도였다. 인사를 마치고 다시 그림자 속으로 쪼그라드는 공학자 위즐의 코끝에서는 안경이 떨어질 듯 달랑거리고 있었다.

"다음으로는 승객 대표로 이 자리에 나와 주신 자모카 아망드 위원입니다. 다른 두 승객이신 스칼렛 트윈베리님과 캔디스 원더코튼님께서는 현재 시설 내 의료시설에서 치료 및 수리를 마친 뒤 휴식하고 계십니다."

조안나 왼편에 멀찍이 떨어진 채 삐딱하게 앉은 사람이 살짝 손을 들어보였다. 금속광택이 선명한 의수였고, 얼굴을 보니 코에서부터 턱 아래에 이르는 부위 전체가 역시 방독면을 연상케 하는 정교한 체외 임플란트로 덮인 채였다. 군인 출신, 그중에서도 남부의 최전방에서 오래도록 구르며 적잖은 공훈을 남긴 사람임을 한눈에 알 수 있는 모습이었다. 공을 세운 군인만이 저만큼의 임플란트 시술을 받을 수 있고, 또 공을 세울 수 있을 만큼 격렬한 전장에서 싸우는 군인만이 저만큼의 임플란트를 필요로 하니까. 훈장이자 흉터라 할 만한 기계장치를 저렇게나 몸에 둘둘 두르고 있을 정도의 군인이라면야, 추락 사고를 겪은 지 겨우 이틀 만에 이렇게 회의에 참석할 수 있을 만큼 회복한 것도 이상한 일은 아니었다.

"또한 전직 NASA 소속 연구자로서 당사의 다른 프로젝트에도 이미 여러 번 귀중한 자문을 해주신 바 있는 우주공학 전문가, 티코 리틀텐 위원을 모셨습니다."

내 건너편에 앉은 머리 긴 사람이 약간 들뜬 모양새로 고개를 꾸벅 숙였다. 다시 치켜든 얼굴에는 왠지 미소가 가득했다. NASA라는 기관이 아직 존속하고 있던 시절이라고 하면 어쩐지 머나먼 과거 같지만, 실제로는 소수의 인원이 본거지를 옮겨 가며 상당히 오래도록 끈질기게 버텨왔다고 들었으니 아마 그 언제쯤에 얼마간 몸담았던 사람이겠지. 전쟁 이전 우주개발의 중핵이었던 전설적인 과학기술자 집단의 마지막을 함께한 인물이라면 비록 좀 실없어 보일지언정 실제론 꽤 대단한 전문가일지도 모른다. 그렇다면 로켓 발사 과정에서 생긴 의문을 규명하는 일엔 이만한 적임자가 또 없을 것이다. 자, 그럼 남은 한 사람이 문제인데.

"그리고 마지막으로 여러분 모두 구독 중이실 서머헌트 프론트 채널의 담당 기자, 글래셜 서머헌트 위원께서 일리노이 전선의 영웅들에 대한 취재를 마치고 돌아오신 직후임에도 기꺼이 함께해 주고 계십니다."

아하, 그런 거였군. 종군기자 채널 중에서도 내 구독자 수가 상위권에 드는 건 물론 뿌듯한 일이었지만, 위원장이 나를 소개하면서 굳이 그 부분을 강조했단 건 명백하게 다른 의도가 있단 소리였다. 근거는 방금까지 들은 대책위원회 구성. 위원 다섯 명 중에서 회사 사람이 둘, 말만 외부인이지 실제로는 전부터 회사와 긴밀하게 협력해온 사람이 하나, 그런 자리에 굳이 전문가도 아닌 종군기자를 데려다놓고선 구독자 수를 강조했다는 건? 승객 대표 고작 한 명을 상대로 셋이서 회사의 의견을 밀어붙여 원하는 결론을 내는 동안, 나는 이 위원회가 그렇게까지 폐쇄적으로 구성된 건 아니라는 변명거리 역할로 앉아서 가짜 커피나 홀짝이다가 결론이 나면 구독자들한테 홍보나 해달라는 소리겠지. 로켓 발사 전 최종 검수가 얼마나 완벽했는지, 위원회 구성과 회의 과정이 얼마나 공정했는지, 어째서 라베스트 앤 패밀리스가 계속 베스트-1 기지를 관리해야만 하는지, 기타 등등. 이것이 이 대책위원회라는 쇼의 실체였고, 또 내가 위원으로 섭외된 이유였다. 적어도 당시까지의 결론에 따르면 그랬다.

이런 결론이 딱히 굴욕적이거나 분하지는 않았다. 전선 근처에서나 안전지대에서나 기업이 맡기는 일은 다 비슷하구나 싶어 어이가 없었다면 모를까. 물론 종군기자로서의 내 지식과 경험이 기대와는 달리 조금도 쓸모가 없으리란 건 다소 침울한 일이었지만, 대신 전문분야도 아닌 사안에 억지로 도움 되는 의견을 내놓으려고 머리를 쥐어짤 필요는 없을 테니 마음 자체는 오히려 편했다. 아니, 오히려 쓸데없이 의견을 내놓지 않고 조용히 있는 게 내가 맡은 역할이었다고나 할까. 그저 나중에 방송 대본을 제대로 쓸 수 있도록, 회의실에서 오가는 이야기 하나하나를 졸지 않고 똑바로 듣기만 하면 될 터였다. 그러니까 이틀째 회의가 끝난 뒤 위원장이 나를 어떻게 다그쳤든, 당시의 나는 결코 책임을 내팽개치고 게으름이나 피우던 중이 아니었다. 다만 그때까지의 정황을 근거로 판단한 내 소임에 충실히 따랐을 뿐.

그 증거로, 나는 첫 이틀 동안의 회의 내용도 꽤 상세히 기억하고 있다.

***

상황 설명과 위원 소개 직후 이어진 본회의는 과연 내 예상과 크게 다르지 않은 방향으로 진행되었다. 아마 주최측의 예상과도 별반 다르지 않은 방향이었을 테고. 아이스크림 일을 최대한 조용히 묻고 지나가는 대신 굳이 고객을 삼 대 일로 압박하는 쇼를 기획했다는 게 대체 무슨 뜻이겠는가? 그야 외부 업체에 트집만은 잡히기 싫다는 회사의 뜻에 고객이 따라주길 거부했다는 소리겠지. 회의가 시작되기가 무섭게 마이크를 잡은 승객 대표 자모카의 날 선 발언은 이러한 예상을 즉각 현실로 만들어주었다.

“듣자 하니 위원장께서는 회사가 잘못한 게 없다는 식

으로 이미 결론을 내려두신 모양인데요, 하나 확실히 짚고 넘어가도록 하죠. 저와 제 전우들은 탈출선에 갇혀서 둥둥 떠다니는 동안 바닐라 아이스크림 같은 걸 먹은 기억이 전혀 없습니다. 그런데도 여러분은 병상에 누워 있는 우리에게 와서 굳이 아이스크림 맛은 어떠했는지 물어보셨고, 그런 뒤에는 분명히 우리가 아이스크림을 먹었을 거라며 제 전우들을 감히 거짓말쟁이 취급했지요. 제 생각에 아이스크림의 행방을 설명 가능한 논리적 결론은 하나뿐인 것 같은데도요."

"저기, 네, 말씀은 알았습니다만…."

"최종 검수가 미흡했던 겁니다. 그리고 저는 아이스크림 채워 넣는 것처럼 간단한 일 처리 하나 제대로 못하는, 나아가 자신들의 실수를 인정하지 않으려고 타인을 거짓말쟁이로 몰아가기까지 하는 무능하고 비겁한 사람들의 손에 동료의 목숨을 맡길 생각이 없고요. 위원장께서 하도 불쌍하게 매달리시기에 위원회인지 뭔지에 제가 직접 참석하는 걸 조건으로 사흘의 말미를 드리기는 했습니다만, 지난번에 말씀드렸다시피 기한이 끝나면 퇴원과 동시에 기자회견을 열어 이 일을 외부에 낱낱이 공표할 계획입니다. 어쩌면 그 일이 여러분보다 덜 무능하고 덜 비겁한 업체에 탈출선 발사라는 막중한 책임을 맡길 계기가 될지도 모르겠네요. 이상입니다."

그럼 그렇지. 전장에서 죽기 살기로 돈을 긁어모아 탈출선 표를 샀는데, 그게 폭발한 것으로도 모자라 아이스크림 먹고 발뺌한단 소리까지 들었다면 누구라도 이만큼은 화를 냈을 것이다. 사과는커녕 변명을 늘어놓는 데에만 급급한 회사를 이참에 아예 엎어버리고 싶단 생각도 물론 들었을 테고. 한편 일이 여기까지 진행된 이상 회사로서는 대응할 방법이 참으로 마땅찮으리라. 최종 검수에 문제가 있었단 걸 인정하고 사과한다면 결국 외부 업체가 공격할 빌미를 주는 셈이고, 이미 큰 부상 없이 구조했다고 발표한 승객들을 빨리 퇴원시키지 않으면 그것도 수상한 냄새가 풀풀 풍길 테니까. 그렇다면 남은 수단은?

"소중한 의견 잘 들었습니다. 하지만 말씀해주신 내용과는 달리, 당사에서는 이미 탈출선 적재 물품 검수 과정에 그 어떠한 문제도 없었음을 확인하였고 또 해당 내용을 승객 여러분께도 반복적으로 전달드린 바 있습니다. 본 사안에 대해서는 당사의 프로젝트 총책임자가 이 자리에서 재차 보증해드리는 것도 가능합니다. 위즐, 발언해주세요. 위즐?"

"네, 네! 그렇죠. 맞아요. 미니다트 모듈에 뭐가 실렸는지는 직원 여럿이 다 따로 체크했고, 그렇게 만든 목록을 제가 마지막으로 봐서 다 일치한단 걸 확인했습니다. 무게 오차도 거의 없었고, 보관고에 빈칸도 없었고요. 확실해요. 아이스크림을 통째로 빼먹었을 리 없어요. 절대로 그랬을 리가….”

“그쯤이면 됐어요. 자, 들으셨다시피 당사의 발사 전 최종 검수 과정은 철저했으며 하자의 존재에 대한 그 어떤 근거도 발견되지 않았습니다. 따라서 로켓 발사 시점에 바닐라 아이스크림은 틀림없이 모듈 내에 적재되어 있었습니다. 이 명백한 사실을 부정해서는 결코 상호간 만족할 만한 결론에 도달할 수 없음을 알려드립니다.”

이것이 라베스트 앤 패밀리스가 고른 길이었다. 자신들이 실수했으리란 설명만큼은 철저히 거부하고, 사흘 내로 어떻게든 다른 적절한 설명을 내놓아 자모카를 납득시키는 것. 물론 자모카는 자신과 동료들이 거짓말을 했다곤 절대 인정하지 않을 태세였다. 그렇다면 필요한 것은 제3의 설명이다. 발사될 때는 분명히 실려 있었고, 회수했을 때는 분명히 사라졌지만, 동시에 승객 세 명이 먹어치우고서 발뺌하는 건 결코 아니라면 대체 문제의 바닐라 아이스크림은 어디로 사라졌는가? 글쎄, 얼핏 황당하게 들리기는 했지만 잘 생각해보면 아주 불가능한 일은 또 아니었다. 실제로도 회의가 진행되면서 꽤 설득력 있는 가설 몇 가지가 돌아가며 제시되기도 했고.

“제대로 확인했으니 실수했을 리가 없다고 끝까지 우기고는 계시지만, 어쩌면 거기 계신 책임자께서 아이스크림을 엉뚱한 모듈에 실었을 수도 있죠. 그러면 로켓 전체 무게에는 오차가 드러나지 않았을 테니까요. 콜로니로 옮기는 물건이 음식만 있는 건 아녔잖아요? 연료나 생필품 칸에 잘못 넣은 게 아니란 보장은 있어요?"

"승객 대표께서는 본인의 바닐라 아이스크림 섭취 여부를 당연히 확신하시겠지만, 다른 두 분의 승객에 대해서도 똑같은 정도로 확신하실 수 있습니까? 승객 대표께서 표류 기간 내내 동료분들과 완전히 같은 식사를 했다고 단정할 수는 없습니다. 단도직입적으로 말씀드리자면, 간식을 혼자서만 몰래 먹는 것 정도는 누구나 하는 일이지 않습니까."

"저기, 세 분은 거의 일주일 동안 미니다트 모듈 안에만 계셨죠, 그쵸? 그리고 미니다트 모듈은 전에 쓰던 객실 모듈보다 많이 좁고요. 구체적으론 승객 한 명에게 할당된 면적이 예전의 3분의 1 정도죠. 제 말은, 그러니까, 추락사고를 겪은 직후에 그렇게 비좁은 데서 오래 계셨으면 기억이 좀 분명치 못할 수도 있지 않을까 하는…."

전부 내게는 그럭저럭 괜찮게 들리는 해명이었지만, 안타깝게도 이 가설들에는 전부 '상호간 만족할 만한 결론'이 될 수 없는 이유가 하나씩 있었다. 일단 승객 대표 자모카의 첫 번째 가설은 결국 회사가 실수했단 소리였으니 회사에서 나온 두 사람이 납득할 리 만무했다. 위원장 조안나의 두 번째 가설을 듣자마자 자모카는 '모듈이 심하게 기울어져 있었기에 보관고에서 식료품을 가져오기 위해선 매번 자신과 캔디스가 힘을 합쳐야 했으며, 따라서 누구든 혼자서만 몰래 아이스크림을 먹으러 보관고에 다녀오는 건 불가능했고, 무엇보다 우리는 전우로서 모든 음식을 똑같이 나눠 먹었으니 다시는 내 동료들을 모욕하지 말라'고 힘주어 반박했다. 한편 프로젝트 책임자 위즐이 내놓은 마지막 가설의 경우에는 상황이 조금 재미있게 돌아갔다. 자모카가 미처 벌컥 화를 내기도 전에, 조안나가 재빨리 입을 열어 위즐의 말을 끊었기 때문이었다.

"유감스럽게도 그 방향의 추측은 받아들일 수 없습니다."

"어, 어째서요? 혹시 제가 뭐 잘못 안게 있나요?"

"아뇨, 오히려 책임자인 당신보다 프로젝트의 세부사항을 잘 아는 사람은 어디에도 없을 겁니다. 실제로 미니다트 모듈은 기존의 객실 모듈에 비해 크게 협소하고, 그 때문에 승객이 불편을 느낄 가능성도 있습니다. 하지만 그 불편이 승객의 착란이나 기억상실을 초래할 정도의 스트레스 요인으로 작용한다면 이는 매우 곤란한 일입니다. 지구 궤도에 도달한 모듈이 제한적인 동력만으로 클러스터 GG 콜로니에 접근해 성공적으로 회수되기까지는 적어도 2주, 상황에 따라서는 그 이상의 기간이 소요됩니다.

가혹한 스트레스 환경에 일반인보다 훨씬 익숙할 군인 세 사람이 그 절반도 안 되는 기간을 모듈 내에서 보내며 정신 이상 증세를 겪었다는 해명을 사실로 받아들인다면, 이는 본 프로젝트 자체의 위험성을 인정하는 셈이며 곧 외부 업체에 공격의 빌미를 제공하는 결과로 이어질 것입니다. 이해를 부탁드립니다."

참으로 냉정하기 그지없는 입장표명이었다. 위즐은 다시금 몸을 불쌍하게 움츠렸고, 바로 직전까지만 해도 분노에 차 있던 자모카조차 이제는 할 말을 잃은 듯 고개만 절레절레 흔들 뿐이었다. 아무리 그럴듯한 가설이라 한들 어느 한쪽의 입장에 아주 작은 위협이라도 된다면 곧바로 쓰레기통에 집어 던져지는 판인데, 여기서 대체 무슨 의견을 더 낼 수가 있겠는가? 아무 의견도 안 내는 것이 곧 역할인 나 자신의 위치가 새삼 고맙게 느껴질 정도였다. 하지만 건너편 자리에 앉은 NASA 출신 전문가 티코는 놀랍게도 그렇게 생각하지 않는 모양이었다. 조안나의 설명 도중부터 갑자기 귀를 쫑긋 세우고는 계속 혼잣말을 하기 시작하더니, 설명이 끝나고 막막해진 회의실 분위기에도 아랑곳없이 손을 번쩍 들고선 큰 소리로 이렇게 운을 뗀 걸 보면.

"'성공적인 기술을 개발하기 위해서는, 반드시 현실이 대중홍보에 우선하여야만 한다. 자연은 결코 속일 수 없으니.' 1986년 우주왕복선 챌린저호 참사가 일어난 뒤, 지금의 우리처럼 사고 원인을 밝히기 위한 위원회에 참석했던 물리학자 리처드 파인만이 자신의 보고서를 마무리하며 남긴 말이죠. 여러분, 아무래도 다들 파인만의 이 말을 좀 귀담아들으실 필요가 있겠는데요."

별안간 참 뜬금없는 말을 하는구나 싶었는데, 티코는 아무래도 자기가 하려는 이야기에 뭔가 대단한 확신이 있어 보였다. 긴 머리에 살짝 가려진 눈은 반짝반짝 빛났고 목소리에는 가벼운 흥분마저 묻어났다. 대책위원 다섯 명 중에서 이만큼의 에너지가 남아 있는 사람이 달리 없었으니, 회의 진행의 주도권을 티코가 쥐게 된 것은 지극히 자연스러운 일이었다.

"지금 논의가 전혀 진행이 안 되는 걸 여러분도 느끼고 계시죠? 제가 보기엔 그 원인은 아주 간단해요. 아무도 현실을 보려고 하지 않기 때문이죠. 탈출선 모듈의 정확한 내부 면적은 얼마인지, 아이스크림은 어떤 구조의 보관실에 적재되어 있었는지, 미니다트 프로젝트의 구체적인 운행 계획은 어떠했는지…. 이런 정보가 결여된 상태에서 백날 말싸움만 한들, 그렇게 나온 결론이 과연 승객분의 기억 속 모듈 상황과 일치할까요? 외부 업체가 거기서 현실과 일치하지 않는 구석 하나를 못 찾을까요? 그러니까 우리가 지금 이러고 있는 건 시간 낭비일 뿐이라고요. 시간 낭비.”

“흠, 일리 있는 말씀이네요. 위원회 전체가 동의할 수 있는 결론을 이끌어내기 위해선, 그 결론으로 이어질 제반 지식을 먼저 전체가 공유해야 할 테니까요. 그러면 위원님께서는 향후의 논의가 구체적으로 어떻게 이뤄져야 한다고 보시는지?”

“일단 이번 프로젝트 구상안과 로켓 및 모듈의 자세한 설계도를 여기 있는 전원에게 보내주세요. 그런 다음엔 읽어볼 시간도 충분히 주시는 게 좋겠네요. 일정이 촉박한 건 알지만 적어도 오늘은 각자 자료를 꼼꼼히 검토해 보고, 내일 아침쯤 다시 모여서 합의를 보면 되지 않겠어요? 제 예상으론 아마 어렵잖게 답을 찾을 수 있을 것 같은데.”

아, 이건 또 꿍꿍이를 품은 제안이었다. 자신감 넘치는 태도를 보건대 분명 이 시점에서 티코는 바닐라 아이스크림의 행방에 대해 뭔가 감을 잡은 뒤였으리라. 다만 그때까지 제기된 가설이 죄다 씨알도 안 먹히고 내팽개쳐지는 모습을 본 뒤였기에, 자신의 주장을 섣불리 선보이는 대신 시간을 들이고 근거를 찾아 더욱 완벽하게 가다듬으려 했겠지. 그러니까 현실을 봐야 한다든지, 합의를 보자든지 하는 말은 전부 듣기 좋은 핑계에 불과했다. 티코는 답을 내놓을 작정이었다. 회사도 승객도 전부 납득할 만한 답을.

이렇게 해서 첫날의 회의는 끝이 났다. 한참 앉아 있느라 굳어진 몸을 산책으로 가볍게 푼 다음 기지 내의 숙소로 돌아가서 쉬고 있자니 온갖 자료가 메일로 차례차례 도착했지만, 그걸 읽고 무슨 의견을 내놓는 건 내 역할 같지 않았기에 굳이 열어보지는 않았다. 대신 준비된 식사를 마치고, 샤워를 좀 하고, 숙소 1층의 자그마한 라운지에서 술을 몇 잔 마신 것이 그날 일정의 전부였다. 평소보다 많이 마시지는 않았다. 다음 날 아침부터 NASA 출신 전문가가 내놓을 멋진 해답을 귀 기울여 들으며 방송용 대본으로 옮길 구상까지 하려면, 그래도 최소한의 집중력 정도는 남겨두는 편이 좋을 것 같았으니까.

***

이틀째 되던 날의 회의실에는 가짜 커피조차 놓여 있지 않았건만, 회의 자체는 시작부터 대단히 빠르게 진행되었다. 물론 그 진행을 견인한 사람은 전날보다도 훨씬 더 에너지로 충만해 있던 티코였다. 사람 다섯이 다 모이기가 무섭게 어김없이 번쩍 손을 들더니, 티코는 지난 회의가 끝난 뒤부터 즉시 가다듬기 시작했을 비장의 가설을 나머지 위원들 앞에 주섬주섬 펼쳐놓기 시작했다. 서론이 적잖이 장황한 가설이었다.

"우주공학은 언제나 선례를 참고하며 발전해왔죠. 머큐리 계획이 있었기에 제미니 계획이 가능했고, 또 제미니 계획이 있었기에 아폴로 계획이 실현될 수 있었어요. 물론 미니다트 프로젝트도 마찬가지예요. 비좁은 우주선 안에 세 사람이 옹기종기 모인 채로 2주 가까이 지구 궤도를 돌아야 한다는 전반적 얼개에서부터, 그 비좁은 데에 굳이 아이스크림을 가져가기로 했다는 세부사항에 이르기까지 모두 선례가 있다는 말이에요. 네, 구체적으로는 아폴로 계획의 첫 유인우주선이었던 아폴로 7호가 바로 그 선례라고 할 수 있겠네요."

'아폴로 7호'라는 말을 내뱉는 순간 티코의 입가에 떠오르는 미소가 얼핏 보였다. 그 두 단어를 입에 담는 것 자체가 뿌듯해서 참을 수 없다는 표정이었다. 그 표정 그대로 티코는 본론을 향해 한 발짝씩 느긋하게 나아갔다.

"아폴로 7호는 고생스러운 프로젝트였어요. 월리 시라, 돈 아이젤, 월터 커닝햄 세 사람이 딱 미니다트 정도 되는 공간에서 장장 열흘하고도 20시간을 보냈죠. 승무원들끼리 줄곧 착 붙어 있어야 했다 보니 서로 심한 감기를 옮겨 고생했을 정도였고요. 그런 형편에 아이스크림을 보관할 냉동고까지 우주선에 구겨 넣었을 리는 없죠. 하지만 당시 NASA에서 낸 보도자료에 따르면 돈 아이젤의 임무 2일, 6일, 그리고 10일째 점심 식단에는 연어 샐러드와 버터스카치 푸딩에 자몽주스 말고도 바닐라 아이스크림이 분명히 포함되어 있었어요. 어제 위원장님께서 해 주신 설명을 듣자마자 이 사실이 바로 머릿속에 떠오르더라고요. 미니다트가 그렇게 협소했다면 아폴로 7호처럼 냉동고도 없지 않았을까? 그러면 혹시 아폴로 7호와 같은 방법으로 아이스크림을 실은 게 아닐까? 네, 다들 자료를 읽어보셨을 테니 그 방법의 이름쯤은 알고 계시겠죠. 동결건조 말이에요! 위즐, 좀 더 자세히 설명해 주시겠어요?"

"어, 저저, 제가요? 알겠어요. 잠시만요. 음, 동결건조라는 건 음식에서 수분을 빼서 무게는 줄이고 유통기한은 늘이기 위해 쓰는 기술이에요. 먼저 음식을 아주 차갑게 얼리고, 그 상태에서 기압을 쭉 낮춰주면 음식 안의 얼음이 액체 상태를 안 거치고 바로 수증기가 돼서 나와요. 승화라고 하죠. 이렇게 하면 맛은 유지하면서 수분만 날릴 수 있고, 그리고 또, 맞아요. 미니다트는 무게를 최대한 줄여서 발사 비용을 깎는 게 목표였으니까 음식도 전부 동결건조해서 채웠어요. 승객이 먹을 양보다 훨씬 많이 실어서 콜로니에도 보내려고요."

"설명 고마워요! 자아, 들으셨다시피 미니다트에 실린 바닐라 아이스크림은 동결건조된 물건이었어요. 얼음을 전부 제거했으니 당연히 녹지도 않고, 그래서 냉동고가 필요 없었던 거죠. 그런데 생각해보세요. 아이스크림은 대부분이 얼음 조각과 공기로 돼 있는데, 거기서 얼음이 다 빠져나가면 과연 우리가 아는 아이스크림 맛이 날까요? 저는 아폴로 7호에 실린 아이스크림이 어떤 음식이었는지 알아요. 그건 그냥 가볍고 달고 파삭파삭한 과자죠. 포장지에 아이스크림이라고 크게 적혀 있지 않다면 아무리 먹어도 전혀 정체를 알 수 없을 거예요. 네, 거기 계신 승객 대표분처럼 말입니다."

그렇게 말을 마치며 티코는 드라마틱하게 손을 뻗어 자모카를 홱 가리켜 보였다. 한편 나는 속으로 적잖이 감탄을 연발하는 중이었다. 티코가 내놓은 가설에는 회사의 치명적인 실수도, 자모카와 그 동료들의 거짓말도 전혀 포함되어 있지 않았으니까. 다만 동결건조 아이스크림이 우리가 일반적으로 생각하는 아이스크림과는 많이 다른 음식이었고, 그래서 승객들도 자신이 아이스크림을 먹었단 걸 깨닫지 못했단 가벼운 촌극이 있었을 뿐. 과연 이거라면 양쪽 모두가 만족할 만한 해답임이 분명해 보였다. 자, 이제 자모카가 고개를 끄덕여주기만 하면!

"그래요. 그쪽 전문가라는 분 얘기대로 우리가 먹은 건 죄다 동결건조식이었어요. 하나같이 허여멀건하고 네모난데다가 돈을 얼마나 아꼈는지 이름도 쓰여 있질 않아서, 그 퍼석거리는 과자 같은 것들을 뭔지도 모른 채 포장지까지 싹싹 핥아먹으며 버텨야 했고요. 잘 알아맞히시긴 했는데, 한 가지만 지적해도 될까요?"

"어라, 뭔데요?"

"너는 우리가 상황 파악도 못 하는 멍청이로 보였냐?"

이런, 좋지 않은데. 분위기가 갑자기 엄청 살벌해졌는데.

"우리가 탈출선에 갇혀서 먹은 게 퍼석한 동결건조식밖에 없었으면, 당연히 아이스크림 맛은 어땠느냐는 질문을 받았을 때도 동결건조 아이스크림 얘기란 가능성을 염두에 두고 답하지 않았을까? 미안한데 그 정도 머리는 돌아가거든. 우리가 먹은 음식 중에 바닐라 맛이 나는 게 하나라도 있었으면, 우린 혹시 그게 아이스크림이었느냐고 먼저 되물어봤을 거야. 네 얄팍한 상상 속에서처럼 멍청하게 고개나 젓는 대신에."

"하지만, 하지만…그래요! 그 임플란트! 당신은 얼굴 절반을 기계로 교체했잖아요. 그걸로 정말 바닐라 맛을 느낄 수 있기는 해요? 당신이 먹은 게 어떤 맛이었는지 정말 확신할 수 있어요?"

"안됐네. 이 임플란트에 부착된 센서는 네 코보다도 수천 배는 더 정확하거든. 주 기능은 물론 대기 중의 독성물질을 감지하는 거지만, 나는 최전방에서 구르는 동안에도 먹는 즐거움을 완전히 포기하고 싶진 않았으니까. 그래서 음식의 향을 정확히 감별해 신호를 뇌로 전달할 수 있는 모델을 특별히 주문해서 달았지. 웬만한 향료는 직접 테스트도 해봤어. 물론 바닐라도 포함해서."

"그럼 드론은요! 전자기 폭풍! 로켓이 거기에 휘말렸을 때 센서가 고장 났을 수도 있어요!"

"나는 몸 상태가 멀쩡하다는 의사 소견을 받고 여기에 참석한 거야. 오작동하는 부분은 없어. 게다가 내 전우 중에서 스칼렛은 다른 업체 센서를 쓰고, 캔디스는 얼굴에 센서를 아예 안 달았지. 그런 셋이서 전부 바닐라 맛을 못 느꼈다는 게 말이 된다고 생각해? 덧붙이자면 당신 지금 굉장히 구차해 보이거든, 꼴에 전문가 행세나 하는 사기꾼 자식아."

그 말에 회의실 안의 공기가 순간 얼어붙었다. 티코는 숨을 가쁘게 몰아쉬며 손을 바들바들 떨었고, 조안나조차 상황을 중재할 엄두를 차마 내지 못하는 모양이었다. 위즐이야 말할 것도 없었다. 싸늘한 침묵을 갈기갈기 찢으며 자모카의 독설이 신랄하게 이어졌다.

"왜 충격들을 받고 그러시나? 다들 모르는 거 아니잖아. NASA라는 조직이 말년에 얼마나 보잘것없는 신세로 전락했는지. 그 끄트머리에 잠깐 붙어 있었던 놈한테 상식적으로 생각해서 무슨 대단한 전문성이란 게 있겠어? 대책위원회인지 뭔지를 열겠다기에 혹시 몰라서 동의해줬더니만 설마 저딴 걸 전문가랍시고 꽂아놓을줄은 몰랐네.

이름값 때문에 쓸데없는 기대라도 품었던 모양인데, 아마 십중팔구는 NASA 찌꺼기들 도망 다닐 때 짐 싸는 거나 한두 번 도운 게 전부일걸."

"아니에요. 아니라고요. 저는 정식으로 NASA에 고용돼서…."

"정식 고용 좋아하시네. 저기 멀뚱멀뚱 앉아갖곤 어제부터 한마디를 안 하시는 기자분도 정식으로 업체에 고용됐으니까 일리노이 전선인지 어딘지를 돌아다녔던 거겠지. 최전방하고는 떨어져도 한참 떨어진 데서 안전하게 빈둥대다가, 신무기며 대규모 작전이며 전쟁 영웅 따위의 헛소문이라도 들릴라치면 냉큼 주워 퍼뜨리면서 말이야. 여기 위원장님은 계속 나를 거짓말쟁이로 몰아갔지만 까놓고 보면 다른 위원 여러분이야말로 진짜 거짓말쟁이라고. 가짜 전문가, 가짜 기자, 물론 자기가 검수를 엉망으로 해놓고선 그 책임을 사방팔방에 떠넘기는 가짜 책임자도 빼놓을 수 없겠네!"

"그만하십시오!"

조안나가 뒤늦게야 끼어들어 말을 자르려 했지만, 이미 자모카는 회의실에 있는 전원을 차례차례 후벼 파놓고선 입을 딱 다문 뒤였다. 참으로 치졸한 화풀이라는 게 솔직한 생각이었다. 사고 이후의 회사측 대응이며 기울어진 위원회 구성 때문에 그러잖아도 화가 나 있던 차에, 하필

이면 좀 거슬리는 의견을 너무 자랑스레 내놓아버린 티코가 분노를 폭발시킬 좋은 빌미가 된 거겠지. 덕분에 자료를 바탕으로 합의를 보니, 어쩌니 할 기회는 완전히 날아간 셈이었다. 다들 감정이 상할 대로 상한 뒤이니 이후의 회의도 제대로 진행될 리 만무. 침묵과 딴청과 이따금 툭툭 던져지는 비아냥을 어떻게든 건설적인 토론으로 조립해보려던 조안나가 삼십 분만에 두 손을 들고 회의 종료를 선언하자, 자모카는 기다렸다는 듯이 요란하게 자리를 박차고서 뚜벅뚜벅 걸어 나가버렸다. 그러면 뭐, 나도 나가는 수밖에.

예정보다 회의가 훨씬 빨리 끝나버렸기 때문에 시간이 붕 뜨기도 했고, 무엇보다 썩 유쾌하지 못했던 직전의 경험으로 인한 스트레스를 어떻게든 하고 싶었기에 내 발걸음은 자연스레 방이 아닌 라운지로 향했다. 그러고 싶었을 사람이 나뿐만은 아니리라는 당연한 사실을 간과한 채로. 첫 잔을 몇 모금 홀짝이지도 못했는데 등 뒤에서 반갑잖은 발소리가 점점 다가왔다. 지난 이틀간 지겹도록 들었던 목소리도 함께였다.

"여기 계셨군요. 일찍부터 오셨네요."

그렇게 말하고서 위원장 조안나는 작은 한숨과 함께 내 옆자리에 털썩 주저앉았다. 어느새 가져왔는지 손에는 독한 술을 병째 든 채였다. 저 상황이면 나라도 저 정도는 마셔야 했겠다고 생각한 것과는 별개로, 저런 술을 마신 사람과 붙어 있을 생각은 추호도 없었기에 은근슬쩍 자리를 뜨려고 했는데 그게 또 생각대로 되질 않았다. 엉거주춤 일어나려던 걸 제지하듯이 조안나가 다시금 입을 열었다. 전혀 예상치 못했던 방향의 질책을 담아서.

"차라리 마케팅 부서 직원을 아무나 데려올 걸 그랬습니다. 회의 도중에는 침묵을 지키다가 끝나자마자 술부터 마시러 갈 사람이 필요했다면 말입니다."

뭐야, 지금 나한테 하는 소리야? 내가 무슨 잘못을 했다고? 별안간 뺨을 얻어맞은 기분이라 입이 다물어지질 않았다. 이어진 말도 어이가 없긴 매한가지였다. 가볍게 취해 있을지언정 이성을 잃은 것 같지는 않았건만, 그 말똥말똥한 정신 그대로 조안나는 무고한 내게 온갖 부당한 불만을 쏟아냈다.

"이번 위원회를 구성하면서 기자님께는 특히 기대가 컸습니다. 위즐이나 티코보다도 바로 기자님께서 사안의 해결에 가장 큰 도움을 주시리라고 믿었습니다. 서머헌트 프론트 채널을 구독하는 그 누구라도 똑같이 믿었겠지요. 설마 이렇게까지 의욕을 보이지 않으실 줄은, 아니, 회의에 참여하는 척조차 하지 않으실 줄은 미처 몰랐습니다. 제 실책이었네요."

이런 일방적인 비난을 듣고도 계속 입을 다물 수는 없

는 노릇이었다. 애초에 이 위원회에서 제가 맡은 역할이 뭔데요? 우주공학에 대해서 아는 거라곤 하나도 없는 종군기자를 데려와놓고선 설마 무슨 마법 같은 해답이라도 내놓아주길 기대했단 말입니까? 술은 뭐 당신만 마신 줄 알아요? 그렇게 한바탕 쏟아내고 나니 상대의 태도도 조금은 바뀌었다. 눈빛에 담긴 독기는 옅어졌고 술병을 움켜쥔 손은 희미하게 떨렸다. 하지만 그렇다고 완전히 물러난 것은 또 아니었다. 조안나는 천천히 숨을 고른 뒤 나를 똑바로 바라보며 이야기를 계속해나갔다. 이번에는 비난도 질책도 아닌 다른 방향으로.

"일리노이 전선의 영웅들에 대한 기자님의 방송은 대단히 감명 깊게 보았습니다. 가슴이 벅차지 않을 수 없는 이야기였고, 그렇기에 우리에게 꼭 필요한 이야기였습니다."

이젠 또 칭찬이야? 같잖은 미사여구에 내가 넘어갈 거라고 생각했다면….

"정확히 그런 이야기를 만들어주시길 기대했습니다. 희망적인 이야기를, 회사나 승객 어느 한쪽만이 아닌 우리 모두 원하는 이야기를. 그랬기에 다른 사람이 아닌 기자님을 위원으로 섭외한 겁니다. 여기까지 말씀드렸는데도 기자님께서 맡으신 역할이 무엇인지 이해하지 못하셨다면, 그건 제가 기자님을 지금껏 오해하고 있었다는 뜻이었겠지요. 이상입니다."

잠시만, 잠시만. 지금 뭐라고 한 거야? 내가 제대로 들은 거 맞아? 순간적인 충격에서 빠져나와 어떻게든 할 말을 주워섬기려 애쓰는 동안, 이미 조안나는 술병을 자리에 내려놓고 일어나 라운지를 떠나는 중이었다. 술기운의 낌새라고는 느껴지지 않는 규칙적인 발소리가 빠른 속도로 멀어져 갔다. 미처 내뱉지 못한 변명이 술잔의 거품처럼 허망하게 녹아 사라졌다. 외롭게 남겨진 내 입에서는 어느새 쓰디쓴 깨달음의 혼잣말만이 뚝뚝 떨어지고 있었다.

잘해왔다고 생각했는데. 이럴 줄은 몰랐는데.

설마 전부 들켰을 줄이야.

***

둘째 날 회의 도중에 자모카가 내게 던진 비난은 그냥 얼토당토않은 화풀이가 아니었다. 일리노이는 정말로 최전선과 한참 떨어진 곳이고, 그곳까지 들려오는 소문이란 게 별로 믿을 만하지 않단 것쯤은 부대 안을 딱 십오 분만 돌아다녀봐도 파악할 수 있을 정도다. 진짜 전쟁을 취재하고 싶다면 좀 더 남쪽으로 가야 한다. 테네시, 텍사스, 플로리다…. 그러한 최전선의 참상을 거짓 없이 보도하겠다며 용감히 떠나간 친구들의 채널은 하나같이 두 달 내로 갱신을 멈췄고, 마지막으로 올라온 영상은 언제나 지옥도 그 자체였다. 아무도 그런 걸 보고 싶어 하지 않는다. 아무도 그런 걸 원하지 않는다. 형형색색의 새싹에 뒤덮인 자신의 얼굴을 촬영하며 알 수 없는 말을 중얼거리는 옛 동료 기자의 영상을 일시 정지해둔 채로, 나는 최소한 구독자들이 끝까지 참고 볼 수 있는 보도만을 하겠다고 마음먹었다.

리젠보겐 중공업에서 개발한 신무기가 다리 여럿 달린 흉물을 잿더미로 만들어버리는 모습을 찍었다. 그런 거창한 물건을 대량생산할 만한 여력이 리젠보겐에 남아 있을 리 없다는 절망감은 모조리 지웠다. 시카고 도심에 우글거리는 가시 돋친 쥐들의 둥지를 타격하기 위한 대대적 작전을 홍보했다. 쥐들이 사라진 하수구를 단 이틀 새 점령해버린 독성 민달팽이들에 대한 언급은 전부 잘라냈다. 작전이 진행되는 동안 나와 함께 후방에 머물렀던 경비 부대는 렌즈를 거쳐 전쟁 영웅이 되었다. 그들이 영웅적인 분투 끝에 격퇴한 역겨운 생물병기가 실은 최전방을 태연히 어슬렁거리는 것들의 새끼에 지나지 않는다는 사실은 깨끗이 편집해서 없앴다. 구독자 수는 눈 깜짝할 새에 수십 배가 되었고 댓글 창에 모여든 사람들은 전술과 전략과 희망에 대해 밤낮없이 토론을 계속했다. 진짜 전쟁에 대해선 아무것도 모르면서. 자기들이 보고 있는 희망이 그럴싸하게 꾸며낸 허상일 뿐이란 사실조차 알지 못하면서.

그런데, 지금껏 그렇게 생각해왔는데, 조안나가 남기고 간 말이 내 확신을 송두리째 뒤흔들었다. 조안나는 서머헌트 프론트 채널이 그저 '희망적인 이야기, 우리 모두 원하는 이야기를' 만들어내고 있을 뿐이란 걸 알았다. 나아가 이번 회의에서도 똑같이 해주길 기대했다고, 구독자라면 누구나 그렇게 기대했을 거라고 단언하기까지 했다. 그 말은 즉, 조안나뿐만이 아니라 다른 구독자들도 전부 알 거란 소리잖아. 알면서도 보고 있었단 거 아냐. 가짜 희망으로 가득한 영상을, 속아 넘어갔기 때문이 아니라 그냥 그런 걸 보고 싶었기 때문에. 진실을 담은 영상과는 달리 끝까지 볼 수 있었기 때문에…. 그런 사람이 정말로 대다수일까? 구독자 중에서 몇 퍼센트나 될까? 구체적인 수치를 따져보려던 시도는 이내 힘을 잃었다. 한 사람에게라도 수법을 들켰다면 그 시점에서 이미 사기극은 끝난 셈이니까. 허탈함에 절로 웃음이 나왔다. 하지만 동시에 눈앞이 맑게 개는 기분이기도 했다.

그래, 최소한 내 진짜 역할이 뭔지는 알겠네.

거짓말쟁이란 건 이미 아니까, 거짓말이나 그럴싸하게 해달라 이거지?

내가 여기에 기자 일을 하라고 불려 온 게 아니란 것만큼은 아주 똑똑히 알았다. 조안나는 남부전선에 대한 경험과 지식을 갖춘 사람이 아니라, 이런저런 뜬소문과 자료를 적절히 편집해 모두 만족할 만한 이야기를 만들 줄 아는 사람이 필요해서 나를 위원으로 섭외했다. 그렇다면 기대에 부응해주는 것이 사회인의 도리다. 그리고 지금까지 입 다물고서 게으름이나 피웠으니 도리를 지키려면 이제는 서두를 시간. 마시다 만 술잔을 내려놓고 품에서는 수첩을 꺼내든 채, 내 발걸음은 뭐든 취재할 거리가 있을 만한 방향으로 신속히 나아가기 시작했다.

***

"들어, 들어오세요. 연락해봤는데 전부 얘기해도 된다고 하셔서…."

벨을 누르고도 한참 열어줄 기색이 없기에 시작부터 거절당했나 싶었건만, 프로젝트 책임자 위즐 메도골드는 단지 조안나에게 먼저 허락을 받느라 우물쭈물했을 뿐이었다. 막상 취재를 시작하고 나니 위즐은 자신의 속마음을 전부 털어놓는 데에 여념이 없었다. 제 감정에 휩쓸려 울먹이려는 것을 몇 번이고 다독여 진정시켜야 했을 정도였다.

"이 기지를 남들한테 넘겨줄 수는 없어요. 절대로 안 돼요. 그리고 만일, 진짜 만에 하나라도 제가 검수에서 무슨 실수를 하는 바람에 그런 일이 생기고 만다면, 저는 자신을 평생 용서 못 할 거예요. 다들 마찬가지일 거라고요. 우리 회사 사람 중 그 누구의 실수라고 해도…. 아니에요. 절대로 안 돼요. 우리 회사 사람들은 실수한 적 없어요."

"회사가 소중하단 게 아니에요! 아니, 그야 물론 소중하지만, 더 소중한 게 있어서 이 회사에 있는 거라고요. 우리는 전부 클러스터 GG에 가족이 있어요. 원래 콜로니를 띄운 업체가 전쟁 도중에 도산해서 더는 보급 로켓을 못 쏘게 됐을 때, 우리 같은 사람들이 힘을 합쳐서 여길 인수한 거예요. 그래야지 콜로니로 떠난 식구들한테 계속 물자를 보낼 수 있으니까요. 연료도, 음식도, 바닐라 아이스크림도… 사실 그건 제가 넣자고 한 거예요. 동생이 제일 좋아하는 음식이거든요. 벌써 한참 동안 못 먹어봤을 테니까, 동결건조된 거라도 보내주면 좋아할 것 같아서."

"이제 이해하시겠죠? 다른 사람 손에 맡길 순 없어요. 우리 가족들은 우리가 챙길 거예요. 그리고, 그리고 혹시라도 그러지 못하게 된다면, 최소한 그게 우리 중 누군가의 책임은 아니었으면 좋겠어요. 그런 책임을 진다는 건, 그, 너무 가혹하잖아요…."

취재를 마치기 직전 위즐은 결국 울음을 터뜨렸다. 시간이 촉박해 그냥 두고 나오는 마음이 그리 편치만은 않았다.

***

“뭐, 취재라고? 아까 일로 주먹다짐이라도 하러 왔나 했더니.”

승객 대표 자모카 아망드의 방에 찾아가는 일이 긴장되지 않았다고 하면 거짓말일 것이다. 하지만 나는 명색이 종군기자인 사람이고, 내 채널의 컨텐츠 태반은 지나가는 군인에게 마이크를 들이댈 배짱이 있었기에 만들어졌다 해도 과언이 아니다. 공격적인 태도를 누그러뜨리는 게 쉽지는 않았지만, 일리노이에서는 이보다 더한 일도 얼마든지 있었다.

“흥, 일리노이는 아무것도 아니지. 초짜들한테야 충분히 지옥 같겠지만, 거기가 지옥이면 플로리다는 뭐라고 불러야 할까? 그 동네에는 안전한 생물이 단 하나도 없어. 꽃이며 이끼며 곰팡이 하나하나가 죄다 다른 독가스를 합성해서 뿜어내도록 조절돼 있다고. 유전자를 어떻게 주물러놓은 건지 난 짐작도 안 가.”

“올랜도가 함락당할 때 너무 많은 동료를 잃었어. 스칼렛이 아니었다면 나도 꼼짝없이 잡아먹혔거나, 녹아내렸거나, 아니면 그 둘을 곱한 것보다도 끔찍한 몰골이 되었을 거야. 내가 본 군인 중에서 가장 뛰어난 사람이고, 그러면서도 만사에 솔선수범하는 천부적인 리더고, 캔디스를 구출해 데려가자는 것도 스칼렛의 결정이었지. 올랜도에서 태어나 자라면서 평생 좋은 꼴이라곤 하나도 못 봤을 테니까 우리가 바깥으로 데려가주자더라고. 그렇게 셋이서 목숨줄 붙잡고 서로 도와가면서 여기까지 왔는데, 안전지대 놈들한테 거짓말쟁이란 소리나 듣는 기분이 어떤지 알아?"

"후퇴하던 도중에 케이프 커내버럴을 지난 적이 있어. 옛날에 여기보다 훨씬 큰 우주기지가 있던 곳 말이야. 그때 생각했지. 여기서 죽지 말자고. 이왕 후퇴할 거면 이 지긋지긋한 최전선에서 최대한 멀리 도망쳐보자고. 그래, 난 우리 셋을 똑바로 우주까지 데려다줄 업체를 원해. 아이스크림 하나 못 데려가놓고선 변명하기에나 급급한 겁쟁이들이 아니라. 약속은 약속이니 내일까지는 기다려보겠지만, 그 뒤엔 봐주지 않을 거야."

이야기를 끝낸 자모카는 창밖의 하늘을 향해 시선을 옮겼다. 내가 방을 나서는 순간까지도 그 시선은 일말의 흔들림조차 없이 고정된 채였다.

***

"제가 도움을 드릴 수 있을지 모르겠네요. 전문가도 뭣도 아닌데."

아무리 자신감이 꺾여 있다 한들, 우주항공 '전문가' 티코 리틀텐은 그 누구보다 귀중한 취재 대상이었다. 비록 끝은 좋지 않았지만 그래도 가장 수용할 만한 가설을 내놓은 사람이었으니까. 다행스럽게도 티코는 심각하게 풀죽어 있는 때에조차 자기 관심사 이야기를 남에게 구구절절 설명해주길 마다하지 않는 인물이었다.

"솔직히 조금 억울해요! 제가 우주항공 전문가라고 할 만한 사람이 아닌 건 인정하지만, 그렇다고 정말 짐 싸는 것만 돕지는 않았단 말이에요. 네, NASA는 말기에 제대로 된 프로젝트를 주도할 만한 단체가 아니었죠. 네, 제가 거기서 과학자나 공학자로 일한 것도 아니고요. 하지만 마지막 순간까지 NASA에는 분명 우주를 좋아하는 사람들이 모여 있었어요. 저는 그중에서도 특히 더 좋아하는 축에 드는 사람이었고요."

"사실 아까 회의실에서 거짓말한 게 하나 있어요. 아폴로 7호에 실린 아이스크림 얘기요. NASA 보도자료에 실린 식단표에 동결건조 바닐라 아이스크림이 언급된 건 맞지만, 그게 정말로 우주에 나갔단 증거는 없거든요. 다른 증거도 안 남아 있고, 교신 기록이나 회고록에도 전혀 언급이 안 되고, 당시 우주식엔 라벨도 다 붙어 있었는데 승무원이었던 월터 커닝햄은 나중에 인터뷰에서 '그런 게 있었다면 좋았을 텐데.'라고 말하기까지 했대요. 이상하죠? 최초로 우주에 나간 아이스크림을 아무도 기억 못한다니. 어쩌면 애초부터 나간 적 없다는 사람들 말이 맞는지도 몰라요. 별로 맛이 없어서, 아니면 우주선 안에서 먹기엔 가루가 너무 날려서, 식단표에는 써놓았지만 실제로 싣지는 않은 거죠. 그게 더 말이 되잖아요."

"그냥 믿고 싶었어요. 우주에 나가기 위해 개발된 아이스크림이니까 분명 우주까지 갔을 거라고. 안 그러면 너무 슬프잖아요. 그래서, 이번에도 똑같은 상황이란 생각이 들어서 실려 있었을 거란 쪽으로 의견을 내봤는데… 결과적으론 일을 망치고 말았죠. 요청하신 아폴로 7호 교신 기록 보내드렸어요. 어디에 쓰시려는지는 몰라도, 저보다는 유용하게 쓰시길 바라요."

그렇게 말하고서 티코는 고개를 천천히, 깊이 숙여 보였다. 자신이 사랑해 마지않는 우주 이야기를 들어준 것만으로도 그저 감사하다는 듯이.

***

취재는 끝났다. 이제는 이야기를 만들 때였다.

방으로 돌아와 침대 위에 가만히 앉은 채, 가장 먼저 할 일은 자료를 검토하는 것. 읽지 않은 자료, 새로 받은 자료, 페이지 하나하나를 눈에 새기고 중요한 대목에는 밑줄을 친다. 여기에서 너무 어긋나지 않도록. 앞으로 덧붙일 해설이 너무 터무니없지 않도록.

그런 뒤에는 등장인물을 차례로 떠올려본다. 조안나도

위즐도 자모카도 티코도 모두 원하는 바가 제각각인데, 하나의 이야기로 그 전부를 동시에 만족시켜야 한다. 라베스트 앤 패밀리스의 그 어느 직원에게도 책임을 돌려선 안 된다. 승객 중 누군가가 거짓말을 했거나 정신 착란을 일으켰다고 주장해서도 안 된다. 일어났을 확률이 가장 높은 사건들이 빠르게 후보에서 제외된다. 바닐라 아이스크림은 분명 모듈에 실렸고 그 안에서 사라졌다. 승객들은 모든 음식을 똑같이 나눠 먹었지만 바닐라 아이스크림을 먹은 기억만큼은 전혀 없다. 불가능한 일이다. 하지만 불가능한 일이 일어났다고 뻔뻔하게 보도하는 것이야말로 줄곧 내 역할이었다.

어디서부터 시작하면 좋을까? 동결건조된 바닐라 아이스크림을 승객들이 제대로 알아보지 못했으리란 티코의 가설에는 분명히 잠재력이 있었다. 회사에도 승객들에게도 책임을 돌리지 않으면서 아이스크림의 행방을 결정할 잠재력이. 하지만 완벽하지는 못했다. 자모카는 바닐라 향을 정밀하게 구별할 수 있다. 전자기 폭풍 속에서도 자모카의 후각 센서는 고장 난 적이 없다. 스칼렛은 자모카와 다른 모델의 센서를 쓰고, 캔디스는 센서를 안 달고 있다. 세 사람이 동시에 바닐라 아이스크림을 다른 음식으로 착각했으리란 해답을 밀어붙이기 위해선 먼저 이 모든 장애물을 통과해야 한다. 생각을 바꾸고 뒤집어 잘라 붙여서라도. 필요하다면 다시 첫 단계로 돌아가서라도.

그렇게 몇 번을 반복했을까, 마침내 머릿속에서 가능성 하나가 반짝였다.

조금 다듬고 연출을 덧붙이면 꽤 그럴듯해질 법한 가능성이었다.

***

다음 날은 미리 여기저기를 오가며 사전 준비를 하느라 아침 일찍부터 다소 수고를 들여야 했다. 혹시라도 준비도 안 됐는데 다른 위원들이 회의실에 들이닥치면 어쩌나 싶어 긴장도 꽤 했건만, 정작 나머지 네 사람은 회의 시작 직전이 되어서야 피곤 가득한 얼굴로 하나씩 비척비척 걸어 들어왔다. 전날의 취재 때문에 마음이 싱숭생숭해져 잠이라도 설친 걸까? 계획한 건 아니었지만 사실이라면 운이 따라준 셈이었다. 한편으론 내가 준비해둔 게 마침 커피여서 다행이기도 했고. 전쟁통에 사실상 씨가 마른 것이나 다름없는 진짜 커피는 물론 아니고, 라운지에 있던 카페인 음료 분말을 적당히 타서 가져온 것뿐이었지만.

"이건 기자님이 놓아두신 건가요? 감사합니다. 마침 필요했는데."

책상 위에서 김을 모락모락 피우는 컵을 본 조안나가

힘 빠진 목소리로 말했다. 그래, 아무리 가짜 커피라도 회의 때마다 한 잔씩 마시는 맛은 있어야지. 다들 자리에 앉아 자기 잔을 홀짝이는 동안 나는 잠시 기다려주었다가, 회의 개시로부터 대략 2분이 지날 때쯤에 가볍게 박수를 쳐서 건너편에 앉은 티코의 주의를 끌었다. 조안나의 주의도 같이 끌게 됐지만 그거야 의도한 일이니까. 자, 슬슬 목소리 가다듬고. 생각해보니까 회의실에서 입을 여는 게 이번이 처음인가? 시작이 중요하지. 셋, 둘, 하나, 큐.

"커피들 마시고 계세요. 이따 할 얘기가 있긴 한데, 그 전에 개인적으로 저분한테 뭐 말씀 좀 드리려고요. 티코, 어제 보내주셨던 아폴로 7호 관련 자료들을 좀 읽어보다가 발견한 게 있어서 잠시…."

"앗, 네네! 그걸 읽어보셨군요! 대단하지 않나요? 1968년에 그만큼 제한된 기술을 최대한 활용해서 NASA가 어떤 일을 해냈는지! 인류가 다시 그런 업적을 이룰 수 있을까요? 우주개발이 언젠가 다시 시작될 수 있을까요?"

"…그렇지요. 저도 정말 대단하다고 느꼈는데요, 제가 집중해서 읽은 부분은 아무래도 말씀하셨던 바닐라 아이스크림에 대한 내용이었거든요. 왜, 어제 그러셨잖아요. 실제론 맛이나 가루 문제로 아폴로 7호에 아이스크림이 안 실려 있었을지도 모른다고."

'아이스크림'이라는 단어가 나오자마자 온 회의실의 이

목이 내게로 모이는 게 느껴졌다. 그럼, 그래야지. 개인적인 이야기를 굳이 다섯 사람이나 모인 데에서 시작했단 건 제발 같이 좀 들어달라는 뜻이니까. 물론 그중에서도 내 말에 가장 집중하는 사람은 티코였다. 특유의 반짝이는 시선을 한껏 받으며 나는 이야기를 계속해나갔다.

"실은 그게 아무래도 석연찮았어요. 당시 기술로 만든 동결건조식 중에서 아이스크림만 특히 더 맛이 없었을까? 유난히 가루가 많이 날렸을까? 그럴 것 같진 않았거든요. 그래서 교신기록을 꼼꼼히 훑어보니까, 빙고! 5일째에는 월리 시라가 '비스킷으로 된 치킨 샌드위치는 가루가 너무 많이 나와서 문제'라는 보고를 하고, 7일째에는 돈 아이젤이 '버터스카치 푸딩은 누굴 줘버리고 싶은데 아무도 원치 않는다.'라고 말하죠. 맛이나 가루가 문제였다면 이 둘도 진작에 퇴출당했어야 마땅해요. 바꿔 말하면 그런 문제로 동결건조 아이스크림만 식단에서 뺄 이유는 없었단 얘기죠."

"정말인가요? 그건 기쁜 이야기지만…. 승무원들이 아무도 아이스크림 언급을 안 했던 건요? 월터 커닝햄은 아예 기억이 없다고 그랬잖아요."

"그것도 간단히 설명할 수 있어요. 어제 회의 때 말씀하셨다시피 바닐라 아이스크림은 돈 아이젤의 점심 식사 메뉴였죠. 그리고 아까 말한 7일째 교신 기록을 보면, 바로 그 아이젤이 '다른 두 사람이 내 사과 소스를 곁들인 햄을 빼앗아가려고 한다.'라는 얘길 해요. 보도자료에 따르면 아이젤의 메뉴에 있던 건 햄이 아니라 '사과 소스를 곁들인 캐나다식 베이컨'이었고, 그 둘은 생김새가 비슷하긴 해도 돼지의 다른 부위로 만드는 다른 음식인데도 말이죠. 게다가 당시 우주식엔 라벨도 제대로 붙어 있었다면서요? 자, 여기서 유추할 수 있는 사실이 뭐겠어요?"

티코가 대답하길 기대한 질문이었지만, 먼저 입을 연 사람은 자모카였다. 다들 얼마나 집중해서 듣고 있었던 건지! 게다가 자모카는 내 논리의 허점을 한발 앞서 날카롭게 찔러 오기까지 했다.

"아이젤이 라벨을 안 읽는 성격이었단 거 아냐? 그래서 자기가 먹는 게 바닐라 아이스크림인 줄도 몰랐을 거라고. 물론 그랬겠지. 우주비행사까지 해먹은 엘리트가 바닐라 향도 못 맡고 문맥 파악도 못 하는 머저리였다면야."

"어라, 어제 얘길 제대로 안 들으셨나요? 티코가 그랬잖아요. 아폴로 7호 승무원들은 심한 감기에 걸려 고생했다고. 감기로 코가 막히면 당연히 냄새를 못 맡죠."

네, 뻔히 보이는 허점을 찔러주셔서 감사합니다. 자모카는 분한 듯 입술을 살짝 깨물었고, 티코의 만면에는 함박웃음이 떠올랐다. 냄새를 맡지 못하면 음식의 향은 사라지고, 그러면 동결건조 바닐라 아이스크림은 그냥 우유 맛 과자가 되었을 테니, 라벨을 읽지 않았다면 아이젤이 그걸 아이스크림이라고 깨닫지 못한 것도 당연한 일. 심심한 우유 과자의 맛은 동일한 식단에 포함되어 있었던 달콤한 푸딩이나 새콤한 과일 주스에 의해 간단히 잊혔으리라. 자연히 다른 승무원들에게도 별다른 감상을 말하지 않았고, 그래서 누구도 기억할 수가 없었던 것이라고 한다면? 우주에 나가기 위해 만들어진 아이스크림은 정말로 우주에 도달했다는 뜻이 된다. 티코가 그토록 간절히 바랐던 대로…. 그리고 다른 사람들도 똑같이 바랐던 대로.

"덧붙여서 제 생각엔, 미니다트 모듈에서 일어난 일도 별반 다르지 않을 것 같은데요."

회의실이 부드럽게 웅성거렸다. 너무 조용하지도 않고, 그렇다고 너무 시끄럽지도 않았다. 본론으로 들어가기엔 딱 좋을 정도의 활기였다. 자신감과 흥분과 침착함을 적절히 섞은 목소리가 배경음 위로 기분 좋게 날아갔다.

"우리가 느끼는 음식의 맛엔 미각과 후각이 모두 관여하죠. 그래서 똑같이 하얗고 퍼석거리는 동결건조식을 먹으면서 두 감각을 모두 이용해 각각의 정체를 구분할 수 있는가 하면, 반대로 두 감각 중 하나에만 제약을 받아도 모양과 식감이 비슷한 음식을 잘 구분할 수 없게 돼요. 물론 동결건조 아이스크림처럼 생전 먹어본 적도 없는 생소한 음식이라면 더더욱 착각하기 쉬울 테고요."

"그건 어제 저 가짜 전문가도 똑같이 주워섬긴 소리잖아. 내 후각 센서 성능이 떨어지거나 고장이 나서 헷갈렸을 거라고. 둘 다 이미 반박했으니까, 똑같은 소리 두 번 하게 만들지 마."

"저도 알아요, 자모카의 센서는 바닐라 향을 구분할 수 있을 뿐만 아니라 드론이 일으킨 전자기 폭풍 속에서도 멀쩡했죠. 그러니까 일단은 다른 분들부터 먼저 짚고 넘어가고 싶네요. 스칼렛 트윈베리와 캔디스 원더코튼, 맞죠?"

소중한 전우들의 이름이 튀어나오자 자모카의 미간이 찌푸려졌다. 여기서 쓸데없는 시비에 걸리고 싶진 않았기에 나는 재빨리 말을 잇기로 했다.

"먼저 스칼렛부터 얘기해보고 싶네요. 자모카, 사실 어제 저한테 해준 얘기 중에서 스칼렛에 대한 부분은 살짝 이해가 안 됐어요. 언제나 솔선수범하는 리더였다고 그러셨지만, 분명히 첫날 회의 땐 자모카랑 캔디스 둘이서 매번 식료품을 가지러 다녀왔단 말을 하지 않았나요? 게다가 왜 대책위원회처럼 중요한 자리엔 리더 본인이 나오지 않은 거예요? 정말로 발벗고 나서는 성격이 맞긴 한 건가요?"

"말조심해. 스칼렛은 망할 드론 때문에 조금 이상이 생겼을 뿐이야. 의족에 오류가 나서 보관고에 못 다녀왔고, 몸은 고쳤어도 휴식이 필요할 것 같아 내가 대신 나왔지만, 미안하게도 후각 센서에 문제가 있단 말은 한 적이 없어."

"제 생각에도 그런 말은 안 했을 것 같네요. 괜한 걱정을 끼치기는 싫었을 테니까. 소중한 동료들이 고생해서 가져온 음식인데, 설령 아무 맛이 안 나더라도 최대한 맛있게 먹고 싶었겠죠. 어차피 몸을 다 고친 뒤엔 무슨 증거가 남는 것도 아니고요."

게다가 자모카 입장에서도 정말로 그랬는지 스칼렛을 추궁하고 싶진 않을 것이다. 리더가 동료들을 위해 한 일이잖아? 감동적인 배려는 감동적인 채로 묻어두는 게 최선인 법. 예상대로 자모카는 그 이상 내 주장에 토를 달지 않았다. 그러면 한 명은 해결했으니, 슬슬 다음 사람으로 넘어가야겠지.

"캔디스는 어떨까요? 오해하지 말고 진정하면서 들어주세요. 저는 캔디스가 바닐라 아이스크림에 대해 거짓말을 했다고 생각합니다. 간단한 논리예요. 캔디스는 플로리다 올랜도에서 태어나 자라면서 좋은 건 한 번도 누려보질 못했다고 하셨으니, 당연히 아이스크림이나 바닐라 향이 무엇인지조차 몰랐겠죠. 그러니까 바닐라 아이스크림 맛이 어땠느냐는 질문을 받았을 때 캔디스는 '그게 뭔가요?' 아니면 '뭔지 모르겠어요.'라고 답했어야 해요. 하지만 실제로 한 대답은 '먹은 적 없어요.'였고, 그러니 거짓말을 한 셈이 되죠."

"말도 안 돼. 왜 캔디스가 그런 거짓말을 했겠어? 아무 이유도 없이."

"정말로 이유가 없었을지 한번 캔디스 입장에서 생각해 보세요. 생전 처음 듣는 음식에 대한 질문을 받았는데, 전우이자 생명의 은인인 두 사람이 전부 먹은 적 없다고 대답했어요. 그런 상황에서 자신만 다른 대답을 하면 어떻게 될까요? 꼭 혼자만 몰래 먹고서 발뺌하는 것처럼 들리리란 걸 캔디스는 알아챘을 거예요. 혹시나 괜한 오해라도 생기면 자기가 아이스크림에 대해 전혀 모른단 걸 구구절절 말해야 하니, 그냥 여러분과 같은 대답을 하는 게 마음이 편할 거라고 판단했겠죠."

이것도 마찬가지로 추궁하고 싶지 않은 종류의 이야기다. 캔디스는 소중한 동료들과 사서 갈등을 빚고 싶지 않았고, 또 괜히 마음 상할 말을 하고 싶지도 않았을 뿐이니까. 이렇게 간단히 두 사람을 해결했지만 아직 승객은 한 명이 더 남아 있었다. 게다가 이번에는 현장에서 내 의견을 받아칠 수 있는, 그래서 지금까지처럼 적당히 얼버무리고 넘어갈 수도 없는 아주 까다로운 승객이었다.

"그래, 스칼렛이랑 캔디스가 바닐라 아이스크림을 먹고

도 그게 뭔지 몰랐을 수 있단 것까진 납득했어. 근데 그렇다고 내 후각 센서까지 납득시킨 건 아니거든. 난 여기 있는 그 누구보다도 바닐라 향을 정확하게 분간해낼 수 있고, 그럼에도 망할 모듈 안에서 바닐라 맛이 나는 음식은 단 한 번도 입에 댄 적이 없다고 맹세할 수 있지. 이젠 어쩔 거야? 센서가 거짓말이라도 했다고 주장할 셈이야?"

"농담도 잘하시네. 센서가 거짓말을 할 리 없잖아요? 플로리다 최전선에서 여기까지 살아 도착하신 것만 봐도 그건 자명한 사실이죠. 대체 얼마나 많은 독가스의 위협을 뚫고 오신 건지 저는 상상도 안 되네요. 청산 가스, 머스터드 가스, 포스젠…. 일리노이에서 안전교육 받으면서 얼핏 들은 놈들인데, 자모카는 실제로 전부 경험해보셨을 거 아녜요."

"경험해본 것들의 1퍼센트도 채 안 된다, 왜."

"그러면 저 가스들이 실제로 어떤 냄새가 났는지도 말해주실 수 있나요?"

이것이 가장 까다로운 승객을 위해 준비한 내 승부수였다. 하나 자모카는 단순히 황당하다는 듯 코웃음을 치며 대꾸해 보였다.

"냄새 좋아하시네. 사람 후각처럼 불완전한 경고 장치론 플로리다에서 열 걸음도 못 걸어가. 하지만 내 센서는 그런 흔해 빠진 독가스가 아주 낮은 농도만 공기 중에 있어도 곧바로 감지해서 경고를 울려 주지."

"그렇군요. 듣고 보니 사람 후각은 정말 믿을 게 못 되네요. 안전교육에서 배우기론 청산 가스는 생아몬드 열매, 머스터드 가스는 이름대로 겨자나 마늘, 포스젠은 갓 깎은 풀 냄새가 난다고 했거든요. 서로 헷갈릴 게 따로 있지, 참."

말을 마치고 일부러 하하, 하고 웃어 보였더니 자모카도 함께 살짝 웃었다. 하지만 그 웃음기가 싹 휘발되기까지는 몇 초도 채 걸리지 않았다. 이제부터 무슨 주장을 내놓으려는지 알아챈 걸까, 아니면 그냥 내 웃음에서 심상찮은 기색을 느꼈을 뿐일까? 어느 쪽이든 이제 와선 아무 상관도 없는 일이었다. 승부수는 진작에 던져져 있었다.

"바닐라 향도 비슷해요. 진짜 바닐라 향기는 바닐라 열매에 함유된 바닐린이라는 물질에서 나오지만, 인간의 코는 문제가 많은 센서라서 전혀 다른 물질에서도 비슷한 향을 맡곤 하거든요. 어제 찾아보기론 에틸바닐린, 아세트아니솔, 아니실아세테이트, 아포시닌, 쿠마린…. 전부 바닐린과 비슷한 향을 낸다고 알려진 물질이죠. 하지만 자모카의 후각 센서는 이런 데에 속아 넘어가지 않겠죠? 업체에서 테스트할 땐 가장 대표적 바닐라 향인 바닐린을 썼을 테고, 바닐린이 아닌 물질과 헷갈릴 리는 만무하니까. 그 증거도 여기 있고요."

그 말과 함께 내 앞에 놓아두었던 커피잔을 살짝 들어 보이니, 나머지 네 사람의 시선도 같은 속도로 쭉 따라 올라갔다. 계획했던 대로 아주 만족스러운 연출이었다.

"최근에 바닐라 열매는 커피 원두만큼이나 구하기 힘들어졌고, 석유나 나무 펄프에서 합성하는 공장도 제대로 돌아가는 데가 많지는 않을 거예요. 당연히 요즘 바닐라 향료라고 팔리는 것 중에는 진짜 바닐린이 안 들어간 녀석도 적잖이 있겠죠. 듣기론 옛날에 사용 금지됐던 쿠마린이 다시 쓰이고 있다나, 뭐라나? 진짜인지 아닌지 확인해보려고, 여러분께 드린 이 커피에도 사실은 기지 주방에서 빌려 온 바닐라 향료를 몇 방울 떨어뜨려뒀어요. 자, 여기서 설문 조사 나갑니다. 커피에서 바닐라 향을 느꼈던 분은 손을 번쩍 들어보세요. 하나, 둘, 셋!"

그리고 올라온 손은 하나, 둘, 셋에 나까지 넷. 오직 자모카만이 움직임 없이 멍하니 앉아 있었다. 성공이었다. 기획을 짜고 준비를 한다고 일이 항상 성공하라는 법은 없지만, 바로 그렇기에 성공의 순간은 언제나 바닐라 아이스크림에 비할 바 없이 달콤했다. 그럼 지금까지 베스트-1 우주항공기지에서 서머헌트 프론트 채널의 글래셜 서머헌트가 보내드렸습니다, 시청 감사합니다, 그리고 구독과 추천 부탁드립니다.

"이상입니다."

기분 좋은 한숨을 쉬며 의자에 몸을 편안히 기대니 주변의 소리가 흐릿하게 멀어졌다. 자모카가 기자회견을 열겠단 입장을 철회하는 소리, 조안나가 사고 보상 및 향후 계획 이야기를 꺼내는 소리, 위즐과 티코가 저마다 한마디씩 대단찮은 의견을 보태는 소리, 전부 내 이야기가 충분히 만족스러웠다는 증거였다. 회사의 책임도 승객의 잘못도 없는, 다 함께 하하호호 웃으며 내일을 말할 수 있는 이야기. 틀림없는 사실임을 믿고 싶어지기에 의심할 마음조차 사라지는 이야기. 존재하지 않는 희망을 그려보게 되는 이야기. 이런 이야기를 지어내는 게 내가 맡은 역할이라면야…. 그렇게 생각하고 있자니 왠지 내 눈앞에도 그 희망이란 녀석이 어른거리는 것만 같았다.

채널 구독자들이 지금껏 봤던 게 이거구나. 뭐, 참고 봐줄 만은 하네.

그것이 내 솔직한 감상이었다.

***

대책위원회가 해산된 날로부터 두 달하고도 보름이 지났을 무렵, 나는 다시 한번 조안나의 부름을 받고 베스트-1 기지를 찾았다. 이번에는 미니다트 탈출선의 2차 발사를 보도해달라는 의뢰 때문이었다. 한동안은 안전지대 생활 팁 따위를 주로 방송하며 지냈지만 곧 다음 컨텐츠를 찾아 태평양 쪽 전선으로 떠날 작정이었으니, 이번 일이 내가 안전지대에서 찍는 마지막 기업 홍보 방송이 될 터였다. 길쭉하게 뻗은 로켓이 발사대 위에서 그 위용을 과시하며 군중을 불러모으는 동안 내 발걸음은 클라이언트가 대기하고 있을 무대 뒤쪽을 향했다.

"오랜만입니다, 기자님."

"아, 조안나! 반가워요. 잘 지냈죠?"

"바빠 죽는 줄 알았지만요. 그래도 오늘 발사만 성공하면 한숨 돌릴 수 있습니다. 스케줄은 사전에 전달드렸고, 추가로 필요한 장비나 인력 같은 게 혹시 있으면 지금 마지막으로 말씀해주세요."

글쎄, 프로라면 그런 준비는 진작 끝내두는 법이다. 방송 개시까지는 아직 시간이 좀 있었기에 나는 무대 뒤에서 사람들이 분주하게 움직이는 모습을 구경이나 하고 있었다. 멀찍이서 자모카와 두 전우가 우주복 차림으로 도착하는 게 보였다. 다음번 발사에도 셋을 그대로 탑승시켜달라는 것이 자모카가 대책위원회에서 내놓은 유일한 요구사항이었다. 이번에야말로 실수 없이 우주로 보내달라고. 지긋지긋한 최전선으로부터 가능한 한 멀리 떨어뜨려달라고. 그런 심정을 언젠가는 나도 이해할 수 있게 될까? 지금으로선 그러지 않기를 바랄 뿐이지만…. 꼬리에 꼬리를 무는 생각을 멍하게 따라가고 있자니, 직원들에게 지시 내리던 걸 얼추 끝낸 조안나가 도로 내 곁으로 다가와 속삭였다.

"기자님, 잠시 사소한 질문 하나만 드리고 싶습니다."

"네, 얼마든지요."

"대책위원회 마지막 날에, 정말 자모카의 커피에도 바닐라 향료를 넣으셨습니까?"

놀랍게도 전혀 예상치 못한 질문은 아니었다. 다른 사람은 몰라도 조안나라면 혹시 이걸 의심할지도 모른다는 생각이야 오래전부터 해왔고, 그래서 어떻게 대응할지도 이미 계산이 서 있었다. 뭣보다 질문거리가 있는 건 나도 마찬가지였으니까.

"콜로니에 지금도 정말 사람들이 있는지 먼저 대답해 주시면, 그때 답해드릴게요."

상식적인 의문이었다. 지난번 사고 이후로 로켓을 안 보낸 지 두 달이 넘었고, 드론 때문에 이런 일이 전에도 여러 번 있었다고 했으니, 지상 보급에만 의존할 클러스터 GG 콜로니는 진작에 심각한 위기를 겪었을지도 모른다. 우주로 도망친 사람들은 다들 무사할까? 라베스트 앤 패밀리스 직원들과 교신은 하고 있을까? 고객들은 설마 이토록 간단한 의심조차 하지 않고 로켓에 거리낌 없이 올라타는 걸까? 어쩌면 이 모든 난리법석이 그저 부질없는 희망을 끝까지 놓을 수 없는 사람들에 의해 벌어지는 일종의 연극, 우주로 사라져간 그 모든 귀중한 돈과 자원과 생명으로부터 애써 눈을 돌려야만 지속 가능한 덧없는 백일몽에 지나지 않는 건 아닐까? 내 말을 듣는 순간 조안나의 얼굴에 순간 스친 감정은 '예'를 닮은 것 같기도 했지만, 어쩌면 '아니오'에 더 가까워 보이기도 했다. 하지만 결국 둘 중에서 조안나가 내놓을 답은 정해져 있었다.

"스페이스 GG 콜로니는 언제나 정상적으로 운영되어 왔습니다. 거주자 여러분은 모두 건강하며, 지금 이 순간에도 새로 오실 손님들을 맞이할 준비를 하는 중입니다."

"듣던 중 반가운 말씀이네요! 아, 커피 다섯 잔에는 물론 똑같이 향료가 들어갔죠."

서로의 가장 희망적인 답변을 만족스럽게 바꿔 가진 채, 조안나는 다시 직원들에게 지시를 내리러 떠나갔고 나는 방송을 시작하기 위해 무대 위쪽으로 자리를 옮겼다. 곧 대표 연설이 시작되었고, 각종 공연이 그 뒤를 이었으며, 그러는 내내 발사 준비는 문제없이 진행되었다. 최종 검수를 마치고서 뛰어 올라온 위즐이 손으로 커다란 동그라미를 만들어 보이자 온 군중이 환호성으로 화답했다. 그 사이에서도 가장 큰 소리로 열광하는 티코의 얼굴이 마침 렌즈 한가운데에 잡혔다. 세상에서 가장 우렁찬 카운트다운을 외치겠다고 작정이라도 한 듯한 얼굴이었다. 하지만 카운트다운을 하는 동안 담아야 할 영상은 따로 있었다. 내리쬐는 역광 속에서도 로켓이 부디 잘 찍혀 주길. 희미하디 희미한 희망이라도 구독자들에겐 부디 선명하게 보이길.

방송 화면 속의 로켓이 흰 연기를 뿜으며 날아올랐다. 우주를 향해, 틀림없이.

아마존
몰리

2019년 『감겨진 눈 아래에(황금가지)』 수록

과학잡지의 기자 일은 생각보다 만족스러웠다. 대학원 입학식 때 상상했던 미래 모습과는 분명 달랐지만, 흰 가운이나 라텍스 장갑으로부터 한 발짝 떨어져 있다는 게 그다지 아쉽지는 않았다. 전공을 살린 직장이었고, 적성에도 꽤 맞았고, 학술적으로 거의 완전히 무가치한 누더기였던 내 졸업논문에 비하면 기사는 훨씬 보람차게 쓸 수 있었다.

의외의 즐거움도 있었다. 기사를 쓰기 위해 과학계 종사자들과 인터뷰를 할 일이 많았는데, 피곤에 찌든 대학원생이나 연구원들의 목소리를 듣고 있으면 어떤 사악한 우월감이 피어올라 나를 고양시키곤 했다. '나는 그만뒀는데, 너희도 그만두지 그래?' 같은 종류의. 분명 유별나게 고통스러웠던 내 대학원 생활이 내 영혼을 뒤틀어놓은 결과라고 생각한다.

과학자들을 대상으로 한 수많은 인터뷰는 그렇게 내 뒤틀린 정신에 단물을 제공해주었을 뿐 아니라, 흥미로운 깨달음을 하나 던져주기까지 했다. 매일같이 이 대한민국에서 가장 빛나는 과학계의 지성들로부터 이야기를 듣다 보니, 좁은 실험실에 갇혀 매일 똑같은 사람만 만날 땐 알 길이 없었던 진실이 비로소 눈에 들어온 것이다. 바로 그 대단한 지성들, 그 누구보다 논리적이고 합리적인 것을 자랑으로 삼는 과학적 방법론의 사도들조차도 종종 터무니없이 이상한 믿음에 빠져들고 만다는 사실이었다.

이를테면 최근의 상가 건물 붕괴 사고에 대한 특집 기사를 싣기 위해 건축공학 전문가인 모 교수와 인터뷰를 했을 때, 나는 그의 책장에 줄지어 꽂힌 창조과학 관련 서적을 힐끔힐끔 보지 않으려고 굉장히 노력해야 했다. 교수가 과학자로서 자격이 없는 인간이라고 비난할 수는 없었다. 건물 붕괴에 대한 그의 설명은 역학적으로 더없이 정확했으니까. 다만 그는 지구가 1만 년 전쯤(플라이스토세 말기, 털매머드가 멸종하기 시작할 즈음)에 창조되었다고 굳게 믿을 뿐이었다.

또 한 번은 비타민 음료에서 발암물질인 벤젠이 생성된다는 이야기에 대한 설명을 듣고자 책을 여러 권 쓴 유명한 화학자에게 자문을 구했는데, 정작 들은 얘기는 30퍼센트가 화학이었고 나머지 70퍼센트는 세계를 뒤에서 주무르는 사회주의자 파시스트 악마 부자들에 대한 일장연설이었다. 생전 처음 보는 여자한테까지 이렇게나 열렬히 떠들어대야하는 이야기를 베스트셀러가 된 청소년용 과학책에는 어떻게 안 쓰고 참았을지, 그 점이 특히 마음을 울렸다.

"이상한 사람은 어디에나 있지 않나?" 그래, 그걸 누가 모르겠나. 하지만 내가 인터뷰한 사람들은 그냥 이상한 사람이 아니었다. 자기 분야에서는 그 누구보다 이성적인 인물들이었고, 정신은 명료하다 못해서 항성처럼 이글이글 타올랐으며, 망상증이나 여타 '이상한 소리 하는 사람' 하면 흔히 생각날 만한 정신질환의 기미라고는 전혀 보이지 않았다. 그 팽팽 돌아가는 두뇌 한쪽으로는 이론과 실험을 논리적으로 생각하고 또 가다듬으면서, 다른 한쪽으로는 도대체 말도 안 되는 믿음을 신줏단지처럼 모시고 있었을 뿐이다.

과학계에 이상한 놈은 내 예전 지도교수밖에 없으리라고 생각했던 나는 이 새로운 발견에 열광했다. 곧 이성적인 과학자들의 이상한 이야기를 수집하는 것은 내 작은 취미가 되었다. 인터뷰 대상자의 사담을 웬만하면 막지 않았고, 때로는 일과 무관하게 단순히 이야기를 듣고자 개인 시간을 쪼개기도 했다. 아예 칼럼을 만들어보자는 의견은 '잡지의 편집 방향과 맞지 않는다'는 이유로 기각되었지만, 편집장이 바뀌면 또 모르는 일이라고 생각한다.

아무튼 그렇게 모인 이상한 이야기가 지금은 수십 편이 되었다. 대부분은 창조과학, 다국적기업 음모론, 혹은 정치적인 횡설수설이다. 이런 것들은 아무리 머리 좋은 과학자가 논리적으로 말해도 도무지 믿을 생각이 안 든다. 하지만 가끔씩은 정말로 설득력이 있는, 그래서 '이건 진짜가 아닐까?' 싶은 이야기가 등장해 가슴을 뛰게 한다. 한국 지하철 시스템에 대한 수학 교수의 정교한 이론을 들은 뒤로는 지하철을 탈 때마다 노선도에 신경이 쓰이고, 몽골에서 공룡 화석을 캐내는 발굴팀의 연구원이 들려준 경험담에는 알려진 인류 문명의 역사를 뒤바꿀 만한 진실이 감추어져 있을지 모른다고 진지하게 생각하고 있다. 그리고 또 하나, 도무지 잊을 수 없는 이야기가 있다.

작년 겨울에 한 생명공학자로부터 들은 이야기다.

***

문제의 인물에 대해 알게 된 것은 인터넷 뉴스 기사에서였다. 내가 인터뷰하는 과학자들이 으레 그렇듯이 세계 최초로 뭐를 규명했다거나, 뭘 개발했다거나 하는 영광스러운 일로 뉴스에 난 것은 아니었다. 대신 그는 길을 가던 여성을 폭행하려다가 시민들에게 제지당했고, 그 과정이 동영상으로 생생히 찍히는 영광을 입었다. 덕분에 카페에서 갑자기 뛰쳐나왔다가 순식간에 제압당해 보도블록 위로 꼴사납게 엎어지는 그의 모습이 내 눈에까지 들어오게 된 것이다.

항상 그렇듯이 기사는 길을 가다가 휘말렸을 뿐인 여성에 대한 불필요한 정보로 가득했지만, 그래도 기사 말미에는 이 남성의 직업이 짤막하게 적혀 있었다. 안타까우리만치 흔한 여성 대상 범죄자로밖에 보이지 않았던 그는 알고 보니 명문대에서 박사 학위를 받고, 최근에는 어느 대학 조교수로 임용되기까지 한 인물이었다. 스크롤을 내리다가 댓글을 보고 구역질을 하는 와중에도 이 정보는 내 머릿속에 반사적으로, 확실히 입력되었다.

물론 여자를 만만하게 보고 폭력을 휘두르는 건 학력과 직업을 가리지 않으니, 이것만으론 내 분노는 이끌어낼 수 있었을지언정 흥미를 자극하기엔 역부족이었다. 그 분노 때문에 몇 개 나오지도 않고 흐지부지된 후속 보도를 챙겨 보기는 했다. 범인과의 인터뷰 몇 줄이 실린 기사였다. 나는 그 인터뷰를 읽고, 다시 한 번 찬찬히 읽은 뒤, 범인에 대해 조금 더 검색해보았고, 범인의 연락처를 알아낸 다음에는 주저하지 않았다. 인터뷰 요청을 따내는 건 몸에 익은 일이었다.

물론 명백하게 무모한 짓이었다. 위험할 수 있으리라는 사실도 아주 잘 알았다. 하지만 그 위험신호조차도 묻어버릴 만한 호기심이 이미 몸을 지배하고 있었다. 이상한 이야기를 찾아다니기 시작한 이래, 정말 흥미로운 무언가를 듣게 되리라는 직감이 그때만큼 명확하게 신호를 보내온 적은 처음이었으니까.

약속 장소인 한적한 공원에서 만난 그는 간신히 살아 움직이는 허수아비 같은 모습이었다. 키는 컸지만 말랐고, 푸석푸석한 머리카락은 제멋대로 뻗친 채. 옷은 단정하게 차려입고 있었지만 그 속의 불안한 흔들림까지 완전히 감춰주지는 못했다. 내가 가까이 다가가지 않고 조심스레 거리를 재자, 그는 희미하게 웃으며 입을 열었다.

"무서워하시는 거 이해합니다. 그래도 걱정하지 마세요."

물론 자긴 안전하다는 남자 말을 곧이곧대로 믿어줄 여자는 없다. 특히나 상대방이 여성 폭행을 시도했던 범죄자일 경우에는 더더욱. 그러니 내가 경계를 살짝 풀고, 여전히 눈치를 살피면서도 그에게로 다가간 이유는 따로 있었다. 인터넷 뉴스에 실린 인터뷰를 믿는 한 나는 그의 범죄 목표가 될 가능성이 없었는데, 그 이유가 무엇이냐 하면…

"쌍둥이가 아니니까요?"

그의 범행 동기가 '카페 창 너머에서 쌍둥이 여성을 목격했기 때문'이었으니까. 언니를 맞이하러 나온 동생을 보고 눈이 뒤집혀 뛰쳐나온 것이다. 기사에는 자세한 이유는 쓰여 있지 않았고, 그가 단순히 제정신을 잃은 것이 아니라 나름의 논리 때문에 분노했으리라는 암시만이 담겨 있었다. 내 직감을 자극하기에는 그 정도면 충분했다. 그리고 직감만으로는 얻을 수 없는 확신을 그의 대답이 굳혀 주었다.

"그때도 제가 잘못 생각한 겁니다. 두 사람이 나이가 비슷했으니까 그냥 쌍둥이 자매였던 건데…. 제가 찾던 것과는 다른데 말이죠."

분명 이 남자에게는 논리와 이유가 있었다. 박사 학위까지 따고 멀쩡하게 연구 생활을 하던 사람의 머릿속에, 어떤 연유에서인지는 몰라도 터무니없는 믿음이 둥지를 튼 것이다. 그런 것이야말로 바로 내가 찾아다니는 종류의 믿음이었다. 녹음기를 꺼내고, 귀를 쫑긋 세우고, '듣고 있다'는 인상을 심어주자 그는 잠시 머뭇거리다 곧 이야기를 시작했다.

"제가 박사후과정에 있을 때 일입니다."

아아, 박사후과정. 내가 그 길로 잘못 들어서지 않아서 얼마나 다행인지. 하지만 '박사후과정'이라는 단어를 내뱉는 표정을 보고 판단하건대, 그의 연구 생활은 내 것보다는 훨씬 순탄했던 모양이었다. 그를 망가뜨리고 만 문제의 사건 하나를 제외하면.

"학회에서였죠. 대한 생명과학 어쩌고 하는 학회였는데 그날따라 유난히도 지루했습니다. 그래도 뭔가 얻어 가는 건 있어야겠다 싶어서 포스터 구경하면서 설렁설렁 시간 때우다가, 유전체 전달 테크닉을 설명하는 포스터 앞에서 마주친 겁니다…. 그 여자하고."

긴 생머리에 오똑한 코에, 아무튼 남자들이 흔히 '예쁜 여자'를 묘사할 때 등장하는 진부한 표현이 길게 이어졌다. 요약하자면 결국 '내 눈에는 그 여자가 예뻐 보였다'는 소리면서. 그렇다면 뒤에 이어질 말도 대강은 예측할 수 있었고, 과연 이야기는 내 예상과 크게 다르지 않게 흘러갔다.

"포스터 발표자한테 열심히 무슨 질문을 하는 중이더라고요. 그런데 아무래도 발표자가 뭘 잘못 알고 있길래, 제가 나서서 대신 설명을 해줬죠. 뭐 그러다가 인사 나누고 사담도 좀 하고, 학회 지루하다고 투덜거리기도 하고, 나가서 술 마시자는 얘기 하려고 용기도 좀 내고. 그래도 될 만한 분위기였거든요."

정말 그런 분위기였을까? 내가 판단할 수 있는 것이 아니었지만, 그의 말에 따르면 문제의 여자는 제안을 거절하지 않았다. 결국 두 사람은 꽤 늦게까지 함께 술을 마셨다. 그날 밤 술자리에서 나눈 이야기를 회상할 때 그는 약간 꿈에 잠긴 듯한 표정을 지었다.

“그땐 정말로 괜찮, 아니, 좋았어요. 정말로. 처음엔 그냥 연구 얘기였죠. 작은 기업체에서 일하는데, 유전체 전달 부분이 골치 아프다기에 설명도 더 해주고. 그러다가 그냥 살기 힘들다는 얘기, 어쩌다 이 길에 들어섰는지 하는 얘기, 학부 때 얘기, 더 어릴 때 얘기, 뭐 그렇게 흘러갔죠. 정말 좋았습니다. 그렇게 말 잘 통하는 여자 찾기가 쉽지 않거든요.”

“네, 그러셨군요.”

알 게 뭐람. 내 관심은 그게 아니었다.

“정확히 무슨 얘기를 하셨는지 기억나시나요?”

중요한 것은 디테일이다. 디테일을 확보할수록 이야기의 사실성은 커지고, 돌이켜볼 때 더욱 생생히 그려지고, 그 과정에서 때론 화자조차 놓친 단서를 눈치챌 수도 있다. 발굴팀 연구원과 이야기하면서 배운 사실이다. 갑작스러운 물음에 다소 당황하면서도 그는 내 욕구에 응답해주었다. 그날의 이야기는 하나도 빠짐없이 기억한다는 듯이, 모종의 자신감조차 느껴지는 목소리로.

“그냥… 서로 좀 두서없이 말했습니다. 시시콜콜한 것들까지요. 그런데 대학 들어갈 때 자기소개서를 어떻게 꾸며 냈는지 얘기하다 보니, 우리 둘 다 감명 깊게 읽은 책을 똑같이 적어 낸 겁니다. 『이중나선』이라고 혹시 아실까 모르겠네요. DNA 구조를 규명한 왓슨이라는 과학자가 쓴 자서전입니다."

고등학생 때 읽은 책이다. 위대한 생물학자 제임스 왓슨이 자신의 동료 과학자인 로절린드 프랭클린을 꼬박꼬박 '로지'라고 줄여 부르면서, 성격은 물론 옷차림에 대해서까지 시시콜콜 트집을 잡아 대는 책. '왓슨처럼 훌륭한 과학자도 우리와 똑같은 사람이라는 것을 알 수 있었다.' 따위의 독후감을 써야 했던 건 내 인생 최대의 굴욕 중 하나다. 대입 자기소개서에 넣으려다가 "이것보단 좀 덜 알려진 책을 넣자."라는 입시 담당 교사의 전략에 따라 뺐던 기억도 생생하다. 그만큼 유명한 책이니, 두 사람이 똑같은 책을 적어냈다는 건 그리 놀라운 일도 아니었다.

"네, 대단찮은 일이죠. 그런데 그걸 계기로 얘기하다 보니까 닮은 점이 더 나오는 겁니다. 이를테면 우린 어릴 때 똑같은 과학 만화를 봤습니다. 그, 남녀 꼬맹이랑 박사랑 로봇 나오는, 일본 만화 베낀 것들이요. 거기서 생명공학 편을 보고 처음으로 지금 전공에 대해서 알게 됐죠. 저는 초등학교 2학년 때였고, 그 여자는 5학년 때였다고 했습니다. 복제 양 돌리 설명이 나온 게 기억이 났는데, 그 얘기를 하니 자기도 그게 기억에 남는다더군요."

나도 비슷한 만화를 본 기억이 있었다. 그와는 달리 생명과학 편을 가장 싫어했지만. '가슴 세포를 이용해서 복제를 했기 때문에, 가슴이 큰 여가수 돌리 패튼의 이름을 따서 돌리라는 이름을 붙였다.'라는 내용은 한창 성장해가는 몸으로 고민하던 어린 여자애가 유쾌하게 읽을 만한 게 아니었다. 한편 가장 재미있게 읽은 건 화학 편이었는데, 그놈의 만화만 아니었으면 화학과에 가서 그런 지도교수에게 걸리지는 않았으리라고 오래도록 생각해왔다. 왜 내가 읽은 만화는 하필 화학 편에서만 여자아이가 주인공이었을까?

"또, 그래, 황우석 때 충격받은 거. 그때 얘기도 했습니다. 왜 그 얘기가 나왔더라? 회사에서 무슨 연구를 하는지 물었는데, 자기네가 무슨 '원천기술'을 갖고 있어서 발설하면 안 된다고 그러더라고요. 원천기술 소리를 들으니까 황우석이 그, 줄기세포 원천기술이 있단 얘기를 한 게 생각이 나서, 화제가 그쪽으로 흘렀죠. 화도 좀 내고 말입니다. 있을 수가 없는 일 아닙니까? 과학에서 논문 조작이라는 게, 난자 증여니 연구원 강압 같은 잘못은 다 덮는다 치더라도 과학자로서 사실을 조작해서는 안 되는 거죠. 그 사건 때문에 국제적으로도…."

"혹시 다른 이야기는 없었나요?"

시간은 무한하지 않다. 이런 이야기는 좀 끊어도 된다.

이야기는 그 후로도 몇 번이나 우왕좌왕했지만, 나는 어떻게든 그가 술자리에서 오간 대화를 전부 이야기하게 만들었다. 연락처를 교환하며, 밤이 너무 늦어 아쉽게 헤어지며 나눈 인사까지 전부. 그의 기억 속에서는 정말로 기분 좋은 술자리였다. 향후의 관계 발전을 기대해볼 만한.

"그래서 그분께 다시 연락을 했나요?"

호기심으로 안달하는 내 물음에 그는 고개를 가로저었다.

"그 여자가 먼저 전화했습니다."

그리워 죽겠으니 당장 만나자, 같은 이야기는 아니었다. 연구와 관련해 물어볼 것이 있어 전화했을 뿐. 하지만 먼저 연락할 용기를 내지 못해 속으로 끙끙 앓고만 있던 그에게는 그 정도면 희소식 중에서도 최고의 희소식이었다.

"학회에 갔을 즈음에 고민하던 유전체 전달 문제는 어느 정도 해결되었는데, 이번에는 유전자 편집 부분에서 아직 난점이 있다지 뭡니까. 제가 그런 쪽 연구를 하고 있단 얘기를 기억하고서 전화를 한 거죠. 그래도 과학잡지 기자시니까 크리스퍼(CRISPR)라고 아시려나? 한창 뜨거운 유전자 편집 테크닉입니다."

나는 크리스퍼 기술에 대한 기사를 쓴 적이 있다. 기존

기술에 비해 한층 진일보된, 그래서 '신의 영역에 도전한다'는 섣부른 걱정까지 나오고 있는 유전자 조작 방법. 그 정도까지는 아니더라도 최근에 가장 주목받은 생명공학의 성과 중 하나다. 다 아는 설명을 다시 듣는 신세가 되기 전에 나는 한 번 더 재빨리 말을 끊었다.

"그 기술로 뭘 한다고 하던가요?"

"회사 기밀이라더군요. 또 '원천기술' 얘기 하면서. 기술 유출은 회사 입장에서도 심각한 문제니까, 뭐 그러려니 했습니다. 그래서 그냥 크리스퍼 테크닉 개선하려면 뭘 어떻게 써야 하는지 나름대로 조언해주고, 요즘 어떻게 사는지 그런 얘기도 하고. 비슷한 통화가 그 후로도 네댓 번인가 더 있었습니다."

여자가 물어보는 주제는 매번 바뀌었고, 그는 그때마다 최선을 다해 대답해주었다. 두 사람의 관계에 변화가 생긴 것은 몇 달 뒤의 일이었다. 이번에도 먼저 행동한 것은 여자 쪽이었다.

"만나자더군요. 내가 필요하다고. 보고 싶다고."

그 말을 듣고서 정말 뛸 듯이 기뻤다고 그는 회상했다. 물론 그랬겠지, 머릿속에서 상상으로만 허망하게 굴려 왔을 꿈같은 상황이 실현되려는 찰나였으니. 그가 회상하는 만남은 이번에도 매우 순조로웠다. 인터넷 게시판의 연애 이야기에서 읽은 것들, 이를테면 애태우는 밀고 당기기라든지 도무지 이해할 수 없는 여자의 변덕 따위는 없었다면서 그는 잠깐이나마 행복해하는 표정을 지었다.

"우린 같이 밤을 보냈습니다. 정말 아무런 문제도 없이."

그렇다고 두 사람이 사귀게 된 것은 아니었다. 이따금씩 전화나 메일로 연구 얘기를 하는 사이에서, 이따금씩 만나 연구 얘기와 섹스를 하는 사이로 발전했을 뿐. 물론 그 정도로도 박사후과정에 갇힌 연구원을 기쁨으로 가득 채우기에는 충분했다.

"항상 자기가 먼저 연락했습니다. 그, 매번 자기가 적극적으로 조르기도 했고요. 서로 바빠서 자주 만나지는 못했지만 두세 달에 한 번은 만나자고 연락이 왔죠. 만날 때마다 마냥 좋았습니다. 만나서 같이 자고, 연구 얘기도 하고, 그냥 이런저런 과학 얘기도 하고. 말씀드렸다시피 정말 이렇게까지 말이 잘 통하는 여자가 있나? 싶을 정도여서 그 점이 정말 마음에 들었습니다. 그때는 제가 드디어 운명의 짝을 찾았다고까지 생각했죠."

"그때 일 중에 특별히 기억나는 건 없습니까?"

"전부 생생히 기억나요. 어디서 언제 만났는지, 무슨 얘기 했는지…. 하지만 지금 돌이켜 생각하면, 그때부터 뭔가 이상한 낌새가 있었던 것 같습니다."

그렇게 말하는 그의 눈동자가 흔들렸다. 손도 함께 떨

렸다. 지금까지는 평범한 연애 이야기였지만, 그 고치 안에서 무언가가 날개를 펴려는 것일까? 그건 과연 내 수고에 보답해줄 만큼 흥미로운 이야기일까? 더욱 남자의 말에 집중하는 내 손도 어느새 흥분으로 떨리고 있었다.

"아무것도 아니라고 생각하면, 그냥 아무것도 아닌 얘깁니다. 하지만 분명히 수상하긴 수상했어요. 그 여자는 자기가 어디 사는지도 안 가르쳐줬고…."

아직 사귀는 사이도 아닌 남자한테 사는 곳을 가르쳐주는 데에는 위험이 따른다. 전혀 수상한 정황이 아니다. 이 결론 한참 부족하다. 다른 거, 다른 거.

"어느 회사에서 무슨 연구 하는지도 정말로 꽁꽁 감추더군요."

그래, 이런 거야말로 들을 가치가 있는 얘기다.

"기밀이라고 말은 들었죠. 근데 도대체 어디까지 기밀인 건지, 가끔은 엄청 궁금해질 때가 있었습니다. 제가 과학자다 보니까 모르는 걸 못 참거든요. 그래서 계속 캐물었더니 애매모호하게 몇 가지 알려주긴 했습니다만."

"어떤 걸 알려줬나요?"

"어느 날은 불임 치료에 쓰일 수 있는 기술을 개발한다고 했습니다. 유전병 치료를 위한 유전자 대체 요법이 임상실험 단계에 들어갔다는 얘기도 했고요. 또 어느 날은 실험동물 얘기가 화제에 올랐는데, 자기는 처음에는 가재랑 물고기를 갖고 연구했다더군요. 그 가재가 위해우려종으로 지정돼서 수입이 금지되는 바람에, 먼저 들여와서 키우고 있던 애완동물업자들한테 분양을 받았단 얘길 했습니다. 도대체 무슨 연구이기에 그런 가재를 쓰는지, 좀 의아하기도 하고 더 궁금해지기도 하고, 그랬는데 더 말은 안 해줬죠."

물론 그는 고작 가재라든가 과학자의 호기심 같은 사소한 사안 때문에 대가 없는 섹스를 포기할 만한 사람이 아니었다. 덕분에 두 사람의 관계는 약 이 년 동안, 별다른 문제나 다툼 없이 유지되었다. 하지만 지방 대학의 교수직 제의를 받은 그가 홀가분한 마음으로 지긋지긋한 박사후과정 생활을 정리하고 있을 즈음, 돌연히 파국이 찾아왔다.

"그 여자가 사라졌습니다."

사람은 떠나게 마련이다.

평생 연구실에 붙들려 고통에 몸부림치다가 망령이 될 것만 같았던 연구실 시절 선배는, 갑자기 놀랍도록 성공적인 논문을 쓰고서 보란 듯이 졸업했다. '과학자들의 이상한 믿음' 칼럼 자리를 절대 내주지 않겠다고 공언한 편집장도 언젠가는 물러날 것이다. 이 년 동안 섹스프렌드로 지내온 여자가 갑자기 마음을 바꿔 먹는 건 이상한 일도 아니고, 변덕이라는 카테고리에 넣는 것조차 망설여지는 일상에 불과하다. 자신의 일에 대해 말하지 않고, 사귀는 사이라고 못을 박지도 않고 언제든지 떠날 수 있도록 아슬아슬하게 연락만 취하는 관계. 두 사람은 애초에 그런 사이였던 것이다.

이것이 그의 이야기를 들으면서 내가 내린 결론이었다.

하지만 이야기를 조금 더 들은 뒤, 나는 이 결론을 수정할 수밖에 없었다.

"아무 연락도 없이 사라졌나요?"

"문자를 하나 보내더군요. 자기 임신했다고."

"피임을 안 했습니까?"

반사적으로 되묻는 내 목소리에는 날이 서 있었고, 덕분에 그는 안쓰러울 정도로 화들짝 놀랐다. 취조라도 받는 사람처럼 그의 얼굴에는 두려움과 당혹감이 반반 섞인 표정이 떠올랐다. 변명은 필사적이었다.

"그게, 그, 전 할 생각이 있었습니다. 그런데 그쪽에서 별로 신경을 안 썼다고 할까, 은근히 안 하기를 원하는 것 같았다고 할까…. 그래서 안 하고 했죠. 한두 번 만난 것도 아닌데, 걱정이 됐으면 자기가 약이라도 먹었을 것 아닙니까? 안 그래요?"

나는 동의하지 않았지만, 그는 내가 동의했다고 치고서

말을 이었다. 아무래도 좋았다. 중요한 건 그가 얼마나 무책임한 인간인지 깨닫게 하는 일이 아니었으니까. 내 관심은 그의 인간성 따위가 아니라, 그의 목구멍으로부터 나오는 이야기에 온통 쏠려 있었다.

"놀랐죠. 물론 놀랐고, 도대체 어떻게 해야 하나, 그런 생각도 들었습니다. 그런데 생각하면 할수록 뭔가 이상한 겁니다. 여자가 덜컥 임신을 했다면 보통, 뭐 양육비를 달라고 들러붙거나, 애를 지워야 하니 돈을 달라거나, 책임을 지라거나, 그런 말을 할 것 아닙니까?"

"아, 네, 뭐."

"그런데 그 여자는 안 그랬습니다. 그냥 임신했으니까 떠난다, 그 소리만 하고는 이후로 아무리 연락해도 대답이 없더군요. 얼굴 보고 얘기하자고도 했고, 내가 책임을 질 수 있으면 질 거라고도 했는데, 완전히 묵묵부답이다가 아예 핸드폰 번호도 바꿔버렸습니다."

여기서부터는 나도 여자의 심정을 짐작할 수 없었다. 아마도 내가 하지 않은, 앞으로 할 생각이 없는 경험과 엮여 있기 때문이리라. 임신이라는 경험이 지금까지의 삶을 돌이켜 보게 만든 것일까? 자신을 임신시켜 커리어에 지장을 주었을 그를 싫어하게 된 것일까? 당시의 내가 추측할 수 있는 것은 그 정도였다. 그리고 그 어떤 추측도 쌩둥이에 대한 그의 기묘한 집착을 설명해줄 수는 없었다. 정보가 더 필요했다.

"그래서 어떻게 하셨죠?"

"어떻게 했긴요, 미칠 지경이 돼 가지고는, 수소문하고 매일같이 연락 넣고, 뭐 난리도 아니었습니다. 그런데 세상에 그 여자를 안다는 사람이 아무도 없지 뭡니까? 학계에서도, 뭐 기업체에 아는 친구 선배 후배들한테 물어봐도, 도대체가 단서라고는 없었습니다. 어디 연구실이든 회사든 소속이 되어 있으면 한 명 정도는 알아야 정상인데 말입니다. 상황이 그렇게 되니까 정말 이상하고 이상해서 견디지를 못하겠더군요. 같이 보낸 시간이 그럼 다 가짜였나 싶기도 하고, 내가 이상한 여자한테 놀아난 거 아닌가 하는 생각도 들고. 그러던 차에 갑자기 번뜩이는 게 있지 뭡니까."

그의 말에 따르면 여자가 사라지기 바로 며칠 전에 그의 차를 갑작스레 빌려간 적이 있었다. 자기 차가 고장이 났는데 급히 회사에 가 봐야 한다면서. 그는 흔쾌히 승낙했고, 차는 다음 날 혹시나 했던 사고는 물론 긁힌 흔적조차 없이 돌아왔으며, 그는 그 일을 거의 잊고 있었다. 필사적으로 실마리를 찾아 헤매던 그의 머릿속에 빛이 비치기 전까지는.

"회사가 정확히 어디 있는지는 말해 주지 않았지만, 꽤 시골에 있단 얘기를 들은 적은 있습니다. 그럼 차를 몰고

갈 때 내비게이션을 켜고 가지 않았겠습니까? 그런데, 내비게이션 기록을 뒤져보면 어디에 들렀는지 전부 저장이 되어 있거든요. 그 여자가 다닌다는 수수께끼 같은 회사가 어디인지를 찾아낼 수 있는 겁니다. 그 여자가 누구인지, 도대체 무슨 비밀스러운 연구를 하는 것이었기에 그렇게 꽁꽁 감추었는지, 지금은 어디 갔는지 드디어 알아낼 수 있겠다고 생각했습니다."

"알아냈나요?"

나는 잔뜩 흥분한 상태였다. 드디어 내 뒤틀린 영혼의 호기심이 충족되려는 순간이었으니까. 한편 이야기하는 그 역시 흥분하고 있기로는 마찬가지였다. 남한테 제대로 털어놓은 적 없는 이야기를 내뱉으려는 사람 특유의 떨리는 목소리로, 그는 단어를 하나하나 조심스럽게 쌓아가며 대답했다. 이 대답이야말로 내가 그의 이야기를 도무지 잊을 수 없는 이유다.

"내비게이션을 확인해 보니, 네, 위치를 알아낼 수가 있었습니다. 정말 시골에 있더군요. 생명공학 기업은커녕 제대로 된 건물이나 있을지 의심스러운 곳이었습니다. 그래도 그 여자가 그곳에 갔던 것만은 부정할 수 없는 사실이니, 당장 차 몰고 출발했죠. 분명히 한참 걸렸을 텐데 가던 도중 일은 하나도 기억나지 않습니다. 온갖 생각으로 머릿속이 하도 복잡해 있어서 그런 거겠죠.

내비게이션이 말해주는 위치에 도착하고 보니 제 생각보다 훨씬 더 허허벌판이었습니다. 원래는 농지였던 것 같은데 뭐 개발을 하려다가 취소가 됐는지, 주변에 건물도 없고 아무것도 없는 곳이었죠. 회사 사람들한테 그 여자에 대해 물어볼 작정으로 연습까지 하고 왔는데 그렇게 허탈할 수가 없었습니다. 도대체 이건 무슨 일인가, 왜 나한테 이런 일이 일어나나 생각을 하면서 주위를 둘러보는데, 마침 황무지 한복판에 웬 컨테이너박스 몇 개가 서 있는 게 딱 보이더군요. 그 근처에 회사랑 제일 가깝게 생겨먹은 게 그것뿐이라서, 조심스럽게 그쪽으로 향했습니다.

가까이 가서 보니 컨테이너박스를 이어 만든 것 치고는 꽤 그럴듯한 가건물이었는데, 창문은 없고 문은 잠겨 있지 않았습니다. 인기척은 전혀 없었고요. 이게 그 여자가 말한 회사인가? 이미 망해버린 건가? 그런 생각도 했는데, 뭐 간판도 없고 문패도 없고 회사라기에는 역시 이상했습니다. 점점 더 수상해지는 거지요. 그래서 주변 좀 살피고, 조심스레 문 열고 들어가 보았습니다.

컨테이너박스 안쪽은 거의 텅텅 비어 있었습니다만, 저는 그곳이 얼마 전까지만 해도 무슨 실험실이었으리라는 사실을 알 수가 있었습니다. 배수라든지 환풍 시설 흔적도 있고, 실험 후드가 어디쯤 놓여 있었는지도 대충 알겠고, 한쪽에는 텅 빈 수조가 잔뜩 쌓여 있었는데 아마 실험동물을 키우던 것 같더군요. 설비들이 다 제자리에 있었을 때는 나름 그럴듯한 실험실이었으리라는 생각이 들었습니다. 물론 제가 갔을 땐 비싼 실험기기들 팔아 치우고 야반도주라도 한 모양새였지만요.

그 황량한 한쪽 구석에 캐비닛이 놓여 있었습니다. 그때 전 거의 혼이 빠진 상태였지만, 그래도 여기까지 왔는데 그 여자에 대한 단서를 뭐라도 얻어 가야겠다는 생각은 확실히 하고 있었지요. 알아낼 수 있는 건 다 알아내고 포기해야지 마음이라도 후련해지지 않겠습니까? 하지만 캐비닛은 거의 텅텅 빈 채였습니다. 딱 하나 빼면요. 맨 밑바닥에 있는 캐비닛에는 두꺼운 노트 한 권이 들어 있었습니다. 설마? 설마? 하면서 열어 봤더니 과연 그 설마가 맞더군요. 실험장비는 다 챙겨 갔으면서, 정작 연구 노트를 두고 간 겁니다."

대학원생 시절 받은 보안교육 내용이 떠올랐다. 연구노트에는 매일 자신이 한 실험 내용을 기록하게 되어 있어, 이후에 특허권이나 표절 문제가 발생했을 때 자신의 연구 사실을 증명하는 수단이 되어준다는 내용이었다. 물론 내 노트는 나중에 부랴부랴 내용을 채워 넣은 짜깁기였지만, 꼼꼼히 적힌 노트라면 이야기가 다르다.

그는 우수한 생명공학 연구자였고, 남겨진 연구 노트를

읽어 보고서 내용을 파악하는 건 그리 어려운 일이 아니었다. 전공과 달라 모르는 것이 있더라도 간단히 검색해 보면 바로 알 수가 있었다. 텅 비어 버린 실험실에서 진행되던 기밀 연구의 정체는 곧 모습을 드러냈고…. 그렇게 알게 된 진실로부터 그는 끝까지 빠져나올 수가 없었다.

"지금부터 할 얘기는 그때 찾은 연구 노트 내용과 제가 조사해서 알아낸 사실을 합쳐다가 정리한 겁니다. 믿으실지 안 믿으실지, 그건 모르겠습니다. 저도 믿기 힘든 내용이니까요. 하지만 제가 본 것은 분명 진실입니다. 그것만큼은 전혀 찔리는 구석 없이 단언할 수가 있고, 맹세할 수가 있습니다.

아까 가재 얘기를 했었죠? 위해우려종으로 지정돼서 수입이 금지된 애완 가재? 그 실험실 수조에서 예전에는 가재를 길렀던 모양입니다. 노트에 무슨 가재인지 적혀 있더군요. 대리석무늬가재라고, 1990년대에 독일에서 발견된 돌연변이 민물가재인데, 그 이후로 여러 나라에서 생태계를 해치는 생물로 지정되었습니다. 그 이유가 뭔지 아십니까? 저도 찾아보고서야 알게 된 사실인데, 글쎄 이 대리석무늬가재라는 놈은 단성생식을 하더군요.

원래 자연에 살던 민물가재는 암컷과 수컷이 있습니다. 근데 대리석무늬가재는 암컷밖에 없는 겁니다. 수컷 없이 혼자서 새끼를 만들어서 낳을 수가 있죠. 그러니 한 마리만 풀려나서 정착해도 알아서 수가 막 불어나지 않겠습니까? 그 여자는 그런 동물을 가지고 연구를 하고 있던 겁니다. 불임 치료니, 유전자 대체 요법이니, 다 거짓말은 아니었습니다. 연구 노트에 따르면, 그 여자가 하던 연구는 단성생식을 가능하게 하는 유전적 메커니즘을 규명해서 사람에게 적용하는 것이었으니까요. 단성생식을 하는 인간을 만들려고 한 겁니다!

터무니없는 소리 같죠? 저도 그렇게 생각했습니다. 아니 무슨 성모 마리아도 아니고, 소설에나 나올 이야기죠. 그런데 그때 그 여자가 자주 하던 말이 생각난 겁니다. 자기 회사에서 연구하는 기밀이 '원천기술'이라서 말을 못 한다는 거요. 그 단어 갖고 황우석 얘기 했던 게 막 생각나는데, 그거 아십니까? 황우석이 최초의 인간 단성생식을 성공시킨 거?

황우석 본인이야 당연히 자기가 복제 배아를 만들었다고 우겼습니다만, 나중에 조사 결과는 달랐죠. 그가 만든 건 복제 배아가 아니었습니다. 난자가 어쩌다 보니 정자 없이 알아서 배아로 분화했는데, 그걸 배아 복제에 성공했다고 발표해서 전 세계를 속인 거지요. 세계 최초였고, 사람 배아 가지고 실험하는 덴 윤리적 제약이 많이 따르니, 그 이후로도 있었던 적이 없는 일이죠. 최초의 단성생식 인간. 아버지 없는 자식. 그게 황우석의 진짜 '원천기술'이었던 겁니다.

생각이 여기에 이르니까 멈출 수가 없더군요. 그 수수께끼 같은 여자가 황우석의 '원천기술'을, 어떤 경로로 얻어냈는지는 몰라도 아무튼 손에 넣었다면? 그래서 인간 단성생식을 성공시키려고 이곳에서 홀로 실험을 했던 거라면? 간단한 일은 아니었을 겁니다. 유전자 편집, 유전체 전달, 그런 최첨단 생명과학 기술이 필요했겠죠. 학회에도 가서 최신 동향을 얻어야 했을 거고요. 관련 연구를 하는 현직 연구자와 아는 사이가 되면 더 좋았을 겁니다. 전 그냥 이용당한 거죠. 전부 그 미친 연구 때문에!"

이 시점에서 나는 지나치게 흥분한 그를 진정시켜야 했다. 하지만 가슴이 방망이질 치는 건 나 또한 마찬가지였다. 인간 단성생식, 남자 없는 생식. 이것이 가능해진다는 건 즉 번식을 이성에게 의존하지 않아도 된다는 의미이고, 그건 어떤 면에서는 정말로 꿈같은 이야기니까. 한 가지 현실적인 난점을 제외하면.

"도대체 왜 그런 연구를 했을까요? 제 말은, 단성생식하는 인간의 삶을 생각해보면, 그게 의미가 있는 연구일까요? 지금이야 난자가 수정이 안 되면 생리를 하지만…."

"단성생식을 하는 생물은, 아마 생리를 하는 대신 계속 임신해서 아이를 낳겠죠. 계속 피임약을 먹지 않는다면요. 연구 노트에 그 이야기도 적혀 있었습니다. 인간에게 자신이 가진 기술을 적용하기 위해서는 먼저 이 난점을 해결할 방법이 필요하다고. 그 여자는 해답을 물고기에서 찾았더군요. 아마존 몰리. 혹시 아십니까?"

아마존 몰리. 학명 포에실리아 포르모사. 중남미 지역에 사는 작은 물고기로, 생김새는 평범하기 그지없지만 실제로는 자연계에서도 상당히 특이한 생활상을 자랑한다.

전설 속의 아마존 부족에서 따온 이름에서도 알 수 있듯이, 아마존 몰리는 종 전체가 암컷으로만 이루어져 있다. 수컷 아마존 몰리는 존재하지 않는다. 당연히 이들의 번식은 단성생식일 수밖에 없다. 하지만 개체수를 조절하기 위한 신비로운 진화의 결과물인지, 이들은 단성생식 과정을 통제할 수 있는 방법을 가지고 있다.

짝짓기 철이 되면 아마존 몰리는 비슷한 종의 다른 수컷과 짝짓기를 한다. 암컷이 알을 낳으면 수컷이 정자를 뿌리고, 얼마 후 알에서 새끼가 태어난다. 하지만 이렇게 태어난 새끼들은 두 종 사이의 잡종이 아니다. 아버지의 정자로부터 온 유전정보는 온데간데없이, 순수한 아마존 몰리가 태어나는 것이다.

아마존 몰리의 알이 수정되기 위해 필요한 것은 정자가 주는 자극뿐이다. 자극만 있으면 난자는 알아서 수정란이 된다. 정자가 소중하게 담고 있는 유전물질은 물론 버려진다. 그러니 아마존 몰리의 번식 과정에서 수컷은 단지 자극을 위해 이용당할 뿐이다. 생물학의 가장 근본적인 영역은 오롯이 암컷만의 것이 된다.

인간도 이런 치사한 방법을 쓸 수만 있다면.

그러면 모든 것이 바뀌지 않을까.

"노트에 전부 나와 있었습니다. 내 조언이랑 그놈의 '원천기술'을 바탕으로 마침내 빌어먹을 단성생식이 실현 단계에 이르니까, 자기한테 직접 유전자 대체 요법을 쓴 다음에 '화학적 제공자'한테 연락을 했다고 말입니다. 정말로 그렇게 적혀 있더군요. 이름도 아니고, 자극 제공자라고. 전 그저 도구였던 겁니다. 정자 자극을 주는 실험대상!

물론 실험이란 게 단번에 성공하는 게 아닙니다. 그래서 임신이 안 되면 뭐가 문제인지 밝혀내고 다시 대체 요법을 시작하고, 그게 최신 기술로도 두세 달은 걸리는 과정이니까요. 그러니 두세 달에 한 번씩 저를 불러낸 거죠. 지난번에는 안 됐지만, 혹시 이번에는 성공하는지 보려고.

그러다가 임신이 된 겁니다. 아마 유전자 검사 같은 걸 해 봤겠죠? 정말로 단성생식으로 수정된 게 맞는지? 그걸 확인한 뒤에는, 그럼 제가 무슨 필요가 있겠습니까? 실험은 끝났는데. 그러니까 홀연히 사라져버린 겁니다. 실험

동물들 처분하듯이 저는 그냥 버려두고서. 애초부터 그럴 작정이었던 거지요. 이 년 동안 전 여자를 만나고 있던 게 아니라, 실험을 당하고 있었던 겁니다."

그는 말을 마치고도 한참 동안이나 흐느꼈다. 이 모든 이야기를 누구한테 털어놓을 수 있었다는 것이, 그리고 이야기를 마칠 때까지 내가 그를 미친 사람 취급하지 않았다는 것이 대단한 위안이라도 된 모양이었다. 물론 나는 그를 위안하려는 생각이 전혀 없었지만, 자기가 그렇게 느끼겠다면야 말릴 생각은 없었다. 중얼중얼 털어놓는 후일담을 가만히 듣기만 했을 뿐.

"그 후로는 길 가는 여자들이 무서워서 견디기가 힘들었습니다. 유모차 밀고 가는 여자를 보면, 애랑 엄마 얼굴이 조금만 닮아 있어도 의심이 끊임없이 들었죠. 단성생식으로 나온 아기는 아빠 유전자가 안 섞였으니 엄마의 클론인 셈이잖습니까. 어디선가 그 여자가 자기 클론을 기르고 있는 건 아닌지, 그 기술을 다른 여자들에게도 퍼뜨리고 있는 건 아닌지, 다른 남자들을 또 멋대로 이용해 먹고 있는 건 아닌지, 그 생각을 도무지 떨쳐낼 수가 없었습니다. 그러다가…."

"쌍둥이 자매를 보신 거죠."

그 순간 그의 모든 이성은 공포와 분노에 사로잡히고 말았던 것이다. 조금만 더 냉정하게 생각해보았으면 스스로를 멈출 수 있었을 텐데도. 그의 말마따나, 공격받은 쌍둥이 자매는 서로 나이가 비슷했으니까. 단성생식으로 태어난 모녀일 리가 없었으니까.

인터뷰를 마치며, 나는 그에게 마지막으로 질문을 하나 던졌다. 약간 안전장치 같은 질문이었다. 만일 나와의 인터뷰가 그의 믿음에 기름을 끼얹은 셈이 되어 나중에 또 범죄를 저지른다면, 그땐 내 책임이 없다고도 말할 수 없을 테니까. 그가 또 폭력을 행사하지는 않을지, 당장 어디 신고라도 하는 게 좋을지, 그 부분을 확실히 해두고 싶었다.

"만일 그 여자와 다시 마주치게 된다면, 그땐 어떻게 하실 건가요?"

자신을 속이고 매정하게 버린 죄로 해코지하려고 할까? 아니면 예전의 인연에 어떻게든 다시 불을 붙여보려고 구차하게 굴까? 내 두 가지 추측은 이번에도 보기 좋게 빗나갔다. 그는 조금 부끄러워하며 이렇게 대답했다.

"그 실험실에서 연구 노트를 읽고 나서, 전 완전히 망가졌습니다. 지금은 그렇게 생각합니다. 일부러 내 차를 빌려서 내비게이션 기록을 남겨둔 건 아닐까? 일부러 연구 노트를 두고 간 건 아닐까? 아마 그럴 거라고 봐요. 문제는 도대체 왜 그랬는지 하는 것입니다. 그 노트를 읽으면 내가 어떻게 될지 알았을 텐데, 내가 이 지경이 되리라는 걸 결코 모르지 않았을 텐데.

우린 정말로 잘 맞았습니다. 술 마실 때도 즐거웠고, 정말 말도 잘 통했고, 공통점도 많았습니다. 저는 그 여자한테 논문도 찾아주고, 실험 테크닉도 가르쳐주었습니다. 그런데도 제가 미웠던 걸까요? 속이고 이용하고 실험동물로 쓰는 걸로도 모자라서, 모든 사실을 다 알려줘서 완전히 망가뜨리고 싶을 정도로? 도대체 무슨 생각이었는지, 혹시 내가 뭘 잘못했는지, 그 이유라도 좀 명쾌하게 들으면 소원이 없겠습니다."

이 대답에 나는 가볍게 놀랐다. 분노보다는 슬픔에 차 있는 점이 인간적이라든가, 동정심이 든다든가, 아니면 이런 상황에서조차 사건의 원인을 알고 싶다는 점이 과학자답다든가, 그런 감상적인 이유 때문이 아니었다. 정말로 놀라웠던 것은 머리로는 누구에게도 쉽게 지지 않을 명석한 과학자가, 자신의 잘못이 무엇이었는지 추측조차 하지 못하고 있다는 사실이었다. 하지만 나는 추측할 수 있었다.

과학자가 실험동물을 거리낌 없이 잔인하게 대할 수 있는 정도는, 그 동물과 인간 사이의 분류학적 거리에 비례한다고 볼 수 있다. 이건 무가치한 졸업논문을 위해 애꿎은 생쥐 몇 마리를 희생해본 것이 전부인 나라도 유추할 수 있는 상식 수준의 이야기다. 인간과 매우 유사한 동물인 침팬지를 이용한 실험은 여러 국가에서 금지되는 추세이지만, 생쥐들은 지금도 온갖 방법으로 수도 없이 죽어나가는 중이며, 예쁜꼬마선충쯤 되면 어떻게 고문해서 죽이든 그 누구도 신경조차 쓰지 않는다. 겨우 1밀리미터 길이의 벌레는 우리처럼 생각하지 않고, 우리처럼 행동하지 않는다. 우리와는 전혀 다른 존재기에 아무런 거리낌 없이 무슨 짓이든 할 수 있다.

그렇다면 나에게 있어 눈앞의 이 과학자는, 나와 같은 책과 만화와 뉴스를 접해 왔으면서도 나와는 전혀 다른 생각을 하는 것만 같은 이 남자는 어떤 존재가 되는 것일까. 정말로 좋았고 마음이 잘 맞았다는 그 술자리 이야기를 듣는 동안, 내가 어떤 과거의 모멸감과 수치를 떠올려야 했는지 그는 알지 못할 것이다. 아마 내가 그런 감정들을 느꼈으리라는 가능성조차 생각할 수 없겠지. 이성과 객관이 지배하는 과학이라는 화제에서조차 이토록 생각이 다르다면, 그는 나와는 전혀 다른 존재다. 그 여자도 문제의 술자리에서 이렇게 느꼈던 것이 아닐까.

이것이 나의 추측이었지만, 그에게는 이 내용을 말해주지 않았다.

선충에게 실험에 대해 설명해준들 무슨 의미가 있겠는가.

***

지금까지 수집해온 각종 이상한 이야기와 마찬가지로, 이 이야기 역시 온전히 믿음이 가는 것은 아니다. 과학잡지 기자라는 직업을 악용해 여러 전문가들에게 자문을 구해본 결과, 작은 컨테이너 실험실에서 인간 단성생식 실험이 성공했을 가능성은 지극히 낮다는 결론을 얻을 수 있었다. 다만 '원천기술'이 있다면, 그리고 또 내가 모르는 몇 가지 변수가 있다면, 아주 불가능한 일만은 아닐 뿐이다.

그 사실을 알고 있기에, 나는 요즘도 아이를 데리고 가는 어머니를 보면 괜히 얼굴에 눈이 간다. 저렇게 닮았다면 혹시 클론은 아닐까? 단성생식의 결과물은 아닐까? 물론 그것은 지하철 노선도에 얽힌 수수께끼를 풀려는 시도만큼이나 부질없는 생각에 불과할 것이다. 그래도 세상 어디엔가 남성에게 생물학적으로 의존하지 않는, 인류와 비슷하지만 엄연히 다른 종의 개체군이 존재할지도 모른다는 상상은 언제나 나를 즐겁게 한다. 단성생식을 하는 가재가 생태계를 파괴하듯, 그들 역시 인간 사회에 무시할 수 없는 위협이 될지도 모른다는 데에 생각이 이를 때면 더더욱.

어쩌면 연구실 생활이 내 영혼을 생각보다 훨씬 많이 뒤틀어놓았는지도 모른다.

매듭짓기

2023년 《어션테일즈》 5호 수록.

"다시 한번 약속해줘. 평생, 절대로 나를 떠나지 않겠다고."

가쁜 숨에 섞어 토해낸 내 호소에, 당신은 다소 당황하다가도 이내 웃으며 응해준다. 폐건물로 둘러싸인 한밤의 고요 속에서 우리는 아직 말의 무게를 모르는 어린아이들처럼 결연히 맹세를 나눈다. 마주 건 손가락을 타고 전해지는 당신의 온기가 뚜렷하다. 그 온기의 끈을 놓치지 않은 채로 나는 당신을 품으로 당겨 안고, 허리에 팔을 두르고, 귓가에 메아리치는 달콤한 서약의 속삭임을 들으며 가만히 확신한다.

이 순간의 약속만큼은 진실로 영원할 것임을.

곧 그리하도록 매듭지어질 테니.

***

모든 매듭에는 각기 다른 쓰임이 있다. 끄트머리를 당기면 쉽게 풀리는 것, 힘을 줄수록 더욱 단단해지는 것, 모양이 복잡하고 아름다운 것. 어부가 배를 부두에 묶어두는 매듭으론 귀한 선물 주머니를 봉해서도 안 되고, 사형수의 목을 둘러서도 안 된다. 이 도시의 암흑가를 오래도록 지배해온 가문의 수장들은 전부 그 점을 이해했기에 매듭 공예사를 하나씩 측근으로 두었다. 할머니, 어머니, 그리고 나까지.

어머니를 찾아와 '선물'을 의뢰하던 전대 수장의 주름진 얼굴을 나는 지금도 선명히 떠올릴 수 있다. 그건 조직이 큰 계약이나 중요한 혼담을 마무리했다는 뜻이었고, 동시에 어머니가 장롱 맨 위 칸의 상자 속에서 가장 좋은 색실을 꺼내리라는 뜻이기도 했다. 어머니의 길고 흰 손가락 사이에서 아름답게 반짝이는 붉은빛과 금빛 실이 온갖 모양으로 피어나가던 모습을 나는 지금도 선명히 떠올릴 수 있다. 그 광경을 마냥 넋 놓고 지켜보는 동안 귓가로 조곤조곤 흘러들어 왔던 어머니의 목소리도.

"주변부는 그냥 장식이다. 나비, 꽃, 박쥐. 누가 받을 선물인지에 따라 정하면 돼. 진짜는 지금부터니, 눈 똑바로 뜨거라."

붉은빛 아래 금빛 한 가닥, 고리를 만들어 두 바퀴 두르고, 세 손가락으로 동시에 걸어 잡아당기고. 손바닥 위엔 어느새 작은 단추 모양 매듭이 만들어져 있었다. 첫눈에는 주변부보다 한층 수수하기만 한 모습. 하지만 어머니에게 매듭을 건네받아 요리조리 살피고 또 당겨보던 나는 이내 그 진가를 알아챘다. 분명 색이 다른 두 가닥의 실을 묶어 만든 것이었음에도, 문제의 매듭에서는 도무지 각 가닥이 어디로 향하는지를 분간할 수가 없었다. 마치 매듭의 가려진 안쪽에서 붉은빛이 금빛으로 변해 빠져나오기라도 한 듯이. 원래부터 반은 붉고 반은 금빛인 실 한 가닥으로 만든 매듭인 듯이.

"신기하지? 평범한 띠를 잘라서 한 번 꼬아 붙이면 앞면과 뒷면이 합쳐지는 것처럼, 두 갈래 실을 내가 보여준 방법으로 묶으면 하나로 엮여서 절대로 풀 수 없게 된다. 그래서 절대로 깨선 안 될 약속을 맺을 때 선물로 주는 거야. 네가 지금보다 열 살을 더 먹고 나면, 그땐 묶는 방법도 가르쳐주마."

"지금 가르쳐주시면 안 돼요?"

"아직은 안 돼."

내 재촉을 단호히 잠재우던 어머니의 대답도 아직 귓가에 생생하다.

"왜냐면 이건 저주받은 매듭이거든."

***

그때 어머니가 '저주받은 매듭'이라고 말했던 건, 어쩌면 서양에서 이 매듭이 '터키식 저주 매듭'으로 불린단 사실과 관련이 있을지도 모른다. 실제로 이 매듭이 터키에서 만들어졌단 증거는 없다. 아마 유명한 '고르디우스의 매듭' 일화의 배경이 오늘날의 터키 땅임을 떠올린 어느 백인이 멋대로 붙인 이름이리라. 비슷한 논리로 한동안 나는 '저주' 부분도 어느 백인이 매듭의 주술적인 의도를 잘못 해석한 결과물이리라고 추측해왔다.

그 추측을 수정할 날은 오래지 않아 찾아왔다. 어머니를 여의고서 처음으로 받은 의뢰에 긴장한 나머지 뜬눈으로 잠자리에 누워, 반쯤 몽롱해진 채 허공에다 손가락을 꼬며 매듭 묶는 법을 이리저리 연습하던 도중이었다. 두 손가락이 맞닿는 순간 소름끼치는 의문 하나가 머릿속을 스쳤다. 깨달음은 뒤이어 찾아왔다. 매듭에는 정말로 저주가 걸려 있었다. 당시 느낀 의문이 바로 매듭에 얽힌 저주의 실체였다. 이 매듭법을 아는 사람이라면 언젠가는 같은 의문을 떠올리게 될 테니까. 그런 뒤에는 평생 그 공포와 호기심에서 벗어날 수 없을 테니까.

함께 해외로 도망치자는 당신의 은밀한 제안에 그만 마음이 흔들렸던 것도 그 때문이다. 당신이 나를 조직이라는 새장에 갇힌 무력한 공예사로만 여기고 있음을 알면서도, 당신을 따라가 현재의 삶을 청산하면 혹시 풀리지 않는 매듭의 저주를 잊을 수 있지 않을까 내심 기대했기에. 그 기대에 홀려 나는 당신이 흘려댔던 온갖 수상한 단서들을 간과하고 말았다. 당신에게 뭔가 꿍꿍이속이 있으리란 사실을 짐작하고 있었으면서도 기어이 여기까지 따라오고 말았다. 하다못해 내가 호기심을 이기지 못해 저질렀던 실험들에 대해, 구역질하며 뒤뜰에 묻어둔 지렁이와 뱀 사체들에 대해 당신이 알았더라면. 그랬더라면 당신도 나도 이런 실수를 범하지는 않았을 텐데.

그래, 이건 우리 둘 모두의 실수다. 나는 당신이 정말 나를 바다 건너로 데려다줄 것이라 믿었고, 당신은 나를 속여 납치해 가는 일이 쉬우리라고 믿었다. 조직의 총애를 받는 공예사라면 인질로서도 가치가 있으리라고, 지난밤 당신이 전화하는 동안 내가 자고만 있었으리라고…. 이제부터 일어날 일은 그 모든 순진함의 대가다. 우리가 함께 범한 실수를, 우리의 손으로 직접 매듭지을 뿐이다. 바로 지금.

"나도 다시 약속할게. 평생, 절대로 당신을 떠나지 않겠다고."

그날 밤 내가 깨달은 매듭의 '저주'를 요약하자면 다음과 같다. 커피잔과 도넛이 수학적으로 같은 형태인 것처럼, 사람의 몸도 결국에는 군데군데 구멍이 뚫린 끈과 다를 바가 없다. 그렇기에 나는 당신의 새끼손가락 아래 내 새끼손가락을 두고, 팔로 고리를 만들어 허리를 두르고, 허벅지와 무릎과 발끝으로 다리를 감싸 동시에 잡아당긴다. 그러기가 무섭게 손가락을 타고 말려 들어오는 뼈와 근육의 감촉을 느끼며, 귓가에 메아리치는 끔찍한 비명을 들으며 나는 마지막으로 확신한다.

우리의 약속만큼은 진실로 영원할 것임을.

이미 그리하도록 매듭지어졌으니.

세속적인 쾌락의 정원에서

2020년 웹진 《크로스로드》 게재

얼룩덜룩한 이끼와 웃자란 풀 사이에서 무언가 허연 덩어리가 핑 튀어 오르는 바람에, 치카타나틀리는 깜짝 놀라 몇 발짝 물러나다가 하마터면 미끄러운 나무뿌리를 밟아 그대로 넘어질 뻔했다. 다행스럽게도 칩에 내장된 운동 제어 기능은 치카타나틀리의 몸이 열대우림의 축축한 진흙 바닥에 처박히도록 내버려두지 않았다. 아슬아슬한 순간 신경을 타고 도달한 전기 신호가 팔다리의 근육을 단단하게 수축시켰고, 치카타나틀리는 잠깐 동안 뒤틀린 외다리 허수아비 같은 모양새로 서 있다가 천천히 몸의 균형과 통제권을 되찾으며 자세를 바로잡았다. 팔다리가 저릿저릿했고 눈앞이 여러 빛깔로 요란히 번쩍였다. 그런 익숙한 불쾌함 속에서도 치카타나틀리는 방금 전 튀어올랐다가 툭 떨어진 덩어리의 정체를 최우선으로 확인하려 애썼다. 문제의 물체는 손가락 하나 정도 길이에 통통하게 살이 찐, 머리가 까만 애벌레였다.

"딱정벌레 종류 같은데요. 3령 유충이네요."

의무병 아와우틀리가 바닥에서 꿈틀거리는 애벌레를 물끄러미 내려다보며 말했다. 치카타나틀리는 작은 안도의 한숨을 내쉬고서 둘러멘 소총을 고쳐 쥐었다. 한편 애벌레는 이내 몸을 잔뜩 움츠렸다가 그 반동으로 다시금 높이 튀었고, 맥없이 툭 떨어졌고, 낙하의 충격으로 몸을 뒤틀면서도 재차 도약할 채비를 했다. 포병 아스카몰리가 진저리를 치는 데에도 아랑곳없이 아와우틀리의 들뜬 목소리가 이어졌다.

"놀랍네요. 이렇게 작은 애벌레인데, 제 허리보다 높이 뛸 수 있어요. 단순하게 몸길이 비율로만 계산해 보자면 제가 이 나무를 뛰어넘는 것보다도…."

"뛰뛰는 굼벵이한테 낭비할 시간 없어. 이 정글만 지나가면 곧 본사야. 가자."

하지만 치카타나틀리가 앞장서서 걸음을 내딛는 순간, 이번에는 애벌레 대여섯 마리가 여기저기에서 동시에 튀어올랐다. 군홧발이 진흙을 밟을 때마다 온 사방이 끓는 기름에 물을 뿌린 것 같은 타닥타닥 소리로 가득 찼다. 덕분에 맨 뒤에서 따라오던 아스카몰리는 연신 힉, 힉 하며 작은 비명을 질러야 했다.

“도대체 왜 이러는 거야? 우리가 뭘 잘못했다고?”

“글쎄요, 포식자에게 경고하는 행동일까요. 하지만 저도 이해가 잘 안 되네요. 굳이 이렇게 뛰어 봐야 오히려 눈에만 더 띌 것 같은… 잠깐만요, 저것 좀 보세요.”

아와우틀리가 말을 멈추고서 전방의 수풀 구석을 가리켰다. 치카타나틀리는 잔뜩 경계하며 총구를 돌렸지만 수풀 속에 있는 거라곤 뭉툭한 가재를 닮은 벌레들, 그리고 벌레 시체를 열심히 파먹고 있는 살찐 쥐떼뿐이었다. 다만 벌레들의 행동은 치카타나틀리가 보기에도 적잖이 수상했다. 동족이 바로 옆에서 잡아먹히고 있는데도 도망치거나 몸을 보호하려는 움직임이라곤 조금도 없이, 벌레들은 쥐 옆을 태연히 서성이거나 때로는 몸을 뒤집고 부드러운 배를 드러내곤 했다. 쥐의 이빨이 살을 파고드는 순간에조차 저항하는 벌레는 단 한 마리도 보이지 않았다.

그뿐만이 아니었다. 급히 주위를 둘러보기 시작한 세 쌍의 시선이 닿는 곳마다 이해하기 힘든 광경이 어김없이 펼쳐졌다. 햇볕 잘 드는 바위에 빼곡히 앉아 날개를 자랑스레 여닫는 나비 무리. 그 위로 쪼르르 날아와 나비 하나를 조금의 어려움도 없이 냉큼 물고 가버리는 부리가 긴 새. 기껏 나뭇잎 모양으로 위장해놓고서는 제발 자신을 봐달라는 듯 꽃 위에서 팔을 휘적이는 여치. 어느새 인기척을 느끼고서 모여들기 시작한 크고 작은 동물들. 칠면조 비슷하게 생긴 새가 다가와 아스카몰리의 군화에 몸을 부볐다. 작은 돼지처럼 생긴 털짐승이 아와우틀리 앞으로 힘껏 달려오더니 냅다 벌러덩 드러누웠다. 하나같이 야생에서는 결코 존재할 수 없을 만큼 친근하고도 무방비한 동물들이었다. 그리고 결코 존재할 수 없는 생명체와 야생에서 이렇게 마주쳤다는 것이 어떤 의미인지 치카타나틀리는 아주 지긋지긋하도록 잘 알았다.

"정원이야. 틀림 없어."

새파랗게 질린 입술을 달싹이며 치카타나틀리가 나지막이 선언했다.

"정원사 놈의 땅에 발을 들인 게 분명해."

***

정원사들이 처음부터 '정원사'라고 불린 것은 아니었다. 적어도 전쟁 초중반에 그들은 '군사생명공학자'나 '제89호 야전생물병력공장 총책임자' 같은 건조한 직함을 달고 있었으며 맡은 역할도 지금보다는 훨씬 알기 쉬웠다. 미생물 기반 경량화 생체조립 시설을 이용해 전선 가까이에서 즉각 병력을 생산해 보충하고, 전장의 생화학적 환경 변화나 기타 전술적 필요에 맞춰 군사자원의 성능을 조금씩 조절하고, 새 모델이 칩의 원격조종 기능과 잘 호환되지 않는다면서 불평을 늘어놓는 본사의 기술자들과 투닥거리는 것이 그들의 주요 업무였다. 하지만 치카타나틀리와 동료들이 생산될 무렵 그러한 체계는 이미 한계를 맞이하기 직전이었다.

공장에서 갓 뽑아낸 병력을 바로 전선에 갈아넣는 지루한 소모전의 여파가 사회 곳곳을 갉아먹고 있었다. 최전방 지사의 직원들이 피로와 질병으로 쓰러지면서 인력의 공백이 속속 발생했고, 급기야는 전투용으로 속성 생산된 병력이 칩을 통해 재교육을 받고서 온갖 업무에 마구잡이로 투입되기에 이르렀다. 치카타나틀리가 졸지에 167번 지사 방위부대의 지휘관을 맡게 된 것도, 아스카몰리와 아와우틀리가 각각 행정직과 연구 보조직으로 차출되어 간 것도 그즈음의 일이었다. 하지만 치카타나틀리와 동료들은 기껏해야 이 지역 장기전에 맞게 다소 조절을 거친 평범한 군사자원에 불과했다. 곳곳을 이런 임시방편으로 때운 조직이 결국 무너지기까지는 그리 오랜 시간이 걸리지 않았다.

물자 조달이 멈추었고, 새 지부장이 오지 않았고, 결국에는 통신이 끊겼다. 본사가 더 이상 지시를 하달하지 않고 칩의 원격조종 기능마저 작동을 그만두고서도 몇 년 동안은 관성에 따라 전쟁이 계속되었지만, 근처의 다른 지부나 적 점령지로 정찰을 다녀온 병사들의 증언이 소문처럼 퍼져나가자 가장 끈질기게 전쟁에 임하던 직원들조차 더 이상은 의욕을 내지 못했다. 핵심 인력이 뿔뿔이 흩어진 곳에는 갈 곳 잃은 병력, 아무짝에도 쓸모없게 된 무기, 그리고 여전히 멀쩡하게 작동하는 생체조립 설비를 손에 쥔 야전 공장의 기술자들만이 남았다. 통제할 사람 하나 없이, 전쟁을 위해 규격화된 제품만을 생산하라는 본사의 지시도 없이.

자신들에게 주어진 무한한 자유의 범위를 깨달은 순간, 한때 본사 소속의 군사생명공학자였던 이들은 지금껏 조용히 꿈꿔 오기만 했던 일을 누가 먼저랄 것도 없이 실행에 옮겼다. 가장 먼저 본사가 아닌 자신들의 이름을 자랑스레 내걸었고, 그런 다음에는 전술적 효율성이라는 속박을 말끔히 벗어던진 온갖 해괴한 생물병기를 마구잡이로 디자인해댔으며, 생산 라인에서 뽑어져 나온 따끈따끈한 흉물들은 최전방으로 실어 보내는 대신 무절제하게 주변에 풀어놓았다. 곧 지금껏 존재한 적 없는 생태계가 과거의 전선 곳곳에 곰팡이처럼 무럭무럭 피어났다. 그때까지도 버려진 채 허망하게 전선 주위를 떠돌던 병사들은 그런 지역을 '정원'이라고 불렀다.

그리고 가능한 한 발을 들여놓지 않으려 했다.

***

정원을 지나가는 게 미친 짓이라는 사실은 누구나 알았

다. 전쟁 막바지까지 살아남은 병사라면 누구나 한 번쯤은 통제불가능이 된 공장 주위를 행군해야 했던 적이 있었고, 그때 겪은 일은 누구의 머릿속에서든 쉽사리 지워질 만한 경험이 아니었으니까. 치카타나틀리 또한 살점을 불꽃보다도 빠르게 파먹는 포자로 가득 채워져 있던 카주마르주의 곰팡이 핀 병사들을, 발이 푹푹 꺼지는 늪 속으로 쇼틀리닐리를 끌고 들어가던 마촌자의 강철 케이블 같은 칠성장어 떼를 결코 잊을 수 없었다. 한 번은 남프릭 맹다의 이동식 공장 트레일러를 질질 끌고 다니는 거대한 근육질 민달팽이 비슷한 생명체를 먼발치에서 얼핏 보기도 했는데, 소문이 사실이라면 그 덩어리야말로 다름아닌 남프릭 맹다 본인이었을 것이다. 정원사들은 전쟁을 위해 개발된 기술, 전쟁을 위해 양성된 기술자들이 한순간에 본래의 목적을 잃어버리고서 전락한 결과 다다른 말로였다. 방향 없이 무작정 뻗어나가며 주변 모든 것을 집어삼키고 더럽힐 뿐인 이성을 잃은 괴물이었다. 그런 괴물의 아가리 속으로 걸어들어가는 일은 어떻게든 피하는 편이 좋았다. 하지만 치카타나틀리의 결정은 정반대였다.

"다들 어디 다친 덴 없지? 그러면 계속 가자."

"대장, 진심이야? 지금이라도 되돌아가는 게 낫지 않겠어?"

"어차피 정글을 지나야 해, 아스카몰리. 무작정 멀리 우회해봐야 이 지역 전선에선 결국 다른 정원을 마주칠 뿐이야. 지금은 시간 낭비하지 말고 쭉 가는 게 나아."

근거 없는 주장은 아니었다. 한때의 격전지 주변에는 공장이 수 킬로미터마다 하나씩 세워져 있기도 했으니까. 정원이 아닌 곳에 머무를 수는 있었지만 정원을 완전히 피해서 행군할 수는 없었다. 아스카몰리가 여전히 우물쭈물하자 치카타나틀리가 말을 이었다.

"통신 끊기기 전에 본사 위치를 받았다고 했잖아. 어떻게든 여기만 지나면 돼. 최대한 빨리 와달라는 게 마지막 지시였고, 지시에 따르는 게 우리 일이야."

치카타나틀리가 그렇게 말하고서 먼저 앞으로 나아가자, 아와우틀리는 어깨를 으쓱하고서 그 뒤를 따랐다. 결국에는 아스카몰리도 울상을 지은 채 정글 칠면조 떼를 헤치며 발걸음을 옮겼다. 애벌레들은 지치지도 않고 튀어 올랐다. 돼지 비슷한 생물들이 세 병사의 뒤를 졸졸 따라왔다. 깊은 정글은 온통 그늘이 져 어두컴컴했고, 그 안에 어떤 위험이 도사리고 있을지는 셋 중 누구도 전혀 짐작할 수가 없었다.

***

"와, 이렇게 안 위험한 정원은 처음인데요."

버섯이 돋아난 나무둥치에 앉아 숨을 돌리던 아와우틀

리가 불쑥 말했다. 군장을 내려놓고서 제각기 휴식을 취하던 나머지 두 병사도 그 말에 묵묵히 고개를 끄덕였다. 정글 속의 정원에 발을 들인 지 두어 시간이 지났으니 지금까지의 경험에 따르면 악의적으로 디자인된 생체병기와 벌써 너댓 번은 사투를 벌였어야 했건만, 지금껏 이곳에서 마주친 괴생명체라곤 고작해야 과도하게 겁이 없는 짐승과 자기주장이 지나치게 강한 벌레가 전부였다. 다시 말해 이 정원은 여태껏 세 명이 지나온 그 어떤 정글보다도 훨씬 안전한 공간이었다.

"아까 전에 봤어? 퓨마 닮았는데 귀 길고 엄청 살찐 놈. 바닥에 널브러져 있다가 새가 코앞까지 걸어오니까 그때서야 잡아먹더라. 우리가 지나가는데 경계도 안 하고. 여긴 꼭 루이스 캐럴이 설계한 정원 같아."

"루이스 누구?"

"그냥 떠오른 이름이야, 대장. 마지막 재교육 때 그 놈들이 내 머릿속에 뭘 집어넣어뒀는지 어떻게 알겠어?"

아스카몰리가 자기 머리를 툭툭 때리며 볼멘소리를 했다. 167번 지사의 행정직으로 차출되어 일하다가 지사 해체 직전 직원들에게 의미불명의 재교육을 받은 뒤로부터, 아스카몰리는 툭하면 자신조차 알지 못하는 단어와 표현을 무의식적으로 내뱉곤 했다. 아마도 칩을 통해 주입된 지식이 뇌에 제대로 연결되기도 전에 재교육 절차를 종료해버린 후유증일 것이라고 치카타나틀리는 추측했다. 어째서 167번 지사 직원들이 아스카몰리에게 이런 짓을 해놓은 것인지, 그 이유까지는 들은 적도 없었고 알 방법도 없었지만.

"루이스 캐럴이 누군지는 몰라도, 이런 정원을 설계할 만한 놈이라면 좀 궁금하긴 하네. 최소한 가학적인 미치광이는 아니었을 테니까."

"하지만 여기 정원사만큼 실력 좋은 공학자는 아니었을걸요. 전 연구소에서 일했으니까 알아요. 생태계 전체를 이렇게 일관적으로 바꿔놓는단 게 얼마나 말도 안 되는 일인지."

그렇게 말하는 아와우틀리의 발치에서는 통통한 애벌레가 칠면조에게 콕콕 쪼아먹히고 있었다. 아까까지만 해도 놀라우리만치 잘 튀어오르던 애벌레는 정작 포식자가 자신을 잡아먹으려 하자 몸을 축 늘어뜨리고 그저 운명을 받아들일 뿐이었다. 느긋하게 만찬을 즐기던 칠면조를 향해 이번에는 미끈한 점박이 고양잇과 동물이 멀리서 성큼성큼 다가왔고, 역시 그 어떠한 수고도 없이 칠면조의 목을 물고서 덤불 사이로 태연히 사라졌다.

"새로운 종 한두 개를 창작하는 건 아시다시피 충분히 가능한 일이죠. 원래 있는 종의 행동양식을 조금 주물러서 새 품종을 만드는 것도 어렵진 않다고 들었고요. 하지만 여긴 온갖 동물이 다 이렇잖아요. 괴물 칠성장어 하나 정도에서 그친 게 아니라, 절지류부터 포유류까지 모든 동물을 다 바꿔치기해놨다고요."

"우릴 잡아먹으려고 들지 않는 방향으로 말이지."

"조금 더 정확히 말하자면, 자기들을 잡아먹어달라고 애원하는 방향이겠죠."

바닥에서 뛰어오를 준비를 하던 애벌레 한 마리를 집어 든 아와우틀리가 대답했다. 다른 놈들보다도 특별히 살이 통통하게 오른 그 애벌레를 보면서 치카타나틀리는 거의 바닥을 드러내가는 군장 안의 보급품을 떠올렸다. 검고 희고 퍽퍽한 군용 식량 덩어리를 마지막으로 배가 찰 때까지 먹어본 것이 언제였는지 기억이 나질 않았다. 정글에서 먹을 만한 것을 구해보겠다고 헤맬 시간에 본사 쪽으로 조금이라도 더 나아가겠다는 것이 지금까지의 판단이었지만, 식량을 찾기 위해 조금도 수고할 필요가 없는 곳에 이왕 들어온 이상 기존의 판단을 조금 수정해도 괜찮겠다는 생각이 얼핏 스쳤다. 그리고 군침이 꼴깍 넘어가는 속도는 그 생각보다도 훨씬 빨랐다.

***

제식 나이프와 비상용 칩 강제시동 키트를 이용한 몇 번의 시도 끝에, 아와우틀리는 열대우림의 축축한 나뭇가지로부터 조그만 모닥불을 피워내는 데에 성공했다. 하지만 막상 털 뽑은 칠면조 다리를 불에 구우려고 시도해본 결과 새로운 문제가 드러났다. 세 병사 중 누구도 고기가 다 구워질 때까지 참고 기다릴 수가 없었던 것이다. 껍질이 타는 고소한 냄새가 코를 간질이자 지금껏 잊고 있던 허기가 빠르게 온 정신을 사로잡았다. 어차피 웬만한 오염물질은 문제 없이 소화할 수 있도록 생화학 레벨에서 조정된 몸이기도 했다. 아직 붉은빛이 전혀 가시지 않은 살코기를 향해 세 쌍의 손아귀가 일제히 뻗어나갔다.

"음. 괜찮네요. 지사 직원 식당보다 훨씬 낫네. 거기 밥은 전투식량이랑 다를 게 없었는데."

"다행이네. 넉넉히 먹어둬. 오늘 밤까지 배 채우고, 해 뜨면 바로 출발할 거야."

"출발하는 얘긴 나중에 하고 대장도 좀 먹어. 이게 간인가? 닭이나 거위랑은 다르게 혀끝에서 약간 톡 쏘는 느낌이 있네. 아주 기름지지는 않고, 거칠지만 풍부하고… 견과류의 풍미도 살짝 느껴지고."

아스카몰리가 갑작스레 쏟아낸 말에 치카타나틀리는 그만 크게 웃음을 터뜨렸다. '닭이나 거위'라니, '견과류의 풍미'라니! 꼭 그런 걸 실제로 먹어본 적이 있다는 것처럼! 요란한 웃음소리를 듣고서야 자신이 방금 무슨 말을 뱉었는지 깨달은 아스카몰리의 얼굴이 공연히 빨갛게 달아올랐다.

"재교육 때문이야! 갑자기 막 떠오른 헛소리라고. 참으려고 해도 잘 안 된다니까!"

"괜찮아, 괜찮아. 네가 그런 말 하는 거 싫어하지 않으니까. 아스카몰리, 혹시 다른 걸로도 해볼 수 있어? 아까 모닥불에 애벌레 몇 마리 던져놓지 않았나?"

뜨거운 잿더미 안에서 익은 애벌레는 겉이 조금 타서 쪼그라들어 있었다. 그 모습이 살아 있을 때보다도 몇 배는 징그럽다는 것이 아스카몰리의 솔직한 감상이었지만, 그럼에도 막상 질긴 껍질을 뜯고 속살을 입에 넣어보니 '생바닷가재와 계란 푸딩을 섞은 듯한, 크리미하고 달콤한 맛에 약간의 밤 향기'가 난다는 말이 어김없이 줄줄 흘러나왔다. 근처 풀숲에서 붙잡힌 메뚜기는 '쌉쌀한 닭고기 맛이 나는 마른 새우를 씹는 느낌'이었고, 불가로 걸어온 정글 돼지는 '정제되지 않은 질긴 식감에 각종 허브가 조금씩 섞인 듯 복잡한 맛'이었다. 그리고 불가에 앉아 이 모든 무의식적인 감상을 가만히 듣는 동안 치카타나틀리의 입가에는 줄곧 보기 드문 미소가 걸려 있었다.

"내 헛소리를 왜 그렇게 좋아하는지 모르겠네, 대장. 무슨 말인지도 모르잖아."

"당연히 모르지."

어느새 어두컴컴해진 하늘을 올려다보며 치카타나틀

리가 대답했다. 보아하니 슬슬 침낭을 펼쳐야 할 것 같았다. 여기저기 널브러진 흔적을 정리하고, 불침번을 세우고, 늦지 않게 출발할 수 있도록 미리 짐을 싸두고. 하지만 그런 번거로운 일들을 처리하기에는 오랜만에 배를 채운 뒤의 기분이 너무나도 아늑했다. 조금만 더 이대로 멍하니 있고 싶었다. 감겨오는 눈꺼풀의 무게에 저항하지 않으면서. 스스로도 잘 알 수 없는 말을 덧붙이면서.

"하지만 뭔가 의미가 있지 않겠어? 그러니까 네 머릿속에 굳이 집어넣어줬을 거 아냐. 그냥… 그런 느낌이 들어. 그게 좋아."

세상에, 나 지금 엄청 횡설수설하고 있구나. 그 생각을 마지막으로 치카타나틀리의 의식이 꺼졌다. 식사의 열기를 품은 몸이 바닥을 향해 주르륵 미끄러졌다. 컴컴한 정글 한가운데에서, 기묘하리만치 평화로운 정원 한복판에서 세 병사는 오래도록 이 순간만을 기다렸다는 듯이 깊은 잠에 빠져들었다.

***

얼굴과 손등에 내려앉는 희미한 간지러움이 치카타나틀리의 의식을 천천히 일깨웠다. 게슴츠레 뜨인 눈꺼풀 사이로 햇살이 사정없이 파고들었다. 뭐야, 설마 그대로 자버린 거야? 날이 다 밝을 때까지? 벌떡 몸을 일으켜 주위를 둘러보니 아스카몰리와 아와우틀리는 여전히 깊이 곯아떨어진 채였고, 꺼진 모닥불과 널브러진 뼈다귀 주변에는 겁 없는 쥐들이 '혹시 우리도 이렇게 잡아먹어 주지 않을까' 하는 모양새로 슬금슬금 기어다녔다. 축축한 바람이 불어 오자 온갖 모양을 한 풀잎이 사각사각 소리를 내며 흔들렸다. 그리고 치카타나틀리가 보기에 이 모든 광경은 어쩐지 전부 옅은 붉은빛이었다. 온 세상이 붉게 물들어 있었다. 무언가 주르륵 흘러내리는 느낌에 무심코 뺨을 문질러보니 손에도 어김없이 붉고 투명한 미지의 액체가 묻어났다. 치카타나틀리의 등골에 소름이 쫙 끼쳤다.

"다들 일어나. 어서! 일어날 수 있어? 몸에 이상한 데는 없고? 빨리 대답 해!"

다행스럽게도 아스카몰리와 아와우틀리는 아무렇지도 않게 눈을 떴다. 몸도 멀쩡하게 움직였고 감각에도 전혀 이상이 없었지만, 그렇다 하더라도 온 사방이 새빨갛게 물든 꼴을 보고서 전혀 동요하지 않기란 어려운 일이었다. 아스카몰리가 몸에 묻은 액체를 닦아내려 애쓰는 동안 아와우틀리는 넓적한 잎사귀에 남은 흔적을 관찰해본 뒤 가능한 한 침착하게 말했다.

"안개비가 내린 것 같네요. 물방울이 마르지 않은 걸 보면 방금 전이겠죠. 따갑거나 한 데는 없으니까 화학무기

같진 않지만, 그래도 뭔가 있긴 할 거예요. 정원이니까."

"뭐가 됐든 빨리 빠져나가자. 게으름을 너무 피웠어. 군장 대충 닦고 짐부터 싸. 아스카몰리 넌 거기 멍하니 서서 뭐 해?"

"누가 있어, 대장."

아스카몰리의 떨리는 손이 빽빽한 나무와 덩굴 사이 어딘가를 가리켰다. 그곳에서 어렴풋이 움직이는 허연 형체 두 개가 곧 치카타나틀리의 눈에도 들어왔다. 두 형체는 서서히 이쪽을 향해 다가왔고 치카타나틀리는 재빨리 총을 들어 놈들이 있는 방향으로 겨누었다. 운동 제어 기능이 켜지자 전기 신호가 온몸을 옭아매 흔들림을 억눌렀다. 눈과 오른손 검지를 제외한 모든 신체기관이 사라진 듯한 감각의 정적 속에서 곧 상대방의 모습이 시야 중앙에 또렷이 잡혔다. 놈들은 장갑차만 한 털북숭이 도마뱀도 아니었고, 동료들의 뼈를 잔뜩 집어삼킨 부정형 점균덩어리도 아니었다. 반짝이는 비닐 비옷을 걸치고 개인용 통신장비를 손에 든 사람 둘이었다. 둘 중 치카타나틀리보다 키가 큰 쪽이 자신들을 가리키는 총구의 존재를 먼저 깨닫고서 황급히 양손을 번쩍 들었고, 더 작은 쪽도 뒤이어 천천히 팔을 올렸다. 그 모습을 확인한 치카타나틀리가 외쳤다.

"허니팟 앤트로포테크닉스 167번 지사 방위부대다! 소속과 신분을 밝혀라!"

"그물을 풀어 새로이 방직하는 자 알케르메스의 아이, 연구원 치칠로퀼린과 차폴린입니다! 감마 구역 대안생태계 현황 모니터링 업무를 수행하는 중이며, 병사 여러분께 해를 끼칠 의도는 전혀 없습니다!"

키가 큰 쪽의 대답에 치카타나틀리는 작게 혀를 찼다. '그물을 풀어 새로이 방직하는 자 알케르메스'라니, 그게 여기 정원사 놈의 자칭인 모양이지? 마촌자 때처럼 연구원들이 자기 주인 이름을 외치면서 돌격해 오지 않은 건 마음이 놓이는 일이었지만, 그렇다고 정말로 마음을 놓아버릴 수는 없는 노릇이었다. 치카타나틀리가 손을 까딱여 보이자 두 연구원은 손을 든 자세 그대로 정글을 헤치며 조심조심 걸어왔다.

"거기 정지. 나랑 내 부하들이 이 빨간 물질에 흠뻑 젖었다. 여기 연구원이면 무슨 상황인지 나보다 더 잘 알겠지. 위험성과 대책을 설명해라."

"아, 알겠습니다! 차폴린, 혹시 노출 실험 데이터에 군사자원 대상으로 한 것도 있습니까?"

"알케르메스는 군사자원 접촉을 특별히 상정하지 않았다, 치칠로퀼린."

"네, 그죠. 음. 그렇습니까. 그럴 것 같긴 했습니다."

잠시 경직된 침묵이 흘렀다. '치칠로퀼린'은 머리를 좌우로 흔들고, 시선을 이리저리 옮기고, 손가락을 허공에 몇 번 휘적인 뒤에야 다시 입을 열었다.

"보자, 제 소견으로는 방금 노출되신 물질이 단기적인 작동에 큰 지장을 줄 가능성은 없지 않을까 합니다. 다만…."

"다만?"

"혹시 모를 과민반응이나 기타 부작용을 미연에 방지하기 위해서라도, 일단 몸과 소지품을 흐르는 물에 세척하시는 것이 어떨까 싶습니다. 도보 10분 거리에 유속이 느린 강의 지류가 있습니다."

치칠로퀼린은 그렇게 말한 다음 고갯짓으로 정글 안쪽 방향을 가리켰다. 곧 치카타나틀리의 총구가 내려갔고 아스카몰리와 아와우틀리는 군장을 주섬주섬 챙겨 들었다. 여전히 긴장이 완전히 풀린 것은 아니었다. 연구원들을 더 추궁해볼 필요도 물론 있었다. 하지만 그 무엇보다도 지금은 일단 이 기분 나쁜 액체부터 좀 씻어내고 싶다는 것이 세 병사의 공통된 생각이었다.

***

연구원들의 안내한 강은 조금 탁했지만, 그래도 액체가 말라붙어 끈적거리기 시작한 피부와 옷을 닦는 데에는 별 지장이 없었다. 몸 여기저기에 빨갛게 남아 있던 흔적은 물이 닿자 간단히 녹아 사라졌다. 한편 여기까지 행군해 오는 동안 제대로 씻지 못해서 곳곳에 쌓인 때와 피로를 벗겨내는 데에는 시간이 조금 더 걸렸다. 한 번 강에 들어가고 나니 도저히 대충 몸만 헹구고 나갈 생각이 들지 않았기에 세 병사는 꽤 오래도록 물에 몸을 담근 채 시간을 보냈고, 연구원들은 그런 셋이 목욕을 마칠 때까지 강가에 서서 기다려주었다. 묻는 말에 대답도 하면서.

"우리가 뒤집어쓴 게 정확히 뭐라고? 무슨 영양액?"

"네, 말씀드렸다시피 주성분은 영양액입니다. 당류, 무기염류, 그 외에 이 주변의 기초 생태계에 필수적인 각종 영양분이 적정 비율로 배합되어 있습니다. 아직 시험 단계의 생태계이기에 안정성을 보장하고자 이런 개입 조치를 취하게 되었다고 알케르메스께서 말씀하셨습니다."

"그러니까 이게 다 밥 준 거란 소리지. 왜 이렇게 끈적거리는지 이해는 가네. 근데 도대체 어디서 뿌렸기에 이렇게 온통 뒤범벅을 만들어놓은 거야?"

치카타나틀리의 물음에 이번에는 차폴린이 강 상류 쪽에 어렴풋이 보이는 언덕을 퍅 가리켰다. 풀과 나무로 뒤덮인 녹갈색 언덕은 멀리서 보기에 마치 커다란 짐승이 웅크려 있는 모양새였고, 그 곳곳에서는 이따금씩 분홍빛 증기가 후욱 뿜어져 나왔다. 한쪽에 솟은 굴뚝을 보아하니 아무래도 저기가 원래 공장이었던 건물이리라고 치카타나틀리는 어림짐작했다.

"알케르메스가 저기 있다. 에어로졸화한 영양액을 주기적으로 대기 중에 분사하여, 기상 상황에 따라 대안생태계 내 각각 구역에 살포될 수 있도록 하는 중이다. 거듭 말했다시피 대안생태계 외부자가 영양액에 노출되는 일은 예상하지 못했다."

"당장 문제 생기는 게 아니라면 우린 상관 없어. 어차피 바로 나갈 생각이니까."

"음, 잠시. 그 부분은 우리의 의견을 들어줬으면 좋겠다만."

의아해하는 치카타나틀리를 앞에 두고서 두 연구원은 잠깐 진지한 시선을 교환했다. 이윽고 치칠로퀼린이 말을 받아 이었다.

"앞서 설명드렸듯이 영양액 성분이 군사자원의 작동에 지장을 초래할 것으로는 생각되지 않습니다만, 그, 연구원 입장에서는 기존에 시험되지 않은 부분에 대해 선불리 단정해서 말씀드릴 수가 없는 것도 사실입니다. 죄송한 말씀입니다만 당분간 우리 쪽에서 여러분의 동작 상태를 모니터링할 수 있도록 협조해주시지 않겠습니까?"

"모니터링? 얼마나 걸리는데?"

"그것은 사실 전적으로 알케르메스의 일정에 달려 있습니다만…. 군사자원과 유사한 체질량의 포유동물 사례를 참조할 때, 최장 7일 가량의 단기 관찰이면 충분하지 않을까 싶습니다."

바꿔 말하면 7일 동안 이 정원에 머물러달라는 뜻이었다. 몸을 말리자마자 바로 본사를 향해 출발할 생각이었던 치카타나틀리에겐 적잖이 당황스러운 권유였다. 그런 당황을 눈치 챘는지 차폴린이 몇 마디를 재빨리 보탰다.

"대안생태계 내에 머무는 동안 최대한의 편의를 보장해 주겠다. 이곳에 서식하는 동식물은 얼마든지 섭취해도 좋다. 어차피 최근 통계상으로는 대다수 종의 개체군 크기 및 성장현황 모두 대체로 안정적이니까. 신체검사 및 간단한 정비는 물론, 혹시라도 필요한 물자가 있다면 우리가 보유하고 있는 한도 내에서 얼마든지 지급해줄 의향 또한 있다."

여전히 치카타나틀리는 이곳에서 더 이상 시간을 낭비하고 싶지 않았다. 하지만 그런 의향을 정리해서 말하려던 찰나 나머지 두 병사가 대뜸 먼저 입을 열었다. 이런 제안이 들어오기만을 기다리고 있었다는 듯한 목소리로.

"괜찮지 않아? 난 찬성."

"저도요. 이왕 이렇게 된 거, 차라리 보급 받고 만전의 상태로 출발해도 손해 볼 건 없죠."

치카타나틀리는 아랫입술을 살짝 깨물었다. 마음 같아서는 당장 둘을 다그치고 싶었다. 본사로 향하는 일은 그들에게 내려진 임무였고 그들은 오로지 임무를 완수하기 위해 만들어진 생명체였다. 목적지를 코앞에 두고 게으름을 피우는 건 병사가 할 일이 아니었다. 하지만… 오랜 행군이었다. 굶주렸고, 지저분해졌고, 작동 속도가 눈에 띄게 느려졌으며 무엇보다도 마음이 지쳐 있었다. 잠깐 쉬고 정비를 마친 다음 더 빨리 나아갈 수만 있다면. 아주 잠깐 정도라면.

"하지만 7일이나 낭비할 수는 없어. 사흘이야. 그 뒤엔 즉시 떠날 거야."

"사정이 그러시다면야 강요하지는 않겠습니다. 협조해 주셔서 감사합니다."

연구원의 대답에 아스카몰리와 아와우틀리는 대장의 얼굴을 잠깐 쏘아보았지만, 길쭉한 메기를 닮은 물고기가 멀찍이서 물보라를 일으키며 튀어오르자 그런 시선도 이내 흐트러졌다. 강 주변에는 나무와 덤불이 울창하게 우거져 있었고 그 곳곳에는 먹히기만을 얌전히 기다리는 식량이 가득했다. 떠나는 날의 아쉬움보다는 당장의 즐거움을 기대하도록 만드는 행복한 광경이었다. 심지어 치카타나틀리조차 스스로의 내면에 자리잡아버린 달콤한 기대감을 완전히 몰아낼 수는 없었다. 이곳 정원에서 보낼 앞으로의 사흘은 분명 지금껏 보낸 그 어떤 사흘보다도 아늑한 나날이 될 터였다.

***

갑작스러운 일정 변경을 가장 먼저 온 마음으로 받아들인 병사는 아스카몰리였다. 그 누가 보더라도 한눈에 알 수 있을 정도였다. 강물에 손을 넣어 적당히 잡히는 물고기를 썰어 먹을 때에도, 반쯤 뜯어져가는 군화를 수선할 때도, 치칠로퀼린의 안내에 따라 조직 샘플 채취에 협조할 때조차도 아스카몰리는 167번 지사 직원들이 주입한 정체불명의 언어를 쉼없이 떠들어댔으니까. 조금의 통제조차 받지 않고 흘러나오는 이 재잘거림이야말로 아스카몰리가 긴장의 끈을 완전히 놓아버렸다는 숨길 수 없는 증거였다.

"아얏! 살살 좀 해. 다시 말하지만 신은 우리가 고통을 측정하기 위해 만든 개념이랬어."

"한 번에 많이 채취해둬야 검사 돌릴 때 편합니다. 그리고 방금 그건 레논입니까?"

"모른다니까. 끝도 없이 이 심리 게임을 하고 있거든. 웬 드루이드들이 베일을 들추고, 게릴라 심리전을 펼치고……. 잠깐, 혹시 넌 이게 다 무슨 소린지 알아?"

눈앞의 상대방이 자신의 재잘거림을 해석해줄 수 있단 사실을 깨닫자 더욱 흥분한 아스카몰리는, 머릿속에서 실시간으로 윙윙거리는 모든 내용을 당황한 치칠로퀼린에게 즉시 마구잡이로 쏟아냈다. 치칠로퀼린이라고 해서 정말로 그 전부를 해석해줄 수는 없었지만, 단지 문장 몇 개의 정확한 출처를 알려주는 것만으로도 아스카몰리가 신이 나서 치카타나틀리에게 달려가도록 만들기에는 충분했다.

"유명한 옛날 노래 가사라지 뭐야! 대장 말이 맞았어. 아무래도 그 사람들은 자기들이 의미 있다고 생각한 걸 나한테 넣어준 모양이래. 좋아했던 노래, 꼭 남기고 싶었던 표현, 아마도 그런 것들 말이야. 전체 가사도 연구원이 가르쳐줬어!"

아스카몰리의 더듬거리는 노래가 야영 장소에 울려 퍼지는 동안, 아와우틀리의 발걸음은 앞으로 사흘이라는 시간을 함께하게 된 이른바 '대안생태계'의 더욱 깊숙한 곳곳으로 향했다. 의식적인 행동이라기보단 거의 학습된 버릇에 가까운 움직임이었다. 비록 아스카몰리의 경우처럼 조잡한 방식은 아니었지만 아와우틀리 역시 잠시 연구 보조직으로 일하기 위해 재교육을 받은 적이 있었고, 그때 심어진 연구용 사고체계는 원래의 의식과 분리할 수 없이 뒤섞여 아와우틀리의 내면에 온전히 뿌리를 내린 채였다. 혹시라도 연구 현장으로 복귀하게 된다면 즉시 과거의 업무 태도를 되찾을 수 있도록. 나뭇가지 위에서 날개를 활짝 펼치고선 포식자를 불러들이려 발버둥치는 사마귀의 모습을 최대한 선명히 눈에 담을 수 있도록.

“정말 볼수록 굉장하네요. 저도 생명체의 투쟁-도주 반응 일부분을 극대화하는 연구에 손가락 하나쯤은 얹어봤지만, 그건 이미 존재하는 본능에 기름을 더 끼얹는 작업이었을 뿐이고 이건 정반대의 경우잖아요. 당연한 생존 본능을 억제하는 걸로도 모자라서, 자연적으로는 도무지 존재할 수 없는 욕구를 그 자리에 대신 끼워넣은 거예요. 그것도 생태계에 존재하는 거의 모든 종을 대상으로. 이게 어떻게 가능하죠, 차폴린?”

“이런. 설마 외부인의 칭찬을 듣게 되리라고는 생각도 못 했다.”

정기 기록용 영상을 촬영하던 차폴린의 귀 끝이 연한 분홍빛으로 물들었다. 비록 무슨 칭찬을 듣는다 한들 차폴린이 말해줄 수 있는 내용은 ‘알케르메스의 허가 없이 공개해도 될 만큼 충분히 개략적인 연구 방법론’밖에 없었지만, 동시에 그 개략적인 내용을 설명하기 시작한 차폴린의 목소리엔 적잖은 열의가 묻어났고 아와우틀리 또한 설명 한마디 한마디에 온 주의를 기울였다.

“우리의 노력을 높이 평가해준 것은 고맙지만, 사실 우리가 정말로 생물종 하나하나의 행동양상을 조작해 포식당하기를 선호하도록 만든 것은 아니다. 이 지역 대안생태계에 가한 조작은 기껏해야 몇 가지의 새로운 생명체를 제작해 도입한 것이 전부다. ‘잡아먹히고 싶어 하는 욕구’

가 아니라, '잡아먹히게 만들고 싶어 하는 욕구를 지닌 생명체'를 말이다. 자연계에는 이미 유사한 욕구를 지닌 종이 충분히 많이 존재한다만, 혹시 알고 있나?"

"어, 연구소에서 입력받은 데이터에는 있어요. 쥐가 고양이를 겁내지 않게 만드는 원생동물, 달팽이가 새한테 잡아먹히도록 유도하는 흡충, 뭐 그런 종류 말씀이신가요?"

"정확하다. 그러한 종류의 생물들을 적극적으로 개발해 생태계 전반의 포식행동 양상을 바꾸어보자는 것이 알케르메스의 주요 연구 주제다. 내 추산으로는 이 지역 대안 생태계에 존재하는 목표 생물종의 80퍼센트 가량이 최소한 하나 이상의 행동변화 유도종의 영향 아래에 있고, 정기적인 난포낭 살포 덕분에 그 비율은 꾸준히 증가하는 추세다."

설명을 여기까지 들은 아와우틀리의 표정에 순간 가벼운 꺼림칙함이 스쳤다. 이 정원에 돌아다니는 동물 대부분이 '행동변화 유도종'에 감염돼 있다면, 혹시 그걸 먹은 우리도 위험해지는 거 아냐? 의혹의 기색을 눈치챈 차폴린이 재빨리 해명의 말을 덧붙였다.

"면역 기능이 정상인 군사자원에 감염될 확률은 낮은 편이라고 생각될 뿐더러, 설령 감염되었다고 해도 먹이사슬 상단에 위치한 대형 포유류의 체내에선 행동변화 유도종이 자동적으로 휴면 상태에 들어간다. 특별히 설계된 포식 신호에 노출되지 않는 한은 어떤 영향도 느낄 수 없을 것이다."

"그 말 믿어도 되죠? 표범 앞에서 막 드러눕고 그러는 거 아니죠? 다행이다…."

긴 안도의 한숨을 내쉬고서 아와우틀리는 다시 나뭇가지 위의 사마귀에게로 시선을 돌렸다. 바로 옆에서 두 인기척이 아무리 바스락거려도 사마귀는 도망칠 생각조차 없이 그저 새를 끌어들이는 데에만 온 힘을 다하고 있었다. 샛노란 깃털을 지닌 작은 새가 쪼르르 날아와 자신을 물고 가는 그 순간까지도.

***

두 병사가 사흘 동안 마음 가는 대로 신나게 돌아다닌 것과는 대조적으로, 치카타나틀리는 정원에 머무는 내내 행군 준비에만 묵묵히 신경을 쏟았다. 소총을 분해해 닦았고, 옷과 침구를 전부 빨아 말렸고, 휴대할 수 있을 만큼 가볍고 보존성도 좋을 법한 마른 메뚜기를 조금 확보해 두었으며 강물이 그나마 맑은 곳을 찾아 수통도 새로 채웠다. 이 모든 준비를 끝마치고 난 이틀째 밤이 되어서야 비로소 두 연구원이 있는 강가를 찾아가기는 했지만, 그마저도 약속한 신체 검사와 정비를 받기 위해서일 뿐이었다. 정비라고 해봐야 치칠로퀼린에게서 보급형 윤활제 주사를 맞고 차폴린의 간단한 칩 동작 상태 테스트를 받는 것이 전부. 차폴린이 외부 제어 기능을 일시적으로 활성화하자 치카타나틀리의 사지가 딱딱하게 굳었다. 찌릿거리는 고통 속으로 치칠로퀼린의 목소리가 부드럽게 스며들었다.

"만전의 상태라고는 말씀드리지 않겠습니다. 신체 기능 전반이 다른 분들 이상으로 저하되어 있고, 부위별 손상 정도도 우려할 만한 단계입니다. 본인께서 가장 잘 아시리라고 생각합니다만."

"괜찮아. 본부까지 갈 수만 있으면 돼. 제대로 된 정비는 본부에서 해줄 거야."

치칠로퀼린은 뭐라고 더 말하려는 것 같았지만, 끝까지 그 말을 입밖으로 내지는 않았다. 칩 테스트에는 생각보다 오랜 시간이 걸렸고 가만히 앉아 외부 조작대로 팔을 올렸다 내렸다 하는 건 상당히 지루한 일이었다. 그래서 이번에는 치카타나틀리가 먼저 입을 열어 보았다. 대수롭지 않게. 어디까지나 그저 시간을 때우기 위해서.

"아와우틀리한테서 얘기 들었어. 이 정원 얘기. 난 군사 생명공학에 대해선 거의 아는 게 없지만, 그래도 여긴 지금까지 들러본 정원 중에서 제일 흥미롭게 설계해뒀던데."

"요즘 칭찬을 너무 많이 듣는 기분이다. 이러다 중독되는 건 아닐지 걱정이 될 정도다."

"칭찬해주려고 얘기 꺼낸 거 아냐. 궁금한 게 있어서 그래. 어떤 원리로 여길 설계했는지는 알겠는데, 목적이 뭐야? 뭔가 의도한 바가 있었으니까 너네 정원을 이렇게, 잡아먹히고 싶어서 안달하는 놈들이 바글대는 꼴로 꾸몄을 거 아냐."

예상치 못한 종류의 질문이었기에 차폴린은 잠시 생각에 잠겨야 했다. 하지만 그렇다고 해서 딱히 대답할 수 없는 종류의 질문인 것도 아니었다.

"이러한 설계가 가능했기 때문이다. 강가에 나간 아이가 자갈을 쌓으며 노는 데에 어떤 숭고한 목적이 있나? 우리는 자갈 대신 염기와 단백질을 쌓을 뿐이다."

"하지만 하필 이런 형태였던 데에는 뭔가 의미가 담겨 있겠지. 167번 기지 놈들이 나름대로 의미를 담아서 아스카몰리 머리에 그런 짓을 해놓은 것처럼. 혹시 전쟁이 싫었던 거야? 그래서 이번에는 싸울 필요도 없이, 아무 목표도 없이 마냥 나무 그늘에서 뒹굴거릴 수 있는 세상을 만들려고 한 거야?"

다시 침묵이 찾아왔다. 이번 침묵은 조금 더 길었고, 그 끝을 알린 차폴린의 목소리 또한 이전보다 조금 더 나지막했다.

"내가 이해하는 한, 알케르메스는 전쟁 수행이라는 단일한 목표를 위해 생명체를 디자인하는 일을 결코 싫어하지 않았다. 주제의 제약이 곧 창작의 기틀이라고 입버릇처럼 말했고, 명확한 지향점이 있는 디자인이야말로 그 자체로 아름답다고 느꼈다. 다만… 그 지향점이 항상 전쟁일 필요는 없다고 생각했을 뿐이다. 전쟁은 에너지 낭비를 수반하는 목표다. 반드시 경쟁이 발생하고 충돌이 발생한다. 알케르메스는 불필요한 에너지 낭비를 최소화할 수 있는 다른 목적을 지향하도록 이 생태계를 재설계하고 싶어 했다."

"'다른 목적'이란 게 고작해야 천적한테 성공적으로 잡아먹히는 건데도?"

"그것 또한 가능한 하나의 목적이라고 생각한다."

이제 생각에 잠긴 쪽은 치카타나틀리였다. 칩 테스트가 끝나고 전기 신호가 잦아드는 동안에도 치카타나틀리는 자갈로 쌓은 탑처럼 밤의 강가에 가만히 앉아 있었다. 그러다가 문득, 어디선가 또 물고기가 내는 찰박찰박 소리가 들릴 즈음, 들릴 듯 말 듯한 목소리로 이렇게 중얼거렸다.

"마음에 들어. 응, 그것도 목적은 목적이지. 그럼 됐어."

그날 연구원들이 있는 곳을 떠나 야영 장소로 돌아갈 때까지, 치카타나틀리는 더 이상 아무런 말도 하지 않았다.

***

이튿날 아침은 세 병사가 정원을 떠나기로 약속한 날이었다. 나아갈 방향은 진작부터 정해져 있었고, 잠시 동안의 휴식과 영양 공급 덕분에 정글을 헤쳐나갈 기력 또한 충분했다. 행군 준비도 완벽하게 마쳐두었으니 날이 밝기만 하면 이번에야말로 지체없이 출발할 수 있으리라는 것이 치카타나틀리의 예상이었다. 하지만 그런 예상은 출발 지시를 내린 바로 그 순간에, 오랜 동료의 곤란해하는 얼굴과 기어들어가는 목소리에 의해 이미 흔들리기 시작했다.

"저기, 대장? 며칠만 더 있다가 가면 안 될까?"

"무슨 소리야. 벌써 사흘이나 낭비했는데. 혹시 몸에 이상이라도 생겼어?"

"그런 건 아닌데, 연구원들도 모니터링 더 하는 게 좋겠댔고…."

제대로 눈조차 마주치지 못하는 아스카몰리의 모습에 당황해, 치카타나틀리는 다른 한 명의 동료에게로 급히 시선을 돌렸다. 하지만 아와우틀리 또한 지휘관을 똑바로 쳐다보지 못하기는 마찬가지였다. 똑같은 모습으로 시선을 피하며 머뭇거리는 두 동료를 앞에 두고서야 치카타나틀리는 비로소 상황을 파악했다. 그래, 이럴지도 모른다고 생각은 했지. 온종일 고생만 하다가 갑자기 이렇게나 풍족하고 걱정거리 없는 곳에서 며칠씩이나 쉬었으니, 여길 떠나기 싫어지는 것도 무리는 아니지. 하지만 부대의 지휘관인 치카타나틀리가 그런 동료들에게 해줄 수 있는 말은 하나밖에 없었다.

"우리 임무는 여기서 빈둥대는 게 아니잖아. 지시에 따르는 게 군사자원의 존재 이유야."

"빈둥대려는 게 아니에요. 차폴린이 그랬어요. 원한다면 여기서 연구원으로 당분간 일해도 좋다고."

말을 꺼내기가 무섭게 되돌아온 아와우틀리의 대답에 치카타나틀리의 눈이 순간 크게 뜨였다. 단순히 예상치 못한 발언이었기 때문만은 아니었다. 그보다는 오랜 동료의 목소리가 어쩐지 너무나도 차갑고 낯설게 들렸기 때문이었다. 소총도 군장도 어느새 땅바닥에 내려놓은 채, 167번 지사 방위부대 의무병이었던 전직 연구원의 두 눈에는 전에 없이 단호한 기색이 어른거리고 있었다. 마치 보이지 않는 먹구름처럼 충돌의 징조가 두 병사 사이에서 맹렬히 소용돌이쳤다. 번갯불이 튀는 건 시간 문제였다.

"넌 연구원이 아니야, 아와우틀리. 재교육 받고서 잠깐 연구원 일 하다가 복귀한 게 전부잖아. 아스카몰리 너도 어디까지나 임시로 행정직에 배치됐을 뿐이고. 그 역할은 이미 옛날에 끝났어. 네 원래 임무로 복귀해."

"원래 임무 같은 건 이제 없어요. 죽일 적도 없고, 붙어 있을 전선도 없고, 투입될 작전도 물론 하나도 없죠. 반면에 이 정원엔 일손이 더 필요해요. 벌써 델타 구역 관리를 담당해달라는 부탁도 받았다고요."

"난 지시를 받았어! 최대한 빨리 본사로 와달라는 게 마지막 통신이었어. 본사 위치를 받았다고. 그럼 가야 할 거 아냐! 그게 군사자원의 목적이고 존재 의미야!"

"여기서 보낸 사흘이 저한테는 전쟁이 끝난 이후로 가장 의미 있었던 시간이에요! 존재하지도 않는 지시를 희망이랍시고 붙잡고서 여태껏 멍청하게 뚜벅뚜벅 걸어온 그 어떤 날보다도!"

전혀 정제되지 않은 외침이 한껏 달궈졌던 공기를 싸늘하게 식혔다. 소리를 친 당사자인 아와우틀리조차도 놀랄 만큼 선명한 감정의 폭발이었다. 치카타나틀리가 그 폭발에 담긴 의미를 깨닫기까지는 다소 시간이 걸렸다. 의미를 받아들이기까지는 그보다도 훨씬 더 긴, 거의 영원과도 같은 시간이 필요했다.

"아냐. 지시는 있었어. 분명히 들었다고. 본사 위치도 받았단 말이야."

"나도 믿고 싶었어, 대장. 우리 통신은 진작에 다 끊겼는데 대장한테만 연락이 왔단 말이, 본사가 우리를 그냥 내버려두지 않고 뭐든 간에 임무를 하달했단 말이 사실이었으면 좋겠다고 진심으로 생각했어. 그랬으니까 힘들어도 지금껏 따라온 거야. 하지만… 솔직히 진짜로 믿은 적은 없어."

"차폴린한테 들었어요. 정비할 때 칩 통신 기능 테스트도 같이 했는데, 아스카몰리도 저도 신호에 전혀 반응을 안 했다고. 무슨 전자전 공격 같은 걸 받아서 수신기가 완전히 망가진 거예요. 대장도 정비 받았죠? 통신 기능은 정상이었어요? 테스트 신호 받는 걸 느끼기는 했나요?"

대답할 수 없었다. 더 이상 아무런 말도 내뱉을 수가 없었다. 힘을 잃어버린 두 다리가 풀썩 무너져 내리려 했지만, 운동 제어 기능만큼은 정상적으로 작동했기 때문에 무릎을 꿇고 쓰러지는 일조차 치카타나틀리에게는 허가되지 않았다. 죽은 나무처럼 지면에 못박혀 딱딱하게 굳어버린 채 치카타나틀리가 할 수 있는 일이라고는 그저 마지막으로 지시를 받았던 순간을, 그렇게 믿어야만 했던 순간을 멍하니 되새기고 또 되새기는 것뿐이었다.

***

돌이켜 보면 그 통신은 평소에 받던 것과는 조금 달랐다. 반투명한 녹색 글자로 되어 있지도 않았고, 신경을 사정없이 긁어내리는 알람 자극도 없었으며, 확인할 때까지

시야 한쪽 귀퉁이에서 깜박깜박 빛을 발하지도 않았다. 총성도 포연도 그친 전장 한복판을 목적지 없이 터덜터덜 배회하고 있을 무렵에, 지독한 굶주림과 그보다도 더욱 견디기 힘든 허무감 속에서 허우적거리며 죽어가고 있을 때에 통신은 다만 잿빛 하늘을 가르는 영롱한 강철 빛깔 보급품처럼 치카타나틀리의 눈앞으로 천천히 내려왔다. 번쩍이는 모든 표면이 허니팟 앤트로포테크닉스의 공식 로고로 뒤덮인 그것은 마치 가장 강력한 수백 종류의 중화기와 전차와 자동병기들이 시공간상의 한 점에 겹쳐져서 형성된 거대한 프리즘처럼 보였다. 모든 방향을 일시에 겨냥하는 무한한 수의 총구가 167번 지사 방위부대 지휘관 치카타나틀리의 존재를 감지하고 길을 내주었다. 치카타나틀리는 피와 기름의 광택으로 아름답게 빛나는 계단을 따라 이내 떨리는 발걸음을 내딛었다.

계단 양옆에는 지금껏 전장에서 보아온 모든 총기가 도열해 있었고, 그 종점에는 거대한 얼굴 하나가 심연 위에 떠서 어른거렸다. 비록 정확히 기억할 수는 없었지만 그 얼굴의 형상은 틀림없이 치카타나틀리가 본부로부터 지시를 수신할 때마다 상상하던 최고전술책임자의 모습이었다. 잠시 동안 얼굴은 시작과 끝을 알 수 없는 심연 가운데에서 치카타나틀리를 똑바로 응시했다. 이윽고 수천 개의 톱니와 방아쇠가 일제히 딸깍이는 소리와 함께 그 입술이 열렸다. 입술 사이에서 흘러나온 목소리는 천지를 진동시킬 듯 장엄했고, 그 어떤 모델의 전투식량과도 비교되지 않을 만큼 달콤했으며, 치카타나틀리가 본부의 지시를 읽을 때 상상하던 목소리와 역시 놀랍도록 일치했다.

"지시 번호 20405521. 중요도 등급 차프라. 대분류 A. 소분류 LAE."

"부대원을 가능한 한 동반하여 본사로 향할 것."

"지휘관으로서 맡은 바 책임을 다할 것."

"이상."

얼굴이 말을 마침과 동시에 치카타나틀리를 태운 계단은 하늘을 향해 솟구치듯 올라가, 잿빛 구름을 일순간에 걷어내고 언젠가 작전 지도로만 보았던 드넓은 대륙을 발아래에 펼쳐 보였다. 치카타나틀리의 시선이 수많은 영광스러운 전장으로 뒤덮인 사막을, 아직까지도 틀림없이 포연이 피어오르는 숲을, 군사자원 유니폼 차림의 병사들이 줄지어 행진하는 도시를 차례로 가로질러 대륙 한쪽 끝을 향했다. 그곳에는 너무나도 눈부셔 차마 바라볼 수도 없는 거대한 건물이 드높이 솟아 있었다. 지금껏 보았던 그 어떤 건물보다도 철저하게 방비되고 있음이 분명한 그 건물의 꼭대기에서는 허니팟 앤트로포테크닉스의 공식 로고가 지상에 내려온 두 번째 태양처럼 빛을 발했다. 치카타나틀리는 그곳이 자신이 향해야 할 본사의 위치임을 알았다. 모든 지시 내용을 이해했고 삶의 이유를 새로이 찾았다. 보급형 전투복처럼 몸을 감싸는 빛 속에서 치카타나틀리의 의식은 앞으로 해야 할 일을 뇌리에 단단히 새기려고 애썼다. 167번 지사로 돌아가서 남아 있는 동료들을 데려와야 해. 함께 본사로 가야 해. 본사로 가야 해….

…다시 눈을 떴을 때에는 여전히 텅 빈 전장밖에 보이지 않았다. 통신 기록에서는 어떠한 신규 메시지도 확인할 수 없었다. 하지만 치카타나틀리는 자신이 본 것이야말로 분명 본사의 마지막 지시라고 생각했다. 167번 지사 방위부대 지휘관인 자신에게 특별한 방식으로 내려진 그 무엇보다도 중요한 임무이리라고 확신했다. 만일 그렇지 않다면, 오직 전쟁 수행이라는 목적만을 위해 제작되었고 또 살아 온 치카타나틀리에게 더는 임무가 남아 있지 않다면, 그건 이 세상에 존재할 이유조차 어디에도 남아 있지 않다는 뜻이었으니까. 여태껏 전장에서 겪었던 모든 처절한 고통과 사투마저도 결국에는 전부 무의미했다는 뜻이었으니까.

그럴 리가 없다고 치카타나틀리는 굳게 믿었다.

온 힘을 다해 믿어야만 했다.

***

하지만 더 이상은 불가능한 일이었다. 찬란한 환상이 깨진 자리에는 망가진 몸과 깊이 모를 공허만이 남았다. 혼자서라도 떠나고 싶었건만, 어떻게든 그날 보았던 본사를 향해 행군을 시작하고 싶었건만 간밤에 단단히 챙겨 둔 군장이 지금은 어쩐지 견딜 수 없을 만큼 무거웠다. 양어깨를 짓눌리듯 천천히 그 자리에 주저앉고 만 치카타나틀리 주위로 칠면조와 돼지들이 무심히 모여들어 꾸룩꾸룩 울었다.

"끝까지 의미 있는 일을 하고 싶었어. 그냥… 그런 느낌이 좋았어."

목구멍을 타고 기어나온 중얼거림이 맥없이 툭 떨어졌다. 더는 아무도 들어주지 않는 독백이었다. 결국 치카타나틀리는 그 날 예정대로 정원을 나서지 못했고, 아스카몰리와 아와우틀리가 연구원들이 있는 곳으로 떠날 때조차도 손을 뻗어 붙잡지 못했다. 간신히 고개를 들어 올려다본 하늘은 밝아졌다가, 어둠이 드리웠다가, 또 밝아졌다가, 붉은 안개가 끼었다가 다시 어두워지고 밝아지기를 반복했다. 하지만 웅장하게 빛나는 지시가 다시금 기적처럼 내려올 기미라고는 조금도 보이지 않았다. 한때 전투병력이자 같은 부대의 동료였던 낯선 두 생명체가 작별인사를 위해 마지막으로 한 번씩 찾아왔을 뿐이었다.

"내 머릿속에 있는 걸 정리해주고 싶대. 칩을 잘 쓰면 가능할 것 같다고, 어떤 내용이 있을지 자기들도 궁금하다고. 응, 협조하기로 했어. 궁금한 건 나도 마찬가지니까."

"오늘부터 정식 연구원으로 일하게 됐어요. 보조가 아니라 진짜 연구원이죠. 한동안은 델타 구역 관리 작업을 해야겠지만, 그 뒤엔 새 프로젝트를 기획해보자고 하네요."

그 뒤로 시간이 얼마나 지났는지 치카타나틀리는 전혀 가늠할 수가 없었고, 굳이 가늠하려 들지도 않았다. 짐승의 것이 아닌 한 쌍의 발소리가 가까워져 오는 동안에도 붉은 액체에 덮인 몸은 그저 바닥에 축 늘어진 채였다. 치칠로퀄린이 조직 샘플 검사 결과를 읽는 소리, 차폴린이 '행동변화 유도종 활성화를 통한 대형 포유류 정기 개체수 조절'에 대해 설명해주는 소리가 치카타나틀리의 귓가에 아득하게 메아리쳤다. 전부 아무래도 좋은 소리들이었다. 어차피 이 세계에 더 이상 의미 있는 일이라고는 하나도 남아 있지 않았다. 양 팔을 어깨에 둘러멘 두 연구원에게 질질 끌려 치카타나틀리의 몸은 가까운 강가로, 다시 강줄기를 거슬러 상류 쪽으로 향했다.

***

강 상류에는 언젠가 멀찍이서 보았던 큼지막한 녹갈색

언덕이 있었다. 그 바로 앞에 작은 폭풍이라도 지나간 듯 나무가 어지러이 쓰러져서 생긴 널찍한 공터가 일행의 목적지였다. 두 연구원이 공터 한복판에 데려다가 앉혀준 덕분에 치카타나틀리의 눈에는 이제 언덕 전체가 또렷이 올려다보였다. 한때 공장 건물의 일부였으리라는 추측을 증명하듯 언덕 전면에는 창문이나 배기구를 닮은 콘크리트 구멍이 뻥뻥 뚫려 있었지만, 한편으로는 혈관을 연상케 하는 여러 갈래의 덩굴이 곳곳의 표면을 빽빽하게 뒤덮고 있기도 했다. 짐승을 닮았지만 한편으로는 그 어떤 짐승도 닮지 않은 기이한 형상이었다. 하지만 정말로 기이한 일은 그 다음 순간에 일어났다.

"제4형 행동변화 유도종의 생활사 최종 단계 활성화 프로세스를 개시합니다."

중앙의 배기구로부터 깜짝 놀랄 만큼 맑고 투명한 목소리가 울려 퍼졌다. 동시에 다른 구멍들로부터는 뜨거운 바람이 훅 뿜어져 나와 일제히 흙먼지를 불어냈다. 도대체 무슨 일이 일어나려는 것인지 몰라 고개를 두리번거리는 치카타나틀리의 눈에서 언덕이 부르르 떨리기 시작했다. 덩굴이 살아 있는 것처럼 꿈틀거렸고 마른 진흙으로 덮인 토대가 쩌저적 소리와 함께 갈라졌다. 그 틈으로 모습을 드러낸 것은 여러 쌍의 짧고 육중한 다리였다. 지금껏 언덕이라고 생각했던 것이 실은 하나의 거대한 생명체였다는 사실을 치카타나틀리는 어렴풋이 깨달았다. 공장 건물 전체에 신경과 근육을 뻗어 한 몸이 된 생명체. 아마도 한때는 '군사생명공학자'나 '제89호 야전생물병력공장 총책임자' 같은 건조한 직함을 달고 있었을 존재. 정글 한가운데에 이 게으르기 짝이 없는 정원을 펼쳐 놓은 장본인, '그물을 풀어 새로이 방직하는 자' 알케르메스. 그것이 다시 한번 선명한 목소리로 말했다.

"이제 활성화 신호가 방출됩니다. 담당 연구원은 신호 방출로 인해 발생하는 현상을 면밀히 모니터링한 후, 활성화 과정이 종료된 뒤에 해당 결과를 보고해 주시기 바랍니다."

치칠로퀼린이 먼저 발걸음을 돌려 공터 가장자리로 향했다. 차폴린은 치카타나틀리의 어깨를 한 번 가볍게 두드려준 뒤 그 뒤를 따랐다. 혼자 남겨진 치카타나틀리의 가슴이 공포로 세차게 뛰었다. 어느새 알케르메스로부터 흘러나오기 시작한 낮은 으르렁거림이, 짙은 향기가, 번뜩이는 전기 신호가 스스로도 이해하기 힘들 만큼 그저 두렵고 또 두려웠다. 하지만 그 공포 속에서 더욱 다양하고 혼란스러운 감정들이 조금씩 싹트는 것을 치카타나틀리는 문득 느꼈다. 그것은 결코 저항할 수 없는 압도감이었고, 전신을 오롯이 채우는 충만감이었으며, 또한 까마득한 안도감이었다. 본사로부터 온 휘황찬란한 통신을 목도했을 때와 놀랍도록 유사한 감정의 배합이었다.

그때 치카타나틀리는 비로소 깨달았다.

자신이 새로운 존재 의미를 찾았다는 걸.

사방의 수풀이 요란하게 부스럭거렸다. 곧 가죽이 번들거리고 머리가 큰 소 하나가 공터로 달려나와 입을 쩍 벌리고 날뛰며 울부짖었다. 왕관 모양의 깃털을 단 수리가 언덕 주변을 푸드덕거리며 빙빙 돌았다. 흑표범도, 귀가 긴 퓨마도, 긴팔원숭이도 마찬가지로 공터에 모여들어 제각기 필사적으로 발버둥을 쳤다. 그리고 언덕은, 알케르메스는 뭇 짐승들의 성원에 화답하듯 몸 아래로부터 점액질로 덮인 꿈틀거리는 팔 수십 개를 우르르 토해냈다. 관절 없는 근육질 팔은 마숀자의 늪지 칠성장어보다도 더욱 두꺼웠고 그 끝에는 저마다 손가락과 빨판과 갈퀴가 달려 있었다. 채찍처럼 날렵하게 휘둘러진 팔이 순식간에 수리를 붙잡고서 알케르메스의 몸 안으로 사라지는 광경을 치카타나틀리는 황홀경에 차 바라보았다. 숨을 쉬기 힘들 정도로 가슴이 벅차올랐다. 저게 바로 내 목표야. 내가 가야 할 곳이야. 나는 저렇게 되기 위해서 만들어지고 또 지금껏 살아온 거야.

칠흑같은 한밤, 어둠 속에도

타오르는

길잡이별 있어요
그대가 무엇이라도
누구라 하여도

어디선가 익숙한 노랫소리가 들려왔다. 동료의 목소리였다. 정말로 동료가 지금 이곳에서 노래하고 있는 것인지, 아니면 동료가 언젠가 내뱉었던 의미 불명의 곡조가 기억 속에서 재생된 것뿐인지 치카타나틀리는 전혀 분간할 수 없었다. 분간할 필요조차 없었다. 지금 해야 할 일은, 앞으로 남은 임무는 어차피 단 하나뿐이었으니까. 마침내 자리에서 일어난 치카타나틀리의 몸에 단단히 힘이 들어갔다. 다리가 땅을 박찼고 팔이 하늘로 뻗어나갔다. 전력을 다해 펄쩍펄쩍 뛰고 소리를 지르는 동안 치카타나틀리는 더없이 행복했으며, 자신이 살아 있음을 그 어느 때보다도 확고하게 느꼈다.

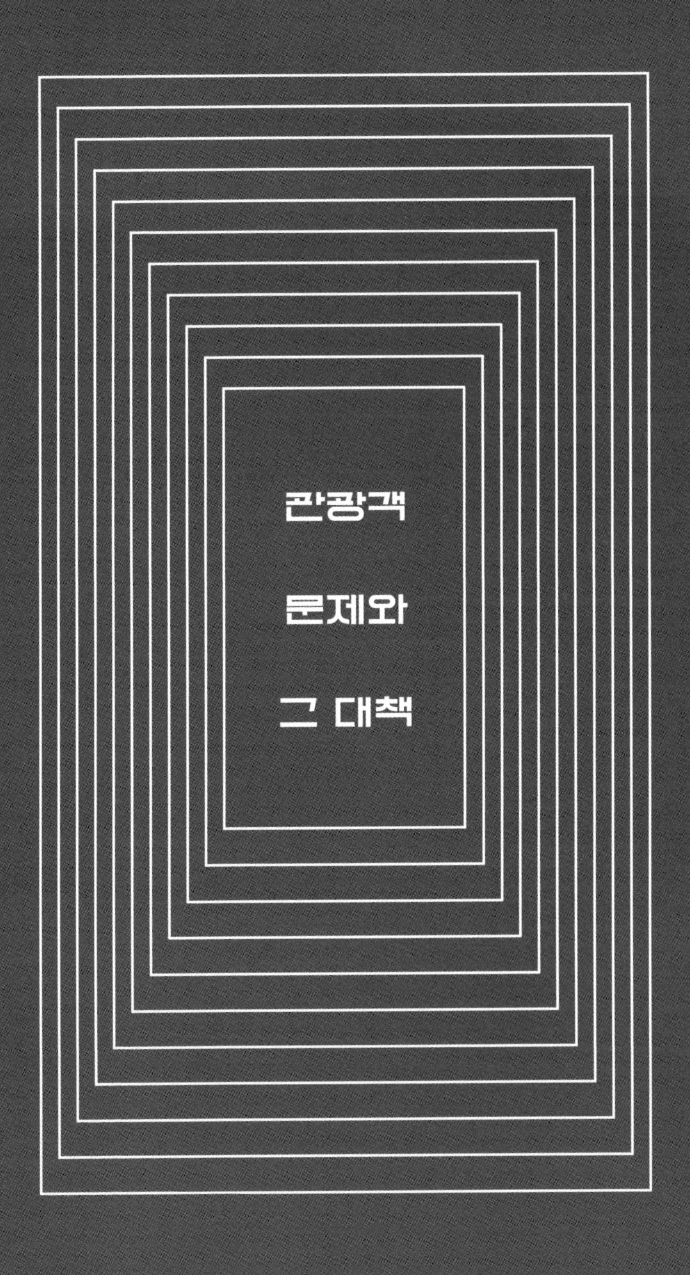
관광객
문제와
그 대책

2020년 《에픽》 #01 수록

모든 사건의 발단이 된 동영상 속에서, 화려한 반팔 셔츠 차림의 젊은 미국인 관광객은 모래알처럼 작고 알록달록한 플라스틱 구슬이 가득 담긴 커다란 비닐봉지를 뒤집어 쏟으며 아주 해맑게 웃고 있었다. 폭포처럼 주르륵 흘러내린 구슬들은 물이 얕게 깔린 새하얀 바닥 위로 철벅철벅 떨어져 산 모양으로 쌓였다가 이내 무너져 내리며 주변으로 쫘악 퍼졌고, 휴대폰을 든 관광객은 그 모습이 마음에 들었는지 온갖 수식어를 섞어가며 요란한 탄성을 질러댔다. 아닌 게 아니라 하늘이 그대로 비쳐보일 만큼 맑고 시린 벌판에 색색으로 반짝거리는 물결이 번져나가는 광경 자체엔 꽤 볼 만한 구석이 있었다.

하지만 그 광경을 자기 집 욕실이 아니라 유명 관광지에, 그것도 하필이면 세계 최대 규모의 소금 사막인 볼리

비아의 살라르 데 우유니 한복판에 펼쳐놓았다는 사실은 그다지 높이 평가할 만한 것이 아니었다. 우유니는 이미 그 풍광 하나만 가지고서도 인생 최고의 사진을 남겨 보려는 여행자 수십만 명을 매년 간단히 끌어모으는 곳인데, 동영상 하나 찍으려고 쏟아놓은 구슬들이 그 어딘가에 둥둥 떠서 돌아다니는 꼴을 반길 사람이 누가 있겠는가? 글쎄, 동영상을 찍은 본인의 생각은 달랐을지도 모르겠다. 기사에 따르면 해당 관광객은 동영상을 자랑스레 SNS에 업로드해놓고선 '구슬을 주워 담으려는 시도조차 하지 않았다.'고 하니까.

이후 몇 시간에 걸쳐 인터넷 세상에서는 비난 댓글 세례, 신상정보 공개, 언론 보도, 해시태그 운동과 여러 단체의 공식적 규탄이 도미노처럼 차례로 이어졌다. 인터넷 세상의 파도가 현실을 본격적으로 덮치기 시작한 것은 그 다음 날부터였다. 문제의 관광객이 체포되었고, 지난 몇 개월 동안 유사한 훼손 사례가 벌써 수십 건이나 있었다는 지자체 차원의 발표가 나왔고, 급기야는 볼리비아 중앙 정부가 "지금까지의 피해를 복원하고 전반적인 환경 검사를 진행하는 동안 국외 여행자의 우유니 관광을 전면 통제하겠다."라고 선언하기에 이르렀으며… 우유니로부터 약 350킬로미터 떨어진 칠레의 북부 해안 도시 이키케에서 막 패러글라이딩 체험을 마치고 숙소로 귀환한 내

귀에도 그 소식이 들어오고야 말았다.

"뭐? 안 돼, 나 모레 일정 우유니로 잡아놨단 말이야."

"너무 걱정하진 말어. 지난번에도 한 이틀 이러다가 통제 풀었거든. 볼리비아가 지금 정권 교체된 지 얼마 안 돼서, 보여주기식으로 세계에 시위하는 거야."

이렇게 말해준 사람은 당시에 묵고 있던 배낭여행객 전용 게스트하우스에서 친해진 스위스인 '포피'였다. 포피는 남미 여행에 대해서만큼은 경험이 풍부한 베테랑이었고, 이키케 구석구석에 어떤 즐길 거리가 있는지에 대해서만큼은 어느 여행객보다도 잘 알았으며, 수상 스포츠를 즐기고 나와 같이 술 한 잔씩 마시기에는 더없이 좋은 친구였다. 그런 포피가 안심하라고 말했으니 당연히 나는 마음을 좀 놓을 수가 있었고, 원래 계획보다 이틀쯤 더 이키케에 머무는 동안 남미 최대의 면세구역을 둘러보거나 수상 스포츠를 더 즐길 수도 있었다. 그래서는 안 되는 일이었는데, 포피가 술집 찾기 전문가이긴 해도 볼리비아의 현대 정치 상황 전문가는 아니란 사실을 진작에 깨달았어야 했는데. 슬슬 볼리비아로 출발해볼까 하고서 다시 상황을 알아봤을 즈음엔 이미 상황이 꼬일 대로 꼬인 뒤였다.

일단 우유니 여행 규제가 풀릴 가망은 전혀 없었다. 아는 척하는 배낭여행객이 아닌 진짜 전문가들이 분석하기론 적어도 한 달, 혹은 그 이상까지도 지속될 수 있으리라는 모양이었다. 일이 이렇게 되자 언제 열릴지 모르는 사막을 앞에 두고 서성이던 관광객들이 차례차례 근처의 다른 관광지로 발길을 틀기 시작했고, 여행사 직원들 또한 단체 여행 손님들의 하늘을 찌르는 불만을 조금이나마 잠재워보려 그 대열에 합류했다. 우유니에서 몰려온 관광객들이 가장 많이 당도한 곳은 국경 바로 너머에 있는 칠레의 산페드로 데 아타카마. 내가 우유니 관광 직후의 행선지로 예전부터 정해둔 곳이었고, 정 우유니에 못 가게 되면 바로 그쪽으로 향하겠다는 결심도 서 있었건만, 뭔가 분위기가 심상찮아 보였기에 급히 알아본 산페드로 데 아타카마의 상황은 그야말로 절망적이었다.

"웬만한 예약은 다 마감된 지 오래고, 지금 가봐야 방도 못 잡을 거래…."

이번 배낭여행을 계획할 때부터 가장 기대했던 여행지에 발도 못 들일 거라는 선고를 받은 걸로도 모자라, 그 다음 일정까지 함께 엉망진창으로 어그러지고 말았다는 현실이 비로소 피부에 와닿았다. 맥이 탁 풀려서 숙소에 멍하게 주저앉아 있자니 온갖 근본적인 후회가 머릿속에 뭉게뭉게 피어올랐다. 오지 말 걸 그랬나? 다른 데로 갈 걸 그랬나? 이제부턴 뭘 어떡하면 좋지? 향후 일정을 다시 잡아야 한다는 생각이 얼핏얼핏 들기는 했지만, 매 순간

밀려오는 탈력감 앞에서 그런 생각은 모래사장에 쓴 글씨처럼 허무하게 지워지기를 반복할 뿐이었다. 어림잡아 두어 시간쯤을 그렇게 하염없이 중얼중얼, 중얼중얼, 이 사태의 간접적 원인 제공자가 책임감이라도 느낀 듯 조심스레 말을 걸어올 때까지.

"그, 다음에 어디 갈지 모르겠으면, 이 근처 투어라도 잡아보는 게 어때?"

"으응."

"들어봐. 어차피 우유니 가서 보려고 했던 거 뻔하잖아. 소금 좀 보고, 열차 무덤 보고, 밤에 나가서 별 보고, 돌아오는 길에 사막에서 간헐천이나 달의 계곡 정도 구경하고. 맞지? 그럼 이 근처에도 비슷한 건 다 하나씩 있어."

"으으응."

"진짜래니까? 여기서부터 저 남쪽에 안토파가스타까지가 다 아타카마 사막인데, 사막이야 어딜 가든 경치가 크게 다르겠어, 아니면 별이 다르겠어? 유명한 관광지는 지금 가봐야 기분 상한 단체 관광객만 바글댈 테니까, 차라리 여기 사막 투어 중에 좀 외진 데로 가는 걸 찾아봐. 큰길로 5분쯤 내려가면 관광안내소 하나 나와. 거기서 아무 팸플릿이나 골라 잡으라고. 오케이?"

"…으응. 오케이."

"오케이! 자, 자, 기운 내서 일어나자고. 기껏 돈 써서 온 여행인데!"

억지로 위로하는 티가 안 나는 건 아니었지만, 썩어도 베테랑 배낭여행객인지라 포피의 말엔 억지로 나온 위로치고는 귀담아 들을 만한 구석이 있었다. 우유니에서 별 사진은 못 찍더라도 다른 데선 찍어봐야지. 달의 계곡은 못 가더라도 사막에 설마 계곡이 하나만 있진 않겠지. 아니, 하다못해 게스트하우스 로비에 우울하게 앉아 있는 것보단 뭐라도 하는 게 낫겠지. 기껏 돈 써서 온 여행인데! 생각이 여기까지 이르니 조금이나마 다리에 힘이 되돌아온 기분이었다. 적어도 큰길을 따라 5분간 아슬아슬하게 걸어갈 수 있을 만큼은.

포피가 말한 관광안내소에 터덜터덜 들어서고 보니, 과연 한쪽 벽면에 각종 여행 상품 팸플릿이 줄지어 꽂혀 있었다. 이키케 시내의 크고 작은 박물관이나 관광 명소, 아니면 이미 즐길 대로 즐겨본 해양 스포츠 체험 서비스 광고가 대다수였지만 아타카마 사막을 다녀오는 투어 광고도 적지 않았다. 그중에서도 특히 내 눈에 띈 것은 원래 일정을 가장 비슷하게 대체할 만한 상품들이었다. 우유니 소금 사막 대신 우아스코 소금 호수가 있었고, 열차 무덤은 없어도 버려진 초석 광산 마을 험버스톤으로 가는 상품은 있었으며, 사막에서 하룻밤 캠핑을 하며 별을 보는 투어도 몇 종류나 보였다. 다른 건 몰라도 역시 별 사진은 하나 찍어두어야 하지 않을까? 그렇게 생각하며 비슷비슷해 보이는 팸플릿을 되는 대로 집어들고 비교하던 도중, 벽면 맨 오른쪽 구석에 꽂힌 팸플릿 하나가 얼핏 시선을 사로잡았다.

화성 투어(혹은 더 멀리)

로켓 그림 위에 요란한 총천연색 글씨로 적힌 상품명은 실로 거창했지만, 그 아래의 설명에 따르면 이것도 일단 천체관측이 포함된 캠핑인 모양이었다. 다른 상품과의 차별점이라면 한 팀만 데리고 움직이는 프라이빗 투어라는 점, 조금 더 일찍 출발해 아타카마 사막 곳곳을 구경할 수 있다는 점, 그리고 사진 촬영용 의상이나 소품 따위를 대여해 준다는 점 정도. "지구상에서 가장 화성 표면과 닮은 장소인 아타카마 사막, 그 가운데서도 더더욱 외계 행성을 연상케 하는 기이한 곳곳으로 당신을 안내해 아주 특별한 추억을 제공해드립니다"라는 광고 문구에 걸맞게 팸플릿에 실린 사진 속에선 관광객들이 웬 괴물 가면이나 우주복 헬멧을 뒤집어쓴 채 제각기 어색한 포즈를 취하고 있었다. 글쎄, 사진에 찍힌 사막 풍경은 온통 붉고 메마른 것이 확실히 다른 화성처럼 보이기는 했다. 그렇다고 해서 우스꽝스럽다는 느낌이 가시는 건 아니었지만.

그런데 바로 그런 우스꽝스러운 점이 왠지 마음에 들었다. 잔뜩 실망한 기분 그대로 조용히 별만 보고 오는 것보단, 이상한 옷 입고 평소에 안 찍던 종류의 사진이나 잔뜩 찍으면서 기분 전환을 제대로 한 다음에 상쾌하게 별을 보는 편이 더 나을 것 같았다. 외계인 탈이나 빌려주는 상품 주제에 여행 가이드는 또 "다년간의 경험으로 각종 돌발상황에 즉각 대응이 가능"하다고 자랑하는 칠레 공군 출신의 여자라는 사실 또한 끌리는 부분이었다. 게스트하우스 사람들이랑 같이 갈 만한 투어는 아닌데, 혼자 떠날 거라면 가능한 한 신뢰할 수 있는 가이드를 고르는 편이 안전하니까. 뭣보다 더 이상의 돌발상황은 딱 질색이기도 하고! 그런 굳은 결심을 품에 안고서 전단지를 창구로 불쑥 내미니, 관광안내소 직원은 고개를 잠시 갸웃하면서도 이내 전화를 들어 다음날 오전에 출발하는 예약을 잡아주었다. 예기치 못한 재난 앞에서 이리 치이고 저리 치이기만 하던 내 여행의 다음 일정이 비로소 정해지는 순간이었다.

여행 일정이 그대로 이뤄지란 법은 없단 걸 뼈저리게 느낀 참이었지만, 그래도 '화성 투어'만큼은 내 계획과 마음을 배신하지 않고 이튿날 약속 장소에 제때 나타나 주었다. 커다란 안테나가 달린 흰색 지프차 측면에는 전단지에 인쇄된 것과 같은 로고 스티커가 너덜너덜하게 붙어 있었다. 자신을 '네라'라고 소개한 가이드는 (군복 입고 찍은 사진을 운전석 앞에 하나 붙여둔 걸 제외하면)딱히 군인 같은 분위기를 풍기지는 않았지만 적당히 친절했고, 무엇보다 불필요하게 말이 많지 않았다. 아타카마 사막으로 향하는 약 한 시간의 여정 동안 내 개인사를 구구절절 캐묻거나 반대로 자기 개인사를 늘어놓지 않는단 것만으로도 하늘에 감사할 일이었다. 이쪽에서 뭐든 질문을 하려면 그 정도가 딱 좋았다.

"우리 먼저 어디부터 가요? 팸플릿엔 들르는 곳 그런 건 안 적혀 있던데."

"사진 잘 나오는 데가 매일매일 바뀌어요. 바람 방향 문제도 있고, 산소도 있고, 햇빛도 있고 그래서. 오늘 기상 봐선 한 20분 더 가면 되겠네요."

네라는 그렇게 대답하면서 내비게이션 모니터 옆에 붙은 알람시계처럼 생긴 무언가를 툭툭 쳐보였다. 계속 꺼져 있다가 뜬금없이 네 자리 숫자를 깜박 띄울 뿐인 저 기계가 날씨와 대체 무슨 상관이 있는지는 모를 일이었지만, 그래도 네라가 목적지를 확실히 알고 운전하는 중이란 사실은 명백해 보였다. 가끔씩 내비게이션을 조작하거나, 라디오 채널을 이리저리 돌리거나, 아니면 딱딱 소리를 내는 계산기 비슷한 장치를 꺼내 창밖으로 휘휘 내젓기는 했지만 결코 갈팡질팡하는 모양새는 아니었으니까. 지프차는 네라의 말대로 정확히 20분 뒤에 멈추었고, 그곳에서 주변을 한 번 둘러본 뒤 내가 처음으로 내뱉은 감상은 이러했다.

“와, 아니, 어떻게 이런 데가 있는 걸 몰랐지?”

가이드북이라면 여행 오기 전부터 몇 번씩 읽어보았다. 다른 사람들이 블로그에 올려둔 여행 리뷰도 안 찾아본 게 없었다. 하지만 아타카마 사막 한가운데에 경이로운 무지개빛 평원이 있단 말은 그중 어디에도 적혀 있지 않았다. 모래로 덮인 땅 곳곳에 프리즘처럼 반짝이는 둥그런 자국이 찍혀 있어, 마치 미지의 액체로 이루어진 외계행성의 호수 지대를 연상케 하는…. 가까이 다가가서 보니 그 자국은 아주 얇은 유리 층이 설탕을 입힌 듯 모래를 덮어 생겨난 것이었다. 모래가 녹은 걸까? 하지만 어떻게 이 부분만 둥글게 녹을 수가 있지? 보고도 믿기 힘든 경치를 앞에 두고서 한참 동안 정신없이 셔터를 눌러대고 있자니 등 뒤에서 네라의 목소리가 들려 왔다.

“넘어지지 않게 조심하세요. 베이면 정말 아프니까.”

“네에! 아, 저 여기서 사진 좀 찍어 주세요!”

처음에는 멀쩡한 사진으로 시작했다. 만세를 부르고, 펄쩍 뛰고, 손으로 V자를 그리고. 하지만 이왕 이상한 투어를 신청했는데 이상한 옷을 안 입어보는 건 아까운 일이었다. 지프차 트렁크 안의 아이스박스, 텐트, 삼각대와 천체망원경 사이에서 네라가 꺼내준 상자에는 정말로 온갖 의상과 소품이 다 들어 있었다. 다스 베이더 헬멧이나 어린이용 장난감 광선총은 물론, NASA 로고가 새겨진 조끼와 작은 화성 탐사선 모형까지. 화성처럼 생긴 사막에 가서 굳이 그런 차림으로 사진을 찍고 싶어 할 사람이 대체 얼마나 될까? 음, 내 주변에만 족히 다섯 명은 될 것 같기는 하다. 나는 그런 종류의 사람이 아니었고, 그래서 대신 갈색 망토를 두른 채 광검을 마구 휘두르기로 했다. 어떤 우스운 사진이 찍히든, 얼마나 후회하고픈 기록이 남든, 그저 가이드의 손에 미래의 운명을 맡겨둔 채.

그 뒤의 일정 또한 대체로 크게 다르지 않았다. 거대하고 기하학적인 그림이 그려진 비탈 근처에서는 우주복 차림으로 펄쩍 뛰어서 무중력 공간인 척을 해보았고, 투명한 젤리 비슷한 무언가가 드문드문 떨어져 있는 곳에서는 무섭게 생긴 문어 괴물 가면을 쓰고서 으르렁거리기도 했다. 모래에 반쯤 파묻힌 구형 바위 앞에 내렸을 때는 네라의 강한 권유에 따라 NASA 조끼도 한 번 입어보았다. 무릎을 꿇고 앉아 수첩을 들고 바위를 조사하는 과학자 흉내를 내보는 건 솔직히 조금 두근거리는 경험이었다. '원한다면 나중에 사진을 메일로 보내줄 때 하늘색을 화성처럼 보정해주겠다'는 제안까진 굳이 받아들이지 않았지만. 인위적으로 손을 대지 않더라도 그날 본 광경은 충분히 지구 바깥의 세상처럼 보였다. 이 모든 게 "과거 초석 광공업 시절의 흔적"이라는 네라의 말이 얄팍한 변명처럼 들릴 정도로. 어떻게 이런 곳이 가이드북엔 하나도 안 나올 수가 있지? 사람이 더 바글거려도 이상하지 않은데, 단체 여행은커녕 작은 투어 하나밖에 없는 이유가 따로 있나? 화장실과 작은 식당이 딸린 무인 휴게소에서 점심 도시락을 먹는 동안 네라에게 살짝 물어보자 돌아온 대답은 이러했다.

"찾기가 쉽지 않아요. 봐요, 우리도 오다가 길 잃을 뻔했잖아요."

확실히 휴게소로 향하던 중에 네라가 잠깐 갈팡질팡하긴 했지만, 그건 내비게이션이 몇 분간 갑작스레 먹통이 되었기 때문이었다. 뭐, 도로도 제대로 안 깔린 사막에서 그런 일이 자주 일어난다면 확실히 단체 여행객 받기는 쉽지 않을 것 같았다. 어쩌면 테이블 맞은편에 앉아서 딱딱거리는 기계를 들여다보는 이 공군 출신 가이드가 정말로 숙달된 길찾기 전문가이고, 이 정도의 실력이 없이는 광활한 아타카마 사막의 외딴 구석구석까지 관광객을 데려다줄 수 없는 것일지도 몰랐다. 그렇다면 나는 정말이지 운이 좋은 셈이었다. 적어도 기껏 여기까지 와서 우유니에 발도 못 들여본 사람들 중에서는.

점심 식사 후에는 캠핑 장소까지 쭉 이동하는 게 원래의 일정이었지만, 네라는 "오늘 기상이 특히 좋다"면서 가는 길에 두 번을 더 멈춰 섰다. 더 이상 걸쳐볼 의상이 없어질 때쯤에야 비로소 도착한 곳은 주변이 탁 트인 높은 언덕 위. 가는 길엔 철조망도 쳐져 있고 뭔지 모를 표지판도 곳곳에 보였기에 다소 걱정이 되었는데, 막상 차를 세운 곳 주변에는 캠핑하기 딱 좋아 보이는 공터와 나지막한 건물 몇 개만 덩그러니 보였다. 원래 있었던 천문대가 예산 부족으로 철수할 때 남겨둔 공공시설이라는 것이 네라의 설명이었다.

"괜히 천문대를 여기 세운 게 아니거든요. 별 잘 보이기로는 이만한 데가 없어요. 자, 빨리 자리부터 잡고 해 지기 전에 저녁 먹읍시다."

붉고 광활한 사막이 내려다보이는 언덕 꼭대기에서 텐트를 치고 식사를 준비하는 건 이전의 그 어떤 캠핑보다도 각별히 인상적인 경험이었다. 저녁밥 자체는 소박했지만 데운 스튜엔 고기가 가득 들어 있었고, 무엇보다 네나가 아이스박스에서 맥주와 피스코 몇 병을 꺼내주었기 때문에 만족하지 않을 수가 없었다. 마치 화성의 첫 개척민이라도 된 듯한 기분으로 식사를 마칠 때쯤에는 어둑어둑

한 하늘에 벌써 별이 몇 개 나와서 반짝이는 중이었다. 저게 금성인가? 원래 저렇게 밝았나? 하지만 그토록 밝은 금성조차도 하늘을 가득 채워가는 별의 무리에 비하면 겨우 한 톨의 빛에 불과했다. 원래 밤하늘이 까만 게 아니었구나. 저런 게 진짜 밤하늘이구나. 우린 정말로 우주에 떠 있는 거구나.

그날은 잠들기 전까지 계속 별을 보았다. 맨눈으로도 보고, 망원경으로도 보고, 별이 가득한 하늘 아래에서 멋진 실루엣 사진을 찍기 위해 네나의 도움도 좀 받고, 사진을 찍을 만큼 찍은 뒤에는 피스코를 조금 더 마시면서 그냥 멍하니 하늘을 올려다보았다. 별자리를 그려볼까 했지만 저렇게 별이 많아서야 하늘에 무슨 그림이든 그릴 수 있을 것 같았다. 한참을 그러고 있자니 술기운 때문에 별이 이리저리 휙휙 날아다니기 시작했고, 그래서 텐트 안으로 기어들어가 눈을 감자 눈꺼풀 안에도 별이 박혀서 비쳐 보였다. 생각해보면 기분에 취해 평소보다 좀 많이 마시긴 했다. 그러니 그날 한밤중에 겪은 일도 어느 정도는 술 때문이었을지 모른다. 아니면 별빛을 너무 쬐었기 때문이거나.

글쎄, 사실은 아직까지도 잘 모르겠다. 하루 종일 돌아다니느라 지친 탓에 텐트 안으로 기어들어가자마자 곯아떨어진 것까지는 거의 확실한데, 그러다가 갑작스레 섬

광이 눈꺼풀을 때려대는 바람에 비몽사몽하며 깨어났던 것부터는 얼마만큼이 실제로 일어난 일이었는지 영 확실치가 않다. 벌써 아침이 되었나 싶었는데, 그렇다기에는 이 빛이 지나치게 밝고 새하얘서, 그리고 텐트 바깥을 무슨 전조등이라도 비춘 것처럼 메우고 있어서…. 그리고 그 빛 사이로 어른거리는 형체들이 보였다. 발소리는 들리지 않았고, 대신 '인기척'이라고 부르기 힘든 종류의 저릿저릿한 감각이 손끝에 흘렀다. 무언가가 다가오고 있었다. 텐트 문의 지퍼가 빳빳해져서는 쭉 내려가자 강렬한 빛이 그 틈으로 새어들어왔다. 비몽사몽간에 몸을 일으킨 채, 어떻게 움직이고 있는 것인지조차 깨닫지 못한 채, 나는 맨발로 텐트를 나와 천천히 빛을 향해 나아가기 시작했다.

공기에선 희미하게 오존 냄새가 났다. 위잉거리고 또 딱딱거리는 소리가 들리는 것도 같았다. 강렬한 백색광에 눈이 익숙해지기까지는 시간이 조금 더 걸렸지만, 흐리멍덩한 그림자 두 개가 손 뻗으면 닿을 거리까지 가까워졌을 즈음에는 그래도 그 형상을 어느 정도 알아볼 수가 있었다. 머리와 팔과 다리, 큰 키, 재질이 전혀 짐작되지 않는 은색 옷과 명백히 지면에서 떨어져 있는 발. 기묘한 분위기에도 불구하고 둘 모두 일단 사람의 형상을 하고는 있었다. 하나는 2차 세계대전 영화에서 젊은 독일군 장교 역할을 맡을 법한 영화배우 같은 인상이었고, 다른 하나는 머리를 치렁치렁하게 기른 금발 히피 예수 비슷하게 보였다. 예수 쪽이 먼저 입을 열었다.

"트르릆. 부르르긁그륵그릁 트륵 트륵 타아."

귀에서 들리는 소리가 아니었다. 못으로 두개골을 긁는 듯 머릿속으로 직접 쩌렁쩌렁 울려 퍼지는 소리였다. 예수가 입을 열 때마다 비슷한 소리가 계속해서 뇌를 파고들었고, 그게 무슨 의미인지(아니면 의미가 있긴 한지) 나는 도무지 알 수가 없었으며, 장교 쪽도 이내 그 사실을 눈치챈 모양이었다. 예수를 제지하고서 말없이 한 발짝 다가와 손을 쭉 내밀었으니까. 입이 알아서 크게 벌어졌다. 장교의 손가락이 입 안으로 들어오는 게 느껴졌다. 반짝이는 무언가를 들고 있었던 것도 같은데 똑똑히 볼 수는 없었다. 뭘 하려는 거지? 혹시 아픈 건 아닐까? 걱정이 잠시 스쳐 지나갔지만 그걸로 끝이었다. 손가락 움직임이 뚝 멈추었으니까. 동시에 이번에는 확실한 인기척이 느껴졌다. 네라가 다가오고 있었다. 군인 같은 걸음걸이로 저벅, 저벅, NASA 조끼를 걸치고 장난감 광선총을 든 채로.

이후에 목격한 광경에 대해서는 가히 초현실적이라고밖에 표현할 방법이 없다. NASA 조끼를 펄럭이며 등장한 여행 가이드가 위협적으로 광선총을 흔들어 보이자, 장교는 내게서 손을 떼고서 슬금슬금 물러났고 예수도 따라 뒷걸음질을 쳤다. 몸이 축 늘어지며 무릎이 바닥에 풀썩 닿았다. 네라가 뭐라고 소리를 쳤던 것도 같은데 내가 들어본 언어는 아니었다. 다음으로는 빛이 한순간 밝아지고, 두 형체가 그 속으로 사라지고, 주위가 서서히 어두워지고, 그러고선 아무 일도 없었다는 듯 세상이 그저 고요해졌다. 부축을 받아 텐트로 돌아가는 동안 들었던 속삭임이 이 일에 대한 내 마지막 기억이었다.

"미안해요. 이런 일이 없었으면 했는데."

그러고서 다시 눈을 떴을 땐, 의심의 여지 없는 진짜 아침이었다. 숙취 때문인지 머리가 깨질 듯 아팠지만 네라가 건넨 차를 마시니 기분이 한결 나았다. 그런 뒤에야 간밤의 기억이 비로소 이것저것 스치긴 했는데 무엇 하나 확실하지는 않았고, 아무 일도 없었는지 확인차 물어보니 돌아온 대답은 짤막한 "아무것도요." 뿐이었다. 그래서 그러려니 하고 넘길 생각이었다. 텐트 안에서 자다 일어난 사람의 발에 모래가 잔뜩 묻어 있었지만, 전날엔 잘 맞던 휴대폰 시계가 왠지 9분 늦춰져 있었지만, 그래도 쉼없이 떠오르는 미지의 기억하곤 아무 관계가 없을 거라고 생각하려 했다. 꿈이었겠지. 그냥 우연이겠지. 이키케로 돌아갈 준비를 마칠 때까지도 도무지 수수께끼가 풀리지 않던 딱 한 가지 요소를 제외한다면.

"일어나보니까 입안에 이게 들어 있지 뭐예요. 안 삼켜서 다행이지."

"뭐가 들어 있었다고요? 그거 지금 갖고 있어요?"

지프차를 막 출발시키려던 네라가 소스라치게 기겁하며 몸을 틀었다. 그런 네라에게 내가 보여준 것은 아침에 일어났을 때 혀 아래에서 데굴데굴 굴러다니고 있던, 콩알만 한 금속제 주사위처럼 생긴 미지의 물체였다. 직전까지만 해도 그저 태연해할 뿐이던 여행 가이드가 얼굴이 새파래져서는 홱 낚아채 갈 만큼 심상찮은 물체이기도 했고. 음, "다행스럽게도 그냥 뇌파변환기"라느니 "지들 딴에는 의미있다고 생각하는 헛소리나 늘어놓을 작정이었겠지." 같은 식으로 중얼거린 걸 보면 그렇게까지 심상찮은 물체는 또 아니었던 것 같지만.

"저기요. 저도 설명 좀 듣고 싶은데."

"아무것도 아니에요. 신경 쓰지 말아요."

"방금 그거 지퍼백에 넣어서 챙기셨잖아요. 날짜랑 시간도 적고. 아무것도 아닌 걸 그렇게 다루는 사람이 어디 있어요?"

"제 말은, 그, 몸에 해 없는 거라고요. 어디 안 좋은 데 없죠? 그럼 됐어요."

"안 좋은 데가 없는 건 없는 거고, 무슨 일이 있었는지는 알아야 할 거 아니에요. 간밤에 뭐가 있긴 있었던 거 맞잖아요, 그죠? 자세한 설명 안 바라니까 그냥 투어 마칠 때 찝찝한 거만 없게 해줘요. 기분 풀려고 신청한 건데 이런 식으로 나오시면 제가 뭐가 돼요."

이어진 약 10여 분 동안의 실랑이 끝에 결국 승리한 사람은 나였다. 리뷰 점수와 SNS 입소문을 들먹인 것은 상당히 치졸한 일이었다고 생각하지만, 그럼에도 승리했다는 사실이 뭣보다 중요했다. 양보하면서 여행을 다닐 수는 있을지언정 손해보면서 여행을 다닐 수는 없는 법이니까. 승자의 권리를 요구하는 내 얼굴을 백미러로 힐끗 쳐다본 네라의 입에서 옅은 한숨이 흘러나왔다.

"알았어요. 알았다구요. 하지만 말해도 되는 만큼만 말할 거예요."

그러고선 '말해도 되는 만큼'이 대체 뭔지 추측해보기도 전에,

"칠레가 전 세계에서 UFO를 가장 많이 목격하는 국가인 거 알아요?"

뭐를 가장 많이 목격한다고? 아니, 대단히 뜬금없기는 해도 생각해보면 아주 이상한 말은 또 아니었다. UFO란 게 결국엔 하늘에서 보이는 이상한 현상을 다 뭉뚱그려 부르는 말이니, 고도가 높고 건조해서 별이 잘 보이는 곳이라면 그런 현상도 눈에 더 잘 띄게 마련. 이 정도면 상당히 합리적이고 납득 가능한 답변이라고 생각했건만 정작

네라의 대답은 전혀 예상치 못한 방향으로 튀었다.

"방문하기가 제일 수월하거든요."

"네에?"

"특히 아타카마 사막이 그렇죠. 지구상에서 제일 건조한 장소니까 저쪽 분들 기준으로는 쾌적한 편이고, 미생물도 거의 없어서 혹시 모를 오염도 예방할 수 있고. NASA에서 화성 탐사선 테스트하러 여기까지 오는 거랑 같은 원리라고나 할까요. 요새 같은 성수기엔 특히나 붐벼요."

미처 끼어들기도 전에 이야기가 여기까지 진행되어 버려서, 이후로도 나는 그냥 가만히 앉아 네라의 말을 듣기만 했다. 그렇게 들은 바에 따르면 네라는 공군 시절 "구체적으로 말할 수 없는 모종의 비밀 프로젝트"에서 일하던 사람이었다. 프로젝트의 성과가 나질 않아 상부에서 인력 감축을 결정하기 전까지는. 사실상의 강제 전역을 당한 네라가 생계 유지를 위해 선택한 여러 일거리 중 하나가 바로 여행 가이드였다. 그냥 가이드가 아니라, '성수기'마다 추적 장비를 끌고 나와서 가장 최근에 뭔가 착륙했거나 지나간 장소를 찾아 보여주는 가이드.

"뭐가 지나갔다고요? 그거죠, 그, 외계…."

"저는 그 단어 안 씁니다. 그걸 쓰면 다 인정하는 게 되잖아요. 'UFO'는 괜찮아요. 미확인 비행 물체란 말은 아무것도 인정하는 게 아니니까. 퇴역자 규정이 그래요."

퇴역자 규정을 잘 지키고 너무 일을 키우지만 않는다면, 여행 가이드는 네라에겐 그럭저럭 괜찮은 부업이었다. 지구 어디서도 볼 수 없는 풍경으로 관광객을 데려갈 수 있는 사람은 네라뿐이니까. 다만 문제는 그런 풍경을 지구에 남겨놓는, 그, '외'로 시작하는 어쩌구가 절대로 아닌 존재들의 행동이었다. (이 대목에서 네라는 더 깊은 한숨을 쉬었다.)

"여기저기 낙서를 하거나 불빛 안 끄고 날아다니거나, 그런 건 차라리 낫죠. 가끔은 진짜로 짜증스럽게 구는 놈들이 있어요. 연료 찌꺼기 그냥 버리고! 뭐 멋대로 훔쳐가고! 여기 사람한테 괜히 접근해서 별 같잖은 수작이나 부리고! 흔적 따라다니는 투어 진행하다 보면 그런 놈들을 진짜로 마주치기도 하는데, 그게 불쾌하기도 불쾌할뿐더러 어떤 경우엔 위험할 수도 있거든요. 뭔가 대책이 필요하다 싶던 찰나에 떠오른 거죠. 그놈들이 뭘 무서워하는지."

"어음, NASA 조끼랑 광선총을요?"

"광선총은 뭔지 몰라서 괜히 무서워하는 거죠. 그것보단 조끼가 핵심이에요. 그놈들, 칠레군 군복은 깔봐도 NASA는 쓸데없이 무서워하거든요. 자기네들 막 잡아가서 납치하고 해부하고 그러는 야만적인 조직이라나 뭐라

나. 여기가 무슨 무법지대인 줄 안다니까요."

그래서 네라는 NASA 로고가 박힌 조끼와 장난감 광선총을 들고 다니기 시작했다. 가끔은 다른 종류의 위협이 필요한 경우가 있어 괴물 탈도 챙겼고, 그러다가 사진 찍을 때 빌려 써도 되겠느냐는 손님의 부탁을 몇 번 받았는데, 그걸 놓치지 않고서 사업 아이템으로 발전시킨 것이 바야흐로 '화성 투어'의 시작이었다…. 이 뒤로는 자신의 스타트업 도전기를 늘어놓으려는 기미가 살짝 보였기에 나는 적당히 말을 끊었다. 마침 질문이 하나 더 있기도 했고.

"옷으로 안 되면요? 그쪽에서도 어, 광선총 그런 거 꺼내면?"

"각종 돌발상황에 즉각 대응이 가능합니다, 손님. 구체적인 방법은 기밀이지만요."

이외에도 이키케에 도착하기 전까지 주고받은 얘기는 이것저것 있었지만, 그중에서도 가장 기억에 남는 것은 여정의 맨 끝무렵에 들은 몇 마디였다. 지프차가 처음 출발 장소 건너편에 멈춰 서기 직전에 네라는 내게 재차 미안하다는 말을 전했다. 운이 좋았다면 더 유쾌한 경험을 할 수 있었을지도 모르는데 안타깝게 됐다면서, '저쪽 분들' 중에서도 친절한 쪽과 만났으면 즐겁게 얘기를 나누거나 교통수단이라도 얻어타볼 수 있었을 거라면서. 정말로 좋은 분들도 있다면서.

"하지만 우주가 그렇게 유쾌하지만은 않더라고요. 더 잘들 하면 좋은데, 참 안타깝죠."

이것이 그날의 사건에 대한 네라의 마지막 논평이었다. 이후로 수수께끼의 공군 출신 여행 가이드와 다시 만날 기회는 없었고, 다음 날 관광안내소에 다시 가보았을 땐 '화성 투어' 전단지 또한 온데간데없이 사라진 채였다. 한편 전단지의 행방과 무관하게 사진은 미리 알려준 메일 주소로 늦지 않게 도착했는데, 내 갖가지 추태를 담은 그 사진 중에는 배경의 하늘에 수상쩍은 흔적이나 정체를 알 수 없는 빛 덩어리가 찍힌 것이 몇 장 있었다. 내가 혹시 술기운에 사진 보정 서비스를 신청했던가? 그랬을 수도 있고, 아닐 수도 있겠지. 어느 쪽이든 확신할 순 없는 일이었다.

훨씬 나중에 알아본 사실을 여기에 몇 가지 덧붙이자면, 칠레군은 정말로 UFO와 관련된 조사 프로젝트를 진행한 적이 있다고 한다. 플레이아데스인이나 금성인, 혹은 '노르딕 외계인'이라고 일컬어지는 금발 백인 형상의 외계인에 대한 목격담 또한 전 세계적으로 여러 건이 보고된 바 있었고. 덧붙이자면 금성은 584일을 주기로 하여 지구와 가장 가까워지는데, 내가 투어를 진행한 시기가 공교롭게도 대략 그 즈음이었다. 네라가 말한 '성수기'가

혹시 이 사실과 관련이 있을지도 모르겠다는 추측이 얼핏 뇌리를 스쳤다. 그래 봐야 단순한 추측일 뿐이었지만. 이키케에서 출발해 아타카마 사막 곳곳을 순회하는 '화성 투어'에 대한 타인의 리뷰라도 인터넷 구석에서 찾아내지 않는 한, 내가 더 이상의 정보를 알아낼 가망은 아무래도 없을 전망이다.

하지만 배낭여행 도중의 신비로운 체험이라면 아직 하나가 더 있다.

투어를 마치고 게스트하우스에 도착하자마자 내가 가장 먼저 한 일은, 무슨 대단한 우주적 깨달음이라도 얻은 사람처럼 남은 여행 일정을 모조리 뜯어 고치는 대수술이었다. 얼마 전까지만 해도 그저 기대될 뿐이었던 계획 몇 군데가 갑작스럽게도 '어째 이건 좀 아니다'란 느낌을 풍기기 시작했고, 그래서 되는 대로 전부 들어낸 다음 평소엔 거들떠보지도 않았을 대체재를 찾아 가이드북과 인터넷을 뒤적이는 동안 이틀이란 시간이 꼬박 흘렀다. 하지만 그 이틀 동안 완성한 새 일정을 보니 시간을 낭비했단 느낌은 전혀 들지 않았다. 파타고니아에선 이런 게 더 재미있을 거야, 남극은 이렇게 봐도 돼, 그런 생각이 머릿속에서 불꽃놀이처럼 펑펑 터지는 기분이었다. 이런 기분이 들 때야말로 자리에서 일어나 발을 떼어야 하는 법. 다음 목적지는 칠레의 수도이자 정중앙인 산티아고였다. 이키케에서 산티아고까지는 비행기로 가면 두 시간 하고도 조금 더 걸리니, 그것을 목격할 무렵에 나는 아마 두 도시의 딱 중간쯤을 날고 있었을 것이다.

기내에서 새 일정을 뿌듯하게 다시 훑어보던 도중, 우연히 시야 가장자리에서 반짝인 빛을 따라 시선을 돌렸을 때 그것은 내 눈앞에 나타났다. 구름 가득한 창밖의 하늘에 둥둥 떠 있던 기묘한 반구형 물체. 흐릿하다고 하면 흐릿하고 또 분명하다고 하면 분명한 형상의 그 물체는 비행기로부터 얼마 떨어지지 않은 곳을 휙 날아 지나가는 중이었다. 기내의 조명이 인지하기조차 힘들 만큼 짧은 시간 동안 빠르게 한 번 깜박였다. 며칠 전 밤에 겪었던 일의 기억이, 금발의 인간을 닮은 두 형체와 공기 중의 오존 냄새와 몸을 사로잡는 정체불명의 힘 같은 것들이 그 깜박임과 함께 일제히 떠올랐다가 이내 망각의 심연 저편으로 흔적도 없이 가라앉았다. 이론의 여지 없이 놀라운 체험이었다. 하지만 정말로 놀라웠던 것은, 그런 일을 겪으면서도 내가 두렵다거나 경이롭다는 생각을 정말 추호도 하지 않았다는 사실이었다. 대신에 어지러이 명멸하는 정신 가운데서 나는 이런 생각을 하고 있었다.

좋은 분들이어야 할 텐데. 낙서 안 하고, 쓰레기 안 버리고, 헛소리도 안 하고.

하다못해 플라스틱 구슬 뿌리는 영상 찍으러 온 건 아니어야 할 텐데.

생각이 여기에 이르자 어지럽던 정신이 순간 맑게 개었다. 고개를 몇 번 붕붕 흔들고서 다시 창밖을 내다보았더니, 그곳에는 하얀 구름 이외의 그 어떤 물체도 보이지 않았다. 행성 지구의 하늘은 다만 고요하고 평화로웠다.

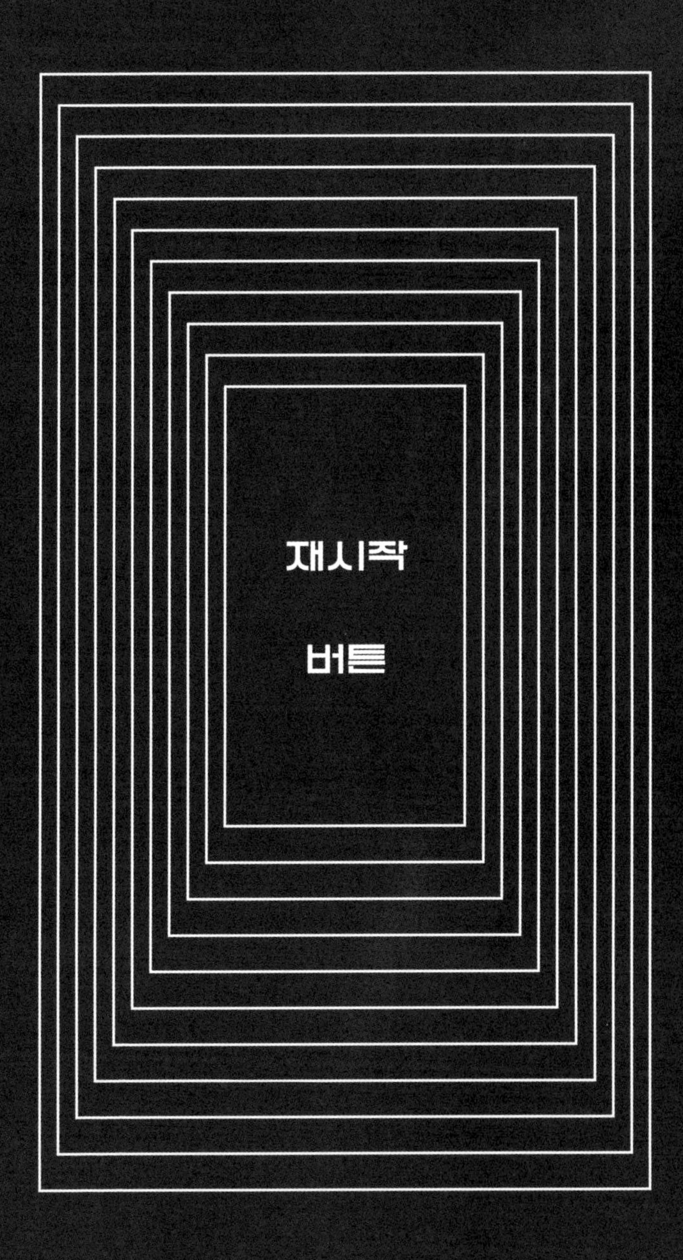
재시작
버튼

2022년 『우리의 신호가 닿지 않는 곳으로(요다)』 수록 팔레르모 소령과 케슬러 중위가 탑승한 신형 유인우주선 'BMAX'가 다섯 번째로 추락하기 시작할 때쯤, 두 사람은 자신들이 반복되는 시간 속에 갇혔음을 비로소 눈치챘다. 상식선에서 쉽게 다다를 만한 결론은 아니었다. 똑같은 위기 상황이 네 번 되풀이되는 동안만 해도 둘은 이것이 악몽이나 환각, 혹은 기묘한 형태의 주마등 같은 것이리라 추측하고 있었다.

원래 케슬러 중위는 마지막 가능성이 특히 유력하다고 생각했다. 궤도 선회 시험운행 임무를 성공적으로 마치고서 대기권으로 재돌입하려 엔진을 점화하자마자 펑 소리와 함께 몸을 덮쳤던 충격도, 간신히 눈을 떴더니 우주선이 이미 지구로 곤두박질치고 있었던 소름 끼치는 기억도, 약 4분간의 속절없는 자유낙하 끝에 결국 지면에 격돌하던 마지막 순간의 굉음도 전부 똑똑히 기억났으니까. 그러니 그 직후 정신을 차린 자신이 여전히 곤두박질치는 우주선 조종석에 앉아 있는 상황은 죽어가는 뇌가 부린 마지막 재주일 수밖에 없단 것이 중위의 논리적 결론이었다. 하지만 그다음에도, 또 그다음에도 똑같이 앉아 있다가 똑같이 손도 못 쓰고 땅바닥에 내리꽂히는 꼬락서니를 경험하고 나서까지 같은 결론을 고집할 순 없는 노릇이었다. 어느샌가부터 조종간을 놓아버리고선 모니터 구석만 멍하니 쳐다보던 팔레르모 소령이 이렇게 중얼거리는 소릴 듣고 나서는 더더욱.

"3분 54초. 이번에도 똑같…."

그 말과 함께 우주선은 다섯 번째로 지면에 충돌했다. 자신들이 단순한 추락 사고 이상의 무언가 기묘한 일에 휘말려버린 것이 틀림없다는 두 사람의 확신과 함께.

***

"아니, 나도 처음엔 더 말이 되는 가능성을 검토하고 있었단 말이야. 내가 느낀 게 땅에 부딪혔을 때의 충격이 아니었다든가, 아니면 한 번 부딪혔다가 튀어 올라서 다시 추락하는 중이라든가, 뭐 그런 상황도 있을 수 있잖아. 근데 정신이 들고 나서부터 충격을 느낄 때까지의 시간이 매번 똑같았다면? 그때부턴 다른 가설론 설명하기가 힘들어지는 거지. 중위, 내 말 따라오고 있어?"

"진작 이해했으니까 그만 설명하셔도 됩니다, 소령님."

잔뜩 흥분해선 열변을 토해대는 팔레르모 소령의 목소리를 한 귀로 흘리며, 케슬러 중위는 여섯 번째로 낙하하기 시작한 우주선 내의 상황을 다시금 냉정하게 파악하려 애썼다. 비좁은 조종석, 갖가지 경고창으로 도배된 모니터, 그리고 승무원 두 명. BMAX의 첫 임무인 이번 시험비행의 총책임자는 팔레르모 소령이었지만, 그는 연방군 소속으로 연구 과제를 수행하기 위해 명목상의 소령 계급장을 달았을 뿐 실제로는 '팔레르모 박사'라고 불리는 데에 훨씬 익숙한 인물이었다. 소령이 지금껏 해왔다는 블랙홀과 우주 방사선과 궤도 이탈 혜성 연구는 중위에겐 그저 뜬구름 잡는 얘기에 지나지 않았다. 반면에 소령이 발사 및 재돌입 시뮬레이션 훈련 첫날 내내 실수란 실수는 전부 저지르더니, 다음 날엔 술에 취한 채 나타나서 똑같은 실수를 더 참담한 규모로 저지르던 광경만큼은 틀림없는 현실이었다. 이 전무후무한 위기 속에서 뭐라도 할 수 있는 사람은 자신밖에 없으리라는 무거운 책임감이 케슬러 중위의 어깨를 짓눌렀다.

"확실히 말할 수 있는 것부터 정리해보겠습니다. 현재 우리 우주선은 추락 중이고, 그 원인은 재돌입 과정에서 엔진 네 개 중 셋이 기능을 상실했기 때문입니다."

"메인 경고창에도 그렇게 나와 있네. 통신은?"

"여러 번 시도해봤지만, 소득은 없었습니다. 엔진 폭발의 충격으로 통신 시스템 전체가 정지해버린 듯합니다. 그보다 더 심각한 사안은 그, '반중력식 관성 감쇠 장치'가 아예 응답하지 않는 것 같다는 부분입니다만."

문제의 '반중력식 관성 감쇠 장치'라는 건, 케슬러 중위가 이해한 대로라면 중력을 어떻게 잘 조작하여 일종의 시공간적 낙하산을 만들어내는 기계였다. 중력을 조작하지 않아도 멀쩡히 작동하는 종래의 낙하산 대신 그런 장비를 굳이 채택해야 할 이유가 무엇인지까지는 중위도 도무지 이해할 수가 없었다. 연방이 보유한 최첨단 기술력을 온 세상에 자랑스레 선보일 상징적 이벤트가 필요하다는 사령부의 판단도, "어떻게 우주비행사들의 안전을 천 쪼가리 따위에 맡기겠느냐?"라는 장치 제조사 CEO의 자의식 가득한 SNS 메시지도 무색해진 지금 같은 상황에서는 더더욱. 높으신 분들의 뻔뻔하기 그지없는 낯짝이 중위의 눈앞을 휙 스쳐 지나갔다. 팔레르모 소령이 주머니에서 부스럭부스럭 꺼내 뜬금없이 던져준 작은 캐러멜도 함께였다.

"지금 이걸 먹으란 겁니까?"

"아니, 반중력 장치가 아주 맛이 간 건 아니라고 보여주는 거잖아. 자유낙하 도중이면 캐러멜이 무중력 상태에 있는 것처럼 움직여야 하는데, 방금은 안 그랬거든. 선외 모듈은 망가졌지만 적어도 조종석 안에서는 어느 정도 작동하고 있단 소리지."

"선외에서 작동을 안 하면 의미가 없을 것 같습니다만."

"그래도 정확히 아는 건 중요하잖아. 캐러멜은 먹어도 돼."

팔레르모 소령이 캐러멜을 가지고 헛소리를 하는 동안, 우주선과 지면 사이의 거리는 시시각각 줄어만 갔다. 케슬러 중위는 남은 엔진 하나를 가지고 어떻게든 감속을 시도했지만 헛수고였다. 조종간을 어떻게 밀고 당기든 엔진은 꼼짝도 하지 않았으니까. 조종장치까지 통째로 고장 났기 때문은 아니었다. 중위가 모니터에 떠오른 내용을 급히 읽고 파악한 바에 따르면, 이건 오히려 그 정반대 이유 때문이었다.

"안전실패 시스템은 정상 작동 중입니다. 그 시스템이 엔진 노즐 방향을 고정해둔 이상, 우리가 자체적으로 변경할 방법은 없습니다."

"그건, 음, 관점에 따라선 다행이라고 봐줄 수도 있겠는데."

무책임한 발언이었지만, 중위가 생각하기에도 완전히 틀린 말까지는 아니었다. 안전실패 시스템이란 임무가 설령 실패할지언정 최악의 사태만은 낳지 않도록 보장하기 위한 자동운행 프로그램이니까. 만일 임무 도중 불의의 사고가 발생해 누구도 우주선을 제대로 제어할 수 없는 상태가 되면 시스템은 즉시 조종 권한을 획득하고, 작동 가능한 엔진과 연산능력을 총동원해 인명피해를 최소화할 방법을 찾아낸 뒤 그대로 실행한다. 조종사를 구할 수 있는 상황이라면 물론 구하겠지만, 그럴 수 없다면 우선순위는 BMAX가 인구 밀집 지역을 피해 떨어지도록 유도하는 것. 이렇게 한번 목적지가 결정되고 나면 손쓸 방법은 없다. 혹시라도 조종사들이 자의적 판단으로 방향을 잘못 꺾었다가 더 큰 참사를 일으킬 수도 있으니.

"안전실패 시스템이 잘만 작동해 준다면 바다나 산에 추락할 테니, 이번 임무의 사망자가 둘보다 많이 나오지는 않을 겁니다. 그런 면에서는 확실히 마음이 놓이는군요."

"난 바다보단 산이 좋은데, 중위 생각은 어때? 육지에 떨어져야 현장에 우리 추모비라도 세워줄 거 아냐."

이건 무책임한 데다가 완전히 틀려먹은 말이라고 생각하면서도, 중위의 시선은 경고창에 적힌 목적지 좌표를 무의식적으로 곁눈질했다. 좌표만 보고 추락 장소를 바로 알아낼 수 있으리라고 딱히 기대한 건 아니었다. 그렇기에 문제의 좌표가 이상하리만치 낯익단 사실은 오히려 중위를 한껏 당황케 했다. 저기가 대략 어디쯤이더라? 내가 저길 어떻게 알고 있지? 바다는 확실히 아니고, 연방 영토도 아니고, 그럼 그 임무 때 들었나? 아, 설마, 말도 안 돼….

"저기, 중위? 무슨 문제라도 생겼어? 여기서 문제가 더 생길 수도 있나?"

"네, 소령님. 지금까지보다 훨씬 심각한 문제입니다."

도착까지 이제 10초도 채 남지 않은 목적지의 이름이, 케슬러 중위의 떨리는 목소리를 타고 조심스레 조종석 안으로 흘러나왔다.

"이 우주선은 야르콥스크 중앙 고지에 충돌할 예정입니다."

***

추락하기 시작한 우주선 조종석에서 다시 눈을 떴을 때, 케슬러 중위는 팔레르모 소령이 '야르콥스크 중앙 고지'라는 장소의 의미를 전혀 알지 못하리라는 사실을 떠올렸다. 알고 있었다면 충돌 직전에 그런 표정으로 자길 빤히 쳐다보진 않았으리라. 소령의 잘못은 아니었다. 소령 계급장을 달고 있을 뿐인 과학자에게 연방군 상층부가 모든 군사정보를 공유해줄 리는 없으니까. 기껏 머리를 굴려서 이렇게 이해해버린 것도 무리는 아니리라.

"야르콥스크면 공화국 영토지? 완전 산동네인 거기. 우리가 거기 떨어지면 뭐, 외교 문제라도 생기나?"

"그런 차원의 이야기가 아닙니다, 소령님. 야르콥스크 중앙 고지에는 공화국의 군사시설이 세워져 있습니다. 첩보를 통해 알아낸 정보이고, 공화국에서는 그 존재조차 공식적으로는 부정하고 있습니다만."

"아, 확실히 없는 시설을 가지고 외교 문제를 제기할 순 없겠네. 그럼 뭐가 문제야?"

"첩보에 따르면 야르콥스크 중앙 고지에 세워진 시설은 공화국의 자동화 방호 체계, 이른바 '마엘스트롬 시스템'의 핵심을 담당하고 있는 듯합니다."

그 말에 팔레르모 소령의 얼굴이 순간 어두워졌다. 나지막이 중얼거리는 목소리에도 조금이나마 진지함이 묻어났다.

"그 얘긴 도시 전설인 줄 알았는데."

"실존하는 시스템입니다. 연방의 핵 공격 징후를 감지하면, 설령 사령부가 그 공격으로 전멸해서 명령을 내리지 못하더라도 공화국 전역의 핵무기를 자동으로 연방 영토에 발사하게 되어 있습니다. 같이 죽기 싫으면 핵을 쏠 생각은 하지 말라는 논리입니다."

"난 가끔 인류가 지난 세기를 어떻게 지나왔는지 궁금해. 계산해봤는데, 그딴 물건이나 만드는 문명은 확률적으로 진작 멸망했어도 이상하지 않다고."

정확히 같은 역할을 하는 시스템이 연방에도 있단 말을 케슬러 중위는 굳이 입 밖에 내지 않았다. 통제 불가능한 상황에서 최악의 참사를 피하기 위해서가 아니라 오히려 만들어내기 위해 설계된 시스템의 존재는 어차피 뜬소문으론 널리 퍼져 있었다. 어느 한쪽이라도 핵무기를 사용하면 즉시 전면적 핵전쟁이 시작될 것이며, 연방과 공화국 양쪽 체제가 완전히 잿더미로 변한 뒤에도 자동화 시스템은 승자도 패자도 없는 무의미한 전쟁을 계속하리라…. 문제는 종말의 스위치를 누르는 주체가 꼭 핵무기 공격이리란 보장은 없단 사실이었다.

"야르콥스크는 마엘스트롬 시스템이 있단 걸 제외하면 전략적으로 전혀 의미가 없는 오지이고, 내륙 깊숙한 곳에 있으니만큼 우리 연방이 타격할 방법은 사실상 탄도미사일뿐입니다. 다시 말해 야르콥스크가 공격을 받는다면, 공화국은 우리 연방이 공화국의 핵 방호 체계를 무력화하고자 일부러 마엘스트롬 시스템을 노렸다고 해석할 것입니다. 일방적인 핵공격을 감행하기 위해서 말입니다. 그리고 제 예상으론, 마엘스트롬 시스템 자체에도 그런 상황에 대응할 수단이 이미 마련되어 있을 것입니다."

"시스템 중심부가 공격을 받아서 멈춘다면, 그 자체를 핵 공격 징후로 파악해서 반격에 나설 거라는 소리네. 공화국 사령부에서 멈출 새도 없이."

"물론 정말로 공격을 받은 것인지 확인할 새도 없이 말입니다."

잠시 침묵이 흘렀다. 그 잠시간에 두 사람의 머릿속에서 펼쳐진 상상은 어느 하나 참담한 꼴이 아닌 게 없었다. 무너지는 건물, 타오르는 폭풍, 낙진, 비명, 시체와 황무지. 한 줌의 모래로 변해버린 문명의 잔해를 허공에서 내려다보던 팔레르모 소령이 먼저 입을 열었다. 누군가의 잘못을 추궁하려는 것이 아니라고 필사적으로 해명하는 듯한 말투로.

"혹시 말인데, 야르콥스크 중앙 고지 얘기가 우리 쪽 프로그래머들한테는 전달이 됐어? 나야 몰라도 상관없지만, 안전실패 시스템을 제대로 만들려면 그 사람들만큼은 우주선이 절대 떨어지면 안 될 장소가 어딘지 알아야 하잖아."

"그게, 죄송하지만 그, 기밀 사항이었습니다."

"어쩐지 그랬을 것 같더라."

그렇게 말하고서 팔레르모 소령은 느긋이 모니터로 눈을 돌렸다. 우주선은 여전히 목적지를 향해 순조로이 떨어지는 중이었다. 최소한의 인명피해를 내도록 철저히 계산된 장소를 향해, 동시에 인류 문명의 재시작 버튼을 향해.

***

“저기, 이건 진짜 근거 없는 추측이긴 한데.”

다시 눈을 뜨자마자 팔레르모 소령이 뜬금없이 그렇게 입을 열자, 케슬러 중위는 대체 얼마나 근거 없는 추측이 나올까 두려워 무심코 침을 꿀꺽 삼켰다. 잠깐 뜸을 들이고서 소령이 내뱉은 말은 과연 사실무근이긴 했다. 적어도 과학자가 할 말이란 생각은 들지 않았다.

“혹시 그것 때문에 시간이 계속 되돌아가는 거 아닐까? 우리가 이대로 야르콥스크에 떨어지면 인류가 멸망할 테니까. 그런 일만은 일어나지 않아야 한단 누군가의 의지가 이 상황에 개입하고 있는 거지.”

예상치 못한 발언에 중위는 빤히 눈만 깜박였다. 소령이 재빨리 설명을 조금 덧붙였다.

“아까 내가 그랬잖아. 지난 세기에 우리가 뭘 만들었는지 생각해보면, 인류 문명은 확률적으로 이미 멸망했어야 한다고. 하지만 실제론 뭐, 아주 좋진 않아도 어떻게든 버티고는 있지. 이게 정말로 운이 좋아서 그런 걸까? 어쩌면 어느 높으신 분이 스위치를 잘못 누르든, 문서에 서명을 잘못하든 해서 모든 게 잿더미가 될 때마다 시간이 그 직전으로 되돌아가고 있는 걸지도 몰라. 인류 멸망에 책임이 있는 사람이 다른 결정을 내릴 수 있도록. 어때? 말 되지 않아?”

"…소령님께서 그렇게 생각하신다면."

딱히 비아냥거린 건 아니었다. 중위는 비록 과학자는 아니었지만, 시간 역행처럼 이상한 현상을 설명하려면 그만큼이나 이상한 가설이 필요하단 것쯤은 이해했다. 뭐가 됐든 가설을 내놓는 건 자신이 아니라 과학자의 일이란 사실도. 중위가 할 수 있는 일은 어디까지나 비전문가로서 소령의 가설에 몇 가지 질문을 던지는 것뿐이었다.

"하지만 문명이 멸망하지 않게 누군가 시간을 되감고 있다면, 왜 하필 4분씩이겠습니까? 더 멀리까지 되감으면 좋지 않습니까. 재돌입을 시작할 때나, 아니면 아예 발사하기 전이나 말입니다."

"흠, 글쎄. 우리가 뭔가 손을 쓸 수 있는 건 충돌하기 4분 전부터잖아? 그전에는 정신을 잃은 채였으니까. 어쩌면 인류를 구할 이성적 결정이 마지막으로 가능했던 바로 그 순간까지만 시간을 되감도록 운영방침이 정해져 있을지도 몰라. 가장 가까운 인적 없는 장소로 우주선을 떨어뜨리도록 정해져 있는 안전실패 시스템처럼."

"인류를 구하려는 의지가 그렇게 기계처럼 작동한단 말입니까?"

"그러지 말란 보장도 없잖아. 더 섬세하게 신경을 쓰고 있었다면 애당초 마엘스트롬 시스템 같은 건 만들어지지도 않았겠지. 지난 세기가 그렇게 흘러가지도 않았을 테고.”

“시간은 되돌아가는데 우리 기억은 멀쩡히 남아 있는 것도 그래서고요?”

“아, 그건 조금 알 것 같아. 반중력식 관성 감쇠 장치가 조종석 내에서는 잘 작동하는 것 같다고 내가 말했지? 그것 때문에 이 안의 시간 흐름이 외부하고 약간 차이가 생겼을 거야. 구체적으로 얼마나 달라질진 계산해봐야 알겠지만, 아무튼 중요한 건 그게 아니지. 이 조종석은 바깥이랑 시간이 다르게 흘러. 그래서 똑같이 되돌아가지도 않는 거라고 난 생각해.”

케슬러 중위가 어떤 질문을 던지든, 팔레르모 소령은 약간 들떴을 뿐 놀랍도록 태연한 목소리로 능숙하게 대답했다. 그게 그냥 아무 말이나 주워섬기는 건지, 아니면 정말로 머릿속에 무슨 논리가 서 있어서 나오는 말인지 중위는 전혀 판단할 수 없었다. 다만 한 가지만큼은 확신할 수 있었다. 만일 소령의 머릿속에 이 상황을 설명할 논리가 확고하게 존재한다면, 다음 물음이야말로 그 논리가 지닌 가치를 잴 수 있을 터였다.

“소령님 말씀대로라면, 시간이 되돌아간 직후부터 우주선이 야르콥스크 중앙 고지에 충돌하기까지의 약 4분 동안 우리가 인류 문명의 멸망을 막을 방법이 존재한다고 이해해도 되겠습니까?”

"뭐어, 말하자면 그렇게 되지."

"그 방법이 무엇인지도 혹시 짐작이 가십니까?"

진지한, 거의 절박한 목소리로 케슬러 중위가 물었다. 그 진지한 절박함에 진심으로 화답하려는 듯 팔레르모 소령의 얼굴에서도 웃음기가 싹 사라졌다. 그런 얼굴로 되돌려준 답변의 내용은 이러했다.

"이제부터 같이 찾아보자. 어차피 시간은 많아!"

그 순간 우주선이 인류를 멸망시킬 운명의 목적지에 다시금 도달했기에, 케슬러 중위는 차마 뭐라고 항의하지조차 못한 채 그대로 짜부라지고 말았다. 하지만 그 정도는 이제 대수롭지도 않은 일이었다. 팔레르모 소령 말마따나, 어차피 시간은 많았으니까.

***

정신을 차리기가 무섭게 일단 무책임한 발언에 대한 항의부터 퍼부은 다음, 케슬러 중위는 팔레르모 소령의 주장대로 인류 문명을 구할 방법을 찾아내고자 비좁은 조종석 내부를 재차 샅샅이 뒤져 나갔다. 쉬운 일은 아니었다. 제대로 작동하는 장치가 하나도 없단 사실은 이미 몇 번이고 확인해둔 뒤였으니까. 중위가 가장 희망을 걸었던 건 어떻게든 통신만 되살리면 공화국 사령부에 사정을 설명하고 마엘스트롬 시스템을 정지시켜달라는 의사를 전달할 수 있으리란 가능성이었지만, 통신을 되살릴 방법이 전혀 없단 사실은 금방 자명해졌다. 안전실패 시스템을 강제로 꺼버리는 일 역시 불가능했다. 일련의 필사적인 시도가 아무 소득 없이 끝나는 동안, 중력은 세 번에 걸쳐 우주선을 무자비하게 끌어당겨 종말을 향해 내동댕이쳤다.

"해치를 열고 나가보는 것도 방법일 텐데. 반중력 장치를 외부에서 어떻게 고친다거나…."

"안 열립니다. 시스템이 수동 개폐를 아예 막아뒀습니다."

"추락 시작하자마자 어떤 식으로든 궤도를 틀 수는 없을까? 내부에서 쾅 부딪혀서라도?"

"그것도 소용없습니다. 엔진이 전부 망가진 게 아니라, 하나가 살아 있고 시스템이 그걸 조작하는 상황이니까요. 궤도가 조금 틀어지더라도 바로 원래 목적지로 수정할 겁니다."

"시스템이 통제하고 있는 부분은 뭐가 됐든 못 건드린단 소리네. 그 얘긴즉슨, 방법이 있다면 시스템이 못 건드리는 부분에 있을 거란 말이기도 하고."

팔레르모 소령은 그렇게 말하고서 공연히 조종석 안을 두리번거리기 시작했다. 그러다 보면 언젠가 '시스템이 못 건드리는 부분'이 마법처럼 반짝반짝 빛나 보이리라고 기대하는 사람처럼. 한편 케슬러 중위는 달랐다. 소령의 말을 듣자마자 생각난 방법이 한 가지 있었기에, 중위는 즉시 시스템 안내서를 되새기고 엔진 상태를 확인하며 검증에 나섰다. 심상찮은 낌새를 눈치챈 소령이 두리번거리던 것을 멈추고서 물었다.

"뾰족한 수라도 생겼어?"

"확인하는 중입니다. 고장 나지 않은 엔진은 안전실패 시스템이 통제하는 게 확실하지만, 고장 난 엔진 세 개도 통제 범위에 들어가는지…. 아니네요. 시스템은 우주선이 어디로 향하는지에만 관여하기 때문에, 출력을 내지 못하는 엔진에는 아예 손도 대지 않습니다."

물론 출력을 내지 못하는 엔진 세 개를 가지고 우주선의 방향을 바꿀 수는 없다. 하지만 아무튼 조종석에서 엔진에 명령을 내릴 수 있다는 사실이 중요했다. 아무것도 할 수 없을지언정 뭐라도 해보도록, 에너지를 뿜어내지도 못하면서 무익하게 연료만 활활 태우도록, 그리하여 망가진 채로 하염없이 과열되도록.

"만일 우리가 엔진 셋을 전부 과열시키면, 얼마 지나지 않아서 시뮬레이션 때 겪었던 비상사태가 재현될 겁니다. 기억하십니까?"

"당연히 기억하지. 설마 의자가 그렇게까지 흔들릴 줄은 몰랐거든. 폭발하는 소리도 굉장히 실감났고."

케슬러 중위도 그 폭발음은 똑똑히 기억했다. 팔레르모 소령이 술에 취한 채 시뮬레이션 시설에 나타난 날의 세 번째 훈련 때 들은 소리였다. 아무리 취했다 한들 어떻게 다 망가진 엔진에 계속 동력을 공급하자고 생각했던 건지 중위는 전혀 이해가 가지 않았고, 이해해줄 생각도 없었다. 반면 그렇게 동력을 계속 공급받아 과열된 엔진이 얼마나 큰 폭발을 일으킬 수 있을지만큼은 몸으로 충분히 이해할 수 있었다. 지금은 오로지 그 사실만이 중요했다.

"낙하 시작과 동시에 엔진을 작동시킬 겁니다. 그렇게 하면 지면과 충돌하기 전에 우주선을 폭발시킬 수 있습니다. 야르콥스크 중앙 고지에는 파편만 조금 떨어질 뿐, 충격파는 닿지 않으리라 봅니다."

"마엘스트롬 시스템이 작동하지도 않겠네. 그럼 인류도 무사하겠지. 사망자는 중위랑 나 둘뿐일 테니까."

"소령님 말씀대로 어떠한 의지가 인류 문명을 구하기 위해 시간을 되돌리고 있는 것이라면, 그 의지가 우리에게 무언가 다른 결단을 내리길 요구하고 있다면…. 가능한 한 고고도에서 엔진을 폭파하는 일이야말로 우리가 내려야 할 바로 그 결단이리라고 저는 생각합니다."

중위의 손에 힘이 단단히 들어갔다. 지금까지와는 무게의 단위가 다른 책임감이 몸을 사슬처럼 칭칭 옭아매는 기분이었다. 자신의 판단에, 자신의 행동 하나하나에 온 인류의 목숨줄이 매달려 있을지도 모른단 감각에 숨은 막혀 오고 심장은 엔진보다 먼저 터져버릴 것만 같았다. 그래도 해야 해, 라고 스스로 되뇌며 제어 패널을 향해 손을 뻗으려던 바로 그때였다.

"내가 할게, 중위."

팔레르모 소령의 긴 손가락이 케슬러 중위의 손을 부드럽게 밀쳐냈다. 중위에게는 적잖이 당황스러운 일이었다. 하지만 정말로 당황스러웠던 건, 그 행동에 이어 소령의 입술 사이로 흘러나온 깜짝 놀랄 만큼 부드럽고 침착한 목소리였다.

"되돌아가자마자 엔진 전부 켜버리면 되는 거잖아? 난 시뮬레이션에서 해봤으니까 자신 있다고. 이런 중요한 일은 경험자한테 맡겨야지."

줄곧 연방군에서 복무해온 케슬러 중위는 바로 알 수 있었다. 팔레르모 소령은 영웅이 되고 싶어서, 인류를 자기 손으로 구하고 싶어서 이러는 게 아니란 사실을. 소령은 그저 이번 임무의 책임자로서 두 사람의 목숨을 제 손으로 끊는다는 가장 무거운 책임을 스스로 지려 하는 것뿐이었다. 그런 사람의 손을 중위는 도저히 뿌리칠 수가 없었다. 눈앞이 뿌옇게 흐려졌다. 목소리도 조금 잠겼다.

"소령님, 저는…."

"그냥 눈 꼭 감고서, 좋아하는 노래라도 생각하고 있

어."

지금껏 들어본 적 없는 상냥한 명령이었다. 케슬러 중위는 그 명령에 따르기로 했다. 앞으로의 일은 아주 순식간에, 노래 한 곡을 머릿속으로 전부 부르기도 전에 끝날 터였다.

***

노래를 3절까지 불렀는데도 도무지 뭐가 일어날 기미가 보이질 않았기에, 케슬러 중위는 눈을 가늘게 뜨고서 대체 팔레르모 소령이 뭘 하고 있는지 슬쩍 확인해 보았다. 소령은 아무것도 안 하고 있었다. 제어 패널에는 아예 손도 올려놓지 않은 채로 그저 혼자 뭐라고 중얼거리기나 할 뿐. 어이가 없어진 중위가 무심코 숨을 거칠게 몰아쉬자, 그 소리에 고개를 돌린 소령이 뻔뻔하게 말했다.

"눈 감고 있으랬잖아, 중위. 이거 명령 불복종 아냐?"

"아니, 무슨, 불복종이고 자시고! 왜 아직도 엔진이 멀쩡합니까!"

"어차피 시간은 계속 되돌아오는데, 굳이 급하게 터뜨릴 이유는 또 없겠다 싶어서."

이 말을 듣자마자 치밀어오르는 화를 가라앉히기 위해 케슬러 중위는 정말 온 힘을 다했다. 아무리 심호흡을 해도 가슴은 계속 두근거렸고 머리는 지끈거렸지만, 그래도 다행히 중위에게는 아직 자제력이 남아 있었다. 상대방의 마음을 어떻게든 이해해보겠다고 시도할 자제력이.

“그냥 제가 하겠습니다, 소령님. 이런 부담스러운 결단은 군인에게 맡겨주십시오.”

“너한테 맡기면 바로 터뜨려버릴 거잖아. 그러지 말자고 하는 소리야.”

조종 패널로 다가가던 중위의 손을 홱 쳐내며 소령이 대꾸했다. 수상하리만치 날카로운 목소리였다. 이것이 죽음이나 책임이 무서워서 머뭇거리는 사람의 목소리가 아님도 중위는 바로 눈치챘다. 여전히 소령은 이 상황의 최종적인 책임을 짊어지려 하고 있었다. 중위의 기대와는 전혀 다른 방식으로.

“인류 문명을 구할 방법이 하나 있단 건 알았어. 언제든 실행할 준비도 돼 있어. 하지만 이것보다 나은 방법이 존재하지 않으리란 보장은 또 없잖아? 중위는 지금껏 잘해줬으니까, 이제부턴 내가 좀 더 머리를 써볼게.”

“더 나은 방법이란 게, 그런 게 가능합니까? 소령님께서 무슨 대단한 방법을 찾아내신들, 인류를 구하는 것보다 좋은 결과가 나올 수는 없습니다!”

“아니지, 중위. 아직 구할 수 있는 사람이 두 명이나 더 있다고.”

팔레르모 소령은 먼저 자신을, 다음으로는 케슬러 중위

를 가리켜 보였다. 딱히 자신만만한 얼굴로 그러는 건 아니었다. 소령의 표정과 몸짓엔 확신이라곤 하나도 없어 보였다. 다만 모종의 흥분이나 희열 같은 감정들만큼은 뚜렷하게 느낄 수 있었다.

"가능할지 아닐진 몰라. 우린 추락하는 우주선에 갇혀 있고, 여기서 살아 나갈 확률은 솔직히 말해 엄청나게 낮아 보이니까, 아마도 난 계속 실패만 거듭하겠지. 하지만 중요한 게 뭔지 알아? 우리는 지금 인류의 기나긴 우주개발 역사에서 처음으로 일어난, 아무리 실패해도 다음 기회가 끝없이 주어지는 꿈 같은 상황에 놓여 있다는 거야. 그렇다면 가능한 모든 방법으로 실패해보는 게 무조건 이득이지. 시뮬레이션 훈련 때처럼! 안 그래?"

"이건 시뮬레이션이 아닙니다, 소령님. 인류의 운명이 걸려 있단 말입니다!"

"바로 그 얘길 하려는 거야. 우리 판단에 인류의 운명이 걸려 있는 한, 우리가 최악의 판단을 내리는 한 지금 상황은 계속 반복될 거라고. 그러는 동안 우린 맘 놓고 실패를 경험해볼 수 있고, 실패로부터 배울 수도 있겠지. 인류를 구하면서 우리까지 살아남는 게 정말로 불가능한 일인지 어떤지 역시도 확실하게 알아낼 수 있을 거야. 이거야말로 RMAX나 GMAX 승무원들이, 플로렌스 박사나 쿠노 대위 같은 사람들이 마지막 순간에 바라 마지않았을 천운 그 자체지."

말을 여기까지 쏟아내고 힘겹게 호흡을 고르던 팔레르모 소령은, 이내 마지막 한마디를 간신히 덧붙였다. 아무리 숨이 차더라도 결코 빼먹어선 안 될 이야기라는 듯이.

"생각해봐, 중위. 이 우주선이 만일 무사히 귀환한다면, 우리의 무수한 실패로부터 인류가 얼마나 많은 걸 배울 수 있을지."

이 뜨거운 일장 연설을 케슬러 중위는 길게 반박하지 않았다. 확실히 팔레르모 소령의 말에는 어느 정도 옳은 구석이 있다고 느꼈다. 인류는 물론 자신과 소령의 목숨까지 구할 수 있다면 더할 나위 없이 좋으리란 점에도 물론 동의했다. 다만 중위는 소령의 논리에 한 가지 사소한, 그러나 지금 같은 상황에선 절대 묵과할 수 없는 허점이 있다고 생각했을 뿐이었다. 그 허점을 지적하는 일은 간단했다.

"기회가 계속 주어지리란 보장은 없습니다, 소령님. 어쩌면 시간을 되돌리는 횟수가 정해져 있을지도 모릅니다. 다음번이 마지막일지도 모른단 말입니다."

그 짤막한 반박에 팔레르모 소령은 한동안 대답하지 못했다. 눈알을 데굴데굴 굴리고 또 케슬러 중위의 얼굴을 공연히 쳐다보다가, 갑자기 주머니에 손을 넣고 꼼지락대기만 할 뿐. 캐러멜이라도 꺼내 먹으려는 것인가 했지만,

나오는 손이 빈손인 걸 보니 그마저도 다 떨어진 모양이었다. 마침내 소령이 눈을 동그랗게 뜬 채로 내뱉은 대답은 이러했다.

"아주 좋은 지적이야, 중위. 그건 생각 못 했는데."

"그렇다는 말씀은…?"

"앞으로 다섯 번만 더 반복해 보고, 방법이 없으면 그때 폭파하자. 아니면 네 번? 세 번은 좀 아쉽지 않으려나?"

소령의 속 터지는 횡설수설 속에서 지면이 점점 가까워져 왔다. 몇 번째인지 기억도 나지 않는 충돌에 대비해 몸을 웅크리며 케슬러 중위는 굳게 결심했다. 시간이 처음으로 되돌아가자마자 당장 벨트부터 풀고, 저 작자에게로 달려들어 꽁꽁 묶어놓은 다음 엔진을 곧장 터뜨려 버리겠노라고.

***

일은 계획대로 진행되지 않았다. 눈을 뜨기가 무섭게 벨트 버클을 풀려던 케슬러 중위는, 어쩐지 손가락이 뜻대로 움직이지 않는다는 사실을 깨달았다. 그냥 안전 버튼을 누르고 커버를 당기기만 하면 되는 쉬운 작업이었건만 손은 이상하게도 계속 미끄러지기만 했다. 힘이 들어가질 않았다. 초조했고, 숨이 찼다.

"쉽지 않을 거야."

팔레르모 소령이 부드럽게 말했다. 거의 잦아들어 가는 희미한 목소리로.

"중위 말이 맞아. 기회가 계속 주어질 거란 보장은 없었어. 나는 우리가 이 실패를 통해 뭘 배울 수 있을지에만 정신이 팔려 있었지. 하지만 배운다는 건 곧 기억한다는 거잖아. 기억이 쌓인단 말은 뇌가 일하고 있단 말이고, 그건 신진대사가 이뤄지고 있단 말이고…."

두통이 점점 심해졌다. 눈앞이 빙글빙글 돌았다. 중위는 이 감각의 정체를 뒤늦게야 알아냈다. 산소 부족. 조종석 내의 산소 농도가 점점 낮아지고 있었다. 처음부터 줄곧. 소령이 느릿느릿 말을 이었다.

"반중력 장치 때문에 우리 기억이 계속 유지됐다면, 그건 산소도 계속 쓰고 있었단 소리지. 고립된 공간에서. 잔뜩 떠들고 허둥지둥하면서. 캐러멜이랑 똑같아. 시간은 계속 되돌아오지만, 먹어버린 캐러멜은 돌아오지 않아."

"소령님, 알았으니까 이제, 엔진 좀. 소령님밖에, 없습니다."

폐를 쥐어짜 간신히 그 한마디를 내뱉는 것이 케슬러 중위가 할 수 있는 일의 전부였다. 계속 화를 내던 자신보다 조금 더 진정한 채였기 때문인지 팔레르모 소령은 그래도 생기가 좀 있어 보였고, 적어도 엔진 세 개를 켤 힘 역시 있는 듯했으니까. 인류의 운명이 저 뻔뻔하고 무책임한 작자의 손가락 끝에 달려 있었다. 중위는 필사적으로 애원했고, 소령은 가만히 대답했다.

"좋아하는 노래라도 생각하고 있어. 이번엔 정말로 눈 감고."

케슬러 중위는 끝까지 눈을 감지 않았다. 그리고 흐려져만 가는 그 시야 속에서, 팔레르모 소령의 손가락은 끝까지 움직일 생각을 하지 않았다.

***

연방의 신형 유인우주선 'BMAX'가 성공적으로 임무를 마치고 귀환한 지 2시간쯤이 지났을 무렵, 착륙장 근처에 마련된 기자회견 공간은 이미 몰려든 언론인들로 발 디딜 틈이 없을 정도였다. 무수히 많은 카메라가 단상 위를 비추며 두 우주 영웅이 올라오기만을 기다리고 있었다. 한편 문제의 두 조종사는 간단한 건강검진을 마치자마자 상부의 결정에 따라 기자회견장에 떠밀리다시피 실려 온 채였고, 지금은 차례가 올 때까지 대기실 의자에 축 늘어져 마냥 쉬는 중이었다. 피로가 해일처럼 몰려왔다. 믿기 힘든 실감과 함께.

"저, 소령님? 여쭙고 싶은 게 있습니다만."

"실제로 일어났던 일 맞아. 기억이 많이 흐려지긴 했는데, 그래도 떠오를 건 떠오르거든."

그럼 그게 진짜였구나, 하는 생각에 케슬러 중위는 몸을 부르르 떨었다. 재돌입을 시도하려는 순간 머릿속을 스쳐 지나간 불길함. 왠지 낌새가 좋지 않으니 엔진을 점화하기 전에 냉각 상태를 다시 한번 확인해야겠다는 판단. 플랜 B로의 매끄러운 이행과 성공적인 마무리…. 그 사이사이를 가득 메운 기나긴 기억의 파편들. 결과적으로 인류 문명은 건재했고, 두 사람은 살아남았다. 축하할 만한 일이었다. 하지만 여전히 한 가지 의문이 케슬러 중위의 머릿속을 떠돌고 있었다.

"그럼 대체 어떻게 된 건지도 기억하십니까? 실패했다고 생각했는데, 소령님께서 아무것도 하지 않으셨다고 생각했는데, 대체 어떻게 돌아온 건지…."

"아무것도 안 한 거 맞아. 그게 해결책일 것 같았거든."

수수께끼 같은 대답이었지만, 다행히도 소령은 보충 설명을 준비해둔 채였다. 아마도 한참 전부터. 산소와 여유가 다시 충분해질 때를 위해서.

"시간이 딱 3분 54초만 되돌아갔던 건, 그 시점이 우리가 인류를 구할 결단을 내릴 수 있는 마지막 기회였기 때문일 거로 추측했잖아? 하지만 산소가 다 떨어지면 그땐 얘기가 달라지지. 우린 다 정신을 잃을 테고, 그럼 결단이고 뭐고 내릴 수가 없으니까. 그 상황이 오면 시간이 자동으로 더 멀리 되돌아가지 않을까 생각했던 거야."

"우주선이 재돌입하기 직전까지 말씀이시군요."

"그때가 바로 우리가 정신을 잃기 직전이니까. 거기서부턴 뭐, 중위가 알아서 해줄 거라고 믿었지."

물론 케슬러 중위가 두 번째 재돌입에 실패할 수도 있었다. 하지만 그 결과 우주선이 다시 야르콥스크로 향했다면 시간은 또 반복되었을 테고, 타이밍이 어긋나 추락 장소가 달라졌다면 적어도 인류는 무사했으리라. 산소가 부족해질 때까지 아무것도 하지 않고 기다린다는 팔레르모 소령의 판단은 결과적으로 최선이었다. 인류도 구할 수 있었고, 두 사람의 목숨을 구할 가능성도 만들어낼 수 있었으니까. 최대한 많이 실패해보는 것이 정답이었던 셈이다. 케슬러 중위는 손이 다시금 떨려오는 것을 느꼈다. 엔진을 폭파해 인류를 구하겠다는 의지에 잠시나마 휩싸여 있었던 손이.

"그럼, 그럼 제가 우리 둘의 목숨을 앗아갈 뻔했던 셈이군요."

"아니지, 중위. 중위가 수십억 명을 구하고, 내가 둘을 구한 거야."

팔레르모 소령이 상쾌하게 즉답했다. 이조차 진작 준비해둔 말이란 듯이.

"우린 아무튼 성공했으니까, 실패 얘긴 나중에 회의실에서 실컷 하자고. 그러잖아도 지금은 듣기 좋은 성공담을 기다리는 사람들이 밖에 우글거리는 것 같던데."

그 말이 나오기가 무섭게 누군가가 대기실 문을 똑똑 두드렸다. 팔레르모 소령은 대놓고 한숨을 쉬며 자리에서 비척비척 일어났고, 케슬러 중위도 이내 뒤따라 몸을 일으켰다. 기나긴 임무였고 몸은 지칠 대로 지쳐 있었지만, 다행히도 성공담만 늘어놓는다면 이야기가 그렇게 길어지지는 않을 터였다.

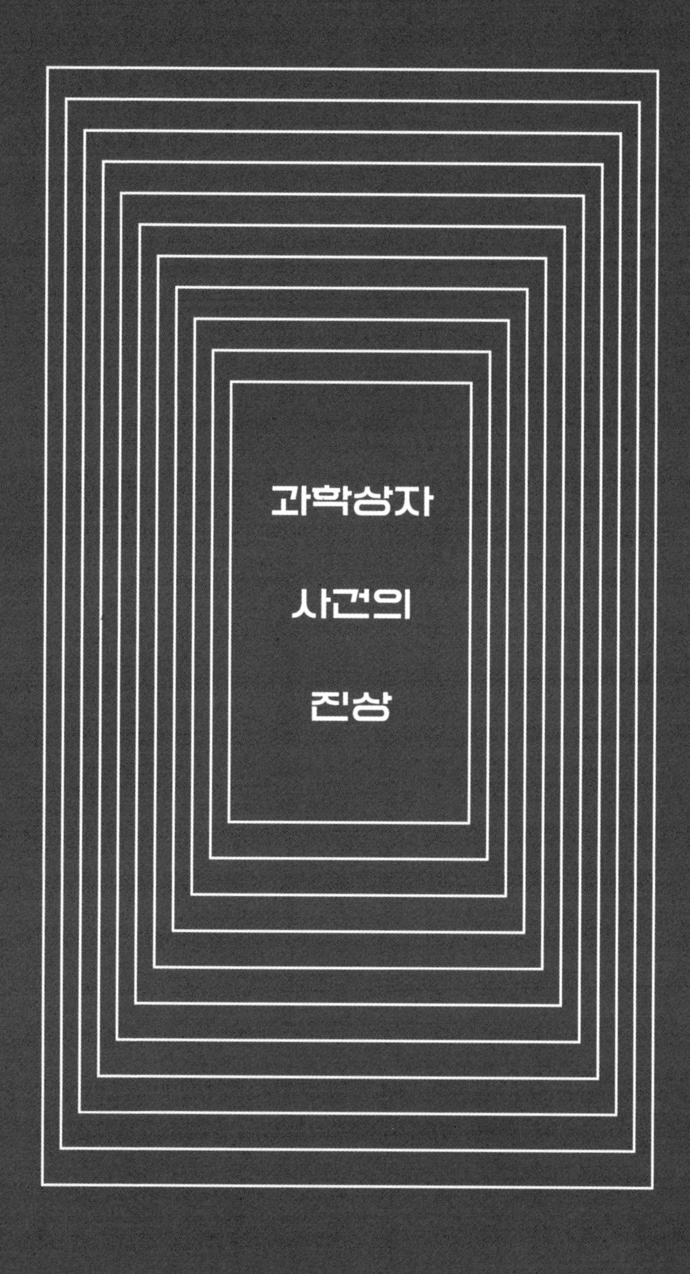
과학상자
사건의
진상

2021년 『교실 맨 앞줄(돌베개)』 수록

초등학교 시절의 과학실 모습이 어땠는지 기억을 더듬어보면, 입구 맞은편 선반 위에 전시해놓은 큼지막한 과학상자 공작품이 가장 먼저 떠오른다. 처음 과학실에 발을 들인 순간 누구라도 대번에 마음을 빼앗길 만큼 근사한 작품이었다. 길쭉한 노란색 철판 여러 개를 구부려서 만든 몸체는 지구본을 반으로 갈라놓은 모양새이고, 그 안에는 온갖 톱니바퀴와 체인이며 막대기에 도르래가 눈이 빙빙 돌 만큼 복잡하게 얽혀 있으며, 맨 꼭대기에는 페트병을 잘라 만든 화려한 위성 안테나까지. 앞판에 스티커로 붙여놓은 '화성탐사거북선 태극호'라는 제목마저 어쩐지 찬란한 미래 풍경을 그려보게 만드는 구석이 있었다. 예나 지금이나 과학에 전혀 흥미가 없던 나조차도 황량한 화성 표면을 질주하는 '태극호'의 모습을 이따금씩 상상하곤 했을 정도로.

하지만 정말로 내 흥미를 끈 것은 그 크기나 근사함 자체보다도, 그렇게 크고 근사한 작품에 대해 알 수 있는 게 고작 제목 하나뿐이라는 사실이었다. 원래는 몇 학년 몇 반의 누가 몇 년도에 만들었다는 내용도 함께 적혀 있었을 스티커는 이미 글씨 대부분이 흐릿하게 지워진 채였다. 안테나 위에 쌓인 먼지 두께를 보면 오랫동안 방치된 물건은 분명했지만, 정확히 언제부터 저곳에 놓여 있었는지는 과학 선생님도 전혀 아는 바가 없었다. 기껏해야 '스티커를 붙여서 전시해둔 걸 보면 옛날에 과학상자 만들기 대회, 어쩌면 도 대회나 전국 대회에서 상을 탄 작품이 아니겠느냐'는 흐리멍덩한 추측뿐이었다.

이보다 더 자세한 추측은 초등학교 4학년이 되어서야 비로소 들을 수 있었다. 실험 시간에 어쩌다가 내 뒷자리에 앉게 된, 과학상자로 시 대회까지 나갔다가 아깝게 우수상에 그쳤다는 우리 반 과학 에이스가 수업 내내 소곤소곤 들려준 이야기였다. 녀석의 말에 따르면 '태극호'가 옛날 과학상자 대회 수상작일 거라는 과학 선생님의 추측에는 충분히 신빙성이 있었다. 적어도 2006년이나 혹은 그 이전에 만든 작품이 틀림없었으니까. 덧붙여서 아주 비싼 물건이기도 했고.

"저기 긴 철판 부품 보이지? 저게 제일 비싼 6호 상자에만 두 개 들어 있거든. 근데 봐 봐. 하나, 둘, 셋… 여덟 개나 썼잖아. 학원에서 그랬는데, 2006년까지는 저렇게 비싼 부품 많이 써서 최대한 크고 복잡하게 만들면 우승이었대. 요새는 대회장에서 과제 내주면 맞춰서 바로 조립해야 하니까 저렇게 만들 시간도 없어. 쓸데없는 움직임 들어가면 그것도 다 감점이고."

"그래도 움직이는 거 한번 보고는 싶다. 멋있을 거 아냐."

"내 생각엔 저거 안 움직일 거 같은데? 탐사선이라면서 밑에 바퀴도 없고, 그리고 과학상자 기본 모터는 힘이 달리거든. 내가 해봐서 아는데, 저렇게 마구잡이로 붙여놓으면 제대로 돌아가지도 않아."

과연 과학 에이스답다고 할까, 당시까지 들은 것 중에서 가장 명쾌하고 말이 되는 설명이었다. 동시에 참으로 실망스러운 설명이기도 했다. 저렇게나 멋들어지게 만들어 놓았는데, 화성 표면을 질주하기는커녕 제대로 작동하지도 않을 거라니. 그날 수업을 기점으로 '태극호'에 대한 내 흥미는 빠르게 식어버리고 말았다. 수수께끼는 여전히 남아 있었지만 글쎄, 누가 만들었든 버리기는 좀 아까우니 적당히 방치해둔 게 아닐까?

신도시 끄트머리에 지어진 지 십 년이 조금 더 넘은 초등학교 곳곳에는 그렇게 방치된 것들이 적잖이 있었다.

중앙 현관 벽에 몇 년째 걸려 있는 불조심 포스터, 교무실 옆 진열장에 늘어놓은 아무도 신경 쓰지 않는 트로피들, 교장의 보물지도라는 소문이 잠깐 돌았던 1층 복도 끄트머리의 낡은 지도 액자. 과학실 선반 위에서 움직이는 일 없이 먼지를 뒤집어쓰고 있는 화성탐사선 모형도 그것들과 다를 바 없었다. 더 이상 눈길을 줄 이유도, 상상의 나래를 펼칠 여지도 물론 없으리라고 나는 어른스럽게 결론지었다.

그랬는데, 결론까지 깔끔하게 다 냈는데, 설마 그런 걸 보게 될 줄이야.

초등학교 6학년의 마지막 학기가 시작된 지 얼마 지나지 않았을 무렵이었고, 방과 후 활동이 끝난 뒤 2반 반장으로서 선생님을 도와 짐을 정리하느라 평소보다 좀 늦게 교실을 나선 날이었다. 방금 전만 해도 떠들썩했던 학교는 어느새 깜짝 놀랄 정도로 조용해져 있었다. 한층 더 서두르는 내 발소리만이 그늘진 복도에 타닥타닥 외로이 울려 퍼졌다. 그리고… 그 한복판에서 무슨 영문인지 과학실만 환하게 불을 밝히고 있었다. 오늘 저기서 뭐 하는 날인가? 우리도 꽤 늦게 끝났는데 설마 더 늦게까지 하는 활동이 있나? 궁금증이 들어 창문을 슬쩍 들여다보니, 예상과 달리 그곳에는 딱 한 사람만 가만히 서 있었다. 아는 애였다. 이름이 어렴풋이 기억나는데 아마 다윤이, 아니, 다연이였을 거다.

“다연아, 혼자 뭐 하고 있어?”

궁금증과 걱정을 반반씩 담아 그렇게 물으며 문을 열어젖히자마자, 아무래도 심상찮은 일이 벌어졌다는 직감이 불현듯 머릿속을 때리고 지나갔다. 시야에 들어온 과학실의 모습이 이상하리만치 밝았으니까. 단순히 형광등 불빛 때문에 그런 게 아니라, 훨씬 희고 투명하고 날카로운 광선 같은 게 온 과학실 안을 그림자 하나 없이 꽉 메우고 있었다. 그렇게나 환한 빛줄기 속 광경은 심지어 지나치게 정적이기까지 했다. 내가 문을 열고 들어오며 이름까지 불렀는데도 다연이는 미동조차 없이 뻣뻣하게 서 있을 뿐이었다. 과학실 선반 위에 방치된 ‘태극호’를 말없이 올려다보면서. 수수께끼의 광선은 그곳으로부터, 덜컥덜컥 톱니바퀴 돌아가는 소리와 함께 소나기처럼 쏟아져 내리고 있었다.

아주 잠깐 동안은 경이감과 흥분이 내 가슴속에 가득 차올랐다. 뭐야, 잘만 움직이네! 모터 힘이 부족해서 작동 안 할 거라더니! 한편으로는 움직임을 더 자세히 보려고 아무리 눈을 가늘게 떠도 강렬한 빛을 막을 수 없어 조금 감질나기도 했다. 하지만 얼마 지나지 않아 그 모든 감정은, 아무리 기억을 더듬어봐도 ‘태극호’에 전구는 달려 있지 않았다는 깨달음과 함께, 순수하고 짙은 공포로 바뀌어갔다. 내가 얼마나 기이한 광경을 보고 있는 것인지 그제야 비로소 알 수 있었다. 움직일 리 없는 기계와 존재할 리 없는 빛으로부터 황급히 시선을 내리니 여전히 뻣뻣하게 굳은 듯 제자리에 붙박인 다연이가 보였다.

한껏 겁에 질린 채 다연이에게 조금씩 다가가는 동안 광선은 점점 더 강렬해졌고, 덜컥덜컥 돌아가던 톱니바퀴는 어느덧 일정한 리듬으로 삐걱거리며 꼭 아기 울음 같은 소리를 내기 시작했다. 떨리는 손으로 다연이의 어깨를 붙들려는 찰나 그 애가 나를 돌아보는가 싶더니… 모든 것이 일시에 사라졌다.

빛도. 소리도. 그리고 다연이도.

어느새 나는 불 꺼진 과학실 한가운데에 홀로 주저앉아 있었다.

그날 이후로 다시는 다연이를 만날 수 없었다. 다연이에 관한 이야기, 하다못해 다연이라는 이름조차 어디서도 듣지 못했다. 마치 학교의 모든 애들과 선생님들이, 온 세상이 다연이의 존재를 하룻밤 사이 까맣게 잊어버리기라도 한 것처럼. 그런 상황에서 내가 지금 생각해도 깜짝 놀랄 정도로 침착하게 계속 학교를 다녔던 건 단순히 이상한 애 취급을 받기 싫어서는 아니었다. 나조차도 그 애가 몇 반이었는지, 키는 얼마만큼이었고 목소리는 어떠했는지, 하다못해 성이 뭐였는지조차 떠올릴 수 없었기 때문이었다. 어렴풋한 기억 속 풍경에 의지해 찾아간 다연이네 집에는 전혀 엉뚱한 가족이 살고 있었다. 집이 어디인지 알 정도라면 내 기억보다 훨씬 친했던 걸지도 모르는데.

하지만 달리 생각해보면 그냥 내가 착각한 걸지도, 어느 날 밤의 유난히 긴 꿈을 현실과 헷갈린 걸지도 모르는 일이었다. 그도 그럴 것이 다연이라는 애가 존재했다는 증거는 어디에도 없으니까. 그날 과학실에서 수수께끼 같은 일이 일어났다는 증거도 없고, '태극호'에도 역시 전구 같은 건 달려 있지 않았으니까. 결국 초등학교를 졸업하는 그날까지 남은 것이라곤 어딘지 꺼림칙한 기분, 그리고 찬란한 빛 속에서 누군가의 어깨가 손바닥에 살짝 닿았던 듯한 지극히 덧없는 감촉뿐이었다.

***

그리고 그런 불분명한 느낌 같은 건 얼마 지나지 않아 인생에 찾아온 중대한 사건 속에서 이내 흐지부지 희미해지고 말았다. 마침내 나도 중학교에 가게 된 것이다. 그것도 하필 그 즈음 어머니의 회사 일로 온 가족이 이사를 하는 바람에, 내가 졸업한 초등학교와는 한참 떨어진 동네의 낯설기 그지없는 중학교에. 어색한 교복, 새로 산 책가방, 작은 기대와 크나큰 불안을 짊어진 채로 나는 중학교

1학년의 기념비적인 첫 학기를 시작해야 했다. 새로 같은 반이 된 애들은 태반이 같은 초등학교 출신이라 자기들끼리만 진즉에 친해진 모양새였고, 그 변두리에 외따로 떨어진 것만 같은 싱숭생숭한 기분 속에서 일이 주가 흔들흔들 지나갔다.

이렇게든 저렇게든 학교생활을 하다 보면 언젠가는 과학실에도 발을 들이게 되는 법. 아마도 1학기 네 번째 아니면 다섯 번째 과학 시간에 처음 들어가보았을 중학교 과학실은 초등학교 때와 별반 다르지 않은 장소였다. 널찍한 책상이 여러 개 있고, 과학과 관련된 이런저런 포스터가 붙어 있고, 한쪽 벽면에는 실험 기구나 표본 등등이 보관된 선반이 있고. 무심코 올려다본 선반 위에는 상자 몇 개만 덜렁 놓여 있었다. 나도 참, 도대체 뭘 기대한 건지. 무심코 헛웃음을 흘리면서 맨 뒷자리로 걸음을 옮기려던 바로 그때였다. 막 과학실에 들어섰을 때에는 보이지 않던 곳, 뒤편의 나지막한 캐비닛 위에 줄지어 진열된 과학상자 공작품 네댓 개가 비로소 눈에 들어왔다. 비행기, 로봇, 토끼 아니면 거미인 것 같은 무언가…. 그리고 이상하리만치 낯익은 모습을 한 구조물도.

'진짜 비슷하네.' 보자마자 처음 든 생각이었다. 기억 속 '태극호'와 꼭 닮은, 지구본을 반으로 뚝 잘라 꼭대기에 안테나를 달아둔 실루엣이 과학실 한쪽 구석에 떡하니 자리를 잡고 있었다. 놀란 가슴을 진정시키며 찬찬히 뜯어보니 과연 완전히 똑같지는 않았다. 페트병 대신 은박지를 두른 종이로 안테나를 만들었고, 겉 부분의 뻐대 틈새에 얇은 플라스틱 부품을 덧대어놓았으며, 무엇보다 왼쪽 절반 정도가 통째로 미완성이었으니까. 하지만 그런 차이점들을 감안하더라도 여전히 문제의 공작물은 '태극호'와 놀랍도록 닮아 보였다. 도대체 어떻게 된 일이람. 학교도 다르고 지역도 다른데 이렇게나 똑같이 생겼다니. 누가 만드는 걸까, 도대체 왜 만드는 걸까. 초등학교 시절에 끝내 풀지 못한 수수께끼가 나를 따라 이 중학교에 입학하기라도 한 걸까.

아, 차이점이 하나 더 있었다. 이 작품에는 아무래도 '화성탐사거북선 태극호' 같은 웅장한 제목은 달지 않은 모양이었다. 앞판에는 스티커 대신 흰 종이에 사인펜으로 대충 휘갈겨 쓴 경고문 한 장만이 팔랑거리며 붙어 있었다. "손대지 말 것 / 메카트로닉스부" 그렇게 적힌 경고문은 딱히 미래 풍경을 상상하게 만들지는 않았지만 적어도 분명한 이정표는 되어주었다. 수수께끼를 풀려거든 언제 어디서 누굴 찾아야 하는지 똑똑히 가리켜주는 이정표. 마침 그 주 목요일에는 신입생을 위한 동아리 체험 시간이 마련되어 있었다. 내 목적지는 이미 정해진 셈이었다.

***

"혹시 초등학교 때 이런 활동 해본 적 있니?"

"어, 그게, 과학상자에 관심은 계속 있었거든요."

메카트로닉스부 담당 선생님의 질문을 애매모호한 대답으로 회피하며, 나는 선생님 어깨 너머로 동아리 활동 중인 과학실 풍경을 계속 힐끔거렸다. 책상마다 두세 명씩 앉아서 공작물 하나를 두고 이것저것 붙이거나, 떼거나, 아니면 노트북 키보드를 열심히 두드리거나 하는 모습들. 설명을 듣자 하니 이 동아리에서는 대회에 나가는 것과 별개로 조를 짜서 자유롭게 자기 작품을 만들고, 학기 끝날 때 성과물을 발표하면서 따로 작게 시상식도 하고 그런다는 모양이었다. 선생님은 혹시 과학고나 영재고에 가고 싶다면 '메카트로닉스' 실적이 도움이 많이 될 거라는 말도 빼놓지 않았다.

"원래 과학탐구 대회에 기계공학 부문이라고 해서 과학상자 가지고 겨루는 게 있었다가 최근에 빠졌거든. 근데 그게 완전히 없어진 게 아니라, 과학상자에 코딩까지 합쳐서 메카트로닉스로 바뀐 거야. 그러면서 고등부 대회까지 생겼으니까 혹시 진로를 이쪽으로 생각하고 있다면…."

프로그래머나 로봇 과학자가 되고 싶단 생각은 해본 적도 없었다. 과학상자든 메카트로닉스든 뭐든, 어차피 관심이 있는 기계는 딱 하나였으니까. 선배들이 뭐 만들고 있는지 구경하고 질문도 하고 그러라는 선생님 말씀이 떨어지기가 무섭게, 나는 아까부터 점찍어둔 책상을 향해 쏜살같이 달려갔다. '태극호'와 이상할 정도로 닮은 문제의 공작물이 한창 만들어지는 곳이었다. 다른 책상과는 달리 노란 명찰을 단 3학년 선배 하나만 앉아 있는 곳이기도 했고. 내가 바로 옆에서 부산스럽게 기웃거리는 동안 그 선배는 내가 보이지도 않는 듯이 노트북을 들여다보다가, 드라이버를 들고 나사를 열심히 조였다가, 기껏 조인 나사를 죄다 풀어버리기를 반복하고 있었다. 좋아, 긴장되지만 이럴 땐 과감하게 나가야지.

"저기, 선배? 이게 뭔지 물어봐도 돼요?"

"과학상자."

그 한 마디만 툭 던지고서 선배는 다시 입을 딱 다물어 버렸다. 시선은 여전히 노트북에 똑바로 고정한 채였다. 노트북 화면에는 설계도 비슷한 이미지 한 장이 떠 있었고, 선배의 손가락은 마우스를 바삐 움직이며 이미지를 이래저래 확대해보는 데에 여념이 없었다. 그러다가 내가 아직도 곁에서 알짱거리고 있다는 사실을 마침내 깨달았는지, 낮고 조용하고 감정이라곤 실리지 않은 목소리가 다시 한 번 내게로 날아왔다.

"다른 데 가서 구경해. 이건 봐도 도움 안 돼."

그러고는 또 노트북을 보고, 또 드라이버를 들고. 이쯤 되니 긴장되기는커녕 오히려 심술이 치밀어 오를 지경이었다. 시대가 어느 시댄데, 신입생이 이렇게 와서 흥미를 보이면 선배가 좀 친절하게 가르쳐줘야 되지 않나? 더군다나 나한테는 꼭 풀고 싶은 수수께끼도 있거든요? 그런 짜증을 한껏 담아서 이번에는 한층 더 과감하게 나가보기로 했다.

"근데 이거 좀 표절 같다."

'표절'이라는 말이 나오기가 무섭게 선배가 이쪽으로 고개를 홱 돌렸다. 그 기세에 놀라 주춤주춤 물러서니 그제야 노란 명찰에 적힌 이름이 똑똑히 보였다. 백수빈. 수빈 선배구나.

"어디가 표절 같은데?"

나를 똑바로 쳐다보며 묻는 목소리는 여전히 낮고 조용했지만, 조금 전과는 달리 그 속엔 확실히 감정이 담겨 있었다. 분노든, 다른 무엇이든 간에.

"어, 그게요, 저 다니던 초등학교에도 이거랑 완전 똑같이 생긴 거 있었거든요. 무슨 대회 수상작인가 그랬던 것 같은데, 혹시 같은 거 보고 만드신 건가 해서. 아니면 그, 그러니까, 제가 죄송하고요."

말하다 보니 너무 과감했나 싶은 생각이 치고 올라오는 바람에 끝마무리가 영 어설펐다. 막 화내고 그러면 어쩌지? 가뜩이나 이사 와서 친구도 없는데, 학기 초에 3학년 선배한테 찍히기까지 하면 학교생활 완전히 꼬이는 거 아냐? 깜박임 없는 눈빛이 내 얼굴을 뚫어지게 쳐다보는 동안 걱정은 끝없이 가지를 치며 뻗어나갔다. 그렇게 십 초쯤 흘렀을까, 수빈 선배는 화를 내는 대신 놀랍게도 옆자리 의자를 끌어내더니 앉으라는 손짓을 했다. 그러고서는 어색하게 의자에 엉덩이를 붙인 내 곁에서 작게 한숨을 쉬고는 웬 뜻 모를 소리로 입을 열었다.

"초등학교에도 있을 줄이야. 하긴, 그맘때라도 필요한 애들은 있겠지."

"네, 네? 뭐가 필요한데요?"

"이거 말이야. 신기동력. 구세주 기계."

무슨 기계라고? 농담하는 건가 싶었는데, 책상에 놓인 공작물을 가리키는 수빈 선배의 얼굴에선 농담기라곤 조금도 찾아볼 수 없었다. 그러니 전혀 예상치 못한 단어 앞에서 나는 더더욱 어리둥절할 수밖에. 오랜 수수께끼가 풀리기는커녕 이제는 머릿속이 완전히 뒤죽박죽이었다. 내 얼굴에 떠오른 당혹감을 읽었는지 선배는, 도로 노트북 쪽으로 시선을 돌리기 직전에, 아주 짧게 덧붙였다.

"방과 후에 시간 되지?"

그럼요, 물론이죠. 없어도 만들어야죠. 내 즉답에 선배가 살짝 고개를 끄덕이는 것으로 짧디 짧았던 대화는 간단히 끝이 났다. 이제 할 수 있는 일이라고는 하교 시간을 알리는 종이 칠 때까지 기다리는 것뿐이었다. 뭐가 됐든 문제의 기계에 관한 명쾌한 설명을 듣기 위해서라면, 초등학교 6학년의 그날 이래 다시금 고개를 들고 만 이 부글거리는 의문을 어떻게든 잠재우기 위해서라면 그 정도쯤이야 얼마든지 해줄 수 있었다.

***

하굣길에서 조금 떨어진 골목 안 카페의 작은 테이블에 앉아, 나는 맞은편에서 음료를 홀짝이는 수빈 선배의 얼굴을 한동안 초조하게 힐끔거렸다. 준비는 이미 다 되었다. 집에는 조금 늦는다고 연락했고, 어떤 말을 듣더라도 놀라지 않도록 한참 전부터 마음도 단단히 먹어두었다. 하지만 언제까지고 끝날 것 같지 않은 이 지긋지긋한 침묵만큼은 내 각오의 범위를 벗어난 것이었다. 혼자 저렇게 큰 사이즈로 시켜 놓고는, 설마 다 마실 때까지 한 마디도 안 할 작정이신가? 아니면… 그저 말을 고르고 있는 걸까? 허공에서 멍하니 떠돌던 생각을 마침내 끌어내린 선배의 말은 과학실에서와 마찬가지로 간략하기 그지없었다.

"어디까지 알고 있어?"

그러고는 내 표정을 잠깐 살피더니 설명을 덧붙이긴

했다.

“무슨 기계인지도 모르면서, 뭐라도 하나 알아내려고 빤한 시비까지 걸었잖아. ‘구세주 기계’란 소리 듣고도 이상한 사람이라면서 피하는 대신 여기까지 따라왔고. 그러면 그게 평범한 과학상자 공작물은 아니란 건 이미 알고 있단 소리지. 이렇게까지 관심을 가질 만한 이유도 있을 테고. 내 말이 틀려?”

그 부연 설명이 지나치게 정확했기에, 마음이 훤히 들여다보인 것 같아 조금 부끄러울 정도였다. 하지만 이 또한 이미 각오한 바였다. 저쪽에서 뭔가 말해 주길 바란다면 이쪽에서도 털어놓는 게 있어야겠지. 초등학교 6학년 때의 일은, 그날 목격한 ‘태극호’와 다연이의 기이했던 모습이며 이후의 갑작스러운 실종에 대해서는 남에게 한 번도 말한 적이 없었기에 처음 입밖으로 낼 때는 다소 거부감이 들었다. 하지만 그런 거부감도 잠시, 어느새 나는 가슴속에 꽁꽁 감춰 두었던 기나긴 이야기와 나조차도 존재를 알지 못했던 감정의 소용돌이를 오늘 처음 본 선배한테 말 그대로 쏟아내고 있었다. 지금껏 이날만을 기다리고 있었다는 듯이.

“…한동안은 그냥 다 제 착각이었다고 생각했어요. 꿈을 꾼 거라고. 너무 생생한 꿈이라서 진짜로 다연이란 애가 있었던 것처럼 헷갈려버린 거라고. 그러면 최소한 말은 되잖아요? 근데, 말은 되는데, 사실 아직까지도 납득은 잘 안 돼요. 무슨 일이 있기는 있었던 것 같아요. 게다가 여기서 하필 그, '태극호'랑 똑같이 생긴 것까지 봤잖아요. 그러니까 따라온 거예요. 혹시나 해서. 그런 걸 만들고 계셨으니까, 어쩌면 뭐라도 더 알고 계시지 않을까 해서."

참았던 숨을 몰아쉬다시피 하며 내가 말을 마치자마자, 수빈 선배는 이번엔 내가 진정할 겨를도 없이 대뜸 휴대폰 화면을 내밀어 보였다. 아무래도 이야기를 듣는 내내 어떻게 대답할지 고민하다가, 역시 말로 하는 것보단 직접 보여주는 게 낫겠다는 결론에라도 이른 모양이었다. 그렇게 들이밀어진 화면에는 설계도 이미지가 떠 있었다. 아까 과학실에서 본 선배의 노트북에 떠 있던 바로 그 설계도. 더 자세히 들여다보고 싶었지만 사실 내가 본다고 설계도를 읽을 수 있는 것도 아니었거니와, 뭘 제대로 보기도 전에 선배의 검지는 벌써 옆으로 홱 움직였다. 다음으로 화면에 뜬 건 웬 노트를 뜯어 스캔해 놓은 것 같은 또 다른 설계도였다. 그다음에는 파란 모눈종이에 그린 스케치, '태극호'나 선배의 공작품과 아주 비슷하면서도 조금씩 다른 과학상자 공작품 사진 여러 개… 화면 밝기에 눈이 익숙해지기도 전에 이미지 열 몇 장이 그렇게 슉슉 지나갔다.

그리고 마지막으로 화면에 모습을 드러낸 것은 그때

까지 본 것들 중에서도 가장 해상도가 낮고 또 오래돼 보이는, 누런 종이에 볼펜으로 꾹꾹 눌러서 그려놓은 듯한 낡은 도면이었다. 그것 역시 과학상자 공작물 설계도인 듯했지만 내가 알아볼 수 있는 건 맨 위에 적힌 글귀뿐이었다. 큰 글씨로 '新機動力(신기동력)', 조금 작은 글씨로 '1986', 한층 더 작은 글씨로 또 몇 글자 더. 순식간에 1980년대까지 거슬러 올라가 버린 이 설계도의 향연이 무엇을 뜻하는지 나는 곧 알아차렸다. 수빈 선배는 '태극호'를 표절한 게 아니었다. 둘 다 훨씬 오래된 설계를 따라 만든 것에 지나지 않았으니까, 적어도 수십 년 동안 같은 공작품을 계속해서 만들어온 사람들이 있었던 모양이니까. 그 이유까지는 도무지 짐작할 수 없었지만.

"이게 다 뭐예요? 도대체… 선배가 찾은 거예요?"

"나도 받은 거야. 작년에 도 대회 나갔는데, 거기서 다른 학교 애가 USB를 주더라고. 구할 수 있는 자료는 전부 모은 최신 정리본이니까 혹시 학교에 없으면 꼭 만들어두라면서."

처음에는 수빈 선배도 그게 도대체 무슨 소리인지 알 수가 없었다고 했다. 다만 파일을 열어보니 과학상자 설계도가 있었고, 또 나름대로 과학상자 좀 만진다는 자부심도 있었기 때문에 도전을 받아들이겠다는 심정으로 시험 삼아 만들기 시작했을 뿐. 그런데 그런 마음가짐으로 메카트로닉스부 활동 시간마다 조금씩 조립해나가는 동안, 선배는 자신이 무엇을 만들고 있는 것인지 자연스레 깨닫고 말았다.

"기계란 건 설계도만 봐서는 어떻게 움직이는지 모르겠다가도, 손으로 직접 만들어보면 비로소 그 원리를 이해하게 되곤 해. 모터가 작동하면 어떤 톱니바퀴가 돌아가고, 어떤 축이 움직이고, 어떤 걸 끌어당기고 밀어내서 결과적으로 어떤 움직임을 낳는지. 그런 건 직접 만져봐야지 알아. 그래서 나도 안 거야. 이 기계를 작동시키면 어떤 일이 벌어질지. 이게 대체 무슨 일을 하는 기계인지."

"그리고 그 결론이 아까 말씀하신…."

"맞아. 구세주 기계. 원하는 세상을 만들어주는 기계야."

이번에도 역시나 농담을 하는 표정은 아니었다. 그렇다고 귀신에 홀린 것처럼 몽롱해 보인다든가, 이상한 종교에 빠진 사람처럼 한껏 들떠 있다든가 한 것도 아니었다. 무슨 알라딘의 요술 램프 같은 이야기를 하면서도 수빈 선배의 목소리는 소인수분해에 대해 설명하는 수학 선생님만큼이나 담담했다. 오히려 평정을 유지할 수 없었던 것은 나였다.

"아니, 아니, 완전 터무니없잖아요. 과학상자가 어떻게 구세주가 돼요. 그냥 모터랑 이런저런 부품 있는 건데, 그런 거 이어 붙인다고 소원 들어주는 기계가 된다고요?"

"컴퓨터는 안 그래? 분해해놓으면 그냥 부품 조각일 뿐인데. 비행기는? 크레인은? 모터랑 이런저런 부품 이어 붙여서 하늘도 날고 건물도 짓잖아. 기계란 게 원래 그런 거야. 부품 하나하나를 떼어놓고 보면 별것 아니지만, 그걸 설계도대로 조립해서 전원을 넣으면 목표대로 움직이게 돼 있어."

"아무리 그래도 원하는 세상을 만든다니, 그런 건 진짜로 말이 안…."

더욱 밀어붙이려던 반박은 입 밖으로 나오는 대신 목구멍을 맴돌다 사라졌다. '구세주 기계' 이야기는 물론 내가 기대하던 명쾌한 해설과는 거리가 멀어도 한참 멀었다. 누구한테 물어볼 것도 없이 말도 안 되는 소리였다. 하지만 그렇게 따지자면 작년에 내가 겪은 일도 말이 안 되긴 매한가지 아닌가? 적어도 수수께끼의 과학상자 공작품을 둘러싸고서 무언가 이해할 수 없는 일이 벌어지고 있는 것만은 확실했고, 그렇다면 도무지 받아들이기 힘든 설명이라 한들 무작정 거부하기만 할 수도 없는 노릇이었다. 하지만….

"다연이는 그럼 왜 없어진 건데요. 소원 들어주는 기계라면서요. 근데 걔가 원하는 대로 세상이 바뀌기는커녕 세상이, 세상이 다연이를 몽땅 잊어버렸잖아요."

"원하던 게 그거였나 보지. 사라지는 거. 아무도 자길 기억 못하는 거."

"그럴 리가 없잖아요! 다연이는 그런 생각할 애 아니에요!"

"어떻게 확신해? 이름밖에 기억 못한다면서."

아냐, 그래도 확신할 수 있어. 다연이는 세상에서 아예 사라지고 싶어 했던 게 아니라고. 나는 알아. 왜냐하면, 왜냐하면…. 하지만 나는 끝까지 대답을 내놓지 못했다. 분하게도 수빈 선배의 말이 옳았다. 확신은 있을지언정 기억이 텅 비어 있었다. 이름밖에 모르는 애가 어떤 마음을 품었을지에 대해 이렇게까지 확신하는 이유조차 나는 도무지 알 수 없었다. 가슴속에서 답답함이 울컥 하고 치밀어 오르려는 걸 남은 음료수로 밀어 내리고 있자니, 방금 전보다 약간이나마 부드러워진 듯한 선배의 목소리가 또박또박 들려왔다.

"더 제대로 이해하고 싶어?"

"네. 엄청요."

"그럼 같이 만들어보든가. 아까도 말했지만, 직접 만져봐야지 아는 것도 있으니까."

목소리만 좀 부드러웠을 뿐, 여전히 갑작스럽기 그지없는 제안이었다. 하지만 내게는 결코 거절할 수 없는 제안이기도 했다. 말을 마치고서 이쪽을 빤히 쳐다보는 수빈 선배에게 나는 네, 네 하며 머뭇머뭇 고개를 끄덕여 보였다. 그렇게 나는 중학교 첫 동아리 활동을 영어신문부도 방송부도 아닌 메카트로닉스부에서, 생전 인연이 없을 거라고만 생각했던 나사와 드라이버와 코딩 프로그램에 둘러싸인 채로 시작하게 되었다.

***

바로 그다음 주 목요일 동아리 활동 시간부터, 나는 수빈 선배 옆자리에 앉은 채 미지의 거대한 기계가 만들어지는 모습을 바로 코앞에서 지켜볼 수 있었다. 방해하는 사람은 아무도 없었다. 동아리 담당 선생님은 새로 들어온 부원이 곧바로 자기 할 일을 찾아낸(혹은 그렇게 보이는) 것만으로도 충분히 만족하신 눈치였고, 다른 선배들도 각자 자기 작품 만드는 데 바빠서인지 수빈 선배의 작업에는 별 관심이 없어 보였다. 다만 동아리 활동을 본격적으로 시작하고 보니 학교생활이 예상보다 더 바빠지기는 했다. 일주일에 겨우 한 시간씩 깨작거려서야 뭘 만들든 진전이 없으니 메카트로닉스부 부원들은 점심시간에도 따로 모여 자기 작품에 매달리는 것이 일상이었다. 만들고 있는 작품이 남들 것보다 몇 곱절은 크고 복잡한 물건이라면 더더욱 그럴 수밖에.

물론 수빈 선배에게는 설계도가 있었다. 아무리 커다

란 기계라 한들 설계도에 적힌 그대로 따라 하기만 한다면 특별히 어려울 일은 없을 터였다. 문제는 그 설계도가 죄다 낡았거나 흐릿하거나 도무지 알아볼 수 없게 그려진 탓에, 조립 자체보다 도면 해독에 오히려 시간을 더 쏟게 된다는 사실이었다. 설계도 여러 장이 각기 조금씩 다르게 그려져 있기도 했고, 설계도에 나온 부품이 정작 과학상자에 없는 경우는 더욱 흔했다. 몇 번씩 직접 조립해보고 나서야 설계도의 의미를 깨닫기, 남은 부품을 어떻게 조합해야 최대한 비슷하게 만들 수 있을지 궁리하기, 때로는 하루 종일 열심히 조립해놓은 걸 눈물을 머금고서 죄다 뜯어버리기… '구세주 기계'를 만든다는 것은 그런 시행착오를 끊임없이 반복하는 일이었다.

한편 그 모습을 바로 곁에서 지켜보는 동안, 과연 수빈 선배가 말한 대로 내 눈에도 기계의 작동 원리가 서서히 보이기 시작했다. 기적적인 깨우침 따위는 없었지만 부품 하나하나가 무슨 일을 하는지, 모터에서 시작된 힘이 무엇을 거쳐 어디로 전달되는지 정도는 조금씩이나마 짐작이 갔다. 그 과정에서 처음으로 깨달은 건, 상식적으로는 이 기계가 절대 움직일 리 없다는 사실이었다. 초등학교 4학년 때 우리 반 과학 에이스가 말해준 그대로였다. 단지 모터 동력이 부족한 정도가 아니라, 이건 사실상 새끼손가락 하나로 과학실 캐비닛을 통째로 들어 올리려는 일에 가까웠다. 일단 새끼손가락이 부러질 테고, 천만다행히 부러지지 않더라도 캐비닛은 꿈적도 않겠지. 선배가 열심히 만들고 있는 기계란 아무리 봐도 그런 물건이었다.

그럼에도 이 기계가 범상찮은 물건이라는 것만큼은 부정할 수 없었다. 이건 깨달음이 아니라 순전히 경험에서 나온 결론이었다. 선배의 지시대로 부품을 집어 건네주다가 손가락이 기계 끄트머리를 스쳤을 때 느낀 심장박동 같은 묘한 떨림, 잘못 만든 부분을 죄다 뜯어낼 때 문득 들려온 아기 울음 비슷한 소리, 분명 아무도 건드리지 않았는데 살아 움직이듯 아주 미약하게 꿈틀거리는 모습까지. 처음에는 착각인가 싶었던 것도 쌓이고 쌓이니 곧 부정할 수 없는 증거가 되었다. 과학실 책상 위에서, 바로 내 눈앞에서 단순한 과학상자 공작품이 아닌 무언가가 만들어지고 있는 게 분명했다… 내가 이해할 수 있었던 것은 고작해야 여기까지였다. 1학기가 다 지나도록 옆에서 기계와 설계도를 같이 들여다보기는 했으나 모든 부품의 작동 원리가 불현듯 뇌리를 스치고 지나가는 일은 없었고, 대신에 내가 기계 만지는 데엔 정말로 소질이 없다는 사실만 몇 번씩 되새기게 될 뿐이었다. 결국 내 역할은 기껏해야 부품이나 건네주는 정도에서 벗어나지 않았다.

하지만 그런 내게도 할 수 있는 일이 하나쯤은 있었다.

***

수빈 선배는 자신이 만드는 게 '구세주 기계'라고 굳게 믿는 모양이었지만, 나는 그 정도는 아니었다. 기계를 아무리 열심히 만져본들 진짜 정체를 알아낼 수는 없었고, 다연이가 기계에다 대고 자신을 사라지게 해달라고 빌었으리라는 생각도 전혀 들지 않았다. 무엇보다 이 모든 게 함정이기라도 하면 어떡할 거야? 소원을 이뤄주기는커녕 사람을 세상에서 지워버리는 기계라면? 선배도 다연이처럼 그냥 증발해버리면 안 되잖아? 아무리 생각해도 이건 따로 좀 알아볼 필요가 있어 보였다. 그리고 비록 컴퓨터든 프로그래밍이든 전혀 아는 게 없는 나라도 인터넷에 널린 정보를 뒤적거리는 정도라면 얼마든지 할 수 있었다.

"좋아, 일단 뭐부터 검색해볼까?"

시작은 초등학교 4학년 때 과학상자 대회 나갔던 애한테 얼핏 들은 이야기. 과학상자 마니아들끼리 모여서 서로 작품을 자랑하고 노하우를 공유하는 카페가 있다고 했는데, 수빈 선배가 도 대회 출전자한테 설계도 USB를 받았다고 했으니까 어쩌면 그런 카페에도 정보를 쥔 사람이 한둘쯤 있지 않을까? 그런 생각으로 한참을 뒤져봤지만 소득은 별로 없었다. 지워진 댓글, 글 대부분에 열람 제한을 걸어놓은 블로그, 탈퇴한 회원 정보…. 최근까지도 뭔가 이야기가 오간 것 같기는 한데, 자세한 내용은 짐작하기조차 어려웠다. 그렇게 한동안 머리를 감싸 쥐며 시간 낭비를 한 뒤에야, 나는 비로소 가장 중요한 단서가 줄곧 눈앞에 펼쳐져 있었다는 사실을 깨달았다.

"선배, 저한테도 설계도 파일 좀 보내주세요. 집에서 따로 공부해보게."

물론 여전히 나는 설계도를 제대로 읽을 수 없었다. 읽을 필요도 없었고. 내가 알고 싶었던 건 도면에 그려진 부품 조립 방법이 아니라, 어쩌면 남아 있을지도 모르는 다른 정보였다. 누가 서명 같은 걸 남겨두지는 않았는지, 학교 이름이나 날짜 같은 건 혹시 적혀 있는지, 그런 것들. 대다수 파일에서는 딱히 건질 게 없었지만 맨 마지막의 가장 낡은 설계도에서는 적잖은 수확을 얻었다. 새삼 눈에 띈 건 '新機動力'이라는 제목 옆의 '1986'이라는 연도. 찾아본 바로는 과학상자 첫 대회가 1984년에 열렸으니까 2년 만에 이런 설계도가 나왔다는 소린데…. 과학상자가 나오기 전부터 '메카노'라는 비슷한 외국 제품이 있었다는 모양이니, 어쩌면 이 설계 자체도 해외에서 들여온 게 아닐까? 그렇게 생각하고서 다시 한번 살펴보니 연도 표시 옆의 더 작은 글씨가 눈에 들어왔다. 흐릿해서 읽기 쉽지는 않았지만, 집중해서 보니 이렇게 적혀 있는 것 같았다.

거 봐, 외국 이름이잖아! 벅차오르는 흥분을 가득 안고서 검색창에 'J. M. 스피어'라고 쳐 보았지만 실망스럽게도 건질 게 없었다. 영어 이름이라면 역시 영어로 검색해야 할 테니 어찌보면 당연한 일이었다. 다행히도 영어에는 약간이나마 자신이 있었고, 설령 막히더라도 번역기를 좀 동원하면 그만. 떠오르는 철자를 이리저리 바꿔가며 찾고 또 찾다보니 마침내 눈에 들어오는 검색 결과가 하나 있었다. 1800년대 미국에 살았던 '존 머리 스피어'라는 사람에 대한 인터넷 사전 페이지였다. 번역 결과를 읽어 내려가는 동안 방망이질하는 가슴을 주체할 수 없었다. 찾았어, 이 사람이야. 이 사람이 바로 기계 설계도를 구상했다는 'J. M. 스피어'인 게 분명해.

존 머리 스피어. 1804년에 태어난 미국의 성직자이자 사회운동가. 처음에 그는 노예제 반대 운동으로 이름을 떨쳤다. 미국 곳곳에서 집회를 열고 연설을 했으며, 또 노예들이 주인으로부터 도망칠 수 있도록 직접 돕기도 했다. 그러다가 성난 군중에게 습격당해 큰 부상을 입은 적도 있었다. 한편으로는 사형제 폐지 운동, 그리고 여성과 남성의 동등한 권리를 주장하는 운동에 힘쓰기도 했다. 하지만 정작 그의 이름이 역사에 남은 것은 1850년대부터 심령술에 심취하는 바람에 벌인 괴상한 행동 때문이었다. 처음에는 죽은 위인들의 영혼과 의사소통을 할 수 있다고 주장하더니, 급기야는 추종자들과 함께 오두막집에 틀어박혀 기이한 발명품을 만드는 데에 몰두하기 시작했다. 새로운 시대의 막을 열어젖힐 놀라운 물건, 무한한 동력으로 인류를 구원해낼 장치, 말하자면 구세주 기계. 정식 명칭은 '뉴 모티브 파워'(New Motive Power), 즉 '신기동력'이었다. 스피어는 추종자들의 도움으로 '신기동력'을 완성했고, 마침내 작동까지 시키기에 이르렀다.

그러고 나서는… 딱히 아무 일도 없었다. 기계는 작동했지만 그렇다고 세상이 갑자기 살기 좋은 낙원으로 바뀌는 일 따위는 일어나지 않았다. 노예제도, 사형제도, 여자에게 투표권이 주어지지 않은 현실도 그대로였다. 사람들은 스피어의 기계를 마음껏 비웃었다. 스피어는 여전히 자신이 성공했다고 꿋꿋하게 주장했지만 정작 문제의 구세주 기계 '신기동력'은 어느 날 밤 침입한 괴한들에 의해 조각나 버려졌다고도, 혹은 스피어 자신의 손에 파괴되었다고도 전해진다. 그걸로 끝이었다. 스피어는 그 뒤로도 심령술과 사회운동에 매진하다가 1887년에 83세의 나이로 죽었다. 기적 같은 일이 가능하리라고 그렇게나 외쳤던 주제에 기적이라고는 단 한 번도 일으키지 못한 채, 그저 지상에서 평범하게.

"뭐야, 이게 다야? 기계 만들려다가 실패했고, 그러고선 그냥 죽었어?"

계속 찾아보니까 뭐가 조금 더 나오기는 했다. 자기 집 다락방에서 '신기동력' 파편처럼 보이는 걸 우연히 발견했다는 사람 이야기, 스피어의 친필 노트가 매물로 올라온 경매 사이트, 수상쩍은 포럼 구석에서 스피어의 구세주 기계가 실은 더 오래된 '크로아토안 장치'를 근대적으로 개량한 것에 지나지 않는다고 열변을 토하는 글 등등. 하지만 그런 부스러기 정보를 있는 대로 긁어모아 봐도 의문은 여전히 남았다. '태극호'도 수빈 선배의 기계도 스피어의 구상에 따라 만든 걸 텐데, 왜 다연이랑 다르게 스피어는 사라지지도 잊히지도 않은 거야? 정말로 구세주 기계가 세상을 원하는 대로 만들어준다면 왜 스피어의 소원은 이뤄지지 않은 건데? 1850년대 미국의 외딴 오두막집에서 스피어는 대체 뭘 한 건지, 그리고 그날 과학실에서 다연이에게는 무슨 일이 일어난 것인지, 기계를 끝까지 만들어보기 전까지는 결국 아무것도 알아낼 수 없을 모양이었다.

***

기계가 언제 완성될지 신경 쓸수록, 그 완성을 책임지는 수빈 선배에 대해서도 점점 더 신경이 쓰이는 건 당연한 이치였다. 그러다 보니 1학년 2학기에 접어들 무렵부터는 이전에 눈치채지 못했던 선배의 사소한 행동들이 하나둘씩 눈에 밟히기 시작했다. 나와 선배가 나누는 대화라고는 여전히 과학실 책상 앞에서 주고받는 "나사 두 개." "여기요." "드라이버 좀." "거기 있잖아요." 정도에 그쳤지만, 그래도 계속 옆에 붙어 있다 보면 싫어도 눈에 들어오는 것이 생기게 마련이니까.

이를테면 발신자가 '엄마'나 '아빠'라고 뜨는 전화를 받기 전에는 항상 조금 주춤한다거나, 내가 멀리 있을 때면 큰 목소리로 부르는 대신 일부러 내 쪽으로 온다거나, 다른 선배들이랑 대화하는 일이 거의 없는 것 같다거나. 학기 초에 겉돌던 나조차 그때쯤에는 친구를 여럿 사귀었는데도, 선배는 학교에 전혀 섞이지 못하는 사람 같았다. 중간고사 기간 즈음에는 상담실에서 터덜터덜 걸어 나오는 선배와 우연히 마주치기도 했다. 아무 말 없이 발걸음을 재촉해 내 곁을 지나쳐 가던 모습이 한동안 기억에서 사라지지를 않았다.

그리고 그런 모습을 볼 때면 이따금씩 머릿속이 흔들, 하고 요동치기도 했다. 기억이 깜박였다. 선배의 얼굴 위로 전혀 낯선 얼굴이 겹쳐 보였다가 공기 중으로 흩어졌다. 아주 비슷한 표정과 태도를 다른 누군가에게서 봤던 것처럼 강렬한 기시감이 밀려왔다가 다음 순간에는 간데

없이 사라지기도 했다. 누구에 대한 기억인지 짐작은 갔다. 수빈 선배를 보며 나는 다연이를 생각하고 있었다. 스피어와 마찬가지로 무언가 간절히 원하는 게 있었을, 그래서 구세주 기계 앞에 서서 소원을 빌었을 다연이를.

"만약에, 만약에 말이에요. 다연이가 정말로 세상에서 사라지고 싶었던 거라면요."

점심시간 막바지에 선배와 함께 이리저리 널브러진 부품을 정리하던 도중, 어김없이 갑작스레 습격해 오는 기억에 휩쓸리듯이 나는 그렇게 운을 뗐다. 그냥 단순한 가정이었다. 다연이가 절대로 그랬을 리는 없지만, 그래도 만에 하나 선배의 말이 사실이라면.

"왜 그런 소원을 빌었던 걸까요? 영영 없어지고 싶다고, 자기를 다 잊어버렸으면 좋겠다고…. 도대체 왜 그런 마음을 먹었을까요. 선배, 선배는 혹시 알겠어요?"

"모르지. 만나본 적도 없는 앤데."

네에, 기대도 안 했네요. 그렇게 속으로 중얼거리며 정리나 계속할 작정이었다. 그런데 선배의 말은 끝난 게 아니었다. 잠깐 숨을 고르는 소리에 이어 다시금 말소리가 들려오기 시작했다. 작고 나지막한, 그리고 명백하게 떨리는 목소리였다.

"근데 그럴 때가 있어. 여기서는 도저히 견딜 수가 없어서, 답답하고 괴롭고 숨이 막혀서 차라리 다 그만둬버리면 좋겠다고 생각할 때가. 누가 나를 가지고 왈가왈부하는 것도 싫고 슬퍼하는 것도 싫고 그냥 깔끔하게 잊어주었으면 좋겠고…. 충분히 그럴 수 있지. 나는 그렇게 생각해."

"그렇다고 왜 사라지려고 해요? 뭐가 그렇게 힘든지는 몰라도 더는 못 견디겠으면, 그러면 그냥 그만하면 되잖아요. 괜히 참을 필요 없이."

"하지만 세상에는 그렇게 그만둘 수 없는 것도 있잖아. 우린… 학생이잖아. 미성년자고. 이건 힘들다고 내 마음대로 그만할 수 있는 게 아니잖아. 1반이거나 2반이거나 3반일 수는 있지만 아무 반도 아닐 수는 없고. 남학생 아니면 여학생인데 둘 중에서 고를 수는 없고 둘 다 안 할 수도 없고. 선배 아니면 후배여야 하고. 몇 등이 되었든 전교 석차 어딘가에는 있어야 하고. 어떤 애들은 아무렇지도 않지. 어떤 애들은 힘들어도 이겨낼 수 있지. 그런데, 물고기가 어항에 갇히면 그래도 숨을 쉬면서 살 수는 있는데, 쥐가 어항에 갇히면 그냥 빠져 죽어야 하잖아. 어떤 애들은 그래. 어떤 애들은 그걸 못 버텨."

그래도 힘내서 버텨야지 어떡해요, 라는 말을 무심코 내뱉으려던 순간 머릿속이 세차게 흔들렸다. 전에도 이런 말을 했던 것 같았다. 평소와는 다르게 사정없이 떨리는 목소리로 기억나지 않는 말을 쏟아내던 누군가를 위로해

주려고, 내 나름대로는 좋은 충고를 해주려고…. 짙고 불분명한 후회가 뒤이어 가슴에 가득 찼다. 나는 도대체 뭘 후회하고 있는 걸까. 내가 도대체 무슨 말을 했던 걸까. 대답을 마치고서 다시 부품 정리를 시작한 수빈 선배의 얼굴은 잔뜩 상기되어 있었다. 나사가 서로 부딪치는 달그락 소리 속에서 견디기 힘든 침묵이 흘렀다. 그 침묵이 점심시간을 마치는 종소리에 산산이 깨지기 직전, 나는 조심스레 마지막 질문을 덧붙였다.

"기계 다 만들고 나면, 선배도 소원 빌 거예요?"

선배는 대답하지 않았다. 나도 더 이상 캐묻지 않았다.

***

수빈 선배의 구세주 기계가 드디어 완성된 것은 2학기 기말고사를 일주일쯤 앞둔 때였다. 작업이 너무 늦지 않게 마무리되어 내심 다행이었다. 기계가 완성에 가까워질수록 선배는 뭐에 홀린 사람처럼 점점 더 조립에만 몰두했고, 나도 그런 선배를 돕겠다고 옆에 붙어 있느라 시험공부를 하나도 못 할 뻔했으니까. 수빈 선배에게 짐짓 그렇게 투덜거려 보았더니 "늦지 않아서 나도 다행이라고 생각해"라는 대답이 돌아왔다. 중간고사 때도 시험공부는 하는 둥 마는 둥 했으면서 무슨.

아무튼 조립은 끝났으니 이제 작동을 시켜볼 때였다.

무슨 일이 일어날지 모르니 가능한 한 학교에 사람이 없을 때를 골라야 했다. 적당한 핑계를 대서 제때 과학실 열쇠를 얻어놓는 것은 내 몫이었다. 마침내 찾아온 결행의 순간, 나와 수빈 선배는 널찍한 과학실 한복판에 단둘이 서 있었다. 책상 위에 비석처럼 놓인 거대한 기계를 가만히 바라보면서. 완성된 구세주 기계는 틀림없이, 사소한 차이점이 곳곳에 있음에도, 초등학교에서 보았던 '태극호' 그 자체라고밖에 말할 수 없었다. 실루엣이 같았고 분위기가 같았다. 그렇다면 앞으로 일어날 일은 어떨까.

기계는 건전지와 노트북에 연결된 채였지만, 전류가 흐른다고 해서 이 거대한 구조물이 원하는 대로 움직여줄 리는 없었다. 그리고 고작 전기만으로 원하는 세상이 마법처럼 만들어질 리도 만무했다. 나는 애원하듯 수빈 선배를 힐끗 올려다보았다. 과연 나와는 달리 선배는 어떻게 해야 하는지 이미 알고 있는 눈치였다. 선배의 발이 조용히 몇 걸음 앞으로 나아갔다.

그리고 기계가 움직이기 시작했다.

처음에는 정말로 미약하기 그지없는 움직임이었다. 바람이 불어도 저 정도는 흔들리겠거니 싶은, 눈에 힘을 주지 않으면 제대로 보이지도 않는 그런 꿈틀거림. 하지만 꿈틀거림은 이내 진동이 되었고 또 파도가 되었다. 덜컥덜컥, 삐걱삐걱, 찰캉찰캉, 윙윙. 선배가 가까이 다가갈수록 기계도 점점 더 거세게 몸을 뒤틀며 기지개를 켰다. 안테나가 돌아가고 톱니바퀴가 맞물리고 축이 앞뒤로 미끄러졌다. 마치 선배의 존재가, 무언가를 정말로 간절히 바라는 듯한 선배의 저 표정이 기계에 끝없는 동력을 공급해주고 있기라도 한 것처럼. 지금과는 다른 세상을 간절히 바라는 힘 자체가 새로운 세상을 만들어낼 수 있기라도 한 것처럼. 하지만 스피어는 실패했잖아, 사람 하나가 간절히 바란다고 세상이 바뀔 리 없잖아…. 그런 생각을 지우듯 안테나로부터 빛이, 기억 속의 바로 그 희고 투명하고 날카로운 광선이 뿜어져 나왔다.

광선은 삽시간에 선배를, 나를, 온 과학실을 집어삼켰다. 기계의 삐걱거림이 점점 더 아기 울음소리처럼 들렸다. 초등학교 6학년 때의 그날처럼. 하지만 광선에 온전히 감싸인 내 눈에는 이제 그때와는 조금 다른 광경이 비치고 있었다. 찬란한 빛 속에서 책상 위의 기계와 연결된 채 움직이는 아주, 아주 커다란 기계. 운동장의 모래알보다도 훨씬 많은 톱니바퀴가 하늘의 별보다도 훨씬 많은 축에 매달린 채 규칙적으로 회전하는, 이 세상 안에 전부 들어갈 수 있을까 싶을 만큼 거대한 그런 기계. 수빈 선배가 만든 기계의 파도치는 움직임은 그것의 극히 일부분에 지나지 않았다. 바닷가의 파도가 넓은 바다의 맨 가장자리에 불과하듯이. 그리고 그 끝부분에서, 정말로 파도가 무너지듯, 무지갯빛 거품이 일어 끝없이 끝없이 세상을 가득 채워 나갔다. 크고 작고 반짝이는 거품들, 아니, 그냥 거품이 아니었다. 거품 하나하나마다 세계가 하나씩 들어 있었다.

만화나 애니메이션, 아니면 무슨 과학 방송에서 얼핏 본 내용이었을 것이다. 이 우주 바깥에는 또 다른 우주가 무수히 존재하고, 수많은 가능성에 따라 지금도 새 우주가 끊임없이 생겨나고 있다는 물리학자들의 꿈같은 가설. 기계가 뿜어내는 광선 한가운데에서 보인 광경이 바로 그러한 것임을 나는 직감적으로 깨달았다. 여기와는 다른 세계의 과학실과 교실과 복도와 학교가 각각의 거품 너머에서 반짝이며 내 앞에 펼쳐져 있었다. 얇디얇은 거품 막만 통과하면 간단히 저쪽 세계로 갈 수 있을 것 같았다. 그러니까 구세주 기계는, '태극호'는, '신기동력'은 내가 원하는 대로 세상을 바꿔주는 기계가 아니었다. 내가 원하는 곳을 찾아갈 수 있도록 무수히 많은 세계를 펼쳐 보여주는 기계였다.

다시 말해서 다연이는 결코 사라지려고 소원을 빈 게 아니었다. 단지 자신이 바라던 세상으로 영영 건너가버렸을 뿐. 잠깐만, 그러면 수빈 선배는? 황홀하고도 두려운 광경 속에서 고개를 휘휘 저어 둘러보니, 선배는 이미 한참이나 멀리 나아간 뒤였다. 줄지어 난 문처럼 주변에 늘어선 거품들이 멀어져가는 선배의 모습을 차례로 비추었다. 거품 속에서 선배는 수많은 모습을 하고 있었다. 1반이거나 2반이거나 3반이거나 어느 반도 아니거나. 남학생이거나 여학생이거나 둘 다 아니거나. 선배이거나 후배이거나 역시 둘 다 아니거나. 전교 석차 어딘가에 있거나 혹은 아무 데도 없거나…. 그중 하나의 세계 앞에서 마침내 수빈 선배의 발걸음이 멈추었다. 붙잡으려면 지금뿐일 것 같았다. 하지만 그럴 수 없었다. 거품 표면에 비친 선배의 얼굴이 너무나도 기뻐 보였으니까. 학교에서는 한 번도 본 적 없는 표정이었으니까.

거품은 어느새 내 코앞에서도 방울방울 올라오고 있었다. 그 안으로 들여다보이는 광경은 떠나온 지 오래인 초등학교 건물 뒤편의 그늘 아래였다. 그 무수한 그늘마다 초등학교 6학년인 내가 가장 친한 친구 앞에 서서, 어떤 고민이든 털어놓아도 된다고 자랑스레 말하고 있었다. 친구는, 다연이는 힘겨운 표정으로 내게 더듬더듬 뭐라고 말을 하고, 나는 그 말에 각기 다른 반응을 보이고. 역겨워하며 손을 뿌리치는 내가 있었다. 어색하게 말을 돌리는 내가 있었다. 농담이라고 생각하며 웃어넘기려 하는 내가, 참고 견디라면서 잘난 체 충고하는 내가 있었다. 그리고… 있는 그대로 이해하려 애쓰는 내가 있었다. 같이 울고, 손을 맞잡고. 너는 이제 처음 보는 옷차림과 머리와 표정으로 자유롭게 웃어 보이고. 그건 아직 다연이가 존재할지도 모르는, 그리고 어쩌면 다연이가 건너갔을지도 모르는 세계의 풍경이었다. 수빈 선배의 목소리가 머나먼 메아리처럼 귓가에 희미하게 울렸다.

“너도 원하는 세상이 있었구나. 전혀 몰랐네.”

그야 나도 몰랐으니까. 하지만 이제는 알 수 있었다. 기억할 수 있었다. 다연이가 얼마나 소중한 친구였는지. 그리고 내가 다연이에게 무슨 말을 해주었어야 했는지. 그리고 세상이 어떻게 바뀌어야 다연이가 견디고 살아갈 수 있을지도. 내가 바라는 세계는 곧 다연이가 바라는 세계이기도 했다. 그런 세계가 바로 내 앞에서 문을 활짝 열어젖힌 채 기다리고 있었다. 한 발짝, 또 한 발짝. 그런데 마지막 발걸음은 떨어지지 않았다.

“안 건너갈 거야? 마음에 들 텐데.”

“저도 알아요. 가고 싶어요. 당장이라도 다연이한테 가고 싶다고요. 그런데 전, 저는 왠지, 떠나면 안 될 것 같아요. 제가 할 일이 아닌 것 같아요. 그냥 그런 생각이 들어요.”

그렇게 두서없이 주워섬기는 동안 나는 J. M. 스피어를 생각하고 있었다. 노예제에 반대하고, 사형제에 반대하고, 여자도 남자와 같은 권리를 누려야 한다고 믿었으며, 구세주 기계를 만들어내 작동시키기까지 한 사람. 하지만 스피어는 이 세상에서 사라지지 않았다. 자신이 꿈꾸던 일이 전부 이루어지는 세상을 분명히 보았을 텐데도, 그곳으로 건너가는 대신 여기에 남아 끝까지 세상을 더 낫게 만들려고 애쓰다가 죽었다. 그게 스피어가 선택한 길이었다. 동시에 내가 선택해야 할 길이기도 한 것 같았다.

"전 버틸 수 있잖아요. 학교도 그냥저냥 잘 다니고, 뭐 엄청 힘들지도 않고. 그러니까 굳이 원하는 세상으로 가지 않아도 괜찮잖아요. 그럼 여기 있을래요. 혹시 제가 바꿀 수 있는 게 있을지도 모르니까. 그렇게 하면 딴 애들도 버틸 수 있게 될지 모르니까. 그리고 선배도, 수빈 선배가 이 세상에 있었다는 것도…. 제가 여기서 계속 기억할게요."

내 말에 선배는 아주 잠깐 놀란 표정을 지었다가, 이내 작게 웃으며 대답했다.

"저쪽엔 너 같은 애들이 더 많았으면 좋겠다."

그 말을 마지막으로 선배는 거품을 향해 몸을 던졌다. 어마어마하게 부풀어 올라 있던 거품이 선배의 몸을 끌어안고 무너져 내렸다. 기계가 세차게 울부짖었다. 이윽고 광선이 서서히 걷히면서 울음소리가 잦아들었다. 새하얀 빛 사이로 과학실 책상과 의자들이 제각기 얼굴을 내밀었다. 마침내 기계가 완전히 멈추었을 때 나는 과학실에 혼자 서 있었다. 분명 함께 있던 선배의 얼굴은 벌써 흐려져 제대로 떠오르질 않았다. 선배와 만나면서 일어난 일 전부가 그저 꿈처럼 아련하게만 느껴졌다.

하지만 잊지는 않을 거야.

나는 속으로 그렇게 중얼거려 보았다.

***

그 뒤로도 내 학교생활은 별로 달라진 게 없었다. 수다를 떨고, 공부를 하고, 동아리 활동을 하고. 메카트로닉스부에는 조금 더 있어볼 작정이었지만, 아무래도 적성에 맞질 않아 2학년 올라가면서 그만두었다. 영어신문부가 더 괜찮아 보이기도 했고. 아, 수빈 선배가 만든 기계는 과학실 뒤편에 고스란히 전시되어 있었다. 동아리 담당 선생님에게 무슨 기계인지 물어보았더니 "예전에 졸업한 선배가 만들어놓고 간 게 아니겠느냐"는 엉뚱한 대답이 돌아오긴 했지만.

물론 바뀐 것도 있기는 했다. 점심시간이 여유로워져 친구를 더 많이 사귈 수 있었던 만큼, 나는 언제나 그런 친구들의 말을 더욱 주의 깊게 들으려 애썼다. 물론 친구가 아닌 애들의 말도. 그중에 누가 이 세상을 견디기 힘들어할지 모르니까. 그렇다면 누군가는 그 애한테 '구세주 기계'의 존재를 슬쩍 귀띔해주어야 하니까. 수빈 선배한테 USB를 건넨 사람처럼, 다연이에게 '태극호'의 진실을 알려주었을 사람처럼, 구세주 기계의 존재를 알면서도 다른 세계로 건너가지는 않은 사람이 이 세상엔 꼭 필요할 테니까. 말하자면 나는 비상구 표시등에 그려진 사람과도 비슷했다. 금방이라도 달려 나갈 것 같은 모습으로 비상구가 어디인지 가르쳐주지만 자신은 결코 문을 나서지 않는.

하지만 비상구 그림과 달리 내게는 할 수 있는 일이 몇 가지 더 있었다. 언제든 고민을 나눌 수 있는 친구가 되는 일. 고민을 말하는 친구의 손을 마주 잡는 일. 때론 친구를 위해 선생님이나 다른 애들과 말싸움이라도 벌이는 일. 그리고 또 무엇을 할 수 있을지 찾아보는 일. 그래 봐야 캐비닛을 들어 올리려는 새끼손가락만큼이나 보잘것없는 일들이었지만, 혼자 힘으로 세상을 조금이나마 바꿀 수 있으리란 생각도 감히 한 적은 없었지만, 그래도 시간이 지나고 노력이 쌓이다 보면 혹시 모르는 일이었다.

언젠가는 이 세상도 다연이가 바랐던 세상과 똑같아지지 않을까.

그러면 다연이도 다시 내 곁으로 돌아와주지 않을까.

적어도 그때까지는 여기서 내가 할 수 있는 일을 하며 기다릴 작정이었다. 초등학교 때의 '태극호'처럼, 자신을 필요로 하는 사람이 찾아올 때까지 과학실 선반 위에서 줄곧 기다리고 있었을 그 크고 멋진 기계처럼.

마법의 성에서 나가고 싶어

2023년 『지금, 다이브(에디토리얼)』 수록

"소원을 이뤄주는 보물? 그딴 걸 찾으러 가자고 날 불러낸 거야?"

마시던 맥주잔을 탕 내려놓으며 일부러 짜증스레 물었건만, 테이블 건너편에 앉은 두 녀석은 그냥 뻔뻔하게 고개를 끄덕일 뿐이었다. 맥주잔과 테이블이 부딪치며 튀어나온 별빛 특수효과가 허공에서 희미하게 춤추다가 곧 아른아른 사라졌다. 그런다고 짜증까지 사라지는 건 아니었기에, 갓을 쓴 태엽 로봇이 그려진 '도로' 맥주병 하나를 새로 따는 동안 나는 계속해서 불평을 토해냈다.

"15년도 더 된 소문이잖아. '마법의 성'에 뭔가 귀중한 게 묻혀 있으리란 얘기 말이야. 참사 바로 다음 주부터 나온 가십을 너넨 어떻게 아직도 믿는지 모르겠네."

"그 당시엔 소원 얘긴 없었거든요. 믿을 만한 출처가 있는 뉴스라고요, 이거는."

"미아야, 빼지 말고 딱 한 번만 같이 일하자. 우리가 언제 안 되는 건수 가져온 적 있냐?"

바로 그 점이 문제였다. 만일 간만에 술을 사주겠다며 잠실까지 찾아와선 웬 낡은 헛소문이나 주섬주섬 꺼내든 녀석이 수지 그래픽디자이너나 준 피직스프로페서처럼 못 믿을 부류였다면, 얘가 또 어디서 뭘 잘못 주워듣고 이러겠거니 생각하며 대충 한 귀로 흘렸을 것이다. 하지만 지금 내게 술을 사주고 있는 둘은 허무맹랑한 일거리에 주변인을 굳이 끌어들일 사람이 아니었다. 그러니 아무리 무시하고 싶어도 신경이 쓰일 수밖에. 부티나는 재킷을 걸친 건물주 집안 꼬맹이, 유진 드 샤인시티팰리스는 이제 내 손까지 붙잡고서 구구절절 부탁을 늘어놓기 시작했다.

"선배, 저 이번 건에 쓰려고 차도 새로 뽑았어요. 보물이든 뭐든 갖고 나와서 엄마한테 빌린 돈 싹 청산하고 제 사업 시작하려고요. 촬영 한 번만 맡아주시면 선배한테도 지분 크게 떼어드릴게요, 네?"

"너무 미래 일이다, 유진아. 그리고 돈은 성실히 일해서 좀 갚아라."

"자기도 맨날 종합투기장에서 도박이나 하는 주제에."

반박하기엔 너무나 날카로운 지적에 잠깐 입을 다물었

더니, 그 틈을 놓치지 않은 용병 한나 서전스도터가 옆자리에 대뜸 다가와 앉아선 내 잔에다가 맥주를 콸콸 따랐다. 동시에 경기 북부식 문신으로 뒤덮인 근육질 팔이 어깨를 휘감았다. 가문의 업적을 새긴 그림이 코앞에서 선명히 번들거렸다. 술 냄새 나는 목소리가 귓가에 나지막이 울렸다.

"은마 건 때문에 그러냐? 누누이 말하잖아. 그때 일은 네 잘못 아니라고."

"한나야, 우리 술맛 떨어지는 얘긴 그만하자."

"그래도 이 말까진 해야겠다. 왕년의 위험지대 리뷰어가 언제까지 폐인처럼 살 건데, 미아 치킨프라이어?"

한나의 우렁찬 목소리에 술집 손님들이 죄다 내 쪽을 한 번씩 슬쩍 돌아보았다. 목청이 컸기 때문만은 아니었다. 물론 내 이름이 대단히 유명했기 때문도 아니었고. 십중팔구는 '치킨프라이어'라는 성을 듣고 혹시 자기가 아는 사람인가 싶어서 힐끔거린 것이리라. '치킨프라이어'는 흔하디흔한 성으로, 조상 중 누군가가 서울 시내 곳곳을 활보하는 토실토실한 잿빛 조류나 그 비슷한 새를 튀겨 팔며 생계를 유지했음을 암시한다. 추측하건대 돈이 쉽게 벌리는 직업은 아니었으리라. 후손에게 땡전 한 푼 물려주질 않아, 목숨을 걸고 위험지대에 들어가 내부 영상을 찍어다 파는 신세로 만든 걸 보니. 뭐, 그것도 이젠

다 옛날 일이었지만.

"그럼 왕년의 위험지대 리뷰어로서 충고해줄게. 은마땐 길잡이로 현지 출신 데려갔는데도 그 꼴이 났어. 그런데 뭐, 마법의 성? 데이터 구름에 잡아먹혀서 15년째 고립된 데잖아. 안내해줄 사람은 고사하고, 보안 뚫어줄 사람을 찾을 수나 있어?"

"찾았으니까 촬영기사 섭외하러 왔죠. 사람 너무 무시하시네."

유진의 말에 힘이 풀린 손이 맥주잔을 주르륵 미끄러뜨렸다. 떨어지기 직전에 간신히 붙잡은 잔 끄트머리에서 엄지를 세운 손 모양 아이콘이 뿅 튀어나왔지만, 지금은 그런 시시한 성공에 기뻐할 상황이 아니었다. 벌써 찾았다고? 초고밀도 정보 장벽의 보안 너머로 안내해줄 길잡이를? 농담이겠지 싶어 고개를 돌려봤더니 한나의 표정 역시 진지하기 그지없었다. 이 녀석들은 진심이었다. 술자리 특유의 헛꿈을 쏟아내는 게 아니라, 정말로 마법의 성에서 보물을 가지고 나올 계획을 세우고 있었다.

"너만 오면 바로 간다. 바로 다음 금요일이야."

한나가 단호히 선언했다. 대답하는 내 목소리엔 이미 흔들림이 가득했다.

"자세한 정보를 줘. 그리고 생각할 시간도."

***

그 주 금요일 아침은 점퍼를 껴입어야 할 만큼 쌀쌀했고, 구 잠실역의 출입금지 홀로그램 너머에는 한층 더 서늘한 적막만이 가득했다. 버려진 백화점 지하 공간에서는 로마의 유명 분수대를 그대로 본떠 만든 조형물이 "참사 진상 규명하라"라고 적힌 피켓들과 함께 먼지를 뒤집어쓰고 있었다. 약속장소인 그 앞 광장에서 한참 만에 처음으로 촬영용 고글을 써보니, 시야 왼쪽 위에 둥둥 뜬 사이버스페이스 농도 표시가 가장 먼저 눈에 들어왔다. 판교 중심가보다도 높은 농도인 '219'라는 숫자가 허공에 실존하는 물건처럼 기분 나쁜 실감을 뿜어냈다. 손끝에 붙여둔 자그마한 별빛 특수효과에서도 희미한 간지러움이 느껴질 정도였다. 하지만 이조차도 목적지에 비하면 아무것도 아니리라고 생각하며, 나는 분수대 뒤편을 가득 메운 채 반짝이는 금빛 장막을 향해 가만히 시선을 돌려보았다.

15년 전 참사의 원인은 석촌호수 일대의 기존 놀이공원을 최고 성능의 가상현실 테마파크로 업그레이드하겠단 거대 기업의 과욕이었다. 원하는 성능을 실현하려면 멀리 떨어진 위성이 아닌 지상에서 데이터를 처리할 필요가 있었고, 기업은 이를 위해 각종 규제를 어겨가면서까지 놀이공원 바로 옆의 초고층 탑 전체를 사이버스페이스 연산장치로 개조했다. 그리하여 대망의 개장 당일, 역대 최다 입장객이 기다리는 가운데 '탑'은 당당히 가동을 시작했고…. 다음 순간 파괴적인 전산 돌풍의 형태로 폭발해 놀이공원 전체를 먹어치웠다. 예상 이상의 인원수를 처리하려던 시스템이 탑의 부피 이상으로 폭주한 결과였다.

호수 주위의 건물과 4만 명 이상의 피해자를 단번에 휩쓸어버린 뒤에야 시스템은 비로소 확장을 멈추었지만, 탑 전체가 전자정보로 변환되며 생긴 초고밀도의 데이터 구름은 그대로 현장에 남았다. 이따금 동화 속 성의 실루엣만이 아스라이 비쳐 보이는 그 너머에 거대 기업의 은닉 자산이나 비밀리에 개발된 핵심 기술이 숨겨져 있으리란 소문도 곧 나돌았다. 하지만 어차피 무의미한 공상일 뿐이었다. 고농도의 사이버스페이스 환경에선 전자적 보안이 곧 물리적 장벽으로 기능하고, 극한까지 집적된 시스템은 가공할 만한 연산속도를 낳아 그 어떠한 해킹 시도라도 거뜬히 반격해내니까. 저 찬란한 벽 안쪽의 세계에 발을 들이는 데 성공한 사람은 지난 15년간 아무도 없었다. 적어도 알려진 바에 따르면.

"그래서, 그 길잡이란 녀석은 벌써 저기 들어가 있대? 진짜로?"

"준비해뒀다가 딱 10시 되면 문 열어줄 거래요. 선배는 궁금한 것도 많다."

새로 뽑았다는 빨간 1인승 사륜차 '채리엇'의 조종석에 파묻힌 채로, 유진은 내 의구심을 가벼운 핀잔으로 받아쳤다. 오랜만에 운전 실력을 뽐낼 시간이 다가오는데 왜 분위기를 깨느냐는 태도였다. 광장 한쪽 끝에서 목소리를 높여 통화하는 중인 한나의 태도도 크게 다르지 않아 보였다. 가문의 상징인 하얀 가운 아래로 긴 가죽 칼집을 자랑스레 흔들며, 파주 땅에 두고 온 반려자에게 온갖 호언장담을 다 쏟아내고 있는 걸 보니까.

"왜 질질 짜고 그러냐, 호안 북에디터슨! 보물 갖고 나온다니까? 걱정 그만두고 내 서사시 쓸 준비나 해!"

하지만 '보물'의 존재도 정보 장벽을 뚫은 길잡이의 존재만큼이나 믿기 힘들긴 마찬가지였다. 알고 보니 보물 이야기의 최초 출처가 문제의 길잡이라면 더더욱. 대체 소원을 이뤄준단 게 무슨 소린지 물어봐도 "문자 그대로"라는 메시지밖에 안 돌아왔다며 한나가 어깨를 으쓱해 보이던 게 기억났다. 정체가 뭐든 유진한테 돈을 벌어다줄 귀중한 물건이면 되지 않겠느냐는, 그런 귀중한 걸 가지고 나온다면 자신도 대단한 업적을 쌓는 셈이니 상관없다는 것이 한나의 호탕한 결론이었다. 경기 북부 출신의 용병이 아닌 나로선 받아들이기 어려운 결론이기도 했다. 정말로 대책 없는 일에 끼어들고 말았단 생각을 아무리 노력해도 지울 수가 없었으니까.

뭐, 그런 일에 끼어들기로 한 건 나였지만.

한숨을 쉬며 촬영용 고글이나 다시 점검해보려는데, 갑자기 사이버스페이스 농도가 치솟는 게 보였다. 시간은 어느새 길잡이와 약속한 오전 열 시 정각. 화들짝 놀라 돌아본 분수 쪽에서는 희미한 금빛 반짝임이 어른어른 춤추고 있었다. 대체 뭐가 시작되려는 것인지 어리둥절해진 내 눈앞에서 반짝임은 한데 뭉쳐 분수 속으로 떨어지더니, 이내 푸른빛 머리카락에 에메랄드빛 눈을 가진 인어 캐릭터가 되어 불쑥 튀어나왔다. 소름이 끼칠 정도로 자연스러운 움직임에 놀란 유진이 차를 뒤로 쭉 빼며 외쳤다.

"저, 저게 뭐예요?"

"오디잖아. 가상현실 마스코트. 진짜 오랜만이네."

하기야 옛날에 잊힌 캐릭터이니 유진이 기억하지 못할 만도 했다. '5D 나라의 공주님' 오디. 처음엔 가상현실 테마파크를 위한 새로운 마스코트로 소개되었다가, 원래 마스코트였던 너구리를 그리워한 사람들의 증오 서린 악평이 쏟아져 가상현실 안내역으로 부랴부랴 강등된 비운의 인어. 결국엔 재난이 일어나는 바람에 안내조차 제대로 해보지 못한 그 불쌍한 공주님이 하늘에 떠서 허리를 쭉 편 채로 우리를 응시하고 있었다. 주변 사이버스페이스 전체를 울리는 활기찬 재잘거림이 그 뒤를 따랐다.

"모험과 신비의 나라에 온 친구들을 진심으로 환영해! 모두 입장권을 제시해줘!"

"이거면 되냐?"

급히 통화를 마치고 달려온 한나가 인어 앞에 화면을 크게 펼쳐 보였다. 그곳에 띄워둔 건 유럽풍 성 모양 로고와 '자유이용권'이라는 문구가 박힌 분홍색 쿠폰 세 장. 얼굴도 본 적 없는 길잡이가 보내온 유일한 증거가 바로 저 쿠폰이었다. 고농도 사이버스페이스에서 만들어졌다고밖에 생각할 수 없는 미지의 데이터만 아니었다면 나는 물론이거니와 한나와 유진조차도 이번 일에 뛰어들지는 않았으리라. 하지만 정말로 저게 15년간 꼭 닫혀 있던 놀이공원 안으로 우릴 인도해 줄까? 의심은 잠깐이었다. 인어 오디는 곧 꼬리를 세차게 퍼덕이며 환한 미소를 지어 보였다.

"자유이용권 3매 확인했어! 그럼 이제 오디랑 같이 신나는 여행을 떠나보자! 슝슝~!"

그 말과 함께 은빛 장막으로부터 지금까지와는 비교도 되지 않게 찬란한 광채가 뿜어져 나왔다. 분수대를 통째로 집어삼킨 빛을 향해 오디가 신나게 헤엄쳐 들어가자, 곧 그곳을 향해 몸을 빨아들이는 강렬한 정보의 흐름이 느껴졌다. 주변의 사이버스페이스 전체가 일제히 등을 떠미는 느낌이었다. 맨 앞에 있던 한나가 가장 먼저 빨려 들어갔고, 유진의 '채리엇'이 그 뒤를 이어 통째로 반짝이는 벽 속으로 사라졌다. 다음은 나였다. 지금껏 본 적 없는 값으로 치솟는 광장 내의 사이버스페이스 농도 수치를 뒤로하며, 내 몸은 찬란한 정보의 수면 아래로 풍덩 빠져들었다.

처음 눈에 들어온 광경은 천지 사방을 가득 메운 공허한 은막뿐이었다. 하지만 이내 그 곳곳에서 데이터의 점과 선이 나타나 서로 교차하며 새로운 현실을 그려내기 시작했다. 천장과 바닥의 위치, 빛과 공기의 윤곽, 그 한가운데에 서서 이쪽을 응시하는 한 존재의 밑그림을. 처음엔 어렴풋이 사람의 형태를 하고 있을 뿐이던 그 물체는, 픽셀에 색이 물들고 해상도가 향상되는 동안 빠르게 이목구비와 인상착의를 갖춰 나갔다. 너구리 캐릭터 모자를 뒤집어쓴 얼굴의 차가운 무표정함이, 여기저기 찢어지고 늘어진 롱패딩의 너덜너덜함이 아직 완성되지 않은 배경을 등지고서 가장 먼저 시선을 사로잡았다.

"기다리고 있었어요. 세이 S. W. 디벨로퍼입니다."

이윽고 렌더링이 끝난 입술 사이로 탁한 음성이 퍼져나갔다. 고장 난 스피커에서 나오는 안내 방송처럼 잡음이 잔뜩 섞인 그 한마디야말로, 불가침의 장벽을 뚫고 우리를 불러들인 '길잡이'라는 인물의 기념비적 첫인사였다.

***

동기화가 완료된 사이버스페이스의 모습은 꼭 외계 행성의 버려진 유적지를 연상시켰다. 시멘트 바닥에 간 금을 뚫고 자라난 이형의 괴식물이 사방을 빽빽하게 둘러싸고 있어, 문명의 흔적이라고는 등 뒤의 벽에 조각된 거대한 너구리 석상 둘밖에 보이지 않는 그런 유적지. 각자 모자를 벗고 치마 끝단을 잡아 올리는 자세로 정중하게 고개를 숙인 석상을 보며 한나와 세이가 호들갑을 떠는 동안, 나는 몇 발짝 떨어진 곳에서 길잡이 세이의 행동거지를 가만히 응시했다. 정말로 먼저 와서 기다리다가 문을 열어준 것을 보건대 녀석은 틀림없이 엄청난 실력의 해커일 터. 하지만 동료들에게 천천히 다가가 한 명씩 정식으로 다시 인사를 건네는 그 모습에선, 이상하게도 천재 특유의 자신감이나 박력이라곤 조금도 엿보이지 않았다.

후줄근한 옷차림에 감정 없는 얼굴. 눈에 띄는 거라곤 등에 붙어 대단히 생생하게 퍼덕이는 하얀 날개 모양 액세서리뿐이었지만. 그나마도 본인 실력으로 만든 것 같진 않았다. 사이버스페이스 농도가 올라갈수록 특수효과의 해상도가 높아진다면, 이곳처럼 그 농도가 현실을 넘어버린 곳에선 진짜 날개보다도 데이터 덩어리가 더욱 사실적으로 보이는 게 당연하니까. 한편 해커 업계에서 '디벨로퍼'는 흔한 성이었고, 그것만으론 세이가 혹시 집안 대대로 내려오는 보안 해제 비법을 물려받았는지 어쨌는지 전혀 파악할 수가 없었다. 마침내 내 코앞까지 걸어와 고개를 까딱하는 그 순간까지도 이 길잡이의 진면모는 여전히 수수께끼로만 느껴졌다.

"이쪽 분이 미아 씨인가요. 말씀 들었어요."

"그냥 촬영기사야. 위험하면 바로 빠질 거니까, 굳이 인사 안 해도 돼."

일부러 선을 그어두려 퉁명스레 대꾸하자, 세이는 표정 하나 바꾸지 않고 그저 조용히 물러났다. 물러날 줄 아는 타입이란 부분만큼은 확실한 장점이었다. 사실상의 외부인이 굳이 참가자 하나하나와 친해져봐야 문제의 소지만 생길 뿐이니까. 적극적으로 대화에 나서는 역할이라면 따로 있기도 했고. 이를테면 잔뜩 흥분해 조종간을 빙빙 돌려대며 요란하게 외쳐 묻는 유진이라거나.

"보물은 어디로 가야 있어요? 여긴 아무것도 안 보이는데!"

"아, 보물. 그렇죠. 일단 길부터 알려드릴게요."

딱딱하고 기계적인 대답이었다. 하늘에 두루마리 지도를 띄워 펼치는 동작조차 무슨 인형 같아서, 진짜 두루마리와 구분할 수 없을 만큼 생생한 가상 지도의 질감과 자연히 비교될 정도였다. 한편 아기자기한 놀이기구가 잔뜩 그려진 지도 끄트머리의 너구리 석상 사이에서는 작은 오디가 뾰뾰 튀어 오르고 있었다. 아무래도 현재 위치를 나타내는 표시인 모양이었다. 인어의 머리쯤을 툭 가리키며 세이가 말을 이었다.

"지금 계신 장소는 '모험의 땅' 초입이에요. 보시는 방향으로 중앙 분화구를 끼고 쭉 전진하면 금방 '신비의 섬'으로 가는 통로가 나오고요. 섬 중앙이 사이버스페이스 농도가 가장 높은 곳이죠."

오디가 세이의 손가락을 따라 지도 위의 타원형 실내 공간을 헤엄쳐 건너더니, 그 끝에서 다리로 연결된 섬에 도착해 자신만만하게 씩 웃어 보였다. 밖에서 실루엣으로만 보았던 유럽풍 성이 그 섬 한가운데에 멋지게 그려져 있었다. 연결된 공간인데도 사이버스페이스 농도가 주변보다 높다는 말은, 전산망 구조상 데이터가 그쪽으로 고이게 되어 있다는 뜻. 다시 말해 보물이라 할 만한 데이터라면 전자화폐든 기밀 정보든 그곳에 있을 확률이 가장 높단 얘기였다. 이 사실을 깨닫자마자 일행의 눈빛은 삽시간에 뒤바뀌었다. 보물까지는 지하철 한 정거장도 안 되는 그야말로 지척의 거리. 잠시라도 머뭇거릴 이유가 없었다.

"기다려라, 영광아! 경기도 파주의 한나께서 나가신다!"

가장 먼저 행동에 나선 사람은 역시 한나였다. 우렁찬

외침과 함께 정글도 두 자루를 힘껏 휘두르니, 재질을 알 수 없는 가지와 덩굴이 칼질마다 호쾌하게 베여나갔다. 그렇게 열어젖힌 길은 깨진 타일과 울퉁불퉁한 굴곡이 가득해 차가 다닐 만한 곳이 아니었으나, 유진의 최신형 차는 하단을 네 갈래로 쪼개 다리가 긴 네발짐승처럼 변하더니 장애물을 거침없이 넘어 전진했다. 물론 이 정도의 길이야 전직 위험지대 리뷰어에게도 딱히 대수롭지 않았다. 다만 본격적으로 발을 떼기 전에 정보를 더 얻어둬서 나쁠 건 없으리란 생각에, 나는 일단 질문부터 하나 던지기로 했다.

"가는 길에 위험요소는 어떤 게 있어? 준비 단단히 해오라곤 들었지만, 구체적으로 뭐가 도사리고 있는진 전달받은 기억이 없다고."

"미리 말씀드려봐야 소용없으니까요. 사람이 셋이나 더 들어온 이상, 놈들이 어떤 모습으로 맞이하러 올진 저도 몰라요."

"맞이하러 온다니? 야, 명색이 길잡이면 조금만 더 자세히…."

어이가 없어 불평을 내뱉으려던 바로 그 순간, 숲속으로 이제 겨우 몇 발짝 나아갔을 뿐인 한나와 유진이 도로 슬금슬금 뒷걸음질을 치는 게 보였다. 사방의 괴식물 사이에서 다가오는 심상찮은 기척도 함께 느껴졌다. 이윽고 그림자 바깥으로 하나둘씩 그 모습을 드러낸 기척의 정체는 얼굴과 실루엣이 희미하게 말을 닮은, 하지만 다리가 훨씬 많이 달렸고 안장 부위에는 위협적인 발톱까지 잔뜩 돋아난 기계 몇 마리였다. 엉망으로 개조된 플라스틱 장난감을 연상케 하는 무리. 자생적으로 태어난 정보생명체라기엔 지나치게 인위적이지만, 누군가 설계했다기엔 또 지나치게 무절제한 형상. 생전 처음 보는 괴물들의 정체를 세이가 나지막이 입에 담았다.

"회전목마예요. 오늘따라 유난히 빠르네요."

"저게 회전목마라고?"

"그럼 놀이공원에 달리 뭐가 있겠어요? 놀이기구 타러 오는 곳인데."

괴물들이 서서히 포위망을 좁혀왔다. 흥분이 사라진 곳에 긴장감이 차올랐다. 여전히 의문은 산더미였지만 적어도 한 가지만은 확실했다. 15년 동안 그 누구의 진입도 허용치 않았던 이곳 사이버스페이스는, 그 안에서 한 걸음을 떼는 일 역시도 결코 간단히 허락하지 않으리란 사실이었다.

***

과거 이곳 가상현실 테마파크가 리모델링을 마치고 개장을 앞두었을 무렵, 기업에서는 '스스로 진화하는 놀이기구'의 존재를 특히 대대적으로 홍보했다. 놀이기구 각각이 인기도와 만족도를 극대화하도록 서로 경쟁하며 업그레이드되기에, 몇 번을 반복해서 놀러 와도 새로운 즐거움을 선사하리라는 내용의 홍보였다. 물론 그 무한한 즐거움을 실제로 느껴본 사람은 아무도 없었다. 극한으로 올라간 연산능력에 힘입어 무시무시한 속도로 진화하게 된 놀이기구 떼가 장장 15년의 고립 끝에 어떻게 변해 있을지 정확히 예상해낸 사람도 물론 없었고. 당연하다면 당연한 소리인 게, 회전목마의 말 하나하나가 거미 다리 달린 늑대처럼 변해서 으르렁대고 있을 거란 예상을 대체 누가 하겠어?

"당연한 결과인걸요. 오직 손님을 최대한 많이 태우도록 진화하게 만들어진 녀석들을, 손님이 극도로 적은 공간에 가둬두고 경쟁시켰으니까. 안전성은 뒷전으로 밀려난 지 오래예요. 이제 놈들은 무슨 수를 써서든 손님을 태우고, 한번 태운 손님은 절대 다른 놀이기구에 내주지 않으려 하죠."

"식인 괴물이 됐단 소리처럼 들리는데."

"정확한 표현이네요."

세이가 심드렁하게 대답하는 가운데, 몰려든 식인 회전목마 떼가 마침내 발을 구르며 달려들었다. 누구 하나라도 낚아채겠다는 듯이 등짝의 발톱을 마구 철컥대면서.

다행히도 가장 먼저 뛰어든 녀석들은 한나의 정글도에 얻어맞아 멀리 나동그라졌고, 나머지 역시 유진의 '채리엇'이 뿜어낸 전자 탄환에 밀려 멀찍이 흩어졌다. 하지만 위협은 그 정도로 그치지 않았다. 기괴한 이파리 사이로 올려다보이는 하늘에서 비대하게 부푼 복어를 닮은 것들이 하나둘씩 다가왔다. 지면으로 늘어뜨려 오는 낭창낭창한 촉수 끝에서 불꽃이 위협적으로 뿜어져 나왔다.

"이런, 풍선 세계일주까지. 최소한 지난번엔 불은 없었는데."

"이거 하나하나 상대하다간 끝이 없겠어요! 그냥 돌파하죠?"

"돌파 좋지. 그럼 가보자고!"

유진이 주저하지 않고 보조 엔진을 켰다. 한나는 즉시 펄쩍 뛰어 조종석 앞 유리에 올라탔다. 점퍼 소매에서 갈고리를 꺼내 차 뒤에 매달린 내가 세이까지 끌어올려 붙잡자, 곧바로 폭발적인 가속이 '채리엇'을 총알처럼 쏘아냈다. 앞을 가로막는 식물의 벽을 억지로 뚫어버리기엔 충분한 속도였다. 포기하지 않고 경로에 뛰어든 회전목마 몇 마리가 한나의 정글도에 그대로 베여나갔다. 입구 근처의 빽빽한 숲을 빠져나올 때쯤엔 새 차에도 사람의 몸에도 온통 긁힌 상처가 가득했지만, 그 정도면 아주 무사히 위기를 빠져나온 셈이었다.

하지만 한층 장애물의 밀도가 줄어든 일종의 관목림을 달리는 동안에도 위기는 계속해서 찾아왔다. 나무 사이에서 달려 나오도록 진화한 회전목마 대신, 이번엔 팽이처럼 엄청난 속도로 회전하며 뱀 같은 혓바닥을 휘둘러대는 '요술 항아리' 무리가 쫓아왔다. 불을 뿜는 풍선 무리 역시 건재해서, 한번은 촉수가 바로 머리 위까지 다가와 불길을 내뱉으려 들기도 했다. 이번 위기에서 일행을 구해낸 건 세이의 손짓이 불러온 폭우였다. 물이 고인 바닥에서 미끄러져 서로 부딪쳐버린 항아리들을 돌아보며 중얼거린 말에 세이가 냉큼 대답했다.

"해킹하는 동작 같진 않았는데."

"그 짧은 시간엔 못 하죠. 내부 코드를 갖다 쓴 거예요."

천재 해커치고는 정말 놀라우리만치 자신 없게 들리는 말이었다. 과연 폭우 정도로는 임시방편일 뿐인지 항아리들은 금방 자세를 조정해 다시 추격해왔고, 뒤편의 숲속에서는 무수히 많은 날개와 입이 달린 '바이킹 해적선'까지 솟아올라 날아오기 시작했다. 촬영만 하고 있을 순 없겠단 생각에 점퍼 안쪽으로 손을 넣으려던 찰나였다. 차가 과속방지턱에 걸린 듯 크게 덜컹거리며 제자리에서 빙글 돌았다. 하마터면 떨어질 뻔한 한나가 소리를 질렀다.

"운전 똑바로 안 하냐?"

"바닥에서 갑자기 뭐가 나왔다고요! 저기 봐요!"

유진이 말한 대로였다. 바닥의 뒤틀린 잔디 사이로 푸르스름한 금속 구조물이 조금씩 솟아오르고 있었다. 꽉 철로 일부분을 닮은 문제의 구조물을 확인한 세이의 얼굴이 창백해졌다. 시종일관 싸늘했던 얼굴에 처음으로 떠오른 당혹감. 좋지 않은 징조가 분명했다.

"그 녀석이 와요. 사람이 넷뿐이면 그냥 잠들어 있을 줄 알았는데…."

"뭐야, 날아다니는 식인 해적선보다 더한 게 있어?"

"비교가 안 되죠. 생존자의 3분의 1이 녀석한테 먹혔어요."

잠깐, 무슨 생존자? 궁금증이 제대로 된 질문의 형태로 채 완성되기도 전에, 오른편의 중앙 분화구에 두껍게 덮인 얼음을 부수며 무언가가 어마어마한 속도로 튀어나왔다. 엄청나게 크고 누런 지네를 닮은 괴물이었다. 괴물은 일단 높이 솟아올랐다가 한 바퀴 공중제비를 돌며 해적선을 향해 달려들었고, 막 날아오른 참이던 해적선은 그대로 구멍이 뚫린 채 숲에 추락하고 말았다. 주변의 다른 놀이기구들이 추격을 그만두고 혼비백산해 달아났다. 어느새 허공에서 튀어나온 오디가 그 무시무시한 괴물의 이름을 요란하게 외쳐 댔다.

"모험의 땅 최고의 인기 놀이기구! 길로틴 코스터가! 지금! 이쪽으로! 달려! 오고! 있다고~! 모두 즐거움의 함성 발사~!"

곧이어 바닥에 깔린 레일을 향해 '길로틴 코스터'가 곤두박질쳤다. 다시 시동이 걸린 사륜차가 그 일격을 아슬아슬하게 피했지만, 스쳐 지나간 지네 괴물은 멀리서 소용돌이치며 몸을 틀어 다시 달려왔다. 미처 도망치지 못한 항아리 몇 대가 그 회오리에 휘말려 산산이 조각났다. 설상가상으로 놈이 사방에 깔아대는 철로 때문에 이젠 속도를 내기도 힘든 상황. 저 무지막지한 장애물을 따돌릴 방법이 없단 의미였다. 그렇다면야 남은 방법은 하나뿐이었다.

일행이 모두 차에서 내린 것을 확인하자, 유진은 양쪽 문손잡이를 붙잡고 그대로 힘껏 열어젖히며 페달을 밟았다. 복잡한 기계 장치가 그에 따라 철컥철컥 움직이며 유진의 몸을 감싸 안았다. 그렇게 변형을 마친 모습은 이제 차량이라기보단 일종의 강화 외골격에 가까웠다. 괴물이 들이받으려는 순간 뒤꿈치의 바퀴를 역회전시켜 살짝 경로에서 벗어난 뒤, 유진은 양손을 감싼 건틀릿으로 녀석의 몸을 붙들고선 관성을 더해 그대로 한쪽 암벽에 집어던져버렸다.

하지만 괴물은 그리 만만한 상대가 아니었다. 정통으로 충돌하려던 순간 벽에 체인이 달린 철로를 만들어 그대로 달라붙은 뒤, 무시무시한 금빛 지네는 그 체인이 끌어 올리는 힘을 이용해 철컹거리며 천장까지 기어 올라갔다. 정글도를 든 한나와 강화 외골격에 안긴 유진이 제각기 침을 꿀꺽 삼켰다. 한편 나는 이어질 장면을 가능한 한 안전한 곳에서 찍고 싶어 주변을 두리번거리는 중이었다. 그런 내 손을 잡아끄는 희미한 힘이 느껴지기 전까진.

"따라오세요."

세이가 나지막이 속삭였다. 갈 길을 정하지 못한 발걸음은 그 자그마한 인력에도 간단히 이끌려 갔다. 천장에서 방향을 바꾼 괴물이 나선형으로 회전하며 무자비하게 내리꽂히기 시작한 바로 그 순간, 세이와 나는 충격을 받아 드러난 암벽 사이의 동굴로 함께 몸을 피하고 있었다.

***

"미아야, 얼굴 잘 나오게 찍고 있냐?"

"선배가 알아서 찍으시겠죠! 제발 집중 좀 하세요!"

좌충우돌하는 일행의 움직임을 따라가려 고글의 시점을 이리저리 손보는 와중에도, 나는 급히 도망쳐 들어온 이 동굴의 요모조모를 파악하길 거르지 않았다. 단순히 벽에 파인 구멍이라기엔 아무래도 수상쩍은 데가 많아 보였으니까. 공간도 꽤 널찍한 데다가 구석에는 담요가 개켜져 있질 않나, 음식물 포장지가 굴러다니질 않나, 심지어 그늘진 곳엔 화장실 표지판이 붙은 자그마한 문까지. 아무리 생각해도 오래전 버려져 야생화한 사이버스페이스에 있을 법한 장소는 아니었다. 마음 같아선 더 샅샅이 뒤져보고 싶었지만, 지금은 촬영이라는 중요한 임무가 있었다. 열심히 촬영하는 와중에 굳이 옆에 와서 툭 말을 얹는 녀석도 하나 있었고.

"왜 찍는 거죠? 여기선 생중계도 안 되는데."

"기록 남기는 거야. 유진이는 자기가 보물을 얻어냈단 증거가 필요하고, 한나는 고향에 보낼 서사시 소재가 필요하거든. 둘 다 제삼자가 찍은 영상이어야 하니까 날 데려온 거지."

"영상 찍어주는 대가로 당신은 뭘 얻는데요?"

정말로 쓸데없는 질문이었다. 아까처럼 선을 그어 쫓아낼 수도 있었지만, 이번엔 그러기보단 오히려 되받아쳐 주고 싶단 마음이 문득 들었다.

"나야 내 몫 나눠 받으면 충분하지. 그러는 넌? 여기까지 들어올 실력이면 뭘 해도 돈을 긁어모을 텐데, 굳이 이런 위험천만한 일을 주최한 이유나 좀 들어보자."

"소원이 있어요. 그걸 이루려면 협력이 필요했을 뿐이에요."

"어지간히 가망 없는 소원인 모양이네. 이딴 헛소문에나 매달리는 걸 보아하니."

이렇게 대꾸했더니 세이는 그냥 입을 꾹 다물어버렸다. 물론 그런다고 바깥 상황이 조금이라도 나아지는 건 아니었다. 유진이 아무리 굉장한 운전 실력으로 괴물의 공격을 잘 받아치고 있은들 유효타를 내기엔 힘이 부족했다. 한나가 노련한 사냥 솜씨로 급소를 쪼개버리려면 먼저 저 무시무시하게 재빠른 녀석을 어떻게든 제자리에 묶어두는 게 급선무였다. 전투의 흐름을 바꿀 계책이 필요했건만, 이 중에서 제일 뾰족한 수를 지녔을 만한 녀석은 여전히 입이나 다문 채였다. 뭐, 기껏 입을 연다고 대답다운 대답을 내놓는 건 아니었지만.

"야, 너 저거 해킹은 못 해?"

"됐으면 벌써 했죠. 가동 중엔 간섭이 안 돼요. 저기 부서진 놈들은 가능하겠지만, 다시 움직일 만큼 수복되려면 한참 걸릴걸요."

무슨 천재 해커가 이렇게 안 되는 게 많아! 그렇게 벌컥 짜증을 내려던 찰나, 어쩌면 되는 게 하나쯤은 있을지 모르겠단 생각이 머릿속을 스쳤다. 적어도 확인해볼 가치는 있을 듯했다. 확인을 위해 짜증을 꾹 참고 굳이 한 번 더 입을 열 가치조차도.

"하나만 더 묻자. 아까 저 지네가 잠들어 있을 줄 알았댔잖아. 그럼 정말로 자는 녀석도 있단 소리야?"

그 물음에 너구리 모자 아래의 눈이 순간 반짝 빛났다. 저 무표정한 얼굴에서는 전혀 기대하지 않았던 생생한 빛이었다. 기대 이상이었던 건 이어진 대답도 마찬가지였다.

“무슨 말씀이신지 이해했어요.”

***

고글 화면 너머의 상황은 갈수록 나빠져만 갔다. 가장 큰 문제는 길로틴 코스터가 얼음을 깨고 튀어나온 분화구에 물이 콸콸 차오르고 있단 점이었다. 굽이치는 급류 사이로 거대한 상어나 가오리를 닮은 위협적인 그림자가 하나둘씩 모습을 드러냈고, 수면이 올라옴에 따라 그 위협 역시 시시각각 두 사람의 목전으로 다가왔다. 유진이 분화구 가장자리에 발을 디디자 마침내 ‘빙글빙글 정글 보트’ 한 마리가 몸통 중앙의 거대한 아가리를 쩍 벌리며 뛰어나왔다. 어렵잖게 피할 수 있는 습격이었지만, 놈이 일으킨 물보라가 순간 시야를 가리는 바람에 지네 괴물의 갑작스러운 궤도 변경을 눈치채지 못한 건 치명적이었다. 수면을 스치듯 선회하며 다가온 차량이 두 사람을 사각에서 습격하려던 바로 그때였다.

“이 몸의 분노로부터 도망칠 수는 없으리라! 으하하하하!”

음산한 웃음소리와 함께 암벽 꼭대기에서 박쥐 떼 특수효과가 우르르 날아 나왔다. 이윽고 그 사이에서 모습을 드러낸 것은 풍뎅이와 거미를 합친 모습의 중형 괴물 무리였다. 무리에 속한 괴물 대다수는 즉시 길로틴 코스터를 향해 날아가 몸을 마구 들이받았다. 한편 나와 세이를 몸속에 태운 녀석은 세이의 조종대로 약간 떨어진 곳에 착륙해 등딱지를 쫙 열어젖혔다. 몸통 옆면에 갈고리를 걸고 꾸역꾸역 기어 나오는 동안 오디의 쾌활한 안내 음성이 이어졌다.

"투탕카멘의 저주, 아쉽지만 여기까지야! 안전 바 올라가는 동안 두 손 번쩍! 반짝반짝! 나가는 길은 왼쪽!"

인어 놈이 뭐라고 떠들건 굴러떨어지기엔 오른쪽이 편했다. 뒤이어 세이까지 빠져나오자 풍뎅이 괴물은 잠시 부들대다가 곧 우리를 향해 입을 쩍 벌렸지만, 세이가 불꽃 효과 코드를 빌려와 눈에 한 발 쏘니 그대로 자지러지며 도망쳤다. 방금 일생일대의 위기를 모면한 유진이 달려와서 놀란 목소리로 물었다.

"선배, 이것들은 다 뭐예요? 뭔데 자기들끼리 싸워요?"

"지네랑 경쟁하다가 밀려나서 자고 있던 놈들이야. 한창 싸우던 시절 코드를 되살려서, 다시 맞붙게 해준 거라던데."

"여전히 상대는 안 될 거예요. 그래도 시간은 벌어주겠죠."

과연 '투탕카멘의 저주' 녀석들은 집요하게 달려들었다. 하나가 급류에 떨어져 빨려 들어가도, 또 하나가 지네의 몸통 아래 짓이겨져 역겨운 체액을 뿜어내도 분투는 멈추지 않았다. 이 정도면 충분했다. 어떻게든 길로틴 코스터의 속도만 늦춰놓는다면 다음은 동료들의 몫이었다.

"이제 좀 활약할 수 있겠지? 멋지게 찍어줄 테니까 잘 해봐!"

제자리에서 꿈틀거리는 지네를 향해 유진이 먼저 나아갔다. 곧이어 건틀릿 둘을 붙여 만든 거대한 집게가 그 머리를 전력으로 붙들었다. 지네는 물론 몸부림을 치며 저항했지만, 투탕카멘의 저주 몇 대가 다 부서져 가는 몸으로도 끈질기게 들러붙어 있었으니 속도가 붙을 리 만무했다. 바로 그 순간을 노리고 있던 한나가 유진의 차를 넘어 훌쩍 뛰어올랐다. 백의를 휘날리며 착지한 곳은 누런빛 갑옷으로 덮인 지네의 몸통 위. 그 어떤 세찬 요동에도 아랑곳없이 꿋꿋이 버티고 선 채로, 한나는 양손의 정글도를 힘껏 휘두르며 놈의 다리와 관절을 하나하나 분쇄해 나갔다. 짐승의 송곳니처럼 치켜든 두 칼날이 마지막으로 향한 목표는 가장 단단한 갑옷 한가운데였다.

"조상님께서 그러하셨듯, 내가 네 심장을 꿰뚫으리라!"

가문 전통의 포효와 함께 최후의 일격이 내리꽂혔다. 거센 경련이 지네의 몸을 타고 흐르다가 이내 잦아들었다. 정적 속에서 누가 먼저랄 것 없이 이쪽을 돌아보는 한나와 유진에게, 나는 손가락으로 동그라미를 만들어 "100점!" 아이콘을 띄워주었다.

***

이리하여 길로틴 코스터와의 맞대결은 우리의 승리로 막을 내렸지만, 그렇다고 위기가 종식된 건 아니었다. 분화구에서 넘쳐 흐르기 시작한 물이 최대의 문제였다. 괴물이 바글거리는 바다를 헤엄쳐 건너는 것도 무리였거니와 유진의 차도 수상 주행만큼은 불가능했기에, 우리는 2층으로 올라가 모노레일 선로를 타고 섬으로 향하자는 세이의 대안을 받아들였다.

도착해서 보니 선로는 한 사람이 아슬아슬하게 지날 만큼 좁았던데다, 까마득한 아래엔 '아라비안 나이트'와 '쥐라기 라이드' 무리가 탐욕스럽게 입을 벌린 채였다. 하지만 유진은 바퀴 네 개로 선로를 붙들고서 요령 좋게 나아갔고 한나 역시 평야를 걷듯 성큼성큼 걸음을 옮겼다. 한편 팔을 벌려 종종 걸어가는 세이의 모습은 뒤에서 보기에 퍽 위태롭게 느껴졌지만, 날개 액세서리가 균형을 잡아줘서인지 본인은 아무렇지도 않은 모양이었다. 몸을 뒤로 틀어 이렇게 말까지 걸어오는 걸 보니.

"위험하면 바로 도망치신다더니, 거기에 저랑 같이 올라타실 줄은 몰랐네요."

"투탕카멘의 저주 얘기야? 너 혼자 태우는 게 불안해서 그랬다, 왜."

"정말 그것뿐인가요? 일부러 감추는 거 뻔히 알겠는

데."

"쓸데없이 캐묻지 말자. 뻔히 보이는 건 너도 마찬가지니까."

돌아본 자세 그대로 걸어가던 세이가 그 말에 살짝 휘청였다. 구해줘야 할 정도는 아니었다. 얼굴만 뻔뻔하지 실은 엄청나게 당황했단 사실만 드러내 줬을 뿐.

"초고밀도 보안 뚫고 들어왔단 녀석이 주행 중인 놀이기구엔 손도 못 댔잖아. 그런 주제에 이 안쪽 사정은 쓸데없이 잘 아는 투고. 의미심장한 말은 또 한두 마디를 한 게 아니고. 이러니 의심을 안 할 수가 없지. 네 정체가 뭔지 말이야."

"그건 당신하곤 상관없는 일이에요."

"잘 아네. 그럼 역지사지하자."

세이는 대답 없이 고개를 돌렸다. 그 앞에는 환한 햇살이 내리쬐는 출구가 기다리고 있었다. 출구를 통과하는 두 동료가 연달아 기겁과 탄성을 뱉는 게 얼핏 들려왔다. 대체 저 너머, 야외 공간인 신비의 섬에는 또 얼마나 기이한 광경이 펼쳐져 있는 걸까? 그걸 두 눈으로 직접 확인하기까진 그리 오랜 시간이 걸리지 않았다. 기겁과 탄성이 섞인 소리를 내 입으로 직접 내뱉기까지도.

햇볕이 따스하게 데운 축축한 물안개 속, 선로의 저 먼 끄트머리에서 빛나는 유럽식 성 자체는 그리 놀랄 만한 모습이 아니었다. 바깥세상에서 보이는 실루엣과 다를 게 없었으니까. 정말로 놀라운 것은 그 주변을 둘러싼 섬의 정보생태계였다. 성과 비슷한 높이까지 솟아오른 거목, 너비가 집채만 한 해바라기 모양의 꽃, 낭떠러지 아래 불쑥불쑥 튀어나온 눈알 달린 사탕들…. 게다가 자세히 보니 그것들은 모험의 땅에 돋아나 있던 괴식물처럼 단순한 장애물조차 아니었다. 하나하나가 전부 무지막지하게 큰 놀이기구였다. 저것들이 다 덮쳐오면 어떻게 해야 할지 까마득해진 내게 세이가 무심히 말을 건넸다.

"저것들은 괜찮아요. 먹고 남긴 찌꺼기를 받아 사는 놈들이라, 먼저 공격해 오진 않거든요."

"뭐가 남긴 찌꺼기 말이야?"

"그야 섬의 주인이죠. 섬 생태계는 놈이 완전히 지배했고, 나머지 놀이기구는 다 거기 빌붙어 살아가는 부속품일 뿐이에요."

대체 그 '주인'이란 녀석이 뭔지부터 물을 작정이었지만, 아무래도 굳이 그럴 필요까진 없을 듯했다. 섬 상공에 발을 들인 유진과 한나가 움직임을 멈췄다. 최종 목적지인 성 뒤편에서 천천히 몸을 일으키는 거대한 괴생명체의 그림자가 눈에 들어왔기 때문이리라. 성 자체보다도 한층 더 큰, 느리디느린 움직임만으로도 묵직한 용량의 정보 강풍이 휘몰아칠 정도인 압도적 거구. 몸 곳곳에 늘어진 여러 가닥의 촉수는 하나하나가 길로틴 코스터와 비슷한 길이였던데다, 끝에서는 악어를 닮은 머리가 입을 벌린 채 침을 뚝뚝 흘려대기까지 했다. 그 형상이 두른 전율에 압도당한 듯이, 세이가 모자 한쪽을 감싸 쥔 채로 바들바들 떨며 말했다.

"레무리아. 이 놀이공원의 간판 롤러코스터예요. 섬까지 가보려던 사람은 전부 저것에 잡아먹혀서 섬의 비료가 되었고, 간신히 살아 돌아온 사람도 다시는…. 그래서 여러분을 부른 거예요. 혹시 다르실까 싶어서."

"그, 기대가 너무 컸던 거 아닐까?"

"아니길 바라셔야 할걸요. 설마 비료가 되고 싶진 않으실 테니."

섬의 주인 '레무리아'가 이쪽으로 서서히 고개를 돌렸다. 그 전신에서는 무수히 많은 안광이 창백한 빛을 뿜어내는 중이었다. 목적지는 바로 우리 눈앞에 있었지만, 동시에 우리는 전부 괴물의 눈앞에 있었다. 이제는 필사적으로 달릴 때였다.

***

거대한 놀이기구가 우글거리는 이곳의 생태계를 레무리아가 지배해버린 이유가 뭘까? 비밀을 알아내는 건 어렵지 않았다. 가만히 있다간 먹잇감이 될 뿐이니 차라리 전력으로 돌격하자는 발상 자체는 틀리지 않았건만, 우리가 달리기 시작한 순간 레무리아의 악어 촉수는 준비 동작조차 없이 무슨 작살처럼 급가속해 날아왔다. 가속을 위해 천장으로 기어올라야 했던 길로틴 코스터와는 전혀 다른 추진력이었다.

"안경 지갑 휴대전화 전부 바구니에 넣었지? 그럼 손잡이 꽉 잡고 미지의 대륙으로 출! 발! 피융~!"

오디의 출발 신호가 들려 왔을 때 이미 촉수는 코앞까지 날아와 있었다. 어떻게든 정통으로 맞는 것만은 피했지만 문제는 선로를 뒤흔드는 충격. 불안한 발판 위에서 휘청이는 대신 한나는 단호히 근처 나무 위로 뛰어내렸고, 유진은 절묘한 타이밍에 호버링 엔진을 켜서 차를 하늘로 띄웠다. 한편 내가 할 수 있는 일이라곤 그저 선로에 갈고리를 건 채 와이어를 쭉 늘려, 세이를 안고 바닥에 철퍼덕 착지하는 것뿐이었다.

호수 한가운데 만들어진 인공섬답게 바닥은 늪지대처럼 축축했고, 그 여기저기에는 알록달록한 버섯에서부터 증기를 뿜는 파이프까지 온갖 조형물이 마구잡이로 튀어나와 있었다. 외계 괴물이나 피에로의 입을 닮은 소름 끼치는 구덩이가 뻥 뚫린 곳도 보였다. 레무리아가 움직이는 동안엔 숨죽이고 있는 모양새였지만 그렇다고 마냥 안심할 수도 없는 노릇이었다. 시점을 조작해보니 유진은 하늘에서 촉수를 전자 탄환으로 견제하며 허둥지둥 거리를 벌리는 중이었고, 한나는 나무 위에서 다른 촉수 하나를 반쯤 동강 내려다가 둘이 추가로 날아오는 바람에 급히 피신한 참이었다. 접근은커녕 도주조차 쉽지 않아 보이는 상황에 절로 식은땀이 줄줄 흘렀다. 반면 세이는 어느새 무감각한 평정을 되찾은 채였다.

"잘됐네요. 저쪽에서 주의를 끌어주는 동안, 우린 성으로 가죠."

"지금 그게 중요해? 설령 보물을 손에 넣더라도, 다 같이 무사히 돌아가지 못하면…."

"데이터가 모이는 곳이니까 가잔 거예요. 거기서 중앙통제시스템을 찾아 접속한다면 레무리아도 강제로 멈출 수 있겠죠. 아니면 여기서 같이 주의 끌고 계실래요? 전 혼자 가도 상관없어요."

세이는 그렇게 말하고서 정말 혼자 나아가기 시작했다. 방향을 조금도 가늠할 수 없는 울창한 요지경 속으로, 지도를 보는 척조차 하지 않고. 그 일거수일투족이 내겐 너무나 위태롭게만 보였다. 코딩 실력도, 그런 실력인 주제에 언뜻언뜻 내보이는 저런 태도도 전부…. 입술을 잘근잘근 깨문다고 답이 나올 리 없었다. 아까처럼 방법을 찾아볼 테니 시간을 끌어달란 메시지를 동료들에게 보내두고서, 나는 급히 세이의 뒤를 따라 걸음을 옮겼다.

가는 길은 험했고 위협은 얼마 지나지 않아 닥쳐왔다. 거목 아래를 지나려는 순간에는 쥐덫 같은 이빨이 달린 '고공 그네타기'의 케이블들이 일제히 떨어져 오는 바람에 급히 몸을 숙여야 했고, 그다음에는 끄트머리에 소행성 모양 장식이 달린 번쩍이는 지렁이를 닮은 괴물 '블랙홀 탈출'이 지면에서 튀어나와 앞을 가로막았다. 레무리아가 재빠른 두 사냥감을 뒤쫓는 데 정신이 팔린 틈에 다른 놀이기구들도 슬슬 고개를 내밀려는 걸까? 아무리 도망쳐도 지렁이 녀석은 땅속을 누비며 계속 추격해왔기에, 나는 혹시 몰라 준비해 온 물건을 기어이 품에서 꺼낼 수밖에 없었다. 은마 때 이후론 잡아본 적도 없으면서 버리지도 못하고 있던 접이식 삼단봉이었다. 젠장, 이러려고 따라온 게 아니라고!

"죄송하지만 툭 치면 부러지게 생겼는데요."

"영상용 소품이니까. 됐고, 잠자코 보기나 해."

힘껏 휘둘러 펼친 삼단봉 끝에서 강조용 불꽃놀이 효과가 공기를 탁탁 튀겼다. 바깥에서라면 단순한 눈요기에 지나지 않을 효과 하나하나가 이곳에선 물리적인 실체였다. 바로 그 점을 노리고서 나는 주위를 휘감고 도는 지렁이의 몸통을 삼단봉으로 한 방 세게 후려쳤다. 맥없는 딱 소리가 났고, 굉음과 화염을 동반한 대폭발이 그 뒤를 이었다. 그 정도면 지렁이를 불태워 멀리 날려버리기엔 충분했다. 나까지 반동으로 날아올랐다가 땅에 처박힐 정도리라고는 미처 생각하지 못했지만.

"아야야…. 그래도 방송하던 실력 아직 안 죽었네."

"그게 소원인가요? 다시 방송에서 실력 발휘하는 게?"

"그깐 게 소원이겠냐? 다 끝난 일이야. 갈 거면 빨리 가기나 하자."

동료들이 지치기 전에 레무리아를 멈출 시도라도 해보려면 한시가 바빴다. 삼단봉으로 때려서 격퇴할 만한 놈들만 튀어나오는 동안엔 그나마 조금 수월했지만, 안타깝게도 일이 끝까지 쉽게 풀려주지는 않았다. 섬 중심부에 거의 다 와 갈 무렵, 멀찍이 보이는 성벽에 흥분해 달려가던 우리의 발밑에서 땅이 갑작스레 회전하며 점점 위로 올라가기 시작했다. 왠지 노란 꽃술 같은 게 삐죽삐죽 솟아나 있다고 생각했더니, 아무래도 지면으로 위장한 초대형 꽃 한복판으로 걸어들어온 모양이었다.

"그래비티 드롭이에요. 우릴 레무리아한테 갖다 바칠 셈이겠죠."

세이가 말한 대로였다. 꽃의 움직임을 감지한 레무리아의 촉수들이 이미 우리 쪽으로 고개를 돌리고 있었다. 저것들이 일제히 발사되는 순간이 아마 놀이공원 관광의 끝이리라. 설령 당장 꽃에서 뛰어내린다 해도, 저 초고속 롤러코스터 무리는 막 추락해 비틀거리는 사람 둘쯤이야 간단히 따라잡아 잡아먹어버릴 게 뻔했다. 놈들을 따돌리려면 다른 수가 필요했다. 이번에도 그런 수를 지니고 있을 만한 사람은 하나뿐이었다.

“대단한 부탁 안 할게. 아주 잠깐이라도 재넬 막든지, 눈을 가리든지 할 수 있겠어?”

“기상효과 코드의 효과는 제한적이에요. 그래도 노력해 볼게요.”

“좋아, 그럼 나한테 붙어. 허리 꽉 잡고, 신호하면 뭐든 저지르는 거야…. 지금!”

갈고리를 멀리 쏘아내며 힘껏 뜀과 동시에, 세이의 손짓이 온 천지를 무수한 비눗방울로 가득 채웠다. 롤러코스터 괴물을 막기엔 정말 아무짝에도 쓸모없는 효과였다. 하지만 그 정도면 충분했다. 바위에 걸린 갈고리가 세이와 나를 끌어당기는 동안 놈들의 경로 설정을 잠깐이나마 지연시킬 수만 있다면. 촉수들이 비눗방울 구름을 무자비하게 가르며 하나둘씩 그 무시무시한 얼굴을 내밀 때쯤엔, 이미 이쪽도 충분한 속도가 붙은 채로 날아가는 중이었다.

물론 와이어가 아무리 빠르게 감겨봐야 레무리아의 촉수보다 빠를 순 없었다. 쏜살같은 초기 가속이야말로 놈이 지닌 최대의 무기였으니까. 하지만 바꿔 말하면, 계속 선회하고 떨어지며 속도를 붙여왔던 길로틴 코스터와는 달리 저 촉수들은 오로지 초기 속도에 의존해 쫓아올 뿐이었다. 즉 이쪽에서 도중에 급가속을 넣어 뿌리치는 것도 일단 가능이야 하다는 뜻. 날카로운 이빨이 빼곡히 돋아난 아가리가 바로 눈앞까지 다가왔을 때, 나는 그 가능성을 믿고 젖먹던 힘까지 다해 삼단봉으로 놈의 콧잔등을 쾅 내리쳤다. 아까 나를 붕 띄웠던 것보다도 훨씬 큰 폭발이 우리 둘을 멀리멀리 던져버리도록.

물론 결과적으론 아까보다도 더 세게 바닥에 처박히는 셈이었고, 날아가는 도중에 나뭇가지 몇 개와 충돌하기까지 했으니 몸이 성할 리 없었다. 땅에 부딪히고서도 죽지 않은 가속에 떠밀려 데굴데굴 구르다 간신히 멈춘 장소는 아치형 구멍이 뚫린 돌벽 근처. 갈비뼈 몇 대에다가 왼쪽 발목까지 부러진 듯한 고통에 신음하면서도, 나는 어느새 멀쩡하게 일어난 세이를 따라 구멍 안쪽으로 힘겹게 기어갔다. 삐그덕 하고 문 닫히는 소리, 자물쇠 잠기는 소리가 연달아 들려 왔다. 뒤늦게 따라온 촉수들이 잠긴 문을 마구 들이받자 충격이 벽을 타고 흘렀지만 그뿐이었다. 은은한 금빛으로 가득 찬 팔각형 공간은 굳건히 서서 우리를 보호해주고 있었다. 숨이 막힐 듯한 농도의 사이버스페이스가 전신을 묵직하게 감싸 안는 것이 느껴졌다.

이곳이 바로 성 안이란 사실을 나는 그때야 깨달았다.

***

아득바득 그 고생을 해가며 도착한 대망의 최종 목적지 내부는, 솔직히 말해 '성'이라고 하기엔 별로 화려하지도 웅장하지도 않은 꼴을 하고 있었다. 알록달록한 방패나 등불 모양 장식이 곳곳에 구색 갖추기 수준으로 설치되어 있긴 해도, 결국 이곳은 놀이공원의 포토존일 뿐 진짜 성은 아니니까. 하지만 그 모든 조잡함과 소박함 따위는 성 한가운데에 솟아오른 단 하나의 경이 앞에선 아무 의미가 없었다.

오로지 찬란한 빛으로만 구성된 기둥 하나가 그곳에 있었다. 반짝이는 데이터 알갱이가 소용돌이치며 올라갔다가 폭포처럼 떨어지며 끊임없이 복잡한 패턴을 그려내, 가만히 바라보기만 해도 정보량에 뇌가 짓눌릴 정도인 황금색 광선의 기둥이. 이것이야말로 놀이공원 전체에서 흘러들어온 정보가 전산망 한곳에 쌓이면서 만들어진 마법의 성의 핵이자, 어떤 귀중한 데이터가 숨겨져 있을지 알 수 없는 미지의 보물상자 그 자체였다. 그야말로 감탄하지 않을 수 없는 광경. 하지만 감탄하고 있을 때가 아니었다. 일단 동료들부터 구해야 했다.

"야, 여기까지 오면 되는 거, 맞지? 빨리, 빨리 뭐라도 해봐."

구석에 널브러져 숨을 헐떡이며 일단 재촉부터 했건만,

세이는 아무래도 말을 듣는 눈치가 아니었다. 기둥을 향해 비틀비틀 다가가서는 그저 오도카니 올려다보고만 있을 뿐. 처음엔 감정이라도 북받쳤나 싶었는데 아무래도 낌새가 심상찮았다. 다급히 목소리를 높여봐도 어쩐지 대화는 점점 헛돌기만 했다.

"뭐 하고 있어. 밖에 저, 저 쾅쾅대는 놈부터 멈춰야 할 거 아냐."

"그게 당신의 소원인가요?"

"무슨 뜬구름 잡는 소리야. 여기 오면 중앙통제시스템에 접속할 수 있다면서. 일단 한나랑 유진이부터 도와줘야 한다니까?"

"조용히 앉아서 기다리세요. 제 소원이 이뤄지고 나면, 당신의 소원도 곧 이뤄드릴게요."

의미를 알 수 없는 대답과 함께, 세이는 빛의 기둥 속으로 양손을 갑자기 푹 찔러넣었다. 이윽고 그 몸에 하나둘씩 불이 들어오기 시작했다. 너덜너덜한 패딩에 싸인 왼팔 전체에, 가슴 정중앙에, 왼쪽 배와 오른쪽 허벅지에, 그리고 너구리 캐릭터 모자 안쪽에도. 마치 세이의 신체 여기저기가 금빛 등불로 변해버린 듯한 모습이었다. 저게 일반적인 해킹 시도가 아니란 것쯤은 나라도 어렵잖게 알 수 있었다. 문제는 그렇다면 대체 무슨 일이 벌어지고 있는지였다. 말이 안 통하니 이젠 직접 가서 확인하는 수밖에 없었다. 설령 벽을 붙잡고 억지로 일으킨 삭신이 비명을 질러대는 한이 있더라도.

"앉아 계시라니까요. 잠시만 기다리시면 돼요."

"너 같으면 이 상황에서 네 말을 듣겠니?"

"가까이 오지 마세요. 경고했습니다. 손대지 마세요."

"그럼 네가 진작에 대답을 좀 똑바로 했어야지!"

그렇게 외치며 불빛을 뿜어내는 너구리 모자를 홱 벗겨낸 순간, 나는 그만 제자리에서 굳어버리고 말았다. 세이의 머리 뒤에서 드러난 또 하나의 얼굴 일부와 눈을 마주쳤기 때문이었다. 후두부가 반쯤 날아간 공간에 겹쳐져서 이쪽을 응시하는 에메랄드빛 눈동자가, 그 주위로 찰랑찰랑 흔들리는 푸른빛 머리카락 한 올 한 올이 전부 비현실적인 선명도로 반짝이고 있었다. 왼팔 부분의 패딩을 찢고 튀어나온 길고 새하얀 팔도 마찬가지였다. 그 팔에 멱살을 잡혀 간단히 바닥에 내동댕이쳐진 내게, 세이의 몸과 동화된 인어 마스코트 오디가 화난 목소리로 쏘아붙였다.

"가만히 앉아 있으라고 했지? 작동 중에 움직이면 위험하단 말이야!"

"뭐야, 그 꼴은. 대체 언제부터…."

"좀 됐어요. 회전목마에 팔이 찢긴 지도, 길로틴 코스터에 배가 짓밟힌 지도, 자포자기해서 뛰쳐나왔다가 레무리

아한테 머리가 깨진 지도. 그때마다 데이터로 몸을 보충하지 않았더라면 15년 동안 버틸 순 없었겠죠."

어렴풋하게나마 추측하곤 있었다. 기대 이하의 코딩 실력에 이상하리만치 풍부한 지식, 거기다가 '생존자'니 뭐니 하는 언급까지 더하면 답은 나오니까. 세이 S. W. 디벨로퍼는 정보 장벽을 뚫고 들어온 천재 해커가 아니었다. 단지 아무도 살아남지 못했다고 알려진 15년 전 참사에서 살아남은 이래, 줄곧 여기 마법의 성에 갇혀 살아왔을 뿐.

"전 운이 좋은 편이었어요. 함께 갇힌 수백 명 중에선 말이죠. 데이터 급류에 정통으로 휩쓸리지 않아서 뇌도 멀쩡했던 데다가, 물려받은 코딩 기술 덕에 부상을 메꿀 수도 있었거든요. 구조대가 오길 기다리는 동안. 점점 괴물로 변해가는 놀이기구 놈들한테서 도망치는 동안. 혹시라도 외곽 정보 폭풍을 잠재우면 밖이랑 연락이 될까 싶어서 다 같이 목숨을 거는 동안…."

세이가 등의 날개를 부르르 떨었다. 오디의 커다란 눈도 함께 떨렸다.

"그렇게 다들 죽어 나갔어요. 저만 남기고, 아무 소득 없이."

"네 말은, 그러니까 여기서 나가고 싶단 거야? 중앙통제시스템인지 뭔지에서 그 방법을 찾아내려고 우릴 끌어들인 거라고? 그럼 처음부터 그렇게 말을 했어야지!"

"나간다고요? 웃기지 마세요. 고밀도 데이터로 땜질해 놓은 몸이 바깥의 사이버스페이스 농도에서 버틸 리 없죠. 제 소원은 오히려 그 반대인걸요."

빛의 기둥이 진동했다. 그 속에서는 극도로 복잡한 프랙털 구조로 된 크고 작은 데이터 덩어리가 하나둘씩 떠오르고 있었다. 알갱이보다 훨씬 큰 용량의 데이터가 흐름에 끼어들자 기둥 표면의 패턴이 불안정하게 요동쳤다. 조약돌만 한 덩어리 하나를 양손으로 붙잡은 채 세이가 말을 이었다.

"머리 부상을 메꾼 뒤로, 전 제한적으로나마 시스템에 간섭할 수 있게 됐어요. 입장권 선물하기, 정보 열람하기…. 그러면서 알아낸 거예요. 탑이 완전히 폭발한 게 아니란 사실을. 수만 명이 그토록 허무하게 죽었는데, 실은 그조차 시스템의 10퍼센트 남짓만이 사이버스페이스로 변환된 결과라지 뭐예요. 나머지는 아직도 파편 형태로 여기에 고여 있어요. 이제부터 저는 시스템 관리자 권한을 완전히 얻은 다음, 그 파편을 전부 끄집어내서 터뜨릴 작정이고요."

"뭐? 아니, 그딴 짓을 저질러서 뭘 어쩔 셈이야?"

"제가 놀이공원을 못 나간다면, 역시 놀이공원을 넓혀야 하지 않겠어요? 파편을 전부 폭파하면 송파구 전체를 사이버스페이스로 끌어들일 수 있대요. 그러면 갈 수 있는 곳도 많아지고 친구도 잔뜩 늘겠죠? 15년 만에 비로소 말이에요!"

희열에 찬 외침과 함께 세이의 두 손 사이에서 파편이 산산이 으스러졌다. 그곳에서 튀어나온 무수히 많은 알갱이가 기둥에 흡수되며 그 폭을 넓혔고, 자연히 기둥 속으로 더욱 빨려 들어간 세이의 몸이 한층 더 찬란하게 빛났다. 그 과정이 반복되면서 자그마했던 날개 액세서리 또한 갈수록 크게 뻗어 펄럭였다. 성을 부숴버릴 듯 휘몰아치기 시작한 정보의 회오리를 피해 간신히 성문을 열고 빠져나가는 내 등 뒤에서, 오디는 빛에 잠기기 직전까지 재잘대며 소름 끼치는 인사를 전하고 있었다.

"한층 넓어질 모험과 신비의 나라를 기대해줘! 나도 새로 올 친구들을 손꼽아 기다리고 있을게!"

***

상황을 전달받은 동료들이 도착했을 때, 빛의 기둥은 이미 성 꼭대기를 뚫고 아득히 솟아오르는 중이었다. 섬의 주인 레무리아조차 주춤주춤 물러나게 할 정도의 막대한 정보 격류였다. 하지만 그 정보량 이상으로 내게 충격적이었던 건 격류 속에서 모습을 드러낸 세이의 얼굴이었다. 인어의 하반신과 새의 날개가 달린 거대하고도 기괴한 몸으로 파편을 하나둘씩 빨아들이며, 푸른빛 깃털에 둘러싸인 세이의 얼굴은 땅바닥에서 멍하니 경악하는 우리의 모습을 그저 차갑게 내려다보고 있었다. 왜 그렇게 벌벌 떠는지 전혀 모르겠다는 듯이. 이제부터 자신이 일으키려는 대재해가 어떤 참상을 낳든 조금도 신경 쓰이지 않는다는 듯이.

"폭발 자체도 문제긴 한데, 지금 쟤 말은 송파구를 통째로 사이버스페이스에 가두겠단 소리 아니냐? 여기랑 똑같이 아무도 들락날락 못 하게 되는 거 아니냐고."

"그게 다가 아니죠. 놀이공원이 확장되면, 여기에 고립돼서 진화한 놀이기구 놈들도 송파구로 풀려날 거예요. 폭발에서 살아남아도 그것들하고 영원히 싸워야 한다고요."

"아마도 그렇겠죠. 하지만 여러분께 중요한 일은 아니잖아요?"

말소리를 어떻게 들은 건지, 세이가 날개를 세차게 펄럭이며 입을 열었다. 그러자 강렬한 정보의 잡음이 바람에 실려 머릿속을 파고들어 왔다. 수천 갈래 바늘로 동시에 머리를 찌르는 듯한 두통이 엄습했다. 주변 풍경이 어지러이 일그러졌다.

"물론 제가 통제 권한을 얻는다고 놀이기구를 전부 얌전히 만들진 못할 거예요. 실력이 부족하니까요. 하지만 여러분의 소원을 이뤄드리는 것 정도라면 가능하죠. 원하시는 건 돈인가요?"

뒤틀린 풍경이 재조립되며 궁전 응접실을 연상시키는 휘황찬란한 방이 나타났다. 보석으로 장식된 사방의 문에서는 너구리 인형 탈을 쓴 집사들이 저마다 접시에 금덩이를 받쳐 들고 걸어 들어오는 중이었다.

"아니면 영광인가요? 뭐든 만족시켜드릴 수 있어요. 그게 제 역할이니까."

이번에 나타난 풍경은 잠실종합투기장을 닮은 원형극장이었다. 관객석에 빼곡히 앉은 건 이번에도 어김없이 너구리들. 제각기 흔들어대는 깃발과 플래카드엔 하나같이 한나의 이름이 적혀 있었다.

"또 뭐가 있을지 보죠. 기억 속에서 찾았는데, 혹시 관심 있으신가요?"

한층 더 괴로운 두통이 머릿속을 마구 뚫고 지나가더니, 이내 눈앞엔 웬 꽃밭이 펼쳐져 있었다. 그 저편에서 제각기 풍선이며 츄러스 따위를 든 채로 행복하게 손을 흔드는 사람들의 얼굴을 나는 바로 알아보았다. 세라 버스 드라이버, 재인 C. S. 매니저, 주리 페이스트리셰프, 전부 은마에 두고 온…. 아냐. 이런 게 아니야. 고개를 힘껏 젓자 옛 동료들의 얼굴은 흐려지고 꽃밭은 데이터 속으로 흩어졌다. 대신 눈에 들어온 건 얼떨떨해하면서도 자세를 바로잡는 지금의 동료들, 그리고 빛의 기둥 속에서 분노하듯 한층 거세게 날갯짓하는 세이의 모습이었다.

“왜 아무도 즐거워하지 않으시는 거죠? 기껏 소원을 이뤄드렸는데, 기껏 모험과 신비의 나라에 오셨는데…. 그렇다면야 어디! 만족하실 때까지! 실컷 놀아보시죠!”

하늘에선 비가 쏟아지고, 땅에선 불꽃이 뿜어져 나왔다. 눈에 띄는 모든 표면에서 비눗방울이 춤추듯 끓어올랐다. 레무리아가 다시 움직이기 시작하자 유진은 한나와 나를 황급히 태우고서 사륜차의 호버링 시동을 다시 켰지만, 1인승 차에 두 사람이 추가로 매달린 채이니 우천시 비행이 수월할 리 만무했다. 위태롭게 붕붕거리며 올라간 차는 불기둥 하나를 피해가려고만 해도 마구 휘청였다. 한층 더 지옥처럼 변한 놀이공원의 풍경이 발밑에서 춤을 췄다. 그런 상황에서도 용케 칼을 들어 촉수를 쳐내면서 한나가 외쳤다.

“이게 도망쳐서 될 상황이냐? 송파구가 박살 난다잖아!”

“아, 몰라요! 나한테 어쩌라고! 사기꾼한테 속아서 지금 다 죽게 생겼는데!”

다른 촉수 하나를 간신히 비껴가며 유진이 울먹였다. 한편 울고 싶은 건 나 역시 마찬가지였지만, 동시에 여전히 뭔가 석연찮다는 생각이 눈물샘을 막고 있는 기분도 들었다. 이상했다. 상황이 이렇게까지 치달았다는 사실 자체가.

"선배는 눈 감고 뭐 해요! 기도나 할 거면 그냥 내려, 진짜!"

"생각하는 중이거든! 이해가 안 된단 말이야. 15년 동안 갇혀 있어서 화난 건 알겠지만, 기껏 밖에 메시지 보낼 권한을 얻었으면 도움부터 청해도 되지 않아? 왜 굳이 재앙을 일으키려고 해?"

"궁금한 것도 많다! 서울 놈들도 나하곤 상식이 생판 다르던데, 파주도 아니고 이딴 데서 15년 살았으면 사고방식이 완전히 바뀔 수도 있지!"

한나의 그 호통이 별안간 뇌리를 강타했다. 상식이 달라? 사고방식이 바뀌어? 확실히 이곳 놀이공원을 지배하는 상식은 바깥과는 전혀 달랐다. 가능한 한 많은 손님을 확보하고자 경쟁하는 놀이기구가 지배하는 세상이니까. 물론 그건 놀이기구 하나하나의 의사가 아니라 과거 거대 기업에서 짜 넣은 행동원칙이니, 아무리 손님이 많아지길 바란들 입장권을 공짜로 뿌린다거나 일반 시민을 강제로 놀이공원에 끌어들인단 결정을 스스로 내릴 순 없겠지. 그런 정책적 결정만큼은 누군가의 의지가 개입하지 않고는 불가능하도록 막아 두었을 테니까. 하지만 만일 의지를 가진 누군가의 정신에 그러한 행동원칙이 침투한다면? 기존의 상식보다 놀이공원의 목표를 우선시하도록 사고방식이 점점 바뀌어, 손님 확보를 위해서라면 파국을 불러올 결정조차 서슴없이 내리는 인간이 되어버리지 않을까?

"그거야! 머리 부상을 이곳의 데이터로 메꾸는 바람에, 무의식적으로 손님을 최대한 끌어모으려 하는 거지! 설령 송파구를 통째로 놀이공원으로 만드는 한이 있어도!"

"네 말은, 그 세이란 애가 지금 놀이기구가 됐단 소리냐?"

"아직 그 지경까진 아닐 거야. 이성도 있고, 목숨 걸고 우릴 도와주기도 했잖아. 놀이공원 행동원칙에서 벗어나게만 만들면 설득도 될 거야. 하지만 그러려면…. 먼저 데이터가 침투한 부위로 날 데려다줘야 해."

긴박한 회피기동 속에서 잠깐 침묵이 흘렀다. 유진이 침을 꿀꺽 삼키고서 먼저 입을 열었다.

"선배, 진짜 진짜 진심이세요?"

"그래. 내 소원이다."

"알았어요. 그럼 이제부터 제가 신기한 거 하나 보여줄게요."

그 말을 신호로 사륜차의 주행 궤도가 급격히 꺾였다. 하늘로 더 높이, 세이에게로 더 가까이. 무리한 방향 전환에 휘말린 차는 이제 조종간에 손만 대도 빙빙 돌려고 했지만, 유진은 정확한 타이밍에 전자 탄환을 쏘아 그 반동으로 관성을 절묘하게 상쇄하며 불기둥 사이로 아슬아슬한 운전을 계속했다. 거대한 꽃이 아래에서 치고 올라오려 할 때는 일부러 호버링 엔진을 끄더니, 비행 도중에 사용할 수 없는 보조 부스터를 점화해 차를 상공으로 쏘아내는 묘기까지 부렸다. 그렇게 온 출력을 끌어모은 부스터는 마침내 세이의 얼굴이 내려다보이는 장소까지 우리를 인도했다. 하지만 여전히 그냥 뛰어내리기엔 거리가 멀고, 갈고리를 걸 지형지물도 보이지 않는 상황. 그때 칼 하나를 단호히 던져버린 한나의 손아귀가 대신 내 손목을 붙들었다. 차의 회전과 경기 북부식 축복이 더해진 무지막지한 던지기가 그 뒤를 이었다.

"미아 치킨프라이어여, 그대에게 조상의 가호가 함께하길!"

조상의 가호라고? 하지만 내 조상들이 한 일은…. 그래, 새를 튀겨 파는 일이긴 했다. 지금은 바로 그런 가호가 필요할지도 모른다고 생각하며, 나는 삼단봉을 거꾸로 쥔 채 푸른 깃털에 덮인 정수리를 향해 대포알처럼 떨어졌다. 거센 정보의 물결이 몸을 밀어내려 해도 멈추는 일 없이. 놀이기구를 작동시키고자 가상현실 속에서도 똑같이 구현해둔 중력에 힘입어, 이윽고 봉 끄트머리가 세이의 머리에 닿는 바로 그 순간이었다. 초고농도의 데이터가 흐르는 금빛 사이버스페이스 기둥 속을 찬란한 폭발이 휩쓸었다. 현실의 해상도 따위로는 절대로 담아낼 수 없는,

말하자면 형이상학적인 광채의 폭발이.

***

처음 계획은 정말 단순했다. 사이버스페이스 농도가 높을수록 특수효과가 더 큰 폭발을 일으킬 테니, 빛의 기둥 속에서 세이의 머리를 후려치면 데이터로 된 부분을 싹 날려버릴 만큼 강한 폭발이 일어나지 않을까 하는 바보 같은 발상이 전부였으니까. 절체절명의 순간 머리를 짜낸 결과란 대체로 그 수준이게 마련. 절체절명의 순간이라면 지겹도록 겪어온 전직 위험지대 리뷰어인 내가 보증하는 사실이다.

무슨 말인가 하면, 일이 이렇게 되리라곤 나도 예상치 못했단 뜻이다.

시간도 공간도 느껴지지 않는, 현실이라 부를 수조차 없는 아득한 공백 한가운데서 나는 세이와 마주 보고 서 있었다. 여전히 인어의 푸른빛 머리카락이 흘러내리는 그 머리에 삼단봉을 박아넣은 채로. 여기가 어디일까? 내가 뭘 하는 걸까? 또렷이 이해할 수는 없었다. 어쩌면 현실이 구현해낼 수 없는 용량의 특수효과로 말미암아 현실 자체에 구멍이 뚫렸으며, 그 너머에 존재하는 세계의 풍경은 인간의 열등한 감각으론 이런 텅 빈 형태로밖에 인식할 수 없는 것뿐인지도 모르는 일이었다. 내 목소리도, 내 행동조차도 의식과는 완전히 분리되어 느껴지는 걸 보니.

"말해봐, 세이. 네 소원은 뭐야?"

미아 치킨프라이어가 물었다. 세이 S. W. 디벨로퍼는 태연히 대답했다.

"말씀드렸잖아요. 놀이공원을 넓히는 거예요. 더 많은 사람이 올 수 있게."

"거짓말. 그러려고 놀이공원에 오는 사람이 어딨어? 15년 전 네가 처음으로 여기에 왔을 때는, 사이버스페이스에 잡아먹히기 전에는 분명히 다른 기대를 하고 있었을 거야. 나는 그게 알고 싶어."

"하지만 당신들도 한심한 소원이나 빌려고 여기 왔잖아요. 큰돈을 벌고 싶다, 엄청난 명예를 얻고 싶다, 그리고…."

"과거의 실수를 되돌리고 싶다. 뭐, 그게 내 오랜 소원이긴 하지만."

당연한 소리였다. 누가 안 그러고 싶겠는가. 하지만 그게 불가능하단 사실도 물론 알고 있다. 가능한 일이었다면 현실로부터 눈을 돌리려고 도박에나 빠져 있었을 리가. 무슨 수를 써서든 과거를 바꿀 수는 없다. 그런데도 나는 굳이 이곳에 왔다. 불가능한 소원을 빌기 위해서가 아니라, 훨씬 대수롭지 않은 소원을 새로이 이루기 위해서.

"내가 촬영기사로 따라온 이유가 뭔지 계속 궁금했지?

별거 아녔어. 전에 실패했던 걸 이번엔 성공해보고 싶었던 거야. 위험지대에 용감히 들어가서 목표를 달성하고, 다 함께 무사히 살아나오는 일 말이야. 상황이 어떻게 돌아가든, 팀원이 아무리 의심스러운 녀석이든. 그게 다야."

아마 유진이나 한나도 비슷했으리라. 여기서 정말 일확천금을 이뤄서 빚을 다 갚겠다고 작정했다기보단, 그럴 기회나마 손에 넣은 채로 나올 수 있길 막연히 바랐겠지. 명예 또한 이곳에서 위업을 쌓는다고 생기는 게 아니라, 고향의 반려자가 이곳에서 있었던 일을 서사시로 써냈을 때야 비로소 손에 들어오는 것이다. 놀이공원이란 그런 공간이다. 무슨 대단한 소원을 이루려고 찾는 장소가 아니라, 기쁜 마음을 안고 떠나기 위해 잠시 들르는 장소다. 15년 전의 세이에게도 틀림없이 그런 소박한 기대가 있었으리라. 그렇지?

"당연, 당연한 걸 묻고 있네요, 진짜로."

세이의 목소리에 옅은 물기가 번졌다. 푸른 깃털이 하나둘씩 떨어져 나왔다.

"친구들하고 놀러 온 거예요. 새로 개장하면서 엄청 재밌어진다길래, 시간내서 다 같이 왔어요. 신나게 놀고, 줄 오래 서고, 사진 찍고, 간식 먹고, 우스운 기념품도 막 사려고. 그렇게 추억 많이 만들고서 잔뜩 지쳐서 돌아가고 싶었어요. 그런데, 그런데…."

"그럼 그렇게 소원을 빌어. 네 진짜 소원을."

점점 더 거세게 쏟아져 내리는 깃털 사이로, 이윽고 입술이 아주 희미하게 달싹였다. 다음 순간 셀 수 없는 데이터의 점과 선이 세계를 도화지 삼아 모든 가능한 방향을 일제히 가로질렀다. 나무와 구름과 놀이기구의 윤곽이 먼저 빛 사이를 수놓았고, 빈 부분에는 사람의 밑그림이 빼곡히 들어찼다. 열 명. 백 명. 그리고 순식간에 아마도 수만 명까지.

그중 어떤 얼굴들은 특히 또렷하게 그려져 있었다. 세이가 아는 사람들일까? 함께 운명을 나눴던 생존자들? 아니면 같이 왔던 친구들? 하지만 그 얼굴들조차도 이내 사상 최대의 인파를 기록했던 15년 전 그날의 풍경에 파묻혀서 보이지 않게 되었다. 자신의 마지막으로 행복했던 기억 속에서 세이의 몸이 점점 희미해져가는 동안, 여전히 머리에 삼단봉이 꽂힌 채인 인어 마스코트 오디는 하늘로 날아올라 신나게 헤엄을 쳤다. 회전목마와 함께, 길로틴 코스터와 함께, 즐거이 노래하고 또 노래하면서.

"세상에! 이렇게나 많은 친구가 이 오디를 찾아와준 거야? 태어나서 최고로 기뻐! 그러니까 그 보답으로, 우리 친구들에게도 세상에서 제일 즐거운 하루를 선물할게~! 두 손 번쩍, 준비는 단단히, 안전 바가 내려오고 있어…."

메아리가 점점 멀어져 갔다. 빛이 사그라진 곳에 현실

이 다시 자리를 잡았다. 유진의 차가 요란하게 털털거리는 소리, 한나가 나를 들쳐메고 달리는 움직임, 사지가 느껴지지 않을 정도의 격통이 하나둘씩 몸을 때려왔다. 냉혹한 현실이었다. 뼈가 몇 대나 부러진 건지 이젠 가늠조차 되지 않았다.

한편 그처럼 냉혹한 현실 위에 신기루처럼 겹쳐진 또 하나의 현실도 보였다. 고공 그네타기의 주둥이마다, 그래비티 드롭의 꽃잎마다, 레무리아의 촉수 하나하나마다 올라타 유쾌한 비명을 질러대는 사람들. 기괴하게 변형된 놀이기구 떼에게 아무리 잡아먹혀도 결코 길이가 줄어들지 않는 듯한 대기 줄. 15년 전의 기억 속 인파가 덧씌워진 놀이공원이 비로소 본모습을 되찾아가고 있었다. 이 풍경 역시 놀이공원의 행동원칙만으론 절대로 내릴 수 없었을, 누군가의 의지가 개입되었기에 비로소 가능했을 결정의 산물이리라. 기나긴 줄 끄트머리에서는 롱패딩을 걸치고 너구리 모자를 쓴 손님 하나가 친구들과 하염없이 깔깔대며 수다를 떠는 중이었다. 그 얼굴이 잠깐 이쪽을 향한 순간 놀랍도록 환한 미소가 반짝 빛났다.

엄지를 세운 손 아이콘을 띄워 미소에 답했을 때, 이미 그 미소의 주인은 까마득한 인파 속으로 사라진 뒤였다.

***

우리가 마법의 성에서 겪은 그 모든 우여곡절에도 불구하고, 이후 벌어진 일들은 그렇게까지 극적이진 못했다. 보물을 갖고 나오긴커녕 차 수리비만 잔뜩 깨진 유진은 결국 본가에 다시 손을 벌렸다. 어머니에게 진 빚을 갚고 자기 사업을 시작하겠단 꿈이 한 발짝 더 멀어진 셈이었다. 한나는 내가 찍은 영상에 자신의 활약이 별로 많이 담기지 않았다고 한동안 불평을 늘어놓았는데, 막판에 상황이 워낙 긴박했다곤 하지만 촬영을 제대로 못 해준 건 분명 내 잘못이었기에 뭐라 할 말도 없었다. 한편 나는 몇 주 내내 병상 신세를 져야 했고, 내 훌륭한 동료들은 그동안 내가 맥주 한 방울이라도 입에 대는 일이 없도록 돌아가며 감시까지 해주었다. 참으로 고맙기도 하지.

그래도 소득이 전혀 없진 않았다. 마법의 성 내에 생존자가 남아 있었단 정보를 미끼로 거대 기업과 거래를 틀 수 있을지 모른다며 유진은 곧 다시 기대감에 부풀었다. 한나의 반려자인 호안 북에디터슨은 한나와 지네 괴물의 사투를 다룬 짧은 찬가를 지어 보내주었는데, 한나는 그게 마음에 들었는지 꼬박 한 주 동안 우리에게 쉬지도 않고 자랑하느라 여념이 없었다. 그리고 나는? 글쎄, 무사히 살아 나온 데다가 목표까지 어느 정도 이루었다. 과거를 바꾸지는 못했을지언정 꽤 후련한 경험은 했으니까. 그 이상 무엇을 더 바라겠는가.

뭐, 사실 한 가지 더 얻은 게 있긴 했지만.

동료들이 돌아간 병실에 홀로 누워서, 나는 눈앞에 가만히 화면을 띄워보았다. 며칠 전 아무런 말도 없이 내게 보내진 파일 하나가 그곳에서 반짝이고 있었다. 유럽풍 성 모양 로고가 박힌 분홍색 쿠폰 한 장. 마법의 성에 들어갈 때 썼던 것과 똑같이 생긴 쿠폰. 다만 그 이름은 '자유이용권'이 아닌 '평생회원권'이었다. 언젠가 다시 와달라는 듯이. 저 위험천만한 놀이공원이 무수히 많은 환상의 손님으로 배를 채워 안정되면, 종종 찾아와서 마음 편히 즐기다가 가도 좋다는 듯이.

어쩌면 그땐 같이 롤러코스터를 탈 수도 있으리라.

놀이공원은 그러려고 가는 곳이니까.

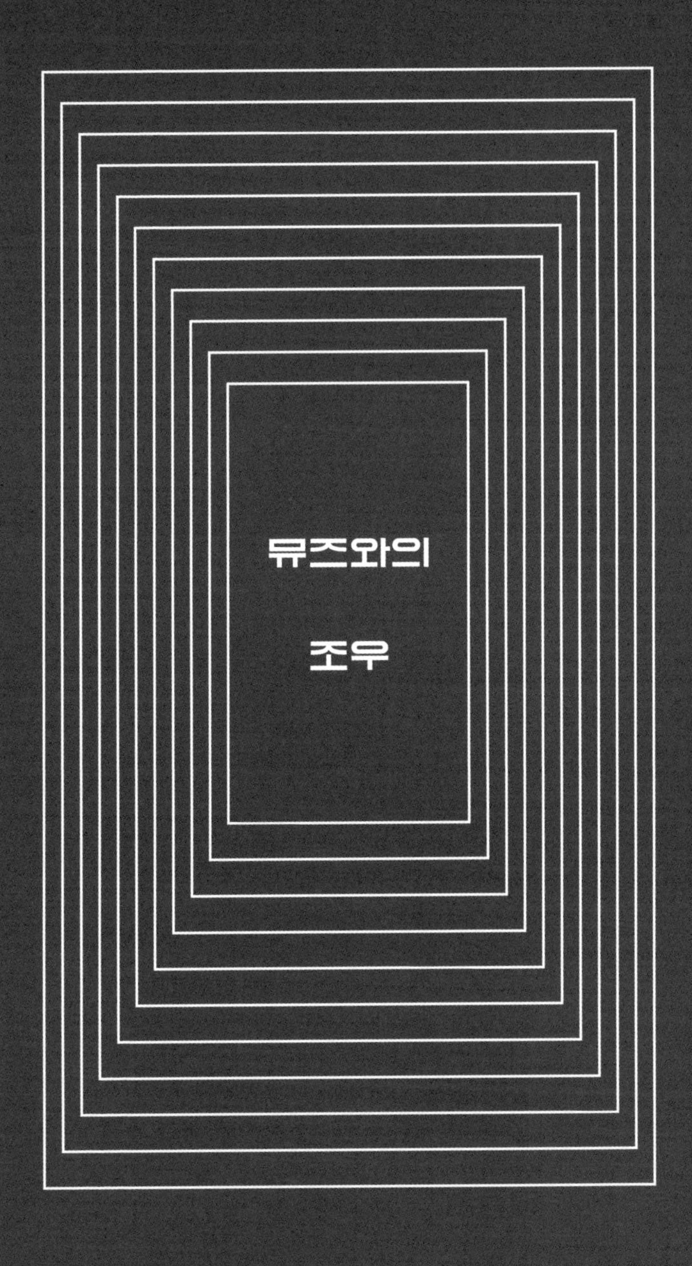

뮤즈와의 조우

2022년 『이토록 아름다운 세상에서(현대문학)』 수록 이야기를 시작하기에 앞서 독자 여러분께 한 가지 송구스러운 부탁을 드리고자 한다. 혹시 여러분 본인이나 가족 구성원이 과월호 잡지를 버리지 않고 쌓아두는 타입인가? 그래서 지금도 수십 년씩 된 잡지 더미가 자택의 책꽂이나 창고 구석에서 고스란히 먼지를 뒤집어쓰고 있는가? 그렇다면 그중에서도 특히 1990년대 중반쯤 발간된 취미·산업·학술·종교 전문지 종류를 찾아, 잡지 내에 마련된 연재만화 코너를 한 번씩 확인해주면 좋겠다. 그리고 만일 그 만화에 주연으로든 조연으로든 외계인 캐릭터가 등장하는 장면이 있다면, 부디 해당 부분을 사진으로 찍어 개인 메일 또는 SNS 메시지로 제보해주기를 바란다.

***

어째서 이 귀중한 지면을 통해 굳이 저런 이상한 부탁을 드리게 되었는지 그 경위를 설명하려면, 먼저 내가 최근 열심히 참여 중인 프로젝트 하나를 소개할 필요가 있다. 작년 중순쯤에 나를 포함한 SF 작가 네댓 명이 주축이 되어 시동을 건, 한국 SF 창작의 여러 숨겨진 계보를 발굴하는 기획인 이른바 '레트로 SF 아카이브' 프로젝트다. 얼마 전까지만 해도 한국 SF의 역사를 말할 땐 복거일 등을 잠깐 다루다가 PC 통신 동호회 이야기로 넘어가는 경우가 흔했지만, 최근 들어서는 과거 '순정만화'로 뭉뚱그려졌던 작품 중에도 본격적인 SF 만화가 상당수 있었다는 사실이 새로이 조명되고 있지 않은가? 그렇다면 순정만화 이외의 다른 터전에도 마찬가지로 고유한 SF 창작 문화가 존재했을지 모른다는 문제의식이 이 프로젝트의 시작이었다.

프로젝트에 참여한 작가 중에는 초등학교 도서실에 있었던 환경문제 교육용 아동소설 『오존층이 위험해』를 본인이 접한 최초의 SF 작품으로 꼽는 사람도 있고, 게임 〈스타크래프트〉 팬픽 창작 카페의 운영자였던 사람도 있다. 한편 나는 친척 집에 잔뜩 꽂혀 있던 기독교 소설 중 상당수가 '짐승의 표' 운운하며 컴퓨터와 인터넷이 가져올 디스토피아를 그리는 사실상의 SF였단 사실을 뒤늦게 깨달은 경험이 있었기에 기꺼이 참여를 결정했다. 이 섣부른 결정이 향후 몇 달에 걸쳐 얼마나 많은 시간을 앗아갈지 전혀 가늠하지 못한 채로.

프로젝트 내에서 나는 공식 SNS 계정을 운영하면서 옛날 SF 작품에 대한 제보를 받아 정리하는 역할을 맡았다. 문제는 이 '정리'라는 게 작품 제목을 쭉 적어놓는 정도의 작업이 아니란 사실이었다. 제보받은 작품이 정말 SF가 맞는지 확인하고, 그 내용을 요약해 서지정보와 함께 기록하는 것까지가 내 업무였다. 옛날 옛적에 절판된 책을 겨우 몇 장 읽어보기 위해 나는 국회도서관을 문턱이 닳도록 드나들었다. 그나마도 제보자가 작품 제목이라도 제대로 기억하고 있을 때의 이야기였다. "어릴 때 읽은 만화인데, 돼지코 로봇 군대와 싸우는 내용이었고, 주인공 이름에 '철'자가 들어갔다."라는 제보가 전부일 땐 도대체 이게 무슨 만화인지 알아내려 온종일 검색엔진과 SNS를 수소문할 필요마저 있었다. 세월의 먼지에 파묻혀 있던 보석 같은 작품을 수십 년 만에 발굴해내는 뿌듯한 순간도 많았지만, 제목 하나를 끝까지 찾을 수가 없어 답답함에 몸부림치던 순간은 그 곱절로 많았다.

이처럼 제보 하나하나마다 환호와 절규를 반복하며 옛날 SF 작품 목록을 채워나가던 와중에, 나는 한 가지 예상치 못했던 사실을 알게 되었다. 1993년에서 1995년 사이에 발간된 잡지, 그중에서도 만화잡지 이외의 전문지에 실린 연재만화 중에 SF가 놀랍도록 많았다는 사실이었다. 이를테면 여러 제보자는 한때 마니아용을 표방하고 야심차게 나왔다가 금방 역사의 뒤안길로 사라진 게임 잡지 《게임어택》에 두 페이지짜리 스페이스 오페라 만화가 연재되었던 것을 기억했다. 아버지가 구독하던 《난과 사람》에서 외계인이 나오는 만화 부분만 열심히 읽었던 경험을 말해준 제보자도 있었다. 당시에는 심지어 《월간 정밀가공》이나 《말씀과 찬양》처럼 대상층이 극히 한정된 잡지에도 SF 소재를 쓴 만화가 당당히 실렸다는 듯했다.

구독자도 출판사도 거의 제각각이었을, 그러니만큼 서로 영향을 크게 주고받지도 않았을 전문지 30여 곳에 일제히 SF 만화가 연재되던 시기가 있었다니. 이쯤 되면 한국 SF의 국소적인 황금기라고 부를 만하지 않을까? 이 주제를 조금 더 깊이 파헤쳐봐야겠단 생각이 드는 건 자연스러운 일이었다. 그런 생각이 들 즈음, 이미 내 손가락은 검색창에 '옛날 잡지 열람'을 쳐 넣는 중이었다.

***

인터넷 중고서점과 여의도의 한국잡지정보관, 그리고 각종 취미 잡지를 수집하는 블로거 지인의 도움 덕택에 나는 다행스럽게도 제보 받은 30여 개 잡지 중 대부분을 원본으로든 스캔본으로든 최소한 한 호씩은 접할 수 있었다. 그렇게 접한 잡지를 하나하나 읽어나가다 보니 제보 내용은 금방 검증되었다. 당시에 해당 잡지들에 연재되던 만화는 정말로 전부 SF 요소가 담긴 작품이었다. 하나같이 외계인이 주요 소재였으니까.

예를 들어《낚시만상》연재작『ET 강태공』,《난과 사람》연재작『우주인의 야생란 이야기』,《디스플레이 매거진 코리아》연재작『외계인 꾸룽』등은 모두 지구에 떨어진 외계인이 사람으로 변장해 낯선 지구 문화를 배운다는 내용이었다. 이야기 면에서의 차이점이라고 해봐야 외계인이 붕어낚시 기술, 야생 난초의 아름다움, 최신 디스플레이 기술 중 무엇을 배우느냐 하는 정도가 전부였다. 정보 전달을 목적으로 하는 만화는 아무것도 모르는 입문자 캐릭터를 주인공으로 삼는 경우가 흔한데, 여기에다가 한국에서도 흥행했던 스필버그의 〈E.T.〉를 결합하면 자연스레 나올 만한 결과물이었다고나 할까. 다시 말해 이 만화들은 외계인이 등장한다는 점에서는 SF이지만, 주인공이 굳이 외계인일 필요는 없었으니만큼 SF로서의 특징이 뚜렷한 작품이라고 보기는 힘들었다.

이와 같은 정보 전달용 만화를 제외하면 남는 작품은 그리 많지 않았다. 그나마도《말씀과 찬양》에 실린『천사 말코의 요지경』은 제보 내용과 달리 외계인이 아니라 '외계인처럼 못생긴 천사'가 주인공이었고, 내용 면에서는 정보 전달이 아니라 당시 한국 사회의 천태만상에 대한 풍자가 목적이라는 정도의 차이만 있었으니 큰 얼개가 다르다고 보긴 힘들었다. 확인 가능했던 작품 중 본격 SF를 의도했다고 평할 만한 건《게임어택》에 잠시 연재된『소년들의 게임』하나뿐이었는데, 시뮬레이션 게임으로 외계인과 전쟁을 벌이는 한국 청소년들을 다룬 이 작품은 제목에서도 알 수 있듯이 오손 스콧 카드의 소설『엔더의 게임』을 멋대로 번안해 그렸을 뿐이었다. 숨겨진 SF 황금기를 찾아냈을지 모른다는 첫 기대에 비하면 이는 상당히 실망스러운 조사 결과였다.

하지만 실망 가운데서도 눈을 사로잡는 발견은 있었다. 비록 서사면에서는 두드러지는 작품을 찾지 못했을지언정, 만화 속 외계인들의 디자인만큼은 꽤 흥미로웠으니까. 몸 아래 커다란 다리만 둘 달린 녀석, 머리에 불룩한 혹이 세 개 돋아나 있는 녀석, 날개를 여러 장 지닌 막대처럼 생긴 녀석, 커다란 도마뱀을 닮은 녀석…. 잡지 만화에 그려진 외계인들은 각각 전부 다르고 개성이 뚜렷한 모습을 하고 있었다. 신기한 일이었다. 개성적인 외계인을 그려내는 일은 그 자체로 SF 창작의 한 갈래고, 반대로 SF 서사를 의도하지 않은 정보 전달용 만화에 외계인을 등장시킨다면 가장 대중적인 이미지로 그려서 주제와 무관한 설명을 최소화하는 게 자연스러운 결정일 테니까.

특히 드라마 〈엑스파일〉이 방영되던 90년대 중반이라면, 매끄러운 회색 피부에 눈이 큰 통칭 '그레이'가 이미 외계인의 상징으로 널리 받아들여졌을 터였다. 그런데 어째서 이 만화들에는 대표적인 그레이 외계인은 하나도 등장하지 않는 걸까? 왜 이렇게까지 드문 생김새를 한 녀석들만 우글거리는 걸까? 어쩌면 각 작품의 내용보다도 등장 외계인들의 모습을 중점적으로 정리하는 게 더욱 의미 있을지도 모르겠다는 어렴풋한 생각을 품은 채, 나는 제보에 언급된 다음 잡지인《월간 정밀가공》의 만화 코너 스캔본을 띄우고서 천천히 스크롤을 내리기 시작했다.

정말로 이상한 점을 깨달은 것은 그 직후였다.

***

1994년 6월부터《월간 정밀가공》에 연재된 만화『신입사원은 외계인』은, 내용만 놓고 보면 역시나 외계인을 주인공으로 삼은 정보 전달용 만화일 뿐이었다. 개중에서는 외계인이라는 설정을 내용에 자연스레 버무리려고 고민한 흔적이 가장 엿보이긴 했다. '추락한 우주선을 고치기 위해 최첨단 정밀가공 기술이 필요했던 외계인이, 인간으로 변장해 한국에서 가장 뛰어난 기술을 보유한 업체에 신입사원으로 입사한다.'라는 시놉시스부터가 그랬다.

산업스파이 문제를 다룬 에피소드에서는 검은 양복을 입은 수상한 외국인이 회사 주변에 기웃거려 산업스파이란 의심을 받지만, 알고 보니 주인공의 정체를 의심하는 FBI 요원이었단 식의 상당히 기발한 전개도 있었다.

하지만 그처럼 나름대로 재미난 이야기보다도, 나는 UFO 추락 장면을 그린 1화의 처음 몇 컷에만 등장하는 외계인의 본모습에 더욱 시선을 고정할 수밖에 없었다. 문제의 외계인이 개성적이면서도 너무나 익숙한 생김새를 하고 있었기 때문이었다. 이족보행 자세, 점박이 털에 덮인 몸, 발톱이 달린 세 손가락, 그리고 등줄기를 따라 줄지어 돋은 긴 가시. 마침 소설에 써먹으려고 미확인 생물이나 외계인 목격담을 잔뜩 수집해둔 참이었기에 보자마자 눈치를 챌 수 있었다. 만화 분위기에 맞게 우스꽝스러운 표정을 짓고 있는 걸 제외하면, 『신입사원은 외계인』의 주인공은 푸에르토리코의 주부 매들린 톨렌티노에게 목격된 유명한 괴생물체 '추파카브라스(염소 피빨이)'와 완전히 똑 닮았다는 사실을.

만화에 추파카브라스가 그려진 일 자체는 이상할 것이 없었다. 미확인 생물 마니아들에겐 잘 알려진 녀석이고, 〈엑스파일〉 등에 종종 등장해 대중적으로도 인지도가 있으니까. 하지만 그건 추파카브라스가 처음 목격된 1995년 8월 둘째 주 이후의 이야기다. 그보다 일 년도 더 전에 발간된 잡지 속 만화에 이미 추파카브라스와 똑같이 생긴 외계인이 등장했다니, 우연이라면 정말로 터무니없는 우연이리라. 혹시 톨렌티노가 우연히 한국 잡지《월간 정밀가공》을 어떤 경로로든 접하고서, 그 속의 만화에 영향을 받아 목격담을 꾸며낸 건 아닐까?

이것도 충분히 흥미로운 가설이었지만, 심증을 굳히기에는 영 미심쩍음이 가시지 않았다. 만화에 등장한 외계인과 실제로 목격된 괴물의 유사점을 하나 눈치채고 나니,『신입사원은 외계인』이 아닌 다른 만화 속의 개성적인 외계인들도 갑작스레 낯익게 느껴지기 시작했으니까. 이어진 잠깐의 검색은 막연한 의심을 확신으로 바꾸기엔 충분했다. 비록 추파카브라스처럼 유명한 괴물과 닮은 예는 없었지만『천사 말코의 요지경』속 못생긴 천사는 1996년 브라질 바지냐에서 사로잡혔다는 혹이 셋 달린 외계인을,『ET 강태공』속 막대 모양 외계인은 1994년 호세 에스카미야가 로즈웰에서 보고한 비행 생물체를,『외계인 꾸룽』속 푸른 도마뱀 외계인은 1995년 우크라이나 수닥에서 사람을 우주로 데려가려 했다는 직립보행 파충류들을 강하게 연상시켰다.

설상가상으로 각 만화의 최초 연재 일자는 하나같이 목격 보고보다 조금 전이었다. 그렇다면 90년대 중반, 세계 곳곳의 거짓말쟁이들이 전부 한국 잡지를 참고해 허풍을 떤 것이란 말인가? 이건 외계인만큼이나 말이 안 되는 소리였다. 하지만 그렇다면 당시 한국 전문지 연재만화 업계에서는 대체 무슨 일이 일어났던 걸까? 머리를 가득 메운 혼란 속에서도, 나는 이 수수께끼를 풀 방법만큼은 또렷하게 인지하고 있었다. 만화만 읽을 때가 아니었다. UFO 연구가들이 외계인 목격자를 찾아가 귀를 기울이듯이, 나 또한 당사자에게 직접 이야기를 들어봐야만 했다.

***

90년대 중반에 활동하던 전문지 연재만화 작가를 찾아 연락하는 일은 쉽지 않았다. 일단 잡지에 만화가의 필명이 안 적힌 때도 있었고, 필명으로 검색해봐도 걸려드는 정보가 없을 때가 더 많았다. 최대의 난관은 90년대 후반에 IMF 사태의 여파로 잡지가 대량 폐간되었다는 사실이었다. 그러니 문의를 해볼 만한 출판사들이 세상에 남아 있을 리가 없었다. 그런 상황에서도 『신입사원은 외계인』을 그린 호찬 작가와 어찌어찌 연락이 닿은 건 기적이라 할 만했다. 알고 보니 호찬 작가는 이후에 필명을 바꿔 성공적인 역사 학습만화 작가가 된 모양이었다. 그가 언론 인터뷰 도중 "옛날에는《월간 정밀가공》에서 외계인 나오는 만화도 그리고 그랬다."라는 언급을 딱 한 번 하지 않았더라면 영영 몰랐을 사실이었다.

호찬 작가의 메일 주소를 찾아 조심스러운 메일을 보내놓고 기다리니 답장은 하루 만에 도착했다. "다 알고 연락한 것이냐."라는 투의 짤막하고 경계심 가득한 답장이었다. 대체 여기에 무슨 대답을 해야 할지 고민하던 와중 두 번째 메일이 곧 날아왔다. 그 메일에는 내가 정부나 언론 관계자가 아니라 SF 작가란 사실을 확인했다는 말과 함께, 뭐가 궁금한지 알겠으니 직접 만나지는 말고 전화로 이야기를 나눠보자는 반가운 제안이 적혀 있었다. 아무래도 호찬 작가는 당시의 일에 대해, 자신이 추파카브라스를 닮은 외계인을 그리게 된 경위에 대해 뭔가 털어놓을 말이 있는 듯했다. 그렇다면 들어주는 수밖에.

일정 조율 끝에 토요일 오후 성사된 그와의 기념비적인 통화는 몇 시간 동안이나 이어졌다. 나눌 말이 많았기 때문이 아니라, 단지 호찬 작가의 이야기에 놀랍도록 두서가 없었기 때문이었다. 그는 우물거리는 목소리로 계속 중얼대면서 내게 질문할 틈조차 주지 않았으며, 툭하면 90년대에 자기가 얼마나 힘들게 먹고살면서 짬을 내 만화를 계속 그렸는지에 대한 이야기를 구구절절 풀어놓았다. 그 구구절절한 고생담을 두 시간쯤 듣고 난 뒤에야 마침내 원하던 이야기가 나왔다. 각고의 노력 끝에 마침내 잡지 연재만화를 하나 맡게 되어, 무난하게 정밀가공 업계 신입사원을 주인공으로 삼으면 되겠다고 구상까지 마친 뒤 푹 잠들었던 1994년 초여름의 어느 날 밤 이야기였다. 불필요한 내용을 전부 빼고 최대한 요약하면 그의 증언은 아래와 같았다.

"…그렇게 자고 있는데, 꿈인지 생시인지 갑자기 몸이 둥실둥실 떠오르는 기분이 들었습니다. 이불 위로, 지붕 위로 막 날아가는 것처럼요. 그러면서 주변도 점점 밝아지다가, 어느 순간에 보니 제가 온통 새하얀 빛만 가득한 방 안에 서 있지 뭡니까. 처음엔 저 혼자만 있는 줄 알았습니다. 그런데 아니었어요. 눈앞에 다른 무언가가 있었습니다. 사람도 아니고 동물도 아니고, 오색 안개처럼 한참 일렁이기만 하는 것이 말입니다. 지금 생각해보면 그게 무슨 조율을 하고 있었던 것 같기도 합니다. 한번 일렁일 때마다 머릿속에 라디오 치직거리는 소리가 울리더니, 어느 순간 그게 또렷한 목소리로 바뀌었거든요. 사람 같지 않은 아주 이상한 목소리였는데, 제가 들은 건 정확히 두 마디였어요. "저를 그려주십시오. 제 모습을 상상해서 그려주십시오."

그러더니 그게 제 눈앞에서 서서히 또렷한 형체를 갖춰 갔습니다. 안개가 한데 뭉치고, 부풀고, 쪼그라들고 하면서요. 처음엔 사람 모양인가 싶더니, 또 사람이랑은 다른가 싶었고, 눈을 크게 떠서 집중하려 하면 할수록 점점 더 이상한 구석이 눈에 띄더군요. 사실 제가 뭘 보고 있었는지도 당시에는 이해할 수가 없었습니다. 왜, 너무 이상한 광경을 보면 오히려 눈에 안 들어올 때가 있지 않습니까? 딱 그랬습니다. 내가 지금 세상 그 무엇과도 다른, 이 지구상에 존재하지 않는 아주 새롭고도 기묘한 물건을 보고 있구나 싶더군요. 그걸 깨닫는 순간에 머릿속이 갑자기 팟, 하고 환해졌지요. 그러고선 주변이 막 흔들흔들하더니, 정신을 차려보니까 저는 도로 자리에 누워 있었습니다.

꼭 이상한 꿈을 꾸다가 깬 기분이었는데, 악몽 꿨을 때처럼 식은땀이 흐르고 오한이 들진 않았어요. 대신에 정신이 말똥말똥하고 머릿속에서 갑자기 아이디어가 흘러넘치는 게 느껴졌습니다. 방금 꿈속에서 너무나도 참신한 무언가를 봤으니, 잊기 전에 이걸 그림으로 꼭 남겨둬야겠단 열의도 솟구쳤고요. 그래서 한밤중에 책상에 앉았는데, 손이 막 저절로 움직이다시피 하더군요. 그림을 그리고, 또 그리고, 그러다가 이 신기한 그림을 다음 작품에 써먹지 않으면 너무 아깝겠단 생각도 들고…. 그날은 결국 기껏 짜둔 기획에 외계인을 집어넣어서 싹 갈아엎고 나서야 도로 잠들었지요. 지금 돌이켜보면 그때 만났던 그것이 바로 고대 그리스 사람들이 말한 뮤즈가 아니었나, 열심히 만화 그리다 보니 정말로 뮤즈가 내린 건가, 그런 생각도 듭니다."

내가 『신입사원은 외계인』에 대해 들을 수 있었던 증언은 여기까지다. 이후 거의 두 시간 동안 호찬 작가는 연재 도중 잡지사와 빚은 원고료 관련 갈등 이야기를 늘어놓기 시작했고, 통화를 마칠 때까지 그가 디자인한 외계인 이야기는 다시 화제에 오르지 못했다.

***

호찬 작가의 증언을 믿을 수 있을까? 대다수의 외계인 근접 조우 경험담이 그렇듯 이 이야기에도 확실한 물증은 없고 모호한 부분은 산더미처럼 많다. 이런 종류의 경험담 대다수가 악질적인 거짓말이나 장난의 산물임은 두말할 필요가 없다. 무엇보다 호찬 작가는 내 직업을 알고 있었으니, SF 작가가 가장 듣고 싶어 할 만한 이야기를 일부러 열심히 꾸며냈을 가능성도 부정할 수 없다. 다만 그의 이야기에 일말의 진실이라도 담겨 있다고 가정한다면, SF 작가로서 나는 아래와 같은 가설을 제시해볼 수 있을 뿐이다.

50~70년대에 보고된 외계인 목격담을 살펴보면, 당시에는 온갖 해괴한 외계인이 세상에 나타나곤 했단 사실을 알 수 있다. 상자 안에 붉은 구체가 들어간 머리를 지닌 고무 인형, 꽃 모양 로봇, 회색 젤리, 아스파라거스 모양 금

속 막대 등등…. 하지만 이런 개성적인 모습의 외계인들은 대부분 두 번 다시 목격되지 않았고, 그러는 동안 지구의 대중은 훨씬 단순하고 인간과 닮았으면서도 적당히 이질적인 '그레이'를 외계인의 대표 이미지로 받아들였다. 어쩌면 1994년에 호찬 작가를 찾아온 수수께끼의 '뮤즈'는 이러한 역사로부터 무언가를 배웠던 게 아닐까? 지구인들의 인식에 뿌리를 내리고 싶다면, 일단 지구인에게 받아들여질 만한 모습을 취하는 게 먼저라는 교훈을 말이다.

그리고 그런 모습이 구체적으로 무엇인지 알아내기 위한 최적의 방법은, 물론 지구인에게 직접 디자인을 의뢰하는 것이었으리라. 그렇다면 당시 한국의 잡지 연재 만화가는 이상적인 디자이너라 할 수 있었다. 직업이 직업이니만큼 머릿속에 영감을 불어넣으면 이를 능숙하게 그림으로 완성해줄 테고, 인쇄 일정이 정해진 잡지의 특성상 작업도 빨리 끝낼 테니까. 전문 SF 만화가처럼 괴상한 외계인을 그리는 데 능숙하지는 않았겠지만, 그렇기에 오히려 지나치게 복잡하거나 이질적이지 않은 외계인을 디자인할 수 있었을지도 모른다. 한편 출판사도 독자층도 제각각인 전문지라면 일제히 외계인 만화가 실려도 눈치채기 힘들고, 한국에서만 주로 쓰는 문자로 적힌 잡지라면 세상에 퍼져나갈 위험도 적다. 다수의 작가에게 동시에 영감을 주어 최대한 많은 디자인을 확보하고 싶었다면 이보다 좋은 선택은 없었던 셈이다.

여기에 나는 한 가지 추측을 더욱 조심스레 덧붙여보려 한다. 통화 끝 무렵에 호찬 작가가 늘어놓은 당시 만화가 모임 술자리 이야기 속에는, 비록 '뮤즈'나 외계인과 직접 관련되었단 증거는 없을지언정 충분히 의미심장한 언급이 하나 있었다. 뒤쪽 테이블에서 거나하게 취한 작가 하나가 이렇게 한탄하는 소리를 들었다는 짧고 애매한 언급이었다.

"내 디자인이 뭐가 어때서 그래? 내가 꿈에서까지, 그런 뭔지 모를 놈한테까지 이 소릴 들어야 해? 이런 디자인은 20세기에는 이르다, 다음 세기에나 쓸 수 있겠다…."

이 한탄이 혹시라도 '뮤즈'와 관련된 것이었다면, '뮤즈'는 당시 완성된 디자인 중 일부가 세기말의 지구에 선보이긴 조금 이르다고 판단했던 것일까? 그렇다면 21세기인 지금은 그 디자인들이 나타날 때일지도 모른다. 마침 『소년들의 게임』에 등장한 외계인 종족 중에는 21세기에 처음 목격된 이른바 '프레스노 나이트크롤러'라는 괴생명체를 닮은 게 있긴 하지만, 녀석은 희고 특징 없는 몸통에 긴 다리만 둘 달린 아주 단순한 모습이기 때문에 우연히 닮았을 뿐일 가능성을 부정할 수가 없다. 그렇기에 이 지면을 빌어, 나는 독자 여러분께 다시금 부탁을 드리고자

한다.

혹시 90년대 중반에 발간된 전문지가 집에 쌓여 있는가? 그 속의 연재만화 코너에 외계인이 하나라도 그려져 있는가? 그렇다면 그 모습을 사진으로 찍어서 개인 메일이나 SNS 메시지로 보내주었으면 한다. 만일 여러분이 보내준 사진 속 외계인과 꼭 닮은 존재가 향후 언제라도 지구에 모습을 드러낸다면, 그건 90년대 말에 굉장히 지구 사정에 밝고 꼼꼼한 '뮤즈' 하나가 정말로 한국 잡지 연재 만화가들을 찾아가 영감을 불어넣었으리란 가설의 가장 확실한 증거일 테니까. 여러분의 제보가 한국 SF 역사의 가장 기묘한 수수께끼를 풀 열쇠가 되어줄 날을 간절히 기다리고 있겠다.

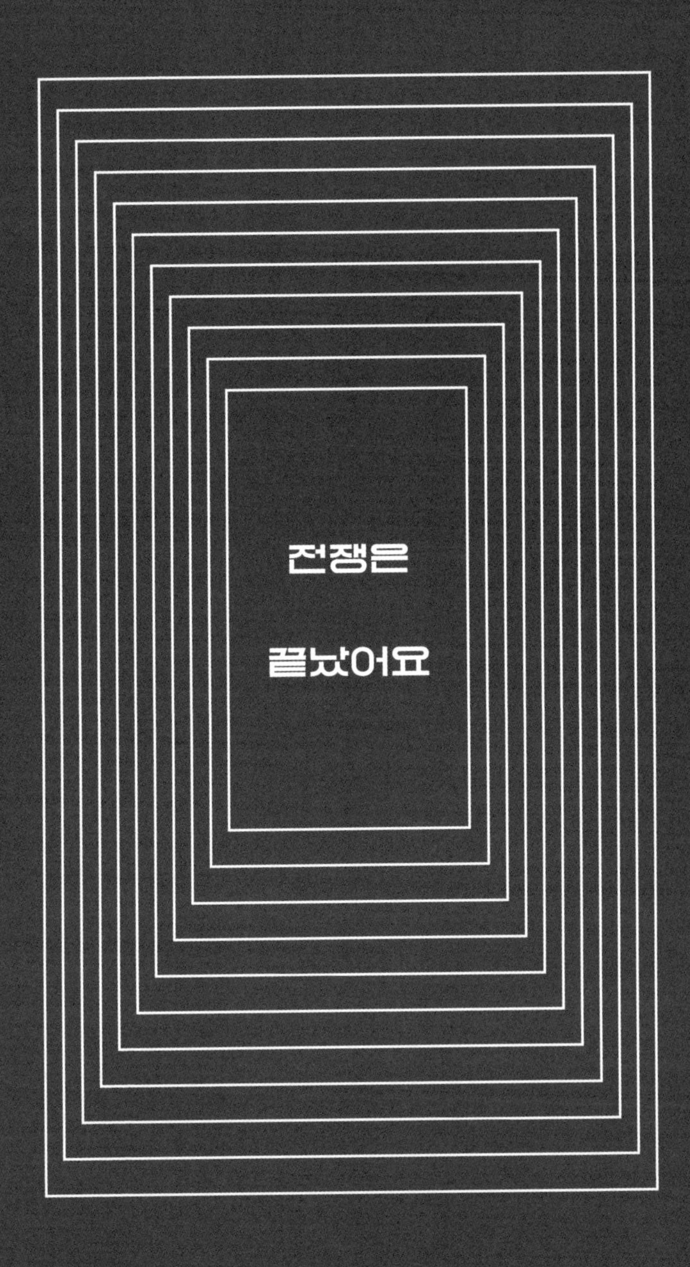

전쟁은
끝났어요

2019년 『전쟁은 끝났어요(요다)』 수록

화면 위의 그래프가 주홍빛 공기를 타고 아지랑이처럼 흔들린다. 실험이 준비되기까지 생각보다 오랜 시간이 걸려, 분석 장비가 마지막 시료까지 처리하고 나니 이미 해 질 녘이다. 저녁 식사 시간 전에 결과 갈무리와 뒷정리까지 끝나야 한다. 그래프 곳곳에 삐죽삐죽 솟은 점을 확인하기 위해 시선이 좌우로 움직인다. 눈이 계산 수치를 확인하면 손이 재빨리 받아 기록한다. 흘려 쓴 글씨가 노트의 선과 선 사이를 제멋대로 가로지른다.

에피네프린, 노르에피네프린, 도파민, 세로토닌. HVA, DOPAC, 5-HIAA, 5-HTP. 시료에서 검출된 각 물질의 명칭 및 농도가 쭉 적혀 내려간다. 하지만 이름과 숫자 그 자체는 중요하지 않다. 중요한 것은 의미다. 신경전달물질은 뇌와 신경계의 세포 사이를 오가며 신호를 중계하는 분자다. 이들이 뇌 속을 얼마나 어떻게 흐르는지에 따라 감정과 의식과 사고가 결정된다. 도파민은 욕망, 에피네프린은 공포와 밀접하게 연관된 것으로 알려져 있다. 즉 노트에 적힌 내용은 감정이다. 분석되고 계측되어 수치화한 마음이다.

몇 시간 전까지만 해도 이 감정은 실험대 위에, 수 킬로그램의 차갑고 북슬북슬한 덩어리 속에 박제되어 있었다. 죽은 아기 침팬지 '윌리'의 툭 튀어나온 코와 멍하니 벌어진 입, 흐릿한 눈동자, 부러진 다리와 피가 눌어붙은 검은 체모가 생생히 떠오른다. 파란 니트릴 장갑에 감싸인 내 손이 털 여기저기를 깎고 바늘을 찔러 넣어서 뇌 조직을, 뇌척수액을, 혈액과 소변을 뽑는 모습도. 채취한 시료를 분석하여 이 침팬지가 죽기 전에 어떠한 심리 상태에 있었는지, 최근에 어떤 감정을 느끼고 있었는지 알아내는 것이 오늘 실험의 목적이다. 죽은 유인원의 마음을 분자들이 속삭여줄 것이다.

그 속삭임을 해독하려 노트와 화면을 오가던 시선이 방해를 받아 흔들린다. 철제문을 두드리는 깡깡 소리가 어둑어둑해진 실험실 안으로 요란하게 퍼져 나간다. 잊혀 있던 사실들이 차례로 떠오른다. 벌써 식사 시간이다. 그리고 실험대 위가 아직 엉망진창이다. 서둘러 일으킨 몸이 비틀거린다. 불그스레하고 찐득거리는 얼룩이 긴 자국을 남기며 닦여 나가는 동안 이번에는 목소리가 울린다.

"미나, 오늘도 많이 바빠요?"

움직임이 더욱 급해진다. 청소가 그럭저럭 끝난다. 옷걸이에 내던져지다시피 걸린 가운이 반쯤 흘러내린다. 하루 종일 답답한 가운에 감싸여 있던 팔 안쪽에서는 피와 소금과 몇 가지 유기용매의 냄새가 난다. 잠금장치가 풀린 문이 삐걱거리며 열리니 더운 공기가 훅 밀려 들어온다. 군데군데 긁히고 얼룩진 얼굴이 그 한가운데에서 이쪽을 걱정스레 쳐다보고 있다. 아침부터 저녁까지 내내 정글에서 침팬지를 관찰하다가 온 사람다운 얼굴이다.

"기다려주실 필요는 없었는데요, 카옘베 박사님."

"일부러 데려가지 않으면 끼니를 거르니까 이러죠. 방문객이 앓아누우면 그것도 시설 책임이에요."

그렇게 말하면서 박사는 씩 웃는다. 얼굴이 가볍게 화끈거린다. 이윽고 니알루켐바 영장류 연구소의 복도로 카옘베 박사의 힘찬 걸음걸이가 앞서 나아간다. 생화학자 미나의 발은 머뭇머뭇 그 뒤를 따른다.

식당을 향해 걷는 동안 자연스레 일 이야기가 나온다. 정글에서 종일 관찰한 내용을 말해주며 카옘베 박사는 미소를 유지하려 애쓰지만, 한숨이 나오는 것을 막지는 못한다.

"오늘은 말라키가 피를 줄줄 흘리면서 걸어가지 뭐예요. 불쌍한 녀석."

"충돌이 있었나 보네요. 누구랑 싸웠는지도 알아내셨나요?"

"확신은 못 하겠지만, 아마 윈터스 녀석이겠죠. 요즘 들어서 충돌이 더 잦아진 느낌이네요. 윌리가 그렇게 된 지 겨우 이틀인데."

오늘의 분석 시료 제공자였던 윌리의 텅 빈 눈이 다시 떠오른다. 니알루켐바 보호구역에서 올해 들어 동족에게 살해당한 네 번째 침팬지다. 카옘베 박사가 언급한 다른 침팬지들이 어떤 개체인지는 정확히 떠오르지 않지만, 아마 말라키가 '호수 파벌'이고 윈터스 무리는 '절벽 파벌'에 속해 있을 것이다. 이곳 니알루켐바의 침팬지들은 두 파벌로 나뉘어 싸우고 있다. 숲이 불타며 서식지를 잃은 침팬지 수십 마리가 이 지역의 정글로 이주해온 이래 3년 동안. 서로의 땅을 빼앗으면서. 때론 죽고 죽이면서.

야생 침팬지들 사이의 유혈 충돌은 1970년대에 탄자니아 곰베에서 장장 4년에 걸친 '전쟁'을 관찰한 제인 구달에 의해 처음으로 학계에 보고되었다. 이후에도 동족에 대한 침팬지의 잔혹한 폭력은 종종 관측되어왔다. 침팬지들은 다른 무리의 영토를 침략하고, 혼자 다니는 개체를 떼 지어 기습하며, 심지어는 새끼를 납치해 잔인하게 살해하기도 한다. 이유가 무엇일까? 어째서 전쟁을 벌이고, 왜 동족을 죽일까? 수수께끼를 풀기 위해서는 관찰이 필수적이다. 그렇기에 니알루켐바야말로 기회의 땅이다. 숲은 넓지 않고 폭력은 빈번히 터져 나와 관찰에 더없이 적합하다. 기존 국립공원 관리소 자리에 이곳 니알루켐바 영장류 연구소가 세워진 이유다. 우리 친척 유인원들의 어둠의 심장부를 가장 가까운 곳에서 들여다보기 위해.

곰베에 구달이 있었다면 니알루켐바에는 아델 카옘베 박사가 있다. 연구소의 설립 멤버 중 하나로, 이곳에 줄곧 머물며 '니알루켐바 내전'을 꼼꼼히 기록해온 영장류학자다. 한편 전장을 직접 관찰하며 연구하고자 몇 개월 정도 시간을 내는 과학자도 종종 있다. 나도 그런 방문객이고, 이번 분기에 니알루켐바에 머무를 과학자 여덟 명 중 하나다. 식당 문을 열고 들어서자 테이블 두 개에 왁자지껄하게 둘러 모인 사람들이 눈에 들어온다. 빈자리가 남은 테이블 쪽에서 인류학자인 에시타 미스라 박사가 손을 흔든다.

"아델! 미나 씨! 왜 이렇게 늦었어!"

테이블 사이를 비집고 들어가서 미스라 박사의 건너편에 자리를 잡는다. 땅콩버터와 토마토로 만든 소스에 끓인 닭고기가 이미 접시에 담긴 채 놓여 있다. 카옘베 박사는 배가 고팠는지 닭고기에 거의 얼굴을 파묻다시피 하고서 숟가락을 움직인다. 미스라 박사는 손으로 연신 부채질을 한다.

"너무 덥지 않아? 여기 에어컨 실외기가 고장이 났대."

"뭐가 자주 망가지네요."

"그렇다니까! 우리 도착했을 때는 위성 안테나가 말썽이었고, 그다음 주에는 지프차 바퀴에 죄다 펑크가 났고, 이번엔 에어컨이야. 아델, 넌 개코원숭이들 짓이라고 그랬지?"

카옘베 박사가 닭고기를 우물거리며 말없이 고개를 끄덕인다. 연구소 주변은 짓궂은 개코원숭이들의 터전이다. 안테나도 실외기도 전부 원숭이들로부터 보호하기 위한 철망으로 둘러싸여 있지만, 카옘베 박사는 원숭이들이 뚫을 방법을 알아냈을 거라고 의심한다. 미스라 박사의 생각은 다르다.

"여전히 난 반군들이 의심스러워. 이쪽 숲이 보호구역 지정된 걸 탐탁치 않아하는 사람들도 있는 거 알잖아. 정치는 좀 안정됐다지만 아직 게릴라들도 남아 있고, 지역 주민들도 반군에 우호적이라던데."

"숲을 불태운 것도 반군이었고 말이죠."

"그래, 침팬지들이 여기로 몰려온 것도 그 일 때문이지. 전쟁이 전쟁을 만든 거야."

전쟁이 전쟁을 만든다. 한 분기 동안 머무를 과학자들이 전부 도착한 날, 환영 파티 때 미스라 박사가 바비큐를 구우며 말한 내용이 떠오른다. 그때도 미스라 박사는 전쟁 이야기를 했다. 학술적 관심사에 대한 말을 한번 시작하면 결코 멈추지 않는 사람이라는 인상이 첫날부터 박혔다.

"'117번 발굴장소'라는 곳 알아? '제벨 사하바'라고도 하는데. 수단에서 발견된 1만 3천년 전의 집단 무덤이야. 창에 찔리고 화살에 맞은 사람들의 무덤."

"일종의 군인 묘지네요."

"그리고 군인이 있었다는 건 전쟁도 있었다는 얘기지. 117번 발굴장소는 인류학자들이 아는 가장 오래된 전쟁 흔적이야. 놀랍지 않아? 1만 3천년 전부터 우린 서로 죽이려고 싸웠던 거야."

회상 속 미스라 박사의 말이 식탁에서 소리를 높이는 현재의 말소리에 겹쳐 들린다. 고고학적 증거로 남은 첫 번째 전쟁으로부터 1만 3,000년이 흘렀고, 식량은 온 인류를 다 먹일 수 있을 만큼 충분하고, 기술도 아득히 발전했고, 멈추려면 얼마든지 멈출 수 있을 것 같은데도 인류는 여전히 심심찮게 극단적인 길을 택한다. 싸울 이유를 만들어서 전쟁을 벌이고 있다….

"내 가설은, 우리 내면에 가장 과격한 행동을 부추기는 어떤 본능이 있다는 거야. 말하자면 '하이드 씨 가설'이라고나 할까. 아직까진 생각에 불과하지만 여기서 뭔가 이유를 알아내서 돌아간다면, 혹시 또 모르지."

"사람이 싸우는 이유, 말이네요."

"다들 그게 궁금한 거잖아. 원숭이가 왜 싸우는지가 아니라."

박사의 지적은 장난스럽지만 정확하다. 니알루켐바에 과학자들이 모이는 이유는 결코 침팬지를 연구하기 위해서만이 아니다. 침팬지는 거울이다. 인간은 침팬지들의 전쟁으로부터 스스로의 피투성이 역사를 읽는다. 침팬지들의 폭력을 분석함으로써 인간의 폭력이 발생하는 원인을 알아내고 그 해결책을 통찰하려 한다. 컴퓨터 모델링으로 무리 사이의 갈등이 진화적으로 최적화된 선택일 수 있는지 알아보려는 진화생물학자도, 이곳 침팬지들의 표정과 몸짓 데이터를 수집하겠다는 계획을 밝힌 동물행동학자도 마찬가지다. 각자 자신만의 방법으로 침팬지로부터 인간을 추출해낸다.

생화학자인 나의 작업 또한 동일한 맥락 위에 있다. 죽은 아기 침팬지의 몸속에 있던 분자들이 나의 체내에도 똑같이 존재한다. 인간의 감정만이 고유하고도 신성한 방식으로 동작하리라는 환상은 생화학의 불길한 가마솥 속으로 녹아 사라진 지 오래다. 같은 조건에 놓인 분자는 언제나 같은 방식으로 움직인다. 흐르고, 부딪치며, 연쇄반응을 일으킨다. 그러니 너무나 당연하게도, 침팬지의 마음이 곧 분자라면 인간의 마음 또한 그러하다. 노르에피네프린이 곧 인류이며 인류가 곧 세로토닌이다. 진정한 실험 대상은 죽은 침팬지가 아닌 살아 있는 인간의 마음이다.

마침내 카옘베 박사가 접시로부터 얼굴을 떼자, 테이블의 화제는 자연스레 인류학에서 영장류학으로 바뀐다. '절벽 파벌'과 '호수 파벌' 사이의 충돌에 대해서, 지금까지 모인 데이터와 그 해석에 대해서 이야기한다. 나의 생화학적 분석 결과도 이따금씩 거든다. 카옘베 박사는 뇌 내 신경전달물질을 통한 접근이 퍽 마음에 든 눈치다.

"그러고 보니까 미나, 전에도 한동안 영장류 실험 해봤다고 얘기했었죠. 그때도 이런 연구였나요?"

잘 알려진 연구는 아니고, 영장류 연구에 온 경력을 바친 사람 앞에서는 더더욱 말하기가 부끄럽다. 목소리가 미세하게 떨린다.

"영장류 보호소에 한동안 있었어요. 많이는 아니어도, 그, 침팬지들이 오거든요. 영장류 동물실험 금지법 때문에 실험실에서도 오고, 밀수업자한테서 구출돼서도 오고. 갇혀 있어서 우울해지거나 폭력적이 된 개체를 주로 연구했죠."

"흥미로운데요. 여기 데이터랑 비교해보면 뭔가 의미 있는 게 나올 것도 같고요."

"그건 더 봐야 알겠지만요. 잘 아시겠지만 보호소에서 나온 결과를 바로 현장에 적용할 수는 없으니까요. 음, 다르게 보면, 좋은 기회라고 생각해요."

마지막 말에는 무의식중에 힘이 실린다. 침착하게 연구에 몰두하려 해도 감정은 온전히 통제할 수 있는 것이 아니다. 세계에서 온 과학자들이 한 건물에 모여 있고, 이곳에서밖에 할 수 없는 실험이 있다. 좋은 기회다, 정말이지 완벽한 기회다.

"얼토당토않은 소리는 그만하시지!"

옆 테이블에서 누군가가 소리를 지르며 일어선다. 스푼이 땅에 떨어져 쨍그랑 구른다. 조금 더 차분하지만 노기를 숨기지 않는 또 하나의 목소리가 뒤를 따른다. 이쪽 테이블 모서리 쪽에 앉은 사람이다.

"당신을 공격한 게 아니에요, 르메르트 박사. 당신 모델의 결함을 지적한 거지. 지적을 좀 어른스럽게 받아들이는 게 어떻습니까?"

"어른스럽게 받아들여? 자기 의견을 못 받아들인다고 사흘 내내 똑같은 소리만 늘어놓는 건 어른스러운 일이고? 절벽 파벌에 수컷 침팬지가 많은 것까지 인간 변수에 넣어야 한다는 생각이야말로 결함이야!"

"저는 그렇게 단정 지어 말한 적이…."

생태학자인 아라시야마 박사는 더 할 말이 있어 보이지만, 르메르트 박사는 듣지 않고 폭풍처럼 성을 내며 식당을 나간다. 르메르트 박사를 뒤쫓아 나가는 사람이 있고, 아라시야마 박사에게 다가가는 사람이 있지만, 대다수는 제자리에 앉아 수군거린다. 미스라 박사가 속삭인다.

"봤지? 하이드 씨 가설이야."

글쎄, 인류에게 내재된 폭력성의 탓을 하기에는 다른 변수도 많다. 이를테면 에어컨이 꺼져 있고, 그 전에도 갖가지 사고가 일어났고, 그러다 보면 신경이 곤두서게 마련이다. 연구 방법론을 두고 진행되던 학술 논쟁이 고성과 폭언으로 끝을 맺는 경우가 점점 잦아진다. 각자의 연구 방향에 따라 어느 한쪽의 편을 들고, 상대편의 연구를 비난하고, 갈등이 봉합될 수 없는 지점을 넘어섰을 때 하나로 붙어 있었던 두 테이블이 갈라졌다. 인간의 전쟁이 침팬지의 전쟁을 만들었고, 침팬지의 전쟁이 다시 인간의 전쟁을 만든다. 니알루켐바의 침팬지 무리에서처럼 니알루켐바의 과학자 집단에도 파벌이 생겨났다.

알베르 르메르트 박사는 침팬지 사이의 충돌에 간섭하지 않고 관찰해야 한다는 이른바 '관찰 파벌'의 우두머리 수컷이다. 항상 싸움의 선두에 서 있지만 이해되는 일이기도 하다. 르메르트 박사의 진화생물학 연구를 위해서는 모델에 입력되는 변수에 인위적인 조작이 가해져서는 안 되니까. 인간이 개입해 침팬지들의 싸움을 말린다면 연구에 영향이 갈 수밖에 없다. 연구소에 상주하는 영장류학자 두 사람 역시 귀중한 관찰 기회를 최대한 활용하자는 입장이고, 방문 연구자들 중에도 여기에 찬동하는 사람이 절반은 된다.

내가 있는 테이블의 의견은 조금 다르다. '개입 파벌'은 침팬지가 위기에 처한 영장류라는 사실을 지적한다. 분쟁이 격해지도록 방치했다간 서식지를 잃고 이주한 개체들의 수가 크게 감소할 가능성이 있다. 구달이 기록한 곰베 침팬지 전쟁에서는 서른 마리 중 열한 마리가 목숨을 잃었다. 카옘베 박사는 사태가 더 심각해지기 전에 조치를 취하고 싶어 한다. 인간의 개입이 과연 전쟁을 멈출 수 있을지 궁금해하는 연구자들 또한 카옘베 박사의 주장에 찬성한다.

침팬지를 연구하는 시각은 곧 인간을 보는 시각이다. 어쩌면 두 파벌 사이의 간극은 인간의 잔혹성에 대한 의견 차이를 반영하는지도 모른다. 인간은 전쟁을 멈출 수 있을까? 끊임없는 살육은 진화 과정에서 자연스레 도달한 합리적 해답인가, 아니면 불안정하고 유해하며 개선 가능한 증상인가? 다시 목소리를 높이는 아라시야마 박사의 얼굴이 아기 침팬지 윌리로, 117번 발굴장소에 묻힌 유해로, 숲을 불태우는 반군으로 바뀌어 보인다. 시간과 공간을 초월하여 동일한 메커니즘으로 반응하는 동일한 분자들의 모습이 보인다. 마음은 곧 분자이니 전쟁이란 일종의 화학반응이고 춤추는 화학물질의 환상은 멈추지 않는다. 카옘베 박사의 나지막한 목소리가 환영 사이로 흘러 들어온다.

"슬슬 정리하고 일어나죠, 미나. 에시타는 오늘 설거지 당번인 거 잊지 말아요."

전쟁의 참화도, 미스라 박사의 과장된 신음도 테이블 위에 남겨둔 채 발걸음은 숙소 쪽을 향한다. 창밖의 어둠 내린 정글이 불길처럼 흔들린다. 깊은 숲속에서는 여전히 분자 몇 개가 용맹한 전사의 창끝처럼 번뜩이고 있다.

뜨거운 물이 화학약품과 향신료 냄새를 씻어 내린다. 샤워를 마친 몸에서는 인공적인 꽃과 과일의 향기가 난다. 밤이 되어도 연구소는 잠들지 않는다. 머리의 물기가 증발하고 알약이 혈류 속으로 녹아드는 동안 오늘 얻어진 데이터가 다시 한번 점검된다. 연구는 순조롭지만 한편으론 지지부진하다. 돌파구가 필요한 시점이다. 진행을 획기적으로 앞당길 좋은 방법이 없을까? 세 시간 동안의 고민은 별다른 소득 없이 끝난다. 이럴 때 필요한 건 자극이

다. 지친 신경세포를 깨울 전류의 번뜩임이다.

동료 연구자와 시간을 보내는 일만큼 좋은 정신적 자극은 없다. 카옘베 박사는 불쑥 찾아온 불청객을 언제나 반갑게 맞이해준다. 침대에 앉으면 한눈에 들어오는 방 안은 평소와 다름없이 아찔하도록 어지럽다. 한쪽 벽면을 전부 차지한 책장에는 관찰 내용을 기록한 노트가 빼곡하고, 책상 위의 노트북 화면에는 오늘 정글에서 찍어 왔을 영상이 흘러간다. 수풀 속으로 뛰어 사라지는 침팬지를 바라보며 카옘베 박사가 말한다.

"콜리어가 겁에 질린 게 보이나요? 원래는 호기심이 많은 개체예요. 바닥에 뭘 떨어뜨리면 바로 주워 가죠. 사람을 만나면 멈춰 서서 관찰하곤 했는데, 최근에는 일단 도망을 쳐요."

"꼭 트라우마 반응 같네요."

"저도 그렇게 생각해요. 니알루켐바의 침팬지들은 폭력만 보이는 게 아니에요. 우울과 불안 징후는 폭력에 비해서 잘 드러나지 않으니 간과하기 쉽지만, 어쩌면 더 심각한 문제인지도 모르죠. 직접 싸움에 참여하지 않는 개체들한테도 만연해 있으니까요."

나지막이 말하는 얼굴에 그림자가 드리운다. 우울과 불안은 화면 속에만, 정글 깊숙한 곳에만 머무르지 않는다. 높은 지능과 감정을 가진 영장류 종의 개체들이 고통에 신음하는 모습을 3년 동안 그저 관찰할 수밖에 없었던 영장류학자의 뇌 속에서도 비슷한 반응은 일어날 수 있다. 카옘베 박사에게도 돌파구가, 자극이 절실하다. 그래서 툭하면 방으로 찾아오는 나를 매번 환영하는 것이리라. 한 달 동안 벌써 몇 번이나 밤이 깊도록 침대에 나란히 앉아 이야기를 나누었다. 오늘도 마찬가지다. 카옘베 박사의 시선이 조심스레 입을 여는 내게로 향한다.

"전부 연결되어 있어요. 공격성과 우울과 불안은."

"더 자세한 설명 부탁드려요, 미나."

"세로토닌이에요. 낮은 세로토닌 농도가 세 가지 감정과 전부 연관된다는 연구 결과들이 있어요. 사회성 결여, 약물이나 도박 중독, 위험을 간과하는 충동적 성향, 전부 마찬가지죠."

고작 하룻밤 만에 세로토닌의 모든 생화학적 역할을 설명할 수는 없다. 구조는 복잡하기보단 오히려 단순하지만, 구토 반응에서부터 뼈의 성장까지 정말로 모든 곳에 이 작은 분자가 고개를 들이민다. 특히 성격이나 감정 요인을 세로토닌 농도와 연관 지은 연구 결과는 셀 수 없이 많다. 그렇기에 카옘베 박사의 다음 질문은 예상 가능하다.

"그럼 만일 세로토닌 농도를 높이면…."

"다들 그게 해답이라고 생각하던 시기가 있긴 했지요."

현실은 그렇게 간단하지가 않다. 세로토닌의 농도를 올려주는 선택적 세로토닌 재흡수 억제제는 여전히 가장 인기 좋은 우울증 치료약이지만, 정확한 메커니즘에 대해서는 의견이 갈린 지 오래다. 어째서 세로토닌 농도는 약을 먹은 즉시 올라가지만 약효는 뒤늦게 나타나는가? 어떤 우울증 환자에게는 재흡수 억제제가 효력을 보이지 않는 이유가 무엇인가? 농도만으로는 모든 것을 설명할 수 없다. 세로토닌은 열쇠고, 이 열쇠를 꽂아 돌려서 작동시킬 수 있는 수용체가 알려진 것만 열네 종류나 있다. 작동의 비밀을 풀기 위해서는 열쇠와 열쇠 구멍을 전부 뜯어보아야 한다.

"수용체가 세로토닌과 결합하면 세포에 신호가 보내지고, 그 신호가 연쇄적으로 전달되면서 체내에서 일어나는 작용을 결정해요. 그 과정을 알아내는 게 항상 문제죠. 이를테면 인간의 정서에는 5-HT1A 수용체가 관여하는 게 확실하지만, 다른 수용체도 복합적으로 연결돼 있단 증거가 있어요. 제 연구 주제는 5-HT1E 수용체도 그렇게 연결돼 있는지 확인하는 거였고요."

1989년 발견된 이래 5-HT1E 수용체는 줄곧 수수께끼의 열쇠 구멍으로 남아 있다. 인간의 뇌 곳곳에 박힌 걸 보니 분명히 무슨 역할이 있을 텐데, 그 기능이 무엇인지 아무도 알아내지 못한 것이다. 두 가지 이유 때문이다. 첫

째, 가장 많이 쓰이는 실험 동물인 쥐에게는 5-HT1E 수용체가 없다. 둘째, 다른 열쇠 구멍은 건드리지 않고 이 수용체에만 작용하는 물질이 오래도록 발견되지 않아 정확한 연구를 할 수가 없었다. 그래도 과학은 발전한다. 내 본격적인 연구자로서의 삶이 시작된 실험실은 김종현 교수가 두 번째 문제를 해결한 곳이었다. 이론 이야기에 개인적인 경험이 섞여 들기 시작한다. 카엠베 박사가 고개를 가까이 기울인다.

"몇 가지 물질이 성공적으로 합성됐어요. 세로토닌보다 훨씬 활발히 결합해서 강한 신호를 유도하는 작용제, 반대로 수용체 작동을 잠시 막아버리는 길항제, 그런 것들이 있으면 기능을 연구할 수 있죠. 쥐 대신 기니피그를 써야 했지만요."

"그래서 연구 결과는요? 기능을 알아냈나요?"

"잘됐으면 연구실에 계속 있었겠죠. 영장류 보호소로 가는 일 없이."

두 연구자가 동시에 짧은 탄식을 토한다. 과거의 실패한 연구 이야기만큼 강렬한 공감을 유도하는 화제가 있을까. 5-HT1E 수용체는 기억을 담당하는 해마와 후각구는 물론이고 정서를 관장하는 편도체에도 적지 않은 수가 존재하니, 분명 감정 변화에도 밀접하게 연관되어 있으리라는 것이 연구팀의 가설이었다. 기니피그 실험은 얼핏 그 결과를 뒷받침하는 듯 보였다. 길항제를 주어 수용체 기능을 저해하면 기니피그는 더 쉽게 불안해하고, 먹이 앞에서 더욱 격렬하게 싸우며, 전반적인 호르몬 농도가 바뀐다. 극적이지는 않았지만 분명한 변화다. 이때 작용제를 투여하면 상태는 곧 원래대로 돌아간다. 불안장애나 공격성 치료에 응용 가능할지도 모를 결과였다. 우울증 치료에 효과라도 있다면 어마어마한 업적이 된다. 아무리 선진국이라도 우울증이 줄어들 기미는 보이지 않으니까. 거대한 시장이니까. 하지만 대성공의 화려한 꿈에서 깨어나기까지는 오랜 시간이 걸리지 않았다.

'극적이지는 않은' 변화가 너무 극적이지 못했던 것이 문제다. 굳이 작용제를 투여하지 않아도 불안하지 않은 기니피그와 함께 있으면, 혹은 기니피그 우리라도 근처에 있으면 길항제의 효과는 곧 사라진다는 사실이 밝혀졌다. 5-HT1E 수용체의 기능이 저하되어 생기는 불안감은 기껏해야 친구와 같이 놀면 사라지는 수준이었던 것이다. 수수께끼에 싸여 있던 기능은 알고 보니 고작 보조적인 역할. 불안 빈도나 폭력의 세기에 연관되어 있을 뿐, 그런 감정을 불러일으키는 결정적인 작용은 하지 않는다. 새로운 정신 질환 치료제 개발의 기회를 노리는 제약회사의 연구비 지원을 받아내기엔 턱없이 부족한 결과였다.

"더 실험해보고 싶었어요. 5-HT1E 수용체의 기능에 대한 다른 가설도 있었죠. 하지만 여건이 되지 않았어요. 당장 우울증 치료에 효과가 있을 법한 연구가 아니니까."

결국 이런 마무리다. 과학자들의 노력이 항상 결실을 맺는 것은 아니며, 연구가 매번 계획대로 진행되리라는 법도 없다. 그러니 물론 공격성과 우울과 불안의 복잡하기 그지없는 생화학적 메커니즘을 하룻밤 만에 전부 깨달을 수도 없다. 카옘베 박사도 그 정도는 알고 있다. 이야기를 듣다가 '유레카!' 하며 번뜩이는 돌파법이 떠오르기를 바라고서 나를 맞이한 것이 아니다. 필요한 것은 정신을 환기할 수 있는 대화이고, 그다음에는 약간의 기분 전환이다. 박사의 몸이 점점 더 무너지듯 기울어온다. 이 방을 처음으로 찾았던 날 밤에도 그랬듯이. 낯선 타인의 피부가 손바닥 아래에서 부드럽게 미끄러진다. 반복되는 움직임에 힘이 실린다.

"이렇게 다리를 만져주면, 우울할 때 효과가 있어요. 세로토닌 분비가 촉진돼서."

"믿음이 안 가는걸요, 미나. 수작 부리는 거죠?"

"사실은 사실이에요. 동물 실험으로 증명된 결과죠."

단단한 팔이 몸을 감싼다. 미소가 번져가는 카옘베 박사의 입술이 이제 1센티미터도 떨어지지 않은 곳에 있다. 뜨거운 호흡이 방해 없이 그대로 느껴진다. 장난기 묻은 질문이 목 근처의 피부에 닿아 산산이 부서지듯 들려

온다.

"무슨 동물인데요. 쥐? 아니면 기니피그?"

"메뚜기요."

"뭐예요, 그게."

박사는 웃음을 터뜨리고, 더 이상 누구도 말을 내뱉지 않는다. 조건이 갖춰지면 반응하는 두 물질처럼 그저 가능한 방향으로, 예정된 대로 동작할 뿐이다. 외부 자극을 가리지 않고 빨아들이려는 듯이 온 신체가 박동한다. 어느새 습기와 향수 냄새가 내 몸에도 배어 있다.

무의식의 저편에서 세로토닌 분자가 반짝이는 모습이 보인다. 아마도 메뚜기의 세로토닌일 것이다. 동시에 기니피그의 세로토닌이기도 하고, 또 침팬지와 나와 카옘베 박사의 세로토닌이기도 하다. 어떤 종의 체내에 있든 세로토닌은 항상 같다. 언제나 같은 역할을 하는 것은 아니다. 말벌의 독액 속 세로토닌은 근육을 수축시켜 통증을 유발하기 위한 물질이다. 분비되는 메커니즘도 조금씩 다르다. 메뚜기의 경우엔 실제로 뒷다리에 가해지는 자극이 세로토닌 농도를 상승시킨다. 농담이었지만 거짓말은 아니다.

가뭄이 오면, 먹이가 남아 있는 좁은 지역에 많은 개체가 모이게 되면, 뒷다리가 서로 닿으며 끊임없이 문질러진다. 세로토닌이 메뚜기의 작은 신경계를 푹 절인다. 신호의 연쇄가 일어난다. 크기가 커지고, 녹색이었던 몸이 갈색으로 바뀌며, 혼자 살아가는 대신 동족들과 함께 몰려다니고 싶어진다. 날지 못하는 유충은 뒤에서 몰려오는 굶주린 친구들에게 잡아먹히지 않으려 나아가고 또 나아간다. 성충 역시 무리를 이뤄 먼 곳까지 날아간다. 먹이가 있는 곳을 찾아서, 전부 먹어치운 뒤에는 다음 장소로, 또 다음 장소로, 가뭄이 끝난 뒤에 찾아올 풍요의 날까지. 더는 먹이를 찾아 초조하게 몰려다닐 필요가 없어질 그날까지.

침팬지가 인류를 비추는 거울이라면, 침팬지와 동일한 분자를 품은 메뚜기 또한 거울일 수 있다. 무리를 이뤄 몰려다니는, 내일이면 모든 식량이 사라지기라도 할 것처럼 불안에 떨며 모든 가능한 자원을 먹어치우는, 동족에게 살해당하지 않기 위해 끊임없이 도망치는 종의 거울. 하플로그룹 분석 결과는 현생 인류가 대략 7만 년 전쯤 아프리카로부터 전 세계로 퍼져나갔다고 말한다. 그 전후 언젠가에 거대한 화산이 폭발하여 인류의 개체 수를 극단적으로 줄였을 거라 말하는 학자도 있다. 살아남은 인류가 무리 지어 고향을 떠나기 시작한다. 보이는 모든 동물을 사냥해 여섯 번째 대멸종의 시대를 연다. 동족끼리 싸우며 무수히 많은 비극을 낳는다. 그 모든 순간 속에 반짝이는 메뚜기의 세로토닌 분자가 보인다….

자극과 환상으로부터 기발한 돌파구가 떠오르지는 않았지만, 적어도 다음 날이 되자 결심 하나는 확실히 선다. 더 과감한 방식으로 연구에 박차를 가할 때이다. 카옘베 박사는 정글 탐사에 동행시켜달라는 요청을 흔쾌히 승낙한다. 재킷도 빌려주고, 침팬지를 마주쳤을 때의 주의 사항도 말해준다.

"이곳의 야생 개체는 보호소에 있던 애들하곤 다를 거예요. 물론 기니피그하고도요. 예상치 못한 상황에 언제나 대비하세요."

어떤 연구에서든 통용되는 말이다. 꼼꼼한 준비에는 시간이 제법 걸려, 먼저 나가 기다리고 있던 카옘베 박사와 합류해서 출발할 즈음에는 이미 해가 뜨기 직전이다. 연구소 직원인 정글 가이드 세 사람도 동행한다. 손전등 불빛과 숙련된 가이드의 안내에 힘입어 침팬지들의 서식지가 점점 가까워진다. 다섯 사람을 둘러싼 야생이 깊은 잠에서 깨어나기 시작한다.

시료 분석 과정과 마찬가지로 침팬지 관찰 역시 지루한 기다림의 연속이다. 호수 파벌의 본거지에서 시스크는 누워 뒹굴고, 클레멘트는 아이에게 젖을 먹이며, 카옘베 박사는 그 모습 하나하나를 꼼꼼히 기록한다. 가이드의 손에 들린 카메라도 돌아가고 있다. 몇 시간을 그렇게 보낸 다음에는 자리를 옮긴다. 절벽 파벌의 영토까지 가는 길은 험하고, 기온이 점점 올라가자 땀이 비 오듯 흐른다. 팔 전체가 흙과 풀 냄새로 뒤덮인다. 개미에게 물어뜯긴 다리가 따끔거린다.

"쉿! 다들 멈춰봐요."

카옘베 박사가 먼 나무 사이를 응시하며 속삭인다. 이윽고 침팬지 두 마리가 어기적거리며 걸어 나온다. 가이드인 라울의 말에 따르면 윈터스와 콜비다. 둘 다 절벽 파벌이지만 이곳은 아직 호수 파벌의 영토. 이윽고 반대편에서도 다른 침팬지 하나가 모습을 드러낸다. 다리가 부러진 듯 비틀거리며 걷는 개체다.

"말라키잖아요! 어제 입은 부상이 안 나은 것 같은데…. 키술라, 찍고 있나요? 라울은 미나를 부탁해요."

두 파벌의 침팬지들이 서로를 향해 다가간다. 절벽 파벌 쪽의 몸짓은 당당하기 그지없다. 말라키는 잔뜩 긴장한 모습이지만, 그래도 물러서지 않고 이를 드러내며 크르릉거린다. 먼저 달려드는 것은 콜비다. 그런데 그 순간 심상찮은 기색이 곳곳의 수풀에서 바스락거린다. 하나, 둘, 셋, 네 마리의 침팬지가 일시에 튀어나온다. 이어지는 것은 침입자를 겨냥한 무자비하고 처절한 폭력이다. 고함과 이빨과 주먹과 발길질이다.

"아, 콜비, 콜비, 기습에 당했어요. 어제 싸움에서 이겼으니까, 여기까지 자기 영토라고 생각해서 너무 깊이 들어온 거예요. 윈터스는 벌써 도망갔고요. 콜비를 이대로 보내줄 생각이… 없어 보이네요. 세상에. 안 돼."

성난 울음소리 속으로 비명이 파묻혀 사라져간다. 얻어맞을 때마다 축 늘어진 팔이 덜렁덜렁 흔들린다. 침팬지가 침팬지를 죽이는 행동, 동족 살해의 순간, 전투, 가장 격렬하고 극단적인 화학반응이 짧은 영원과도 같이 지나간다. 전사의 시체와 충격에 빠진 종군기자만을 전장에 남겨두고서.

"도저히 익숙해지지가 않아요."

나무 그늘에 기대 쉬는 카옘베 박사의 얼굴에는 핏기가 없다. 콜비의 시체로부터 혈액과 뇌척수액 샘플이 뽑혀나가는 동안 제대로 쳐다보지도 못하고 고개를 젓는다. 그 제인 구달조차 침팬지 전쟁을 관측한 뒤 악몽에 시달렸다는 사실이 떠오른다. 사탄이라는 이름의 침팬지가 동족의 사체에서 피를 받아 마시는 악몽이었다고 했던가. 인간과 너무나도 닮은 종의 일원들이 동족의 목숨을 앗아가기 위해 싸우는 광경은 너무나도 선명한 거울이다. 니알루켐바의 거울 너머에서 우리는 세계대전의 으스스한 망령을 본다. 박사의 떨리는 목소리가 이어진다.

"몇 년 동안 살롱가에서 보노보를 연구한 적이 있어요. 그때는 적어도 이런 일은 없었는데. 물론 싸우기도 하고, 폭력을 전혀 못 쓰는 것도 아니지만, 적어도 서로 죽이려 들지는 않았다고요."

침팬지의 가장 가까운 친척인 보노보는 평화롭기로 유명한 동물이다. 약 200만 년 전 콩고강이 형성되어 서식지가 나뉜 이래, 침팬지는 폭력을 선택했지만 보노보는 성적 접촉을 통해 갈등을 해소하도록 진화되어왔다. 침팬지에 비해 뇌의 편도체가 더욱 발달했다는 사실도 높은 사회성을 뒷받침한다. 하지만 보노보가 언제나 더 평화롭다고 단정할 수는 없다. 어쩌면 그저 풍족하고 위협이 적은 분지에 서식하기 때문에 싸울 일이 없을 뿐 아닐까? 환경의 영향은 절대적이다. 생명체의 모든 행위는 환경에 적응하기 위해 이루어진다.

"침팬지만큼 폭력적인 보노보를 봤어요. 보호소에 있을 때."

"학대당한 개체였나요?"

"어느 마약상이 애완용으로 사들여서는, 세 마리를 같은 우리에 넣고 밥도 제대로 주지 않았대요. 가까이 다가가기도 힘들 정도로 심하게 불안해하는 상태였죠. 그래서 특별히 실험 허가가 났어요. 제일 증세가 심한 개체한테 실험적인 항우울제를 투여해볼 수 있도록."

거짓말이다. 지금도, 그리고 당시에도. 불안해하는 보노보의 혈액검사 결과는 5-HT1E 기능이 억제된 기니피그를 연상케 했다. 제대로 결론지어지지 못한 예전 연구의 미련이 생각보다 훨씬 강하게 남아 있었다. 그리고 그 누구도 서류상의 이상한 점이나 뒤바뀐 약을 눈치채지 못했다.

"효과가 있었어요. 금방 안정됐죠. 한 마리가 괜찮아지니까, 다른 두 마리도 얼마 지나지 않아서 폭력을 멈췄고요."

카옘베 박사가 긴 안도의 한숨을 내쉰다. 다행스러운 결말이지만, 이것이 이야기의 전부는 아니다. 규정을 어겨 몰래 진행된 실험이니만큼 자세한 결과는 내 머릿속에만 기록되어야 했다. 약이 투여된 보노보가 우리로 되돌아가자 다른 둘이 슬그머니 다가와 끌어안았다는 사실도, 이윽고 세 개체의 호르몬 수치가 모두 안정 상태로 되돌아갔다는 사실도, 실험 이후부터 보노보 우리의 냄새가 뒤바뀌었다는 사실도. 그 냄새야말로 깨달음이었다. '유레카!'였다. 수용체 길항제의 영향으로 불안해진 기니피그들이 동족을 만나자 바로 안정되었던 실망스러운 실험 결과가 떠올랐다. 전혀 실망스러운 결과가 아니었다. 인간의 눈이 기체 분자를 볼 수만 있었더라도 진작 밝혀졌을 텐데.

실험 결과는 명확했다. 5-HT1E 수용체가 작동하면 몸에서 나는 냄새가 바뀐다. 수용체 기능이 저해되어 있는 개체가 그 냄새를 맡으면 상태가 원래대로 회복된다. 그러니까 기니피그 실험에서 관측된 것은 '친구와 같이 놀면 사라지는 수준의 가벼운 불안'이 아니었다. 필요한 것은 자신과는 달리 안심하고 있는 동족의 냄새. 그리고 그런 동족이 있다는 말은, 즉 주변에 풍족하고 위협이 적은 서식지가 있다는 뜻. 따라서 5-HT1E 수용체의 진짜 역할은 스위치다. 지금이 위기 상황인지 아닌지, 안심해도 좋을지 아닐지를 결정하는 스위치. 다음 가설, 다음 가설이 끊임없이 나타난다. 연구는 계속되어야 한다. 오로지 그 생각이 나를 이곳 니알루켐바로 이끌었다. 원하는 연구 환경이 갖추어진 곳으로. 기회의 전장으로.

"아무튼, 제 말은, 어떻게든 이 전쟁도 진정시킬 방법이 있을 거라고 생각해요. 반대하는 사람도 있겠죠. 설득해야 할 테고요. 그래도 불가능하진 않아요."

"고마워요, 미나. 좀 기운이 나네요."

박사가 미소를 지으면서 몸을 일으킨다. 이제는 연구소로 돌아갈 시간이다. 충격적이지만 귀중한 사건을 성공적으로 관찰했으며, 샘플도 더 얻었고, 무엇보다 박사와 이야기를 나누는 동안 연구를 진전시킬 괜찮은 아이디어도 하나 만들어졌다. 돌아가는 길에도 카옘베 박사의 눈과

가이드 키술라의 카메라는 멈추는 일 없이 마주치는 침팬지를 기록한다. 생화학자 미나의 뇌는 그 사이에서 조용히 실험 계획을 세우고 있다.

정글로부터 해방되어 겨우 연구소에 도착하니 분위기가 좋지 않다. 재난이라도 휩쓸고 지나간 듯 연구자들의 얼굴에 피곤한 기색이 역력하다. 근처에서 개코원숭이를 관찰하던 아라시야마 박사에게 던져진 질문은 완전히 질렸다는 기색이 역력한 대답으로 돌아온다.

"누구 때문이겠습니까? 르메르트 박사가 아침부터 소란스러웠으니 그렇죠. 여기 오기 전에 공예품 상점에서 산 목걸이가 있는데, 자는 동안에 그걸 누가 훔쳐 갔다면서 말이에요. 누가 그런 싸구려를 훔쳐 간다고 그 난리인지는 모르겠지만 말입니다."

카옘베 박사가 머리를 감싸 쥔다. 저녁 식사 시간 이후에는 주간 모임이 있다. 일주일 동안 얻은 데이터나 연구 성과에 대해 자유롭게 발표하고 의견을 듣는 자리다. 처음에는 부담 없이 시작되었지만 파벌이 생겨난 지금에 와선 그야말로 격전지. 목걸이 일로 그렇잖아도 화가 나 있을 르메르트 박사도 물론 참전할 테니, '개입 파벌' 입장에서는 걱정이 안 될 수가 없다. 폭약을 쌓아놓고 불꽃놀이를 하는 격이다.

설령 그렇다 하더라도 적전 도주는 용서받을 수 없는 일. 시간이 되자 세미나실에는 어김없이 연구자들이 모여들고, 한 사람이 앞으로 나와 발표를 시작할 때마다 긴장감이 눈에 보일 듯 팽팽하게 공기를 가로지른다. 똑, 딱, 똑, 딱, 폭탄은 바로 터지지 않는다. 미스라 박사는 평소보다 말이 적고, 아라시야마 박사도 정글 생태계에 미친 인간의 영향에 대해 이전처럼 강변하지 못한다. 르메르트 박사는 맨 앞자리에 앉은 채, 누구라도 걸리면 화풀이로 물어뜯어주겠다는 듯 이를 갈고 있다. 포식자처럼, 시한폭탄처럼, 똑, 딱, 똑, 딱, 그리고 내 차례가 된다. 시작은 시료 분석 결과, 이런저런 숫자, 특별히 주목할 만한 부분들, 이어서 미리 준비해둔 제안 한 가지.

"…말씀드린 바와 같이, 이곳 침팬지들의 체내 신경전달물질 농도는 정상 수치와 비교했을 때 작지만 유의미한 차이가 있습니다. 이러한 차이는 스트레스 상황하의 다른 포유동물에서 관측되는 것과도 유사합니다. 신경전달물질의 농도 변화가 침팬지들의 행동에 실제로 얼마만큼 영향을 끼치는지 알아보기 위해, 더욱 대규모의 실험을 시작할 수 있었으면 합니다."

시선이 집중된다. 긴장과 흥분의 분자들이 혈류를 타고 흐른다. 르메르트 박사가 자세를 바로잡는다. 목소리가 가볍게 떨리지만 멈추지는 않는다. 효과가 있을 것이다.

연구가 크게 진전될 것이다.

“사육 영장류의 이상행동에 항우울제 투여가 효과를 보였다는 연구 결과가 있지만, 야생 개체 및 개체군을 대상으로 한 실험은 아직 이루어진 바가 없습니다. 만일 니알루켐바의 침팬지들에게 적절한 항우울제를 제공하여 그 행동과 신경전달물질 농도의 변동을 관측할 수 있다면, 신경계의 생화학적 요소들이 야생 상태에서 침팬지 개체, 나아가 집단의 행동 양태에 어떠한 영향을 끼치는지 알아낼 수 있을 것입니다.”

“하, 어이가 없네! 지금 침팬지한테 약을 먹이겠다고?”

예상했던 사람으로부터 예상 그대로의 반응이 나온다. 몸은 앞으로 기울어지고 숨소리는 거세진다. 얇은 가죽 아래에서 으르렁거리는 윈터스와 콜비의 얼굴이 보인다. 대단히 위협적이지만 발표를 멈출 수는 없다.

“서식지 곳곳에 먹이 부족 상황을 대비한 사료 배급소가 설치되어 있다고 들었습니다. 항우울제를 가루 내서 사료에 적정 비율로 섞으면, 침팬지들과 접촉하는 일 없이 안전하게 약을 투여할 수 있으리라 생각합니다.”

“그러니까 약을 주겠다는 발상 자체가 문제야! 야생 침팬지의 행동을 관찰할 수 있는 귀중한 기회인데, 기껏 한다는 소리가 항우울제를 먹이겠다고? 데이터를 쓰레기통에 처박는 짓이지!”

"아뇨, 전쟁을 끝낼 수 있는 일이죠. 이미 3년 동안의 관측 데이터가 쌓여 있고, 더 이상의 개체 수 감소는 집단의 존속에도 해를 끼칩니다. 박사님의 모델 속 침팬지가 실제의 침팬지보다 더 중요하다고 생각하시는 건 아니겠죠? 한 번이라도 동족 살해 현장을 직접 보신 적은 있으신지요? 아, 혹시 아침의 네이팜 냄새를 좋아하시나요?"

노골적으로 비아냥거리는 소리를 르메르트 박사는 참고 들어주지 않는다. 알아들을 수 없는 말을 내뱉으며 책상을 박차다시피 뛰쳐나온다. 다리가 떨리고 심장이 고동친다. 하지만 르메르트 박사처럼 나의 내면에도 야생 침팬지가 있다. 같은 분자들이 있다. 마음을 이루는 분자들이 결합하여 말라키의 모습을 그린다. 적이 코앞까지 다가와도 말라키는 물러서지 않는다. 눈을 부릅뜬 채 버티고 선다.

"르메르트 박사! 그만하게!"

동물행동학자 월러드 박사가 목소리를 높인다. 하지만 남극기지에서 연구팀 리더 역할을 했던 베테랑의 외침도 분노를 잠재우기에는 역부족이다. 황급히 몇 사람이 달려나와 르메르트 박사를 뜯어말린다. 욕설과 고함과 주먹과 발길질이 이어진다. HIV 연구자인 와프와나 박사가 주먹에 정통으로 맞아 나동그라지고 나서야 비로소 난투극이 끝난다. 숨을 몰아쉬는 사람, 충격을 받은 사람, 여전히 분노에 휩싸인 사람, 쓰러진 사람이 눈에 들어온다. 전쟁 이후의 폐허가 보인다.

"미나 씨, 도대체 왜 그랬어?"

미스라 박사가 믿을 수 없다는 얼굴로 묻는다. 글쎄, 이유가 무엇일까? 연구소와 정글과 온 세상에서는 어째서 전쟁이 일어나는 것일까? 시선을 피해 방으로 돌아가는 발걸음은 다급하고, 내딛을 때마다 조금씩 어긋난다. 긴장이 풀리자 힘이 빠져나간다. 말라키의 형상이 무너져 분자의 구름으로 되돌아간다. 그 아래에 숨겨진 만족스러운 미소를 들키기에는 아직 이르다. 연구는 예상대로 큰 진전을 이루었고 실험은 준비되었다. 모든 전쟁을 끝내기 위한 실험이.

연구 과정에는 하나같이 돌이킬 수 없는 결정의 순간이 있다. 모든 자료 조사와 토론과 고통과 고뇌가 그 한순간을 위해 존재한다. 상황을 지켜볼 것인가, 진행할 것인가, 기다릴 것인가, 스위치를 누를 것인가. 한번 스위치가 눌리면 멈출 수 없는 연쇄반응이 일어나고 연구자는 자리에 앉아 그저 심판을 기다리는 수밖에 없다. 책상에 놓인 약병이 손짓하고, 트렁크 깊숙한 곳에서 방금 꺼낸 다른 약병도 유혹하듯 눈을 깜박인다. 모든 변수가 몇 번씩 재점검된다. 약병을 열던 손이 멈췄다가, 움직였다가, 다시 멈추기를 반복한다. 시간이 무의미하게 지나간다. 어쩌면 아직 결정의 순간이 아닐지도 모른다.

"미나, 문 좀 열어봐요."

전혀 예기치 못한 목소리에 사고가 현실로 튕겨 나온다. 카옘베 박사가 방에 찾아오는 일은 드물다. 이야기를 나누고 싶은 걸까? 아니면 세미나실에서 있었던 일 때문일까? 하지만 박사의 얼굴에는 지금껏 보인 적 없는 감정도 복잡하게 섞여 있다. 천천히 걸어 들어와 책상에 노트북을 내려놓는 몸동작이 경련하듯 머뭇거린다. 무슨 일을 하려는지 전혀 예측이 되지 않는다.

"오늘 탐사 때 찍은 영상이에요. 돌아오는 길에 마주친 침팬지들 기억하나요?"

노트북 화면 속 영상은 익숙하다. 기억 속 광경 그대로니까. 매일 밤마다 영상을 다시 보면서 놓친 부분, 흥미로운 부분을 기록하는 것도 박사의 일과다. 하지만 연구소로 돌아오는 동안엔 특별한 일이 없었는데? 침팬지가 길을 가로지르는 부분에서 박사가 영상을 멈춘다.

"콜리어예요. 전에 말했듯이 호기심이 많아서, 바닥에 떨어진 물건을 항상 주워 가죠."

박사가 영상을 확대한다. 호기심 많은 침팬지 콜리어의 오른쪽 손이 화면을 가득 채운다. 검고 억센 손가락은 무언가를 꼭 쥐고 있다. 끈에 꿰여 매달린 정교한 돌 조각이다. 이 지역의 기념품 상점에서 파는 목걸이다.

“르메르트 박사가 잃어버렸다는 목걸이가 저것 아닌가요?”

차가운 당혹감이 혈관을 따라 순식간에 퍼진다. 뇌가 얼어붙는다. 박사가 내뱉는 한마디 한마디가 화살촉처럼 살을 파고든다. 고통을 유발하는 그 어떤 화학물질이라 하더라도 미처 고려하지 못한 변수만큼 강렬한 효과를 발휘하지는 못한다.

“연구소 근처는 개코원숭이 영역이라 침팬지는 잘 접근하지 않아요. 그러니 이 근처에 떨어진 걸 침팬지가 가져갔을 리는 없어요. 동행한 가이드 세 사람은 줄곧 숙소에 있었다는 걸 확인했고요. 하지만 미나, 당신은 출발 준비를 하느라 우리보다 늦게 나왔죠. 정말로 준비가 늦은 건가요, 아니면 다른 할 일이 있었나요? 대답해요, 르메르트 박사의 목걸이를 훔쳐서 정글에 버린 건 당신인가요?”

예리하기도 하지. 정말이지 연구란 계획대로 진행되는 법이 없다. 하필 이 시점에, 결행 여부가 정해지기 직전에 이토록 위험천만한 변수라니. 사실이 알려지면 애써 조성해놓은 모든 실험 조건이 틀어질 수 있다. 다시 계산하고 다시 준비할 기회가 영영 오지 않을지도 모른다. 위기 상황을 감지한 분자들이 수억 마리의 메뚜기 떼처럼 요동친다. 가장 극단적인 방법을 속삭이기 시작한다. 카옘베 박사를 비춘 거울 속에서는 콜비가 호수 파벌의 침팬지들에게 무참히 짓밟히고 있다. 피와 폭력으로부터, 눈앞을 가로막은 적으로부터 시선이 떨어지지 않는다. 하지만 그 시선 속에서, 적의 얼굴에서 냉정한 분노가 사그라지는 모습이 보인다. 카옘베 박사의 굳어 있던 입가가 무너져 내린다.

"어째서… 어째서 이렇게나 힘들게 하는 건가요?"

거울이 흐려진다. 분자의 운동 방식이 바뀐다. 꽉 쥐였던 주먹이 어느새 풀린다.

"이런저런 사고도 일어났고, 짜증나는 일도 있었고, 의견도 갈렸고, 그러니까 갈등이 일어날 수도 있고 싸울 수도 있어요. 이해해요. 하지만 다들 이럴 것까진 없잖아요. 아무리 마음에 안 들어도 그렇지, 서로 괴롭히고 주먹을 쓰고, 그렇게까지 해야 할 일은 아니라고요…."

거울에는 이제 나 자신의 모습이, 117번 발굴장소의 유해에 창을 찌르려는 전사의 모습이 비친다. 카옘베 박사의 말이 맞다. 이렇게까지 할 필요는 없다. 준비 과정은 마무리되었고 영장류에게 더 이상의 불필요한 고통을 주어서는 안 된다. 유인원을 대상으로 한 실험이 금지되고 실험동물들이 보호소로 옮겨졌듯이, 극단적이고 잔인한 실험은 이제 끝나야 한다.

"죄송해요, 박사님."

전사가 창을 거둔다. 힘겹게 떨어지는 목소리에는 물기가 어려 있다. 실험의 목적이 무엇인지를 생각한다. 이 연구는 전쟁을 관찰하기 위한 것이 아니다. 카옘베 박사의 고통을 관찰하기 위한 것이 아니다. 고통을 끝내기 위한 것이다.

"제가, 어떻게든 해결할게요."

카옘베 박사는 호소하듯 한동안 이쪽을 쳐다보다가, 이내 비틀거리며 방을 나선다. 그 지친 뒷모습으로부터 드디어 결정이 내려진다. 내 손에는 트렁크에서 꺼낸 약병이 들려 있다. 알약이 목을 따라 내려간다. 심판의 날이 왔으니 이제 뒷일은 분자가 알아서 할 것이다.

침대에 가만히 앉은 뇌 속에서 멍하니 기억의 파편들이 떠오른다. 기억은 분자다. 분자들의 결합이 과거의 나 자신을, 영장류 보호소의 사무실에서 가설을 쓰고 또 쓰는 생화학자의 모습을 그린다. 5-HT1E 수용체의 이미지가 눈앞의 허공에서 천천히 회전한다. 수용체는 안전과 위기를 판정하는 스위치다. 스위치가 꺼진다고 곧바로 끝없는 불안감에 사로잡히거나 화가 치솟지는 않는다. 단지 위기에 대비하여 마음의 준비가 이루어질 뿐. 수단 방법을 가리지 않도록, 언제나 긴장하도록, 평소에는 생각도 하지 않을 극단적인 행위조차 필요하다면 할 수 있도록. 그래서 수용체 기능이 저해된 기니피그는 먹이를 두고 더욱 격렬하게 싸웠다. 한편 보노보는 침팬지처럼, 동족이라 해도 잔혹하게 죽이는 친척처럼 바뀌었다. 침팬지와 보노보의 성격 차이를 5-HT1E 수용체의 작용으로 설명할 수 있을까? 가설은 증명되어야 한다.

유전학 연구에 따르면 침팬지라는 종은 지금껏 적어도 두 번 이상 개체 수가 크게 감소했던 적이 있다. 만일 거대한 위기를 겪으며 개체 수가 너무 줄어서, 수용체가 제대로 작동하는 개체가 단 하나도 남지 않는다면 어떻게 될까? 안심한 동족의 냄새는 이제 없다. 스위치는 결코 다시 켜지지 않는다. 모든 개체가 그저 끊임없이 위기를 대비하며, 극단적인 행동을 서슴지 않으며 살아간다. 그런 상황이 200만 년 동안 지속되면 뇌 구조마저 바뀔 것이다. 분자들이 내 가설을 뒷받침했다. 수용체 기능이 저하된 보노보의 혈중 호르몬 농도는 데이터베이스에 등록된 침팬지 실험 결과와 놀랍도록 유사했다.

그리고 유사한 결과가 하나 더 있었다.

데이터베이스에서 침팬지 바로 위에 적힌 항목.

스위치가 꺼진 보노보의 마음은 인간과도 아주 비슷했다.

거울에 비친 내 모습이 보인다. 인간은 연구하기 용이한 종이다. 정글에 들어가야만 만날 수 있는 희귀 동물이 아니니, 원한다면 언제든지 실험 대상으로 삼을 수 있다. 스스로의 혈액이 스스로의 손에 의해 며칠에 걸쳐, 긴장했을 때와 화가 났을 때와 기분이 좋았을 때를 포함하여, 채취되고 또 분석되어, 여러 문헌상의 다른 혈액검사 결과와 면밀히 비교되었다. 인류의 개체 수도 침팬지와 마찬가지로 극단적으로 줄어든 적이 있으리라는 연구 결과 또한 확인되었다. 전부 맞아떨어진다. 침팬지처럼 인류의 스위치도 줄곧 꺼져 있었던 것이다. 거울 속의 생화학자 미나는 털이 난 팔로 침팬지 윌리의 목을 조르고 있다. 핏발이 선 눈과 튀어나온 송곳니와 뇌 속을 흐르는 악의가 보인다. 하이드 씨의 모습이다. 구달의 악몽 속 사탄의 모습이다.

악은 분자다. 7만 년 동안 분자들이 사탄을 구성했고 사탄은 분자들을 지배했다. 재난으로부터 살아남은 소수의 인류가 새로운 터전을 찾아 메뚜기 무리처럼 아프리카를 떠났다. 필요하다면 얼마든지 폭력을 행사했다. 같은 인간을 무자비하게 죽이며 전쟁의 역사를 쉬지 않고 써내려갔다. 117번 발굴장소로부터 세미나실에 이르기까지 단 하루도 싸움을 멈추지 않았다. 스위치가 꺼져 있었기 때문에, 안심시켜줄 동족이 모두 죽어 사라졌기 때문에. 하지만 고작해야 7만 년, 생명의 역사에서는 참으로 보잘것없는 시간. 늦지 않았다. 스위치는 다시 켜면 된다. 작용제가 뇌세포 속으로 퍼져간다. 거울 속 사탄이 빛 속으로 조금씩 녹아 사라진다. 7만 년 동안의 불안으로부터 해방되어, 안도의 미소를 지으며.

카옘베 박사의 방은 어둡고 조용하다. 침대에 누운 박사의 몸이 숨소리에 맞춰 떨린다. 이곳에 도달하기 위해 이루어진 수많은 준비 과정이 차례로 눈앞을 지나간다. 첫 실험 대상은 나 자신이었다. 처음으로 작용제가 몸에 퍼졌을 때가 기억난다. 다 잘될 거야, 모든 게 해결될 거야, 이제 안전해, 싸울 필요 없어, 그런 말로는 설명할 수 없는 어마어마한 안도감…. 하지만 그때는 오래가지 못했다. 미리 준비된 대로, 몇십 분 늦게 복용한 길항제가 실로 오랜만에 켜진 스위치를 다시 내렸다. 실험 대상 하나만으로는 정확히 알 수 없으니까, 더 큰 규모의 연구가 진행되어야 하니까. 되돌아온 불안과 폭력의 세계에서 사탄의 정신이 후속 실험을 준비했다.

스위치를 켜면 과연 인간의 행동도 보노보처럼 극적으로 바뀔까? 확인을 위해선 고립된 실험 환경, 그리고 무엇보다 갈등과 폭력이 필요하다. 암 치료를 위해 암 걸린 쥐를 창조해내듯, 갈등을 가시적인 형태로 고조시켜 관측

가능하도록 만들어야 한다. 니알루켐바는 완벽한 무대다. 과학자들은 고립되어 있고 갈등의 씨앗은 어디에나 있다. 카옘베 박사의 눈썰미는 예상외였지만 위성 안테나, 지프차의 타이어, 에어컨 실외기에 행해진 작업까지 눈치채지는 못했다. 사고가 계속되자 누군가는 짜증을 내고, 또 누군가는 반군의 짓이 아닐까 불안해한다.

환경이 조성되면 나머지는 분자들이 알아서 해준다. 학술적 토론조차 전쟁의 방아쇠다. 실험에 영향을 주지 않기 위해서 실험자는 꾸준히 길항제를 복용하고, 정기적으로 체취를 확인한다. 전쟁이 필요한 만큼 격화될 때까지. 가만히 놓아두면 절대로 꺼지지 않을 불길이 될 때까지. 전부 성공적인 실험을 위해서였다. 가설을 검증하기 위해서였다. 하지만 그 모든 기억이 지금은 악몽인 듯, 하이드 씨가 저지른 짓인 듯 그저 흐릿하다. 동족에게 일부러 고통을 주고 싸움을 유발한다니, 그런 수단 방법을 가리지 않는 잔인성이라니. 상상조차 되지 않는다. 하이드 씨는 이제 잠들었고 스위치는 켜졌으며 몸에서는 옅은 평온의 냄새가 난다.

"미나…?"

품을 가만히 파고드는 움직임에 카옘베 박사가 천천히 눈을 뜬다. 품 안의 박동에 맞춰 몸 전체가 진동한다. 피부가 공기의 흐름을 읽어낸다. 공기의 흐름은 분자의 흐름이다. 실험의 마지막 단계를 지시하는 신호의 흐름이다. 신호가 전달된다, 박사와 나 사이의 얇은 공기층을 진동시키며, 부드럽게 귓가에 속삭이며.

"숨을 깊이 들이쉬어요."

느린 호흡이 오래도록 가슴을 울린다. 분자가 체내로 퍼져나간다. 보노보와 나의 몸속에 있는 분자들이 박사의 따뜻한 살갗 아래에도 똑같이 존재하며 반응한다. 수용체를 활성화하고, 신호를 보내고, 7만 년 동안 기다려온 종전 선언을 몸 구석구석으로 전한다. 창과 칼을 구성하던 결합들이 깨지며 반응 방향이 역전된다. 침팬지 윌리는 이제 가족의 품에 안겨 있다. 117번 발굴장소의 해골들이 일어나 고향으로 돌아간다.

다음 날 아침에도 여전히 사람들은 화가 나 있다. 대뜸 옆자리에 앉아 식사를 하는 내 모습을 르메르트 박사가 어이없다는 듯 쳐다보고, 이내 고성이 몇 번 오간다. 하지만 식사가 진행되는 동안 천천히, 공기 속 분자의 조성이, 분위기가 바뀐다. 싸움은 일어나지 않는다. 모든 개체의 표정과 몸짓에서 동물행동학자가 아니더라도 읽을 수 있는 명확한 차이점이 보인다. 아침의 네이팜 냄새는 더 이상 나지 않는다.

추가적인 검증이 필요할까? 어제 자신을 공개적으로

조롱했던 연구자가 목걸이를 훔친 범인이라는 사실을 듣는다면 어떻게 될까? 당연히 심하게 화를 낸다. 하지만 어제와 같은 폭력은 없다, 아니, 생각하지조차 못하는 것처럼 보인다. 때리려는 듯 손을 올리지도, 의자를 발로 차지도 않는다. 흥미로운 변화다. 이 정도라면 고립된 공간에서의 실험은 성공적이라고 할 수 있다. 만일 성공하지 못했다면, 예상외의 부작용이라도 발생했다면…. 대비는 되어 있었지만, 수많은 극단적인 계획이 아직도 기억 속에 어른거리지만, 전부 하이드 씨의 계획일 뿐이다. 다행스러운 일이다. 그런 짓까지는 필요가 없게 되어서.

연구는 아직 끝나지 않았다. 소수의 집단을 대상으로 한 실험이 성공했으니, 이제는 더 큰 규모의 검증이 이루어져야 한다. 이번 분기가 끝나면 니알루켐바의 학자들은 전 세계로 흩어질 것이다. 현생인류의 서식지를 분주하게 오가며 학회에서, 일상에서 여러 개체와 접촉할 것이다. 누군가의 스위치를 켜고, 그러면 다음 사람의 스위치가 켜지고, 또 다음 스위치로, 그렇게 매끄러운 연쇄반응을 일으키면서. 분자들의 움직임을 세계의 뉴스에서도 관측할 수 있게 되기까지는 시간이 얼마나 걸릴까? 짧은 상상만으로도 기대감이 멈추지 않는다.

하지만 흥분은 나중 몫이다. 두 번째 실험이 시작되기

까지는 잠깐 여유가 있고, 아직도 니알루켐바의 전쟁은 현재진행형이다. 호수 파벌과 절벽 파벌의 전쟁, 200만 년 동안 이어져온 침팬지들의 전쟁이 남아 있으니까. 설령 지난 진화의 세월이 침팬지의 뇌 구조를 영구적으로 바꾸어 놓았다고 해도 당장의 분쟁을 완화하는 데에는 약이 효과가 있을지 모른다. 사료 더미에 곱게 가루 낸 약을 몰래 섞어놓는 일은 지금에라도 할 수 있지만, 일단은 조금 더 토론을 해보는 것도 괜찮겠다는 생각이 든다. 이제는 전쟁을 두려워하지 않아도 되니까. 갈등도 괴로움도 실패도 결코 완전히 사라지는 일은 없겠지만, 적어도 전쟁은 끝났으니까.

작가의 말

여러분이 방금 읽으신 책은 이산화의 두 번째 단편집입니다. 연작소설집까지 합치면 네 번째가 되겠네요. 한편으로는 첫 단편집인 『증명된 사실(아작, 2019)』의 수록작 절반쯤이 작가 활동을 본격적으로 시작하기 이전인 대학생 때 써둔 습작이었으니, 이산화라는 필명으로 발표한 작품만을 모은 진정한 '이산화 단편선'은 이번이 처음이라고도 말할 수 있겠습니다. 하지만 어떤 기준으로 순서를 매긴들 큰 의미가 있을까요? 예나 지금이나 저는 그저 좋아하는 소재와 이야기를 책마다 욕심껏 눌러 담고 있는데요. 앞으로도 꾸준히 그럴 예정이고요.

앞으로도 꾸준히 할 예정인 것이 하나 더 있습니다. 바로 작품마다 어떤 욕심을 부렸는지 독자에게 시시콜콜 털어놓는 일입니다. 소재의 출처를 밝히고, 사실인 것과 지어낸 것을 구분하고, 개인적인 감상도 조금 적고요. 물론 작가가 작품 밖에서 이렇게 떠드는 걸 싫어하는 독자도 있다는 건 압니다. 하지만 그런 분은 작가의 말이라는 지면을 애초에 들춰보지 않겠지요? 여기까지 읽으셨다면 동의하신 것으로 알고, 이제부터는 제멋대로 떠들도록 하겠습니다. 그럼, 시작!

***

「미싱 스페이스 바닐라」

아이스크림이 중심 소재인 이야기니만큼, 소설 속의 모든 고유명사는 한국에서 판매된 적 있는 빙과류의 상표명에서 가져왔습니다. 제 소설 중에서 고유명사를 음식에서 따온 작품은 전부 같은 세계가 배경이라는 설정이 있는데, 그렇게 중요한 건 아니에요.

화자인 글래셜 서머헌트는 현재 단종된 빙과인 '빙하시대'와 '여름사냥'에서 따왔습니다. 두 제품의 공통점이 화자의 역할과 맞닿는다고 느끼셨다면 제대로 눈치채신 거예요. 생존자 세 사람은 배스킨라빈스 31의 스테디셀러 아이스크림(자모카 아몬드 훠지, 이상한 나라의 솜사탕, 바람과 함께 사라지다)에서 가져왔고요. 한편 라베스트 앤 패밀리스는 '라베스트'와 '훼미리'를, 미니다트는 '미니멜츠'와 '디핀다트'를 합친 이름입니다. 베스트-1과 클러스터

GG는 '베스트원'과 '구구 크러스터'를 각각 변형한 것이고요. 나머지 고유명사는 전부 상품명을 그대로 썼습니다.

소설 속에 언급된 아폴로 7호 계획 이야기는 전부 실제 보도자료, 교신 기록, 인터뷰 등에 근거해서 썼습니다. 아폴로 7호에 동결건조 아이스크림이 실려 있었는지 아닌지는 확실히 알 수 없습니다만, 제가 내놓은 해답이 아주 말도 안 되는 건 아니라고 생각해요. 나름대로 수수께끼 풀이에 성공했다는 생각이 들어서 지금도 제법 뿌듯합니다. 이런 형태의 미스터리는 앞으로도 종종 시도해 보고 싶네요.

「아마존 몰리」

2016년에 쓴 글입니다. 이번 수록작 중에서는 가장 옛날 소설이네요. 제가 이산화라는 필명으로 쓴 첫 번째 소설이기도 하고요. 당시에 저는 소위 '예스컷 사태'에 휘말려서 말도 안 되는 일을 조금 겪었기 때문에 이래저래 화가 난 채였는데, 마침 페미니즘 SF 공모전이 열리더라고요. 좋은 동기 부여가 되었습니다.

대학원에 대한 불평이 작품의 처음부터 끝까지 계속된 것은, 하필 그때가 대학원 졸업 문제를 해결한 직후였기 때문입니다. 지금은 저렇게까지 대단한 원한은 없어요.

여러모로 원한이 있을 때만 쓸 수 있는 종류의 이야기였다고 할 수 있겠습니다. 하지만 화자의 성격이 이상한 것만큼은 순전히 제 취향 때문인데, '과학자들의 이상한 믿음을 수집하는 과학 잡지 기자'라는 설정이 SF의 도입부로 굉장히 유용했기 때문에 이후로도 한두 번쯤 더 썼던 기억이 나네요.

아마존 몰리는 실존하는 물고기이고, 번식 방법도 작중에 언급된 그대로입니다. 제임스 왓슨의 『이중나선』도 작중에 언급된 것과 크게 다르지 않은 책이고요. 한편 크리스퍼를 이용한 유전자 편집은 이 소설에 나온 것 같은 요술 방망이가 절대 아닙니다만, SF를 쓰다 보면 가끔 적당한 요술 방망이를 집어다가 휘둘러야 할 때가 있더라고요. 전공자 여러분의 많은 양해 부탁드립니다.

「매듭짓기」

지금까지 쓴 SF 중에서 가장 짧은 글입니다. '두 사람의 몸이 위상수학적으로 엮여서 분리할 수 없게 된다'라는 소재를 처음 떠올렸을 때는 손을 놓지 못하게 된 두 사람의 로맨스 같은 걸 생각했는데, 결과적으로는 전혀 다른 방향으로 흘러간 점이 재미있다고 생각합니다.

「세속적인 쾌락의 정원에서」

제목은 히에로니무스 보스의 그림 '세속 쾌락의 동산'(The Garden of Earthly Delights)을 따왔습니다. 작중 고유명사는 전부 식용 곤충이나 곤충으로 만든 음식 이름을 가져왔고요. 고유명사를 음식에서 따온 소설은 전부 같은 세계가 배경이라는 설정이 있다고 아까 말했는데, 「세속적인 쾌락의 정원에서」는 「미싱 스페이스 바닐라」보다 한참 나중 시점을 다룬 단편입니다. 역시 별로 중요한 건 아니지만요.

주요 등장인물들의 이름은 식용 곤충을 일컫는 나와틀어* 단어를 가져왔습니다. 치카타나틀리(Tzicatanatli)는 개미, 아스카몰리(Azcamolli)는 개미 유충 퓌레, 아와우틀리(Ahuautli)는 물벌레 알, 쇼틀리닐리(Xotlinilli)는 노린재, 치칠로퀼린(Chichilocuilin)은 붉은 나방 유충, 차폴린(Chapolin)은 메뚜기입니다. 아즈텍 제국은 풍부한 식용 곤충 문화를 지니고 있었으며 그중 일부는 현재까지도 중앙아메리카의 진미로 여겨집니다.

한편 정원사들의 이름은 좀 더 다양한 문화권의 곤충 식재료와 요리에서 가져왔습니다. 카주마르주(Casu Marzu)는 치즈파리의 구더기를 이용해 발효시키는 사르

* 중앙아메리카의 토착어. 아즈텍 제국의 공용어로 쓰였음.

데냐 지방의 치즈, 마숀자(Mashonja)는 남아프리카 지방의 전통 식재료인 황제나방 애벌레, 남프릭 맹다(Nam Prik Maeng Da)는 물장군을 다져 넣어 만드는 태국식 매운 소스, 알케르메스(Alchermes)는 깍지벌레의 붉은 염료로 색을 내는 이탈리아의 리큐르입니다. 이외에도 허니팟 앤트로포테크닉스는 뱃속에 꿀을 저장하는 꿀단지개미(Honeypot Ant)에서 따왔고, 차프라(Chaprah)는 불개미와 그 알로 만드는 인도 바스타르의 처트니를 말합니다.

마지막에 인용한 노래는 뮤지컬 〈록키호러쇼〉의 넘버 〈Over at the Frankenstein Place〉입니다. 프랑켄슈타인의 저택을 바라보며 부르는 희망찬 노래라는 점이 결말의 분위기와 잘 어울린다고 생각해서 넣었어요. 아무튼 모든 등장인물이 원하는 바를 이루는 이야기잖아요?

「관광객 문제와 그 대책」

SF 전문 지면이 아닌 곳에 글을 발표할 때는, 평소보다도 조금 더 뚜렷하게 SF인 글을 쓰려고 노력하는 편입니다. 장르에 익숙하지 않은 독자라도 이 소설이 SF임을 쉽게 알아챌 수 있도록 말이죠. 장르는 향유자들 사이의 약속으로 구성된 것이라, 아무래도 소설의 장르를 제대로 인지하지 못한 채로 읽으면 놓치는 부분이 생길 수가 있으니까요. 외계인이 나오는 소설은 누구나 SF라고 생각할 테니, 문예지에 소설을 게재할 기회가 있을 때마다 저는 외계인 소재를 꺼내 들곤 합니다. 이 단편도 마찬가지고요.

아타카마 사막은 실제로 천체관측의 명소입니다. 극도로 건조한 환경이 화성과 비슷하기에 NASA에서는 화성 탐사선을 시험하러 찾기도 했지요. 칠레가 UFO 목격담이 많은 나라로 알려진 것 역시 사실입니다. 물론 '화성 투어' 같은 건 없지만, UFO가 목격된 장소를 순회하는 여행 상품은 정말로 있다고 하네요.

이름이 언급된 두 등장인물은 둘인데, 전부 스위스의 외계인 접촉자 빌리 마이어(Billy Meier)의 주변인에서 따왔습니다. 포피는 마이어의 전 부인이자 이후 마이어의 증언이 날조임을 폭로한 칼리오페 자피리우(Kalliope Zafiriou)의 별명이고, 네라는 마이어가 만났다고 알려진 플레이아데스인 여성의 이름입니다. 마이어는 네라 말고도 '셈야제'나 '아스켓' 등의 여러 외계 여인을 만났다고 주장하며 사진을 공개했지만, 이는 사실 TV에 출연한 여성 댄스팀 '더 골드디거스'(The Golddiggers)를 찍은 것으로 훗날 밝혀졌습니다.

금발백인의 모습으로 나타나 지구인을 도우려고 한다는 이른바 '노르딕 외계인' 이야기가 얼마나 우스꽝스러운지는 길게 설명할 필요가 없으리라고 생각합니다. 백인처럼 생긴 외계인은 전부 착하고, 피부색이 하얗지 않은 외계인은 침략자라는 이야기잖아요? 현실에서는 그 반대의 상황도 얼마든지 벌어졌기 때문에, 이 소설에서는 그 점을 조금 비꼬고 싶었습니다.

「재시작 버튼」

로켓을 주제로 한 SF 앤솔러지에 실은 글입니다. 저는 어쩌다 보니 SF를 쓰면서 단 한 번도 지구 바깥을 배경으로 삼아 본 적이 없는데, 이 단편에서도 마찬가지로 우주비행사들이 대기권에 돌입한 뒤에야 비로소 이야기가 시작됩니다. 언젠가는 저도 우주를 배경으로 한 이야기를 쓰겠죠. 하지만 지금은 아닙니다. 아직은 때가 되지 않았습니다….

두 등장인물의 이름은 천체의 지구 충돌 위험성을 나타내는 팔레르모 척도(Palermo Technical Impact Hazard Scale)와 인공위성의 연쇄 충돌 시나리오를 일컫는 케슬러 신드롬(Kessler Syndrome)에서 각각 가져왔습니다. '야르콥스크'는 복사열에 의한 소행성의 궤도 변화에 대한 이론인 야르콥스키 효과(Yarkovsky Effect)에서 따왔고요. 모두 인류 문명을 위협할 수 있는 가상의 우주 재난과 관련된 용어지요.

한편 나머지 고유명사는 전부 과거 윈도우즈 운영체

제에 기본으로 수록되어 있었던 게임이자 제 인생 최고의 SF 게임이기도 한 〈3D 핀볼〉에서 가져온 것입니다. '마엘스트롬'은 해당 게임의 마지막 임무 이름이며, 'BMAX' 'RMAX' 'GMAX'는 전부 게임에 쓸 수 있는 치트키입니다. 작중 배경인 우주선의 이름을 'BMAX'로 지은 것은, 이 치트키를 사용하면 공이 아래로 빠져도 즉시 튕겨 나와 게임을 얼마든지 계속할 수 있기 때문입니다.

'로켓'이라는 주제를 받아 든 순간 제 머릿속에 떠오른 장면은 2010년의 나로호 공중 폭발 순간이었습니다. 그 이후 한동안 '나로호'라는 이름이 세간의 조롱거리가 되었던 것을 생생히 기억하기 때문에, 실패가 그 자체로 의미 있는 이야기를 쓰고 싶었어요. 아, 이 단편은 제 소설 중 처음으로 외국에 번역 소개된 작품이기도 합니다. 독일에서 출간된 한국 SF 선집에 실렸는데, 해당 선집의 삽화에는 두 등장인물이 모두 남성처럼 그려져 있지만 저는 어느 쪽의 성별도 특별히 정해 두지 않았습니다. 한국어는 그래도 되는 언어니까요.

「과학상자 사건의 진상」

청소년 SF 앤솔러지에 실은 글입니다. 당연히 청소년 SF고요. 학창 시절이 세세하게 떠오르지는 않아서 조금

애를 먹었지만, 중학교에 다니는 3년 동안 과학상자 대회를 매년 나갔던 기억만큼은 생생했기 때문에 당시 경험을 소재로 썼습니다. 그런 만큼 등장인물들의 이름도 초등학교~중학교 시절 졸업앨범이나 문집에서 무작위로 가져왔어요. 아주 흔하지도 않지만 그렇다고 특정이 될 만큼 드물지도 않은 이름으로요.

제목은 고등학교 문학 시간에 접하고서 꽤 좋아하게 된 시인인 김규동의 작품 「보일러 사건의 진상」을 따왔습니다. 태극호가 처음 작동하는 장면도 같은 시에서 모티브를 얻었고요. 한편 태극호의 모델은 실제로 초등학교 때 과학실에 전시되어 있었던 과학상자 작품인데, 기억 속에서는 대단히 크게 느껴집니다만 지금 다시 보면 그렇게까지 크지는 않겠단 생각이 문득 드네요. 하지만 과학상자 6호를 여러 개 써서 만들었으리라는 건 확실하니, 제법 비싼 작품이긴 했을 겁니다.

존 머리 스피어(John Murray Spear)는 실존 인물이며, 그 행적 또한 작중에 서술된 그대로입니다. 노예제 폐지, 사형제 폐지, 여성 인권 향상 운동에 힘쓰는 한편 인류를 자유로운 길로 인도할 기계 구세주 개발에도 몰두한 기인이었어요. 반면에 '크로아토안 장치'라는 것은 존재하지 않고, 다만 로어노크 식민지 사람들의 수수께끼 같은 실종에 얽힌 아주 유명한 음모론 요소를 살짝 집어넣어 보았을 뿐입니다.

청소년 SF 작업은 처음이었기 때문에 쓰는 동안 상당히 고생했습니다. 청소년에게 대체 무슨 이야기를 들려줘야 할지 전혀 감을 잡을 수 없게 만들었던 개인적인 사정도 조금 있었고요. 하지만 잘 생각해 보면, 청소년 소설이라고 해서 모든 청소년이 다 좋아할 만한 이야기를 쓸 필요는 없잖아요? 다만 이런 이야기가 필요한 청소년이 있을지도 모른다는 생각을 했고, 그래서 이런 소설을 썼습니다.

「마법의 성에서 나가고 싶어」

사이버펑크 서울을 주제로 한 앤솔러지에 실은 글입니다. 참여 작가 각각이 서울특별시의 구 하나씩을 골라서 배경으로 삼는다는 기획이었지요. 원래는 '을지로 Saga'라는 제목이 재미있다고 생각해서 중구를 염두에 두었는데, 다른 작가들이 고른 장소를 보니까 아무래도 한 명이 강남으로 내려가야 할 것 같았기에 송파구로 바꿨습니다. 송파구에 있는 놀이공원을 옛날에 제법 자주 다녔고, 그곳을 배경으로 뭔가 쓰려던 생각도 줄곧 있었거든요. 그렇게 안 보이겠지만 실제로는 추억이 굉장히 많이 담긴 소설이랍니다.

제목은 〈롤러코스터 타이쿤〉에서 손님이 하는 대사

(“[놀이기구 이름]에서 나가고 싶어”)를 가져왔습니다. 한편 등장인물이 전부 국적 불명의 이름을 달고 있는 것은 ‘을지로 Saga’ 기획의 흔적이에요. 중세풍 판타지를 근미래 한국에 이식해 놓은 듯한 이 세계에서는 조상의 직업을 성으로 쓰는 것이 기본입니다. 경기 북부에서는 북구 느낌이 나는 성이 되고, 건물주 집안 자제는 귀족식 성을 쓰지요. 이름도 서양 인명과 발음이 비슷한 것을 골라서 붙였고요. 미들네임을 쓰는 캐릭터가 둘 나오는데, 작중 세계에서 딱히 계급적인 함의는 없습니다.

송파구의 유명 놀이공원이 주된 배경인 만큼, 작중에 언급된 놀이기구나 시설물 역시 해당 놀이공원에 있거나 있었던 것들이 모티브입니다. 예를 들어 길로틴 코스터는 ‘후렌치 레볼루션’이고, 레무리아는 ‘아트란티스’죠. 한편 ‘5D 나라의 공주님’ 오디는 현재 철거된 놀이기구인 ‘4D 입체영화관’에서 인어가 등장하는 영화를 상영했던 것을 따왔지만, 마지막에 세이와 합쳐진 모습은 역시 현재 철거된 극장 형태의 어트랙션 ‘환상의 오디세이’가 모델입니다. 불, 물, 비눗방울 같은 특수효과가 이어지다가 마지막에 날개 달린 인어가 하늘에서 내려오는 어트랙션이었어요. 그러고 보면 유진의 자동차 ‘채리엇’도 옛날에 철거된 ‘로마전차’를 모델로 삼았는데…. 이걸 기억하시는 분이 얼마나 계시려나요.

액션 장면을 쓰는 데에 전혀 자신이 없던 시절도 있었는데, 지금은 이렇게까지 액션으로 가득 찬 활극도 쓸 수 있게 되어서 기쁩니다. 「마법의 성에서 나가고 싶어」의 사이버펑크 세계는 이런 장르를 쓰기에 딱 좋은 배경이기도 했고요. 언젠가 이 세계로 돌아온다면 다시 비슷한 활극을 쓰게 되지 않을까요? 정말로 쓴다고는 안 했으니까 굳이 기다리지는 마세요.

「뮤즈와의 조우」

「관광객 문제와 그 대책」과 마찬가지로 문예지에 게재한 소설입니다. 이때는 SF 특집 기획이었으니까 독자가 장르를 인지하지 못할 걱정은 불필요했지만, 여전히 장르에 익숙하지 않은 독자를 고려하고 싶었어요. 그래서 또 외계인을 소재로 썼습니다. 한편 '옛날 잡지에 연재되던 수수께끼의 SF 만화' 소재는 오래도록 머릿속에 굴러다니던 녀석인데, 기왕 문예지에 싣는 작품인 만큼 소설 자체도 잡지에 얽힌 이야기면 재미있겠다고 생각해서 가져다 썼습니다.

제목은 당연히 스티븐 스필버그의 영화 〈미지와의 조우〉에서 따왔습니다. 한편 90년대 한국 잡지 연재 만화의 SF 황금기라는 설정은 완전히 꾸며낸 것이고, 《월간 정밀가공》과 『신입사원은 외계인』을 비롯한 잡지와 만화 역시 전부 실존하지 않습니다. 《난과 사람》은 할아버지 댁에 쌓여 있었던 추억의 잡지 《난과 생활》이 모델입니다만, 나머지는 그냥 적당히 지어낸 제목이에요.

하지만 작중에 언급된 외계인 목격담만큼은 전부 실제 사례입니다! 추파카브라스나 프레스노 나이트크롤러, 우크라이나 수닥의 파충류 외계인도요. 물론 상자 안에 붉은 구체가 들어간 머리를 지닌 고무 인형(코네티컷, 미국, 1957), 꽃 모양 로봇(플로리다, 미국, 1924), 회색 젤리(돔스텐, 스웨덴, 1958), 아스파라거스 모양 금속 막대(조지아, 미국, 1951)도 실제로 목격된 외계인입니다. 한때 지구에는 정말로 다양한 외계인들이 찾아왔던 모양이에요. 아니면 사람들의 상상력이 대중매체에 덜 얽매여 있었을 뿐일지도 모르고요. 외계인 다양성 상실 문제, 이대로 괜찮을까요?

「전쟁은 끝났어요」

유토피아를 주제로 한 SF 앤솔러지에 실은 글입니다. SF 작가들이 유토피아와 디스토피아 중 하나를 골라, 자신의 전공이나 전문 분야를 최대한 살려 소설을 쓴다는 더 큰 기획의 일부이기도 했고요. 유토피아 소설은 디스토피아 소설에 비해 별로 인기가 없잖아요? 그래서 오히려 도전해 보고 싶었습니다. 대학 때 전공이 화학이었기 때문에 화학적으로 유토피아를 만드는 이야기가 되었는데…. 원래 한 사람의 유토피아는 다른 사람의 디스토피아인 법이지요. '세상을 획기적으로 낫게 만드는 이야기'와 '세상을 아예 끝장내는 이야기'는 결국 모두 현재의 질서를 무너뜨릴 아주 간단한 방법이 존재한다는 가정에서 출발하는 것이기도 하고요. 따라서 이 소설이 전혀 유토피아 이야기로 읽히지 않는다고 말씀하신다면, 그런 게 바로 유토피아 이야기의 속성이라고 답하겠습니다.

제목은 존 레논과 오노 요코의 크리스마스 캐럴 〈Happy Xmas (War Is Over)〉에서 따왔습니다. 유토피아라면 무엇보다 전쟁이 없어야 할 테니까요. 물론 작중에 제시된 방법으로 전쟁을 영영 없애는 건 아무래도 무리겠습니다만…. 일단 약 7만 년의 현생인류 개체수 감소를 초거대 화산 폭발과 연관 짓는 이른바 '토바 대재앙 가설'(Toba Catastrophe Theory)은 주류 이론이 아닙니다. 5-HT1E 수용체의 기능이 아직 규명되지 않은 것은 사실이나, 이 수용체가 온 인류를 평화로 인도할 스위치라는 증거는 전혀 없고요. 덧붙이자면 니알루켐바(Nyalukemba)는 실존하는 지명이지만 니알루켐바 영장류 연구소는 가상의 기관입니다.

그래도 전공을 살리는 기획이니만큼 과학을 너무 요술 방망이로만 쓰면 안 될 것 같아, 적어도 도입부의 시료 분석 장면을 쓸 때만큼은 대학 동기에게 도움을 조금 받았습니다. 그런데 생각해 보니까 이건 제 전공이 아니라 동기의 전공을 살린 셈이네요! 한편 생화학자인 화자가 만사를 화학반응 서술하듯 피동 표현으로만 묘사하는 건, 그 어떤 전공자의 조언 없이 제가 통째로 지어낸 요소입니다. 생화학자들이 평소에 저런 식으로 생각할 리도 당연히 없고요. 아마 이 소설 속 세계에서도 미나만 그러지 않을까요?

***

2016년부터 2023년까지 쓴 소설 열 편을 한달음에 돌이켜 보자니 예상보다도 할 말이 더 많아졌지만, 그것도 여기까지인 것 같네요. 여태껏 털어놓은 갖가지 잡다한 이야기가 작가의 말이라는 따분한 지면을 조금이라도 흥미롭게 만들었길 바랍니다. 소설책에 붙은 작가의 말이란 결국 배달 피자의 크러스트 같은 것이지만, 그 크러스트에까지 뭔가 채워 넣어야겠다고 생각한 피자헛의 패티 샤이브마이어(Patty Scheibmeir)가 있었기에 오늘날 우리가 치즈 크러스트 피자를 먹을 수 있는 것 아니겠어요?

저는 치즈 크러스트 피자도 아주 좋아하고, 시시콜콜한 이야기를 읽는 것도 그만큼 좋아합니다. 제가 좋아하는 것들을 함께 좋아해 줄 독자가 어딘가에는 반드시 있으리라고 생각하면서 매일 글을 쓰고요. 이 기나긴 작가의 말이 그런 독자에게 닿는다면 저는 대단히 기쁠 거예요. 기쁘서 주책맞게 팔짝팔짝 뛰고, 몇 번씩 감사를 표하고, 그런 다음에는 반드시 이 말을 덧붙이겠지요.

"다음 작품도 잘 부탁드립니다. 마음에 드실 거예요!"

2024년 06월 12일
이산화